双语译林
壹力文库
186

〔加拿大〕格兰特·艾伦 著
徐 洋 译

非洲的百万富翁

译林出版社

图书在版编目（CIP）数据

非洲的百万富翁：汉英对照 /（加）格兰特 · 艾伦（Grant Allen）著；徐洋译. —南京：译林出版社，2019.6

（双语译林．壹力文库）

书名原文：An African Millionaire

ISBN 978-7-5447-7698-1

I.①非… II.①格… ②徐… III.①英语 - 汉语 - 对照读物 ②长篇小说 - 加拿大 - 现代 IV.①H319.4: I

中国版本图书馆 CIP 数据核字（2019）第 062496 号

非洲的百万富翁 〔加拿大〕格兰特 · 艾伦 / 著 徐洋 / 译

责任编辑 陆元昶
特约编辑 任佳怡
装帧设计 灵动视线
校　　对 刘文硕
责任印制 贺　伟

出版发行 译林出版社
地　　址 南京市湖南路 1 号 A 楼
邮　　箱 yilin@yilin.com
网　　址 www.yilin.com
市场热线 010-85376701
排　　版 灵动视线
印　　刷 三河市中晟雅豪印务有限公司
开　　本 640 毫米 ×960 毫米 1/16
印　　张 28
字　　数 285 千字
版　　次 2019 年 6 月第 1 版　2019 年 6 月第 1 次印刷
书　　号 ISBN 978-7-5447-7698-1
定　　价 45.80元

目　录

译者序

查尔斯·格兰特·布莱尔芬迪·艾伦（Charles Grant Blairfindie Allen）是加拿大籍作家。他于一八四八年二月二十四日生于加拿大安大略省金斯敦附近的沃尔夫岛，是家中的次子。他的父亲约瑟夫·安提赛尔·艾伦（Joseph Antisell Allen）是一名新教神职人员，母亲夏洛特·凯瑟琳·安·格兰特（Charlotte Catherine Ann Grant）为加拿大魁北克省隆格伊的第五男爵之女。艾伦自幼年时期开始一直在家中接受教育，平日喜欢在沃尔夫岛上探索大自然。他从小便对大自然怀有浓厚兴趣，这对他后来从事自然科学方面的写作大有帮助。

他十三岁时随父母离开沃尔夫岛来到美国，从此再也没有回到故乡。他就读于牛津大学的莫顿学院，于一八六七年获得奖学金，一八七一年夏毕业。他一生结过两次婚，第一任妻子去世后，他又于一八七三年同艾伦·杰拉德（Ellen Jerrard）结婚。此后，艾伦在牙买加西班牙镇的王后学院（Queen's College）任教。他于一八七六年返回英国，成为一名职业作家，后来因肝癌于一八九九年十月二十五日在英国家中逝世。死后留下了独子杰拉德·格兰特·艾伦（Jerrard Grant Allen）。

艾伦最初的创作兴趣在自然科学领域，著有《生理美学》（*Physiological*

Aesthetics)、《色觉：起源与发展》(*The Colour-Sense: Its Origin and Development*)、《花卉及其系谱》(*Flowers and Their Pedigrees*)等作品。而他后来之所以放弃科学领域，进而将精力转向《非洲的百万富翁》等文学小说的创作，是因为相较之下，小说创作带来的收入更高。"艾伦只是在发现写科学文章养活不了自己之后，才开始转向小说创作的。"菲利斯·罗森代尔(Phyllis Rozendal)指出。艾伦是那个时代最多产、多才的作家之一，在一八八四至一八九九年间共创作了约三十部长篇小说。其中包括《做过的女人》(*The Woman Who Did*)，讲述的是女主人公未婚生育的故事。书中所宣扬的关于婚姻方面的观点，在相对保守的读者中间引起了一股骚动，也使之成为那个时代的畅销书。艾伦离世后，仍有部分作品先后发表，如《希尔达·韦德》(*Hilda Wade*)。小说的最后一章由其好友亚瑟·柯南·道尔爵士(Sir Arthur Conan Doyle)——大侦探福尔摩斯的创造者——帮助完成，之后发表在《海滨杂志》(*Strand Magazine*)上。

格兰特·艾伦一生涉猎广泛。爱德华·克劳德(Edward Clodd)在《格兰特·艾伦回忆录》(*Grant Allen: A Memoir*)中总结道："现在几乎没有世人能够从事如此广泛的一系列研究——换句话说，没有谁能同时干这么多行当——并且这些行当五花八门、鲜有关联……他一心扑在求知上，也一心希望能将自己的所知传予他人。"不过，遗憾的是，艾伦大部分的作品如今早已尘封于历史之中，或者仅存在于历史的边缘。尽管如此，在他大量的著述之中，至少有一部传世之作，至今仍为世人称道，这便是他的《非洲的百万富翁》。芝加哥州立大学英语教授、美国通俗文化协会(American Popular Culture Association)前任主席、《大众文化杂志》(*The Journal of Popular Culture*)编辑盖里·霍彭斯丹德(Gary Hoppenstand)指出，"《非洲的百万富翁》毫无疑问是一本引人入胜、妙趣横生的读物，犯罪小说中众人深爱的经典”，也是艾伦“在文学界唯一一部传世之作”。

《非洲的百万富翁》全书共十二章，最初是作为十二篇前后衔接的短篇故事，先后于一八九六至一八九七年间发表在《海滨杂志》上，随后这些故事又被收集成册，于一八九七年作为精装本小说《非洲的百万富翁》出版发行。许多研究资料都认为格兰特·艾伦为侦探小说开辟了一条新的道路，其原因就在于作者在《非洲的百万富翁》一书中首次将一个流氓无赖作为全书的主角。

整部小说围绕无赖克雷上校（Colonel Cuthbert Clay）以及资本家查尔斯爵士（Sir Charles Vandrift）之间的智斗展开。虽然小说名为“非洲的百万富翁”——百万富翁就是查尔斯爵士——但真正的主角却是克雷上校。本部小说虽为犯罪小说，但处处都渗透着侦探小说的元素。不过，在这部小说中，受害者本人就是侦探，只不过是个失败的侦探，屡试屡败，而案情的揭露则是通过作案者（克雷上校）在事后发来的羞辱信（如《大师名作》《蒂罗尔城堡》《抓捕上校》《镀漆公文箱》《纸牌游戏》等故事）或者当面告白（如《打成平手》），把他是如何一步步实施作案的过程揭露出来的。

克雷上校是一位易容乔装方面的大师，这一点从他的名字中便可以看出。英语中“clay”一词有“泥土”之意，正如警方所说，“之所以称他为克雷上校，是因为他貌似有张橡皮脸，能像制陶工人把玩泥土一样重塑自己的脸型……职业，在巴黎格雷万蜡像馆当过塑像师”，因此也无怪乎他被称为“橡皮脸上校”。他先后乔装成墨西哥先知、小副牧师理查德·佩普洛·布拉巴宗、凡·莱本斯坦伯爵、大卫·格兰顿、施莱尔马赫教授、侦探梅德赫斯特、伊莱休·夸肯鲍斯医生、诗人阿尔杰农·克雷亚德等身份来骗查尔斯。他每次出现都是一副全新的面孔，令查尔斯防不胜防。查尔斯在经历了几次被骗的事件以后，已经开始疑神疑鬼，草木皆兵，觉得他周围的人都有可能是克雷上校乔装而成。“生活已经成了他的负担。他深信自己已识破克雷上校的成千上万种伪装，他还深信自己把对方吓跑十几次之多，认为对方有时扮成一位肥胖的酒吧侍者、一位高挑的警察、洗衣婆的儿子、律师的书记员、英格兰银行的小吏，还有收水费的，不过那些人都不是克雷上校。就像中世纪的圣徒能随时随地看到恶魔一样，查尔斯也能时时刻刻看到变化多端的上校。”但有意思的是，当查尔斯判定对方不是克雷上校的时候，对方反而就是克雷上校，比如《抓捕上校》的故事。为了捉住克雷上校，查尔斯决定去请一名侦探来暗中监视并保护自己及家人，谁能想到请来的这名侦探，到后来居然竟是克雷上校本人！可是每每当查尔斯判定对方是克雷上校而采取行动的时候，却总会栽个跟头，如《大师名作》《镀漆公文箱》的故事。对于大资本家查尔斯而言，克雷上校已经成了一个无时无处不在的幽灵、一个挥之不去的烦扰。

克雷上校是位高明的骗子，是十九世纪和二十世纪之交的罗宾汉。在《打成平手》一章中，克雷上校向查尔斯宣称道：“你呢，是资本家，是百万富翁。往大里看，你的猎物是整个社会……咱们再往小里看，我又从你掠夺来的财富中分一杯羹。我是这个时代的罗宾汉。”正如故事中的歌谣所唱：“大跳蚤身上寄生着小跳蚤 / 小跳蚤身上的跳蚤会更小 / 如此这般，无穷无尽、没完没了。”查尔斯是社会的寄生虫，他通过各种手段榨取社会的财富，而克雷上校则寄生在查尔斯身上。他自始至终一个人对抗着权势：“他只身一人，仅仅凭借一己之力还有两位柔弱的女人，这得需要多大的勇气才能在这场不平等的较量中，这么长时间对抗着财富、权威，还有欧洲所有的政府。”

查尔斯爵士是小说的另一个主要角色，他是英国国会议员，南非克罗地多普·戈尔康达有限公司的董事长，是“钻石大王”，身价百万，代表了资本主义英国的特权阶层。《打成平手》一章曾提到，有一块土地，“不管它以前有没有黄金，现在查尔斯把它弄到手，就凭这一点，它怎么都会出产黄金。这世上还没有谁能像查尔斯那样，有点石成金的真本事：不管什么，一经他手，即使不会变成钻石，也起码是黄金。”查尔斯作为大获成功的资本家，自以为有手段有头脑，能够智胜克雷上校，可现实情况却恰恰相反，他每次都败在了自己的小聪明上，如《钻石链扣》的故事。查尔斯聪明反被聪明误，这一点被克雷上校一语道破：“我对你了如指掌，而你对我却一无所知。”“我承认，你是证券交易所中最精明的，不过也是我在交易所之外碰到过的最容易上当的傻瓜。你错就错在一件事上——自以为聪明。不为别的，就因为这，我才盯着你不放。”

虽然查尔斯坐拥百万财产，但在生意场上却锱铢必较，这一点通过西摩之口幽默地道了出来：“别人总觉得从百万富翁身上榨出点钱，肯定要比从别人身上弄出点钱容易——而事实恰恰相反，要不然他们怎么会攒出自己那份百万家产呢？他们不是像树上渗出树胶那样往外冒金子，而是像吸墨纸那样把金子吸得一干二净，却几乎再也不吐出来。”查尔斯有着资本家的贪婪，为了金钱不择手段。他曾使用下流的手段，试图从一位穷牧师手中骗走价值不菲的钻石（《钻石链扣》）；心怀歹意地贿赂克雷盖拉奇勋爵的儿子，让他出卖自己的父亲，企图把他的矿产骗到自己手中（《打成平手》）；还用了见不得人的手段牺牲那些孤儿寡母的利益，来挽回自己的财富（《德国教授》）。因此，不管是在法官眼里还是在上校眼中，查尔斯都是无赖。克雷上校曾感叹道：“查尔斯·凡德里夫特爵士，咱俩是一丘之貉。唯一的区别在于，你受法律的保护，而我却受其迫害。”“我们俩都不是什么好东西……罪行轻的竟然站到了被告席，而罪行重的却站到了证人席。要说赏罚分明，咱们国家可真是煞费苦心——给他的是圣米迦勒及圣乔治大十字勋章，给我的却是囚衣。”从这里，我们也许看到了作者对当时资本主义制度的不满。

西摩·温特沃斯是查尔斯的妹夫，在查尔斯发迹之前娶了查尔斯之妹为妻。他也是查尔斯的私人秘书兼本书故事的讲述者，同查尔斯形影不离。查尔斯与西摩之间这一“英雄—助手”关系，在柯南·道尔笔下的夏洛克·福尔摩斯的探案故事中变得广为人知，后来也为其他作家所借鉴。二者既有相承也有相异之处。相承之处在于，无论是在福尔摩斯系列故事中，还是在本书故事中，作者均希望能够通过“英雄—助手”这一关系的设计来推动故事发展，揭露人物的内心活动。不过，福尔摩斯故事中的“英雄”与“助手”展现在读者面前的是一对正面的形象，福尔摩斯与华生这二人的行动目标总体一致。而在格兰特·艾伦的笔下，西摩和查尔斯则是一对反面的形象，二人之间除了“英雄—助手”关系外，还多了一层亲属关系及雇佣关系。西摩虽然表面上对查尔斯言听计从，但暗地里会有些自己的想法，谈不上什么忠诚。他曾说道：“作为员工，总得摆出一副对雇主的事情很上心的样子。”（《塞尔登金矿》）查尔斯则经常斥责甚至威胁西摩。在《德国教授》故事中，当查尔斯意识到自己的股票马上要跌得一文不值时，他便偷偷地将自己的股票全部清仓，但对外却冠冕堂皇地声称自己不能抛售，而对西摩却威胁道：“我还是要事先警告你：如果你把手中的股票都变卖了，不管是公开地还是偷偷摸摸地卖，你就再也不是我秘书了，我会给你六个月的薪水作为代通知金，让你马上卷铺盖走人。”在《蒂罗尔城堡》故事中，西摩为了能赚些回扣，还背着查尔斯主动接触城堡的主人，二人勾结将售价抬高。这件事当然也成了上校后来掌控他的一个把柄。另外，还值得一提的是，西摩是一位出色的讲述者，他以一种幽默风趣的方式将细节展现给读者，将人物的内心世界刻画得入木三分。

艾米莉亚作为查尔斯的妻子，也是艾伦批判的对象。她虚荣、执拗、附庸风雅，一心向上攀附。当看到了小牧师的两颗大钻石时，便一心想把它们弄到手，为的是“把她那相当丰满的脖子围上一圈”（《钻石链扣》）。她“一心痴迷于伦敦的各种享乐”，“这个世界上，除了伦敦，她一向哪儿都不喜欢……她是个不折不扣的伦敦佬”。艾米莉亚每周都要举行“家庭招待会”，邀请一些她想急于攀附的上流人物。后来她意识到自己的社交“不应当看起来仅仅局限于一些金融界和政界人物”，有议员还有百万富翁们作为后盾，“她现在转而钟爱文学、艺术以及音乐酒杯这股清雅的暗流”，但实际情况是，当真正有人同她谈论艺术时，她却“很反感，但又觉得作为查尔斯的妻子，偶尔假装有个高雅的兴趣爱好，是她义不容辞的责任”。

艾米莉亚与查尔斯二人虽为夫妻，但作者却向我们暗示了两人之间那种虚伪的情感。在《打成平手》故事中，查尔斯还有西摩被克雷上校搁置到了海岛之上，半夜未归。故事中提到艾米莉亚非常担心查尔斯的安全，但她却早已上床睡着了；与之相对照的是，西摩的妻子伊莎贝尔仍在那儿坐着，守到了半夜，等待丈夫的消息。本书的最后一章中，艾米莉亚把西摩叫到自己房间，声称不愿意指控自己的女仆西塞琳，还威胁道：“西摩，我告诉你，这事门儿都没有。女士的日常生活中有一些琐事——只有她的女仆知道——绝不可以公之于众。”艾米莉亚到底想隐藏些什么秘密？我们无从得知。不过，有意思的是，这段对话就发生在查尔斯爵士对西摩做了类似的叮嘱以后。查尔斯叮嘱西摩，说自己坚决不同意逮捕“白石南花”，因为他不愿将自己对她的爱慕在法庭上公开。《墨西哥先知》故事中提到查尔斯的兜里装了一封同皮卡迪特夫人的秘密信件，后来西摩指出：“实际上，说句实话，不论‘白石南花’以何种乔装出现，查尔斯总会第一眼就拜倒在她的石榴裙下。因此，我觉得，那精明的小妇人——你想怎么称呼都行——很可能手里攥着不止一封查尔斯写给她的秘密信件。”是不是查尔斯及艾米莉亚都有些婚外风流韵事，这就全凭读者自己评判了。

与查尔斯夫妇二人之间的关系形成鲜明对比的，是克雷上校、皮卡迪特夫人以及西塞琳这三人之间的关系。

西塞琳及皮卡迪特夫人（姑且这么称呼她，因为她先后用了不同的化名）这二人是克雷上校的共犯，二者也都是上校的妻子。故事的一开始就揭示了皮卡迪特夫人与克雷上校之间的关系，而西塞琳与上校之间的关系，直到故事的结尾才真相大白。表面上看，一直是克雷上校与皮卡迪特夫人二者联合起来欺骗查尔斯，但实际上，他们一直都离不开西塞琳这个内应的帮助。虽然艾伦没有正面对这三者之间的关系加以评价，但我们从字里行间不难发现他们彼此间的忠诚。克雷上校在《纸牌游戏》故事中曾说道：“即便最无耻的无赖，内心也总会有好的一面。我发现，他们常常能一直让女性爱自己，并且对自己忠诚。”当克雷上校被抓时，西塞琳扑向他，说道：“我不会牺牲你来保全自己。要是他们让你坐牢——保罗，保罗，我就同你一起坐牢！”当看到上校被带走时，“西塞琳已经在大门台阶上快晕过去了”。审判结果宣布时，皮卡迪特夫人及西塞琳“突然放声大哭，不省人事地倒在彼此的肩上，传达员费了好大劲儿才将二人扶出庭外”。事后的某一天，查尔斯及西摩等人发现皮卡迪特夫人及西塞琳身着重孝，当问及为谁戴孝时，西塞琳答道：“为了保罗！为了我们的王！就是你监禁起来的那个人！他一日不被释放，我们俩就一日为他戴孝！”小说的结尾处，查尔斯说：“我在想，要是我坐牢了，艾米莉亚和伊莎贝尔是否也会为我这么做？”而西摩内心应道：“就我而言，根本不用考虑，我心里十分清楚。对于查尔斯，我敢说，虽然他是两个无赖中更有权势的那个，却不是能让女性为之死心塌地的那个。”

虽然克雷上校精明狡猾，多数情况下能够一次次顺利地实施自己的计划，但本书作者还是让步于读者的期望，使得克雷上校最终被绳之以法。需要指出的是，将克雷上校抓住的，不是别的，正是科学。查尔斯虽然精明，却一次次败于克雷上校之手，最后只得求助于科学，请来了贝蒂荣识别法的专家弗兰克·贝德斯莱博士。克雷上校被抓以后，他对着博士感叹道：“要是你按照贝蒂荣识别法，一步步地找到了我，我倒不怎么介意。我愿屈身于科学，但不愿意屈身于蠢材。我觉得，这位钻石大王可没长那么多脑子，能想到求助于你。他是我这辈子碰到过的最好骗的老浑蛋。不过，要是你把我追捕到了，我只能认了。”艾伦对于科学的推崇可见一斑。

在小说的最后一章，克雷上校接受了审判。这在名义上是对克雷上校的审判，实际上是对查尔斯这个大资本家的种种劣行的责问。“查尔斯在律师的陪同下，早早地到场了。他面色苍白，愁眉不展，看起来更像是被告，而非原告。”“他（查尔斯）站在证人席中时，所有人都觉得他是被告，而克雷上校则是原告。”

文学翻译家杨苡在回顾自己的翻译经历时曾总结道：“回顾四十年翻译生涯，犹如吞下一枚酸果，它已经被我吞下了，我不知道它是甜中带酸，还是酸中有甜，也许它根本就是苦涩的。”文学翻译本身就是件辛苦的事，译文也总会有进一步提升的空间。这部小说从着手翻译到定稿经历了两年多的时间，前后多次修改，其中的酸甜滋味也许只有译者自己最为清楚。本书作为一部通俗犯罪小说，提供给读者的不仅仅是简单的消遣娱乐，字里行间还流露着对资本主义的幽默讽刺。假如读者能够被本书中的故事吸引，能够对故事背后的弦外之意领略一二，那么我也就觉得这所有的付出都是值得的。鉴于本人能力有限，译文之中难免会有疏漏之处，还请广大读者批评指正。

徐洋

二〇一八年三月二十七日

第一章　墨西哥先知

我叫西摩·威尔布拉汉姆·温特沃斯，是查尔斯·凡德里夫特爵士的妹夫兼秘书。他是位百万富翁、知名的金融家，祖籍南非。许多年前，他只是开普敦一位不知名的律师，我有幸娶了他妹妹为妻（当然也是门当户对），后来他将金伯利附近的地产、农场逐步发展成了克罗地多普·戈尔康达有限公司，他就给了我秘书一职；这个职务收入不错，此后我便作为秘书和他形影不离。

查尔斯·凡德里夫特这人，一般的骗子骗不了他。他中等身材，体形魁梧，嘴唇紧闭，目光犀利，一副典型的成功且精明的商业天才的模样。据我所知，只有一个骗子在他身上得逞过，用尼斯警长的话说，即便维多克、罗伯特·胡丁，还有卡廖斯特罗[①]联起手来，也绝对斗不过这个骗子。

当时我们去里维埃拉待了几个星期。我们只是想摆脱金融集团那些繁重的事务，彻底地休息和放松一下，因此也就觉得没什么必要把妻子也一同带出来。实际上，凡德里夫特夫人一心痴迷于伦敦

---

① 维多克，一个声震欧美的传奇人物，被誉为侦探之王；罗伯特·胡丁被誉为现代魔术之父；卡廖斯特罗，意大利的江湖骗子，魔术师兼冒险家，在欧洲各地卖假药，在各大城市算命行骗。

的各种享乐，对于地中海沿岸的乡村风情并无太大兴趣。而我和查尔斯爵士，虽然在国内全身心忙于公务，但对于能够完全摆脱伦敦的城市生活，到蒙特卡洛的高地来，欣赏到迷人的植物，呼吸到新鲜的空气，这种彻底的转变，我们完全欢迎。我们对风景情有独钟。站在摩纳哥的岩礁上放眼望去，身后的滨海阿尔卑斯山、前方的无际碧海，在雄伟的大赌场的映衬下显得尤为壮观，这是全欧洲数一数二的美景，令我心旷神怡。查尔斯对这个地方有种眷恋之情。经历了伦敦的喧嚣，下午能一边享受到蒙特卡洛的棕榈树、仙人掌、清风，一边还能在轮盘赌中赢上几百块钱，这让他精神焕发。要我说，对那些有识之士来讲，这个国度就是他们疲惫时的天堂。但实际上，我们并没有在此逗留。查尔斯觉得，作为一名金融家，通信地址中出现蒙特卡洛，这不太合适。他希望在尼斯的英国大道上找一家舒适的酒店，在那儿每天沿着海岸走到大赌场，恢复一下身体，放松一下紧张的神经。

这段时间，我们舒舒服服地住在英国大酒店。客房在二楼，房间很不错——有客厅、书房、卧室——随处可见来自全球各地的各色人等，都非常和蔼可亲。当时，尼斯到处都在谈论一个神秘的骗子，其追随者都誉之为伟大的墨西哥先知。据说他有超凡的预见力，还有很多其他特异功能。我这位能干的内兄有个特殊嗜好，碰到骗子，就非得揭穿他不可。他是位极其敏锐的生意人，可以这么说，去甄别、戳穿别人的骗术，那种替天行道的正义感让他感到满足。酒店中的许多女士，总在不停地向我们诉说他的各种奇闻怪事，其中有些人同这位墨西哥先知碰过面，还交谈过。这位先知曾向一位女士透露了她那离家出走的丈夫的当前行踪，向另一位女士透露了第二天晚上轮盘赌的中奖号码，还通过屏幕向第三位女士展现了她数年来暗地里爱慕的男子的影像。查尔斯对此当然压根不信，但这却勾起了他的好奇心。他想亲自会会这位了不起的读心术士。

“要是以个人的名义请他过来展示通灵，你觉得需要多少钱？”他问皮卡迪特夫人，先知曾为她准确地预测出中奖号码。

“他不是为了钱，”皮卡迪特夫人答道，“而是为了人类的福祉。我敢保证，他会欣然前来展示他的特异功能，分文不取。”

“胡说！”查尔斯爵士接过话，“不为钱，他怎么生存？不过，他要是能只身前来见我，我会给他五个基尼[①]。他住哪家酒店？”

“应该是大都会酒店，”她回答道，“不对，我想起来了，是威斯敏斯特大酒店。”

查尔斯悄悄地转向我，低声道：“西摩，听着，晚饭后立刻到这家伙的住所，给他五英镑，让他马上到我房间来展示他通灵的本事。不要提起我是谁，名字要绝对保密。你们俩一起回来，直接上楼，这样他就没法和别人串通了。我们倒要看看这家伙到底有什么本事。”

我按照他的吩咐出去了。我发现这位先知很有意思，十分惹眼。他和查尔斯爵士个头相当，但瘦些，腰板也直些，鹰钩鼻，眼睛像是能洞穿一切，瞳孔大而黑，面庞上的胡须刮得干干净净，轮廓鲜明，就像是我们梅费尔[②]的宅邸里那个安提诺乌斯的半身像。然而，他最大的特点是那一头怪异的头发，拳曲成波浪状，跟帕德雷夫斯基[③]一样，如同光环一样包裹着他那高高的白皙的前额还有那精致的面庞。我一下子就明白了，他为何能给女性留下如此深刻的印象：

---

① 英国旧时货币单位。

② 伦敦的上流住宅区。

③ 波兰钢琴家、作曲家、政治家、外交家，是19世纪末20世纪初杰出的世界级钢琴大师之一，1919年曾出任波兰总理，并兼任外交部部长。

他的外貌集诗人、歌者以及先知于一体。

“我到这里来，”我说道，“是想问问你，愿不愿意立刻动身去我朋友那里表演通灵？他还让我告诉你，会付五英镑作为表演的酬金。”

安东尼奥·赫雷拉先生——他说这是他的名字——向我鞠了一躬，那种西班牙人的彬彬有礼让人难忘。他橄榄色的忧郁面庞上泛起一丝蔑视的微笑，严肃地说道：

“我不会为了钱去出卖自己的才能，我不求报偿。要是你朋友——那位无名氏朋友——特别想见识一下在我指尖翻转的宇宙奇迹，我倒也乐意展示一番。刚好，我今天晚上没有其他安排。当有必要去打消别人的疑虑时（我本能地感觉到你的那位朋友是个多疑的人），我通常都会有空。今晚也一样，我刚好没有其他安排。”他的手从那漂亮的长发间划过，若有所思。“好，我去，”他继续说道，仿佛在同正在屋顶徘徊的某个不为人知的幽灵说话，“走，咱们一起去！”接着，他戴上墨西哥宽边帽，系上帽子的红丝带，斗篷披在肩上，点了支烟，就同我并肩大步走向英国大酒店。

他一路很少说话，说的几句也都很简短。他仿佛在埋头沉思，实际上，当我们走到门口，我转身进门时，他又向前多走了一两步，好像并没有注意到我要领他去的地方。他突然停住，环顾了一会儿，说道：“哈，英国大酒店。”顺便提一下，他的英语虽然有点南方口音，但讲得地道、流利。“就是这儿啦！就是这儿！”他又对着那个看不见的幽灵说道。

一想到他要拿这些幼稚的把戏去骗查尔斯·凡德里夫特爵士，我就笑了。全伦敦的人都知道，查尔斯这人才不会上别人的当。在我看来，这全都是些最低等、最拙劣的骗子的套话。

我们一起上楼来到房间，查尔斯爵士召集了几位朋友一起观看表演。这位先知进了门，若有所思。他穿的是晚装，但腰间的红带子十分醒目，让人眼前一亮。他在客厅的中央停了一下，没去看哪个人，也没去盯着哪件物品，接着他便径直走向查尔斯，伸出了黝黑的手。

“晚上好，”他说道，“我的灵魂告诉我，你就是主人。”

“猜得不错。”查尔斯爵士答道，“麦肯齐夫人，您也知道，干这一行得机灵点，要不然永远别想有什么出息。”

先知看了看查尔斯周围，朝其中的一两个人茫然地笑了笑，仿佛记起来以前见过面。接着，查尔斯爵士开始问他一些简单的问题，不是关于他自己的，而是关于我的一些问题，想考考这位先知。大多数问题，他都答得惊人的正确。“他的名字？我猜他的名字以‘西’开头——你叫他‘西摩’。”每句话说完之后，他都停顿良久，仿佛这些答案正在他面前慢慢地显现出来。“西摩——威尔布拉汉姆——斯特拉福的伯爵。不对，不是斯特拉福的伯爵，是西摩·威尔布拉汉姆·温特沃斯。今天在场的诸位中，有一位会知道温特沃斯和斯特拉福之间貌似存在某种联系。我不是英国人，不知道这是怎么一回事，但不知为何，温特沃斯和斯特拉福就是同一个名字。”

他看看四周，显然在盼着谁能证实一下。这时，一位夫人帮了他一把。

“斯特拉福当地有位了不起的伯爵，就姓温特沃斯，”她轻声低语，“如你所说，我也在想，温特沃斯先生是不是很可能就是他的后人呢？”

“是的。”先知黑眸一亮，立刻答道。想来也蹊跷，尽管我父亲一直以为实际上存在这层关系，但家谱中却没有。他不敢确定洪·托马斯·威尔布拉汉姆·温特沃斯就是乔纳森·温特沃斯的父亲，而乔纳森，这位布里斯托的马贩子，正是我们家族的先人。

“我在哪里出生的？”查尔斯爵士打断他，突然把问题转向自己。

先知双手抱住额头，好像阻止它爆裂一样。“非洲，”他缓缓说道，答案逐渐浮出水面，“南非，好望角，扬森维尔，德威特街，1840年。”

“我的天，他说得对，”查尔斯爵士咕哝着，“他好像还真有两下子。不过，他有可能来之前就查清了我的底细，知道自己要去哪里。”

“我什么都没说，”我说，“就这样一直来到门口，他连我要领他到哪个酒店都不知道！”

先知轻轻地抚摸着下巴，我看到他眼神中隐约露出一丝鬼祟。“要不要我告诉你藏在信封中的钞票的编号？”他漫不经心地说道。

“你先出去，”查尔斯爵士说，“我把钞票给其他人看一下。”

赫雷拉先生出了房间。查尔斯小心翼翼地把钞票传给周围的人看，自始至终一直把它拿在手里，只是让他们看了编号，接着便放进了信封，严严实实地封住了口。

先知回到房间，敏锐地扫了一眼所有人，仿佛对一切了如指掌。他甩了甩蓬松的头发，接着把信封拿在手中，一动不动地盯着看。“AF，73549，”他缓缓说道，“英格兰银行发行的五十英镑纸币——用昨天在蒙特卡洛大赌场赢的金币兑换的。”

“我知道这是怎么一回事了，”查尔斯得意扬扬地说，“他肯定自己在那里兑换过这张钞票，我又从那里兑换了回来。实际上，我还记得，看到过一个长头发的人在那儿四处转悠。不管怎么说，这戏法变得不错。”

“他还能隔物观物，”一位女士插话道，说话的是皮卡迪特夫人，“他能透过盒子看东西。”她从衣兜里掏出一个小香料盒，就是我们外婆用的那种。“这里面是什么？”她把盒子凑到他眼前，问道。

赫雷拉先生看穿了盒子。“三枚金币，”他答道，眉头紧锁，努力使目光穿透盒子，“一枚五块的美元，一枚十块的法郎，还有一枚是二十块的德国马克，老威廉皇帝时代的。”

她打开小盒子，到处传着看，查尔斯爵士则在一旁平静地微笑着。

“串通好的，”他像是自己咕哝道，“肯定是串通好的！”

先知转向他，面露愠色。“要不要再来一个更有说服力的？”他问道，那语气让人难忘，“这回让你无话可说！听着，你马甲左兜里有一封信——一封皱巴巴的信，要不要我帮你念出来？你要是同意，我就念。”

对于那些了解查尔斯的人来讲，这好像有点让人难以置信，但我不得不说，查尔斯的脸确实红了。那封信里究竟写了什么，我不得而知。他只是很不耐烦，有点逃避似的答道：“谢啦，这就不必了，不用麻烦你了。刚刚你在我们面前的表演，足以证明你这方面的能力了。”这时，他赶紧紧张地把手伸进马甲的口袋，即便这样，好像也隐隐担心赫雷拉会把它念出来似的。

我猜，他也多少有点紧张地瞄了一眼皮卡迪特夫人。

先知优雅地鞠了一躬。“先生，您的意愿就是我的铁律，”他说，“虽然我能看穿一切，但不论何时，都要尊重别人的隐私与尊严，这是我的原则。要不然，我也许就把社会搞垮了。要是把关于诸位的一切真相都公开，谁能受得了呢！”他环视房间一圈，引起在座各位的一阵不悦与恐慌。我们大多数人都觉得，这位神秘的西班牙裔美国人知道的未免太多了。要知道，我们其中有几位是做金融的。

“举个例子，”先知对此视而不见，继续说道，“碰巧几周前我从这儿坐火车去巴黎，同行的还有一位精明的男士，是位公司创始人。

他包里装了些文件——一些机密文件。”他瞄了一眼查尔斯，“尊敬的先生，这些材料，您是知道的：专家报告——采矿工程师写的。您可能见到过一些类似的文件，上面写着‘绝密’。”

“这些是巨额融资的一部分。”查尔斯爵士冷冷地承认道。

“一点不错，”先知低声道，一时间，他的西班牙口音没之前那么重了，“既然这些文件上标明了‘绝密’，我当然得尊重这种隐私。这就是我想说的：既然我被赋予了这种特异能力，那么在运用它的时候，就不能惹他人生气，也不能给他人带来任何不便，这一点我一直视作自己的本分。”

“你能有这份心，别人会为此而敬重你的。”查尔斯略带刻薄地应道。接着，他在我耳边轻声说：“西，这个精明的浑球儿真讨厌，早知道就不请他过来了。”

赫雷拉先生仿佛本能地察觉到了查尔斯的这一想法，因为这时他以一种更为轻松欢快的语气，插话说道：

“现在我再给您展示一下超自然的能力，和之前不一样，不过更有意思。下面得听我的安排，得把周围的灯光稍微调暗一些。主人先生——这么称呼您，是因为我得有意克制自己，不让自己从在座的诸位的头脑中读取您的大名——您介不介意把这盏灯调暗些？……好！这就可以了。现在，再调一下这盏，还有这盏。对，就这样！”他从一个小包里往茶托上倒了几堆粉末。“下面，请拿根火柴过来，谢谢！”茶托上面燃起了奇异的绿光，他从口袋里掏出一张卡片，还有一个小墨水瓶。“您有笔吗？”他问。

我立刻递过去一支。他把笔递给查尔斯爵士，说：“烦请您把名字写在这儿。”他指着卡片中间的一个地方，卡片四周凸起，中间有个方形区域，颜色不太一样。

要是不告知其事由，查尔斯爵士自然是不愿意签名的。“你要我的签名做什么？”他问道。（要知道百万富翁的签名用处可多着呢！）

“请您把卡片装进信封，”先知答道，“然后烧掉。之后，您会看到您的名字会以血红的颜色写在我的胳膊上，是您自己的笔迹。”

查尔斯接过笔。要是名字一签完就烧掉，他也就不会太在意了。他像平常一样签了名，笔迹清晰有力——这是那种签名者知其价值，不怕开出一张五千英镑支票的笔迹。

“使劲盯着看。”先知在房间的另一端说道。查尔斯签字的时候他并没有看。

查尔斯一动不动地盯着卡片，先知果真准备一展身手了。

“现在把卡片装进信封。”先知大声宣布。

查尔斯温顺得像只羔羊，按要求乖乖地做了。

先知大步向前，说：“把信封给我。”他手持信封，走向壁炉，庄重地烧掉了。“看——烧成灰了。”他高声说道，接着回到房间中央，靠近绿色火光，在查尔斯爵士面前卷起袖子，伸出胳膊。我那位内兄看到了这个名字，“查尔斯·凡德里夫特”，血红色的字，是他自己的笔迹。

查尔斯回过身，低声说道：“我知道这是怎么一回事，一种巧妙的错觉，但还是被我看穿了。这就跟那种有叠影的书一样。你用的墨水是深绿色的，灯光也是绿色的，你还让我使劲盯着看，接着我就在你胳膊上看到了同样的东西，补色罢了。”

“真是这样？”先知奇怪地撇了撇嘴，回敬道。

“肯定是这样。”查尔斯爵士答道。

先知闪电般地再次卷起袖子，字正腔圆大声说道：“这是你的名字，但不是全名。我右胳膊上的字，你又该如何解释呢？这也是补色吗？”他把另一只胳膊露了出来，上面写着“查尔斯·奥沙利文·凡德里夫特”，海绿色的字迹。这是查尔斯受洗时的全名，只不过多年前，他把中间的“奥沙利文”去掉了，因为说实话，他不太喜欢这个中名，有点耻于提到他母亲的家世[①]。

查尔斯匆匆瞥了一眼，说：“一点不错，一点不错。”但他的话没什么底气。我能猜得出，他不想再让这场演示继续下去了。他当然看透了这个人；很明显，这家伙对我们了解得太多，让我们觉得很不自在。

“把灯调亮。”我吩咐道，服务员就把灯调亮了。我低声问凡德里夫特：“要不要我叫点咖啡，还有甜酒？”

“怎么都行，只要别再让这家伙继续乱说下去！”他答道，“还有，我说，你不觉得，最好也建议一下所有男士都来支烟吗？甚至这些女士也不反对抽烟——起码有几位不反对。”

大家都松了口气，灯亮了起来，先知也暂时把手头的事放一放，欣然接过一支帕特加雪茄，在房间一角啜着咖啡，彬彬有礼地同那位提醒他“斯特拉福”的女士聊着天，一副优雅绅士的派头。

第二天一早，我在酒店大厅又碰到了皮卡迪特夫人，她身着一身定制的旅行装束，干净整洁，很显然要去火车站。

“怎么，皮卡迪特夫人，要走了吗？”我大声问道。

她莞尔一笑，伸出戴着漂亮手套的手。“是的，要走了，”她顽皮地答道，“去佛罗伦萨，或者罗马，或者其他地方。尼斯这座城市就像个橘子，已经被我吸干了。能玩儿的也都玩了，现在又得出发了，去我心爱的意大利。”

---

① 中名可以用于纪念某个人，此处“奥沙利文”是其母亲的姓氏。

但我觉得事有蹊跷，如果她打算去意大利游玩，为什么要搭乘公共汽车去赶开往巴黎的豪华列车呢？不过，对于女士们告诉你的事儿，不管多么不可信，深谙世故的人是不会去质疑的。老实说，在接下来十天左右的时间内，我再也没有想到过她，也没想起过那位先知。

那段时期快结束时，伦敦的银行给我们寄来了每两周一次的账簿。我作为百万富翁的秘书，其中一项职责就是，每两周就要把欠账还上，再把已付的支票同查尔斯的票根比对一遍。就在这时，我偶然发现了一处出入，一处非常严重的出入——实际上，足足有五千英镑之多，说是我们的支出。查尔斯的借方账户比票根总额多了五千英镑。

我仔细地检查了账簿，出问题的地方一目了然。查尔斯签了一张五千英镑的支票，支付给“本人或持票人”，很明显是经由伦敦的柜台付的款，因为票面上既没有盖章也没有其他单位的标记。

我把查尔斯从客厅叫到书房。“查尔斯，看看这儿，”我说，“账簿中有张支票你没记上。”我把支票递给他，再没说什么，心想可能是他支取出来，去还跑马比赛或打牌时输的钱了，或者做了些不愿意让我知道的事情，这也不是不可能。

他看了看支票，又仔仔细细地盯着瞧了瞧，接着努了努嘴，长长地“哟”了一声。最后，他思来想去，说道：“我说，西，兄弟，咱们被骗了，对吧？”

我看了眼支票，问道：“你这话什么意思？”

“哎，就是那个先知，”他一边说着，一边仍沉痛地盯着那张支票，“那五千英镑没什么大不了的，但想想那家伙把咱们俩骗成那样——这太卑鄙了！”

“你怎么知道是先知干的？”我问。

“看看这绿色的墨迹，”他答道，“还有，我还记得我签名的最后一笔是什么样。我一兴奋，就会签成这样，但一般情况下我不会这么签。”

“他骗了我们，”我这时也意识到了，“但他是怎么把签名转到支票上的？查尔斯，这看起来就是你的笔迹，不像是精心伪造的。”

“确实是我的笔迹，”他说，“我承认——这没法否认。可他还是在我最小心戒备的时候骗了我！他那些傻乎乎的神秘把戏，还有那一直挂在嘴边的话都骗不了我，但我万万没想到，他居然会以这种方式来骗我的钱。我当时觉得，他会问我借钱，或者勒索我一把。唉，把我的签名弄到空白支票上，真够狠的！”

“他是怎么弄的？”我问。

“我压根也不清楚！但我所知道的是，这名字确实是我签的，这点我绝对敢保证。”

“不能提出异议吗？”

“可惜不行，这是我的亲笔签名。”

当天下午，我们毫不迟延地动身去办公室见警察局局长。他是位温文尔雅的法国人，没平日里那么死板，也没那么拖拉，英语讲得不错，带点美国腔。实际上，他早些年在纽约做过十年左右的侦探。

听了我们的经历后，他不慌不忙地说：“先生们，我想你们是被克雷上校骗了。”

“克雷上校是谁？”查尔斯爵士问道。

“这也正是我想弄明白的地方，”警长说道，操着那怪怪的美法式英语，“他是位上校，因为他时不时给自己弄个头衔。之所以称他为克雷上校，是因为他貌似有张橡皮脸，能像制陶工人把玩泥土[①]一样重塑自己的脸型。他的真名，不知道。国籍，英法。住址，通常在欧洲。职业，在巴黎格雷万蜡像馆当过塑像师。年龄，可以随心选择。他会根据自己掌握的情况，往自己脸上抹些蜡，来塑造鼻子还有脸颊的形状，去伪装成自己想要扮演的角色。你说他这次是鹰钩鼻，过来，看看这几张照片像不像？”

他在桌子上翻着，接着递给我们两张照片。

“一点都不像，”查尔斯爵士答道，“可能脖子有点像，但其他地方一点都不像。”

“这就是咱们所说的上校。”警长高兴地搓搓手，肯定地答道。“看这里。”接着他拿出一支铅笔，快速地描绘出了其中一副面孔，画的是个泰然自若的年轻人，没什么值得一提的地方，“这就是经过简单伪装后的上校。好，现在看着我：你们想象一下，他在鼻子的这个地方加一点点蜡——鹰钩鼻——就出来了。这就像他了。然后下巴，哈，再来一下。至于头发嘛，来个假发。肤色，这就更简单了。你们要找的无赖，就长这样，对吧？”

“太像了。”我们俩不约而同地说道。铅笔画上两笔，再配个假发，整个面孔都变了。

“可是，他的眼睛很大，瞳孔也很大，”我仔细看了看，提出异议，“但相片里的这个人眼睛很小，跟死鱼眼一样。”

“的确如此，”警长答道，“一滴颠茄就会让瞳孔变大，这就变成了先知；来上五滴麻醉剂，瞳孔就会收缩，这样就变成了一副半死不活、又蠢又无辜的样子。先生们，这样，把这事交给我。我要把这

① Clay，音译为“克雷”，有“泥土、黏土”之意。

场好戏看完。我不是说能帮你们抓住他，至今还没有谁抓住过克雷上校；不过，我会给你们揭穿他的骗术。对于您这样身家的人，只损失了区区五千英镑，这也应当足够宽慰了。”

“您可不是一般的法国要员，警长先生。”我试着插了一句。

“当然！”警长答道，收腹挺胸，像个步兵队长。“先生们，”他用法语继续说道，甚是威风，“我会尽本局之所能，来追踪逃犯，如果有可能，会将他缉拿归案。”

当然了，我们给伦敦方面发了份电报，向银行详尽地描述了嫌疑人。不过，不消说，这根本没什么用。

三天后，警长来到我们住的酒店。“先生们，”他说，“很高兴告诉你们，我已经查明一切了！”

“什么？抓住那个先知了？”查尔斯大声问道。

警长往后退了一步，对查尔斯冒出的这个念头几乎感到惊骇。

“抓到克雷上校？”他叫道，“先生，你我只是凡人啊！抓到他？没有，还没抓到。不过，已经查出他是如何得逞的了。先生们，要想揭开克雷上校的面纱——这进展已经不错了。”

“哦，你到底发现了什么？”查尔斯问道，有点泄气。

警长坐下来，对于自己的发现扬扬自得。很明显，他对精心策划的犯罪抱有极大的兴趣。“先生，首先，”他说，“你脑子里再也不要以为，那天晚上你的秘书出去请赫雷拉时他不知道要去见谁。实际情况恰恰相反。赫雷拉先生，或者克雷上校（随你怎么叫），今年冬天来到尼斯，不为别的，就是为了劫你一票，这一点我敢肯定。”

“可是，是我让人请的他。”查尔斯插话道。

“是你让人请的他，他本来就打算让你去请他。可以说，就像是迫牌，要连这都做不到，我想他这骗术也未免太烂了。有位女士——

姑且认为是他妻子，或者妹妹——住在这家酒店，是某位叫皮卡迪特夫人的。他利用这位夫人，引诱了你圈子里的几位女士观看他的通灵表演。接着，这位夫人便同她们一起向你谈起他，引起你的好奇心。我敢打赌，他到你房间时，早已做足了功课，把你俩的底细查了个底朝天。”

“西，咱们多傻呀，”查尔斯高声喊道，“现在我全明白了。那个狡猾的女人在晚饭前出去报信，说我想见他，等你到那儿时，他已经准备好要宰我一把了。”

“就是这样，”警长说，“他在两条胳膊上都印了你的名字，另外还做了些更为重要的准备。”

“你是说支票。那，他是怎么弄到的？”

警长打开门，说：“进来吧！”一位年轻男子走了进来，我们一眼就认出来了，他是马赛信贷银行外事部门的书记官长，马赛信贷银行是里维埃拉地区主要的银行。

“关于这张支票，说说你所掌握的情况。”警长说，给他看了看支票。我们已经将支票交给了警方，留作证据。

“大概四周前……”他张口说道。

“也就是在你那通灵会十天前。”警长打断了一下。

“一位男士，长头发，鹰钩鼻，肤色比较深，有点怪怪的，长得不错，来到我们部门，问我能否告诉他查尔斯·凡德里夫特在伦敦开户行的名称，说是要付一笔钱给你，还问我们能否替他转账。我告诉他，我们收款是违规的，因为你没在我们这儿开设账户。我告诉他，你在伦敦的开户行是达尔比、德拉蒙德，还有罗腾堡有限公司。”

“一点不错。”查尔斯低声道。

“两天后，一位叫皮卡迪特夫人的女士，她是我们的客户，递进来一张三百英镑的支票，签的是一个最上等的名字，让我们代她存入达尔比、德拉蒙德，还有罗腾堡有限公司，并为她同它们开个伦敦的户头。我们照办了，于是收到一本支票簿。”

“根据伦敦发来的电报，我从编号发现，这张支票就来自那本支票簿。”警长插话道，“还有，在支票兑现的同一天，皮卡迪特夫人在伦敦取出了她账户的余额。”

“可是，那家伙是怎么让我在支票上签的字呢？”查尔斯大声问道，“他那卡片的把戏又是怎么回事？”

警长从兜里掏出一张类似的卡片，问道：“是不是这种东西？”

“就是，简直一模一样！”

“和我想的一样。我发现，咱们那位上校在马赛纳的一家商店里买了一包这种东西，这卡片本来是一种宗教仪式的入场券。他把中间裁掉，接着，看这里——”警长把它翻过来，看到背面整整齐齐地贴着一张纸；他把纸撕掉，就在那纸的后面藏着一张叠好的支票，从卡片正面看，留出的区域就是签字的地方，先知给我们看的也就是正面。“要我说，这把戏够巧妙的。”警长评论道，他正用一种专业的眼光来欣赏一个极其精妙的骗局。

“可是，他当着我的面把信封烧了。”查尔斯高声道。

“呸，”警长答道，“要是从桌子到壁炉这中间，他不能瞒着你把信封换掉，他还能算什么骗子？你要知道，克雷上校可是骗子中的高手。”

“嗯，弄清楚了这个人还有那位和他一起的女人的身份，多少也算个安慰。”查尔斯说道，舒了口气，“你们下一步，当然就是沿着这些线索去英国跟踪，然后逮捕他们？”

警长耸了耸肩，被逗乐了，叫道：“逮捕他们？先生，你可真是乐观，还没有哪位警长逮到过橡皮脸上校——这是我们给他起的法语名。那人狡猾得像条泥鳅，在我们的指间游走。我问你，假设我们把他抓住了，那又能证明什么呢？没有谁敢保证同他碰过一次面之后，在他下次伪装时还能再认出他。这位精明的上校，谁也不是他的对手。要是哪天我把他抓住了，先生，我敢说，我会觉得自己是全欧洲最精明的警长。”

“不过，我会抓住他的。”查尔斯爵士答道，之后陷入了沉默。

第二章　钻石链扣

“咱们去瑞士旅行吧。”凡德里夫特夫人提议。于是，我们果真去瑞士旅行了。对于了解艾米莉亚的人来说，这没什么值得大惊小怪的。这世上除了艾米莉亚，没有谁能说服查尔斯爵士，至于艾米莉亚，谁也说服不了她。

我们一开始就遇到了些麻烦，因为我们没有提前在酒店订好房间，刚好又是旅游旺季。不过，这些问题在一贯的贿赂面前最终迎刃而解，我们如期舒舒服服地住进了位于卢塞恩的施维泽霍夫大酒店，这是全欧洲最舒适的酒店。

我们一行四人，两男两女——查尔斯爵士和艾米莉亚，我和伊莎贝尔。房间很大，很漂亮，在二楼，俯瞰着湖泊。那种旅行初期的狂热劲儿，主要是不顾一切地想去爬陡得要命，还到处是雪的大山，还好我们中间谁都丝毫没有这种念头，因此我可以大胆而肯定地讲，我们都玩儿得很开心。我们比较明智，大部分时间都坐在小蒸汽船上，在湖面上惬意地漂荡着；也爬过一次山，记不清是瑞吉山还是皮拉图斯山——不过，我们是坐车上去的。

同平时一样，在酒店，大量各色人等都对我们热情似火，极为殷勤。要是你想看看人性中友善和迷人的一面，就试着当一个星期的众所周知的百万富翁吧，这样你就能略为体验一二。不管查尔斯爵士走到哪儿，总会被一群讨人喜爱、大公无私的人围着。这些人都急切地想结识他，他们要么都熟知几个不错的投资项目，要么就是知道几个需要基督教慈善事业救助的对象。我作为查尔斯的妹夫兼秘书，有责任去婉言谢绝那些不错的投资项目，还得巧妙地给那些需要救济的泼些冷水。甚至连我自己，做了这位大人物的施赈人员，也常常被这些人穷追不舍。他们常常不经意间在我面前讲起些朴实的故事，“温特沃斯先生，你也了解，坎伯兰郡的那些穷牧师”，或者是康沃尔郡的寡妇，再或者是面对书桌上的史诗却身无分文的诗人，再者就是一些年轻的画家，只需有位赞助人金口一开，便能帮他们打开心仪的学院之门。我一边面带微笑，摆出一副已经知晓的神情，一边给他们泼了少许冷水。这些我都没给查尔斯说，除非有些罕见或者从未听说过的情况，并且觉得其中确实另有隐情。

查尔斯爵士天生谨慎，自打在尼斯经历了先知那件小事后，他变得比平时更为小心，以提防那些可能出现的骗子。这时，我们在施维泽霍夫酒店吃客饭（艾米莉亚突发奇想，要在施维泽霍夫酒店吃客饭，说是受不了和“那么多家人”天天待在私人房间里），刚好对面就坐着这么一位，看起来不像是什么好人，黑头发，黑眼睛，一副浓眉十分惹眼。我之所以开始注意到那眉毛，是因为我们旁边坐着一位和善的小副牧师，他发现那人的眉毛又粗又硬，还说达尔文认为这遗传自我们那些猴子祖先。这位年轻的小副牧师面目清秀，十分开朗活泼，正和他漂亮的小娇妻在蜜月旅行，她是位苏格兰姑娘，说起话来有些口音，十分悦耳。

我仔细地端详着那眉毛，接着突然冒出一个念头。“你觉得那眉毛是天生的吗？”我问那小副牧师，“是不是粘上去的——只是某种伪装？看起来可真像。”

“莫非你觉得——”查尔斯张口道，突然又止住。

“对，我觉得是，”我答道，“那位先知。”接着，我意识到自己犯了大错，不好意思地低下了头。因为，说实话，查尔斯老早就直接嘱咐过我，关于在尼斯的那段痛苦的小插曲，不要在艾米莉亚面前提到任何字眼。怕她一旦听说此事，就会天天把这事挂在嘴边。

“什么先知？”小副牧师带着出于自己职业的那种好奇心问道。

我注意到那位浓眉男子一惊，有些可疑。查尔斯的目光紧紧地盯着我，我不知该如何回答。

“哦，是去年同我们一起待在尼斯的一个人，”我结结巴巴地说，尽量看上去一副若无其事的样子，“是当地人谈论的一个家伙，就是这样。”接着，我便转移了话题。

但那个小副牧师蠢得像头驴，不愿让我转换话题。

“他就是那种眉毛吗？”他低声问道。我真的很生气，要是那人真的是克雷上校，这位小副牧师很明显给了他个暗示。现在，我们也许已经暴露出要抓他的信号了，这样一来，要抓他就更难了。

“不是的，”我不耐烦地答道，“我只是随便说说，这个人不是他，我认错人了，认错了。”我用胳膊肘轻轻推了他一下。

小副牧师信以为真。“哦，我明白了。”他答道，自作聪明地使劲点头。接着，他转向妻子，做了个明显的鬼脸，那个浓眉的家伙肯定注意到了。

还好，饭桌隔着几个座位之外的地方，有人正谈论着政治，声音传过来，暂时转移了我们的注意力，格莱斯顿[1]这个神奇的名字

① 英国政治家，曾任首相。

解救了我们。查尔斯勃然大怒，我却满心欢喜，因为我看到艾米莉亚此时已经控制不住自己的好奇心了。

饭后，在台球室里，那位浓眉男子从一边凑过来，跟我搭话。如果他就是克雷上校的话，那么很明显，他对上次从我们这骗走五千英镑并不在意。他还准备伺机再骗我们五千。这一次，他立刻说自己是赫克托·麦克弗森博士，从巴西政府手中获得一大块广袤土地的开采权，就在亚马孙河的上游，他是唯一的受让人。他立刻开门见山地同我谈到了他在巴西地产里那丰富的矿产资源——白银、铂金，已经发现的红宝石，还有那些可能会发现的钻石。我边听边微笑，知道他接下来要说些什么。要开发这片价值连城的土地，他只需要再投入一点资金。就因为缺少几百英镑加以适当地开发，那些价值成千上万英镑的铂金，还有一车车的红宝石，只能碎在土地中或被河水冲走，想一想都难受。要是知道目前谁有钱投资，他就会推荐——不对，是双手奉上一个赚钱的机会，回报率百分之四十，而且绝对安全。

“不是所有人都可以来做，”赫克托·麦克弗森博士把身子凑过来说道，“不过，要是我看中了哪位手上有现金的主，我就会让他的钱袋子迅速地鼓起来，那速度绝无仅有。”

“你可真够大公无私的。”我讽刺道，眼睛盯着他的眉毛。

此时，小副牧师正在同查尔斯爵士打台球。他目光随着我，也看了一会儿那猴毛似的眉毛。

“假的，很明显是假的。”他用嘴型示意道。说实话，我从没见过谁能只靠口型就把话说得这么好，虽然没出声，但你能知道他说的每一个字。

那天晚上余下的时间，赫克托·麦克弗森博士一直像芥末膏药一样贴着我，都快让人恼火了。听到亚马孙河上游这个字眼，我就打心底厌烦。我早已在红宝石矿山中（我的意思是，在矿山的售股章程中）劳神费时太久，到后来，一看到红宝石就反感至极。有一次，查尔斯爵士一反常态，慷慨地送了他妹妹伊莎贝尔（我有幸娶之为妻）一条红宝石项链（次品），我让伊莎贝尔换成了蓝宝石和紫水晶的，理由很明智：后者同她的肤色更般配（顺便提一句，因为考虑到了伊莎贝尔的肤色，我这次把她说服了）。到睡觉的时候，我早就想好了，准备将亚马孙河上游这个地方沉到海底，再把那位手握土地开采权、贴着假眉毛的男子用刀刺，用枪打，用药毒，再或者，把他折磨得体无完肤。

在接下来的三天里，他仍时不时地过来缠我。他说的那些铂金和红宝石把我烦得要死。他不愿意让哪位有钱的主儿单独开发这些宝藏，而是希望能够让自己独自来做，然后给投资人一些自己胡编乱造出来的公司的优惠债券，外加土地开采权抵押产生的利息。一开始，我边听边微笑，然后打哈欠，之后有点暴躁，最后根本不去听了，但他还在那儿叨叨个没完。有一天，我在蒸汽船上睡着了，十分钟后醒来，听到他还在絮叨：“经认证，每吨里面铂金的产量是——”我记不得是几磅，还是几盎司，还是几本尼威特[①]了。化验分析的这些细节，再也激不起我的兴趣：就像“不相信有鬼”的人，这一套我见得太多了。

然而面目清秀的小副牧师，还有他妻子，则完全是另外一种类型。他是牛津人，打板球；而她是位活泼的苏格兰姑娘，散发着苏格兰高地那蓬勃的气息。我叫她“白石南花”。他们姓布拉巴宗。由

① 磅、盎司、本尼威特均为英美重量单位，1磅约为453.6克，1盎司约为28.35克，1本尼威特约等于1.6克。

于百万富翁们习惯了形形色色贪得无厌的人的纠缠，因而，当碰到一对心地单纯的年轻夫妇时，他们会对这纯粹的人际关系感到欢喜。我们多次同这对度蜜月的年轻人一起野餐，在周围游玩。他们对彼此的爱慕毫不掩饰，也不怕别人打趣他们，我们都非常喜欢他们俩。不过，每当我称那位漂亮的小姑娘“白石南花”时，她总是看起来很震惊，然后叫道：“啊！温特沃斯先生！”不过，我们仍是关系最好的朋友。一天，在湖上，小副牧师主动要为我们划船，而这时，那位苏格兰姑娘则向我们保证，她能和他划得一样稳。不过，我们没有接受他们的好意，因为划船对艾米莉亚的消化系统不太好。

“那个姓布拉巴宗的，是个不错的小伙子，”一天，我和查尔斯爵士沿着码头散步时，他对我说，“绝口不提什么受俸牧师推荐权，也不提以后的圣职推荐。他好像根本不在乎什么晋升提拔。他说，他对于自己副牧师这一职位十分满意，薪俸足够家用，再也别无他求；他妻子有一点点，非常少的一点点积蓄。我问了问他教区里的穷人怎么样，想故意试探他一下：这些牧师总是绞尽脑汁，想为教区里的穷人骗点什么。有人说，穷人总是无处不在，处在我这种位置的人深知此话不假。说出来你也许不会相信，他说他的教区里没有穷人，都是些富足的农民，还有些身强力健的劳工，他唯一害怕的是哪天来个人，想试着把他们变穷。‘要是哪位做慈善的今天给我五十英镑，让我在艾宾汉姆花掉，’他说，‘查尔斯先生，我敢保证，我都不知道该怎么花。我觉得，该给杰西买些新衣服，但她的情况和村里其他人差不多——也就是说，根本不需要。’西，老弟，这牧师正是你所欣赏的类型。多希望我们在塞尔登也能有一位他这样的牧师。”

“他绝对没打算从你身上算计点什么。”我答道。

那天晚上吃晚饭时，发生了一个奇怪的小插曲。那名浓眉的男子，像往常一样开始隔着桌子对着我说话，张口闭口全是亚马孙河上游那块让人厌烦的土地的开采权。我打算尽可能委婉地让他闭嘴，这时我注意到了艾米莉亚的眼睛。她的表情引起了我的兴趣。她示意自己身旁的查尔斯，让他去观察小副牧师那不同寻常的袖口链扣。我扫了一眼，立即意识到，这么一个不起眼的人物有这么一对链扣，是有点奇怪。每条链扣都有一短片金条，通过一条小金链连着钻石。以我相当丰富的经验来看——那是一颗最上等的钻石。钻石相当大，外形、光泽、切割也都堪称精品。我立刻明白了艾米莉亚的意思。她有一条钻石项链，据说来自印度，不过还差两颗钻石，才能把她那相当丰满的脖子围上一圈。她早就打算再要两颗同样的钻石，同自己的项链配成一套，但她的钻石形状奇特，切割样式过时，所以一直没能配成她心仪的项链。要做成这条项链，最起码得有一块相当大的极品钻石，从上面切割掉相当一部分。

那位苏格兰姑娘此刻也注意到了艾米莉亚的目光，突然绽放出了愉快、甜美的微笑。"迪克，亲爱的，又俘获了一个人，"她转向丈夫，欢快地大声说道，"凡德里夫特夫人正盯着你的钻石链扣呢！"

"钻石相当不错。"艾米莉亚没多想便脱口而出。（要是她打算买的话，刚说出的这话就不太明智了。）

不过和蔼的小副牧师心地太单纯，没有顺着她脱口而出的话往下说。"的确很不错，"他答道，"就各方面而言，都相当不错。但实话告诉你，它们根本不是什么钻石，只不过是上等的东方老式铅玻璃。在塞林伽巴丹之围后，我曾祖父花了几个卢比从一个印度兵手里买来的，而那印度兵则是从提普苏丹的王宫里掳掠来的。他和你一样，觉得自己得了个宝，但事实是，经过专家的检测，它们只不过是铅玻璃做的——极好的铅玻璃。据说都瞒过了提普本人，因为仿制得太像了。但它们也就值——嗯，大概最多五十先令。”

就在他说话的当儿，查尔斯盯着艾米莉亚，艾米莉亚也望着查尔斯。他们四目相对，目光中来回传递着大量讯息。她的项链据说也曾经是提普的藏物。两人立刻得出了一致的结论：这两颗钻石和艾米莉亚的是一样的，很有可能在占领印度王宫的打斗中被扯断了，所以就此同其他部分失散开来。

“你能把它们取下来吗？”查尔斯爵士平静地问道。他说话的语气中流露出一些买卖的意味。

“当然可以，”小副牧师笑着，答道，“把它们取下来，我也习惯了。它们总会引起别人的注意。自从那次围攻之后，它们就一直放在家中，算是件无价的传家宝。原因嘛，你也知道，就是那背后的传奇故事。别人和你一样，谁见了都要仔细地检验一下。一开始，甚至把专家都瞒过了。不过，虽然这样，但它们就是铅玻璃，彻头彻尾的东方铅玻璃。”

小副牧师把两个链扣都取了下来，递给查尔斯。说到鉴别珠宝，全英国没有谁能比得上我内兄。我眯着眼睛看着他，他仔细地检查着链扣，先是用肉眼看，接着又用他口袋里随身携带的放大镜看。“相当不错的赝品，”他咕哝道，将其递给艾米莉亚，“怪不得它们能瞒过一些没经验的人。”

不过，从他说这话的语气来看，我立刻明白，他十分高兴，因为这是真正的价值不菲的珠宝。查尔斯做买卖的方式，我再清楚不过了。他递给艾米莉亚的眼神仿佛在说：“这正是你长久以来苦苦寻求的钻石。”

那位苏格兰姑娘欢快地笑了出来。“迪克，他看出来了，”她大声嚷道，“我敢保证，查尔斯爵士肯定是位鉴定钻石的专家。”

艾米莉亚将链扣翻来覆去地把玩。我也了解艾米莉亚，从她看链扣的眼神中可以看出，她打算把它们弄到手。要是艾米莉亚打算把什么东西弄到手，那些想阻止她的人最好还是省省心，不要白费功夫了。

那两颗钻石很漂亮。后来我们才发现，小副牧师的话说得不错：它们同艾米莉亚的宝石项链确实都来自同一条项链，那条为提普的爱妃打造的项链。她大概也同我那位亲爱的舅嫂一样，有着同样奢华的个人饰品。再也没有见过比这更完美的钻石了。不论是盗贼，还是鉴赏家，都对之赞叹不已。事后，艾米莉亚告诉我，传说一位印度兵在洗劫王宫时偷走了那条项链，后来为了争这条项链，又同另一位印度兵大打出手。据说两人在扭打中丢了两颗钻石，却被一名旁观的第三者捡到卖掉了，那人根本不了解他自己所捡到的物品的价值。艾米莉亚几年来一直在寻找它们，想配成一条完整的项链。

“这是些极好的铅玻璃，”查尔斯一边把链扣还回去，一边评论道，“只有一流的行家才能将它与真品鉴别开来。凡德里夫特夫人也有一条质地大致相同的项链，不过她的是真钻石。既然它们这么相仿，从外表上看，也刚好能配成她的项链，那我出十英镑买你这一对，也就不计较了。”

布拉巴宗夫人看起来挺高兴。“哎，迪克，卖给他们，”她大声说，“再用这钱给我买枚胸针！你戴一对普通的链扣也一样。两块铅玻璃能卖十英镑，这钱已经相当多了！”

她说话的声音很甜美，带着悦耳的苏格兰口音，我无法想象迪克怎能狠下心拒绝她。但不管怎样，他就是这么做了。

“不行，杰西，亲爱的，”他答道，“我知道它们不值什么钱，但对我来讲，它们却有着一种情感价值，我也经常这么给你说。我那亲爱的母亲在世的时候，把它们当耳环戴；她一去世，我就把它们做成了链扣，这样就能时时刻刻把它们带在身边。不仅这样，它们还牵扯一些历史以及家族因素于其中。传家宝，哪怕一分不值，也终究是传家宝。”

赫克托·麦克弗森博士朝这边看过来，打断了我们：“我那片土地上有一块地方，我们有理由相信能开发出另一个完美的金伯利[①]。查尔斯爵士，要是我的钻石发掘出来，不论什么时候您愿意赏光想看一眼，我都会将它们交到您手中，这会是我此生莫大的荣幸。”

查尔斯再也受不了了。“先生，”查尔斯用最严厉的目光盯着他，说道，“要是你的土地里真的满是钻石，就像水手辛巴达的山谷那样[②]，我是不会不去看的。这种挂羊头卖狗肉、言过其实的事情，我见得多了。”他盯着那位浓眉男子，像是要把他活吃了一样。可怜的赫克托·麦克弗森博士立刻闭了嘴。我们稍后才知道，他精神有问题，但并没什么恶意。他满世界到处跑，如影随形的还有他那一块块满是红宝石矿山、铂金矿脉的土地。因为他之前被这些项目的投机活动搞得家破人亡，自己也疯了，现在成天臆想着从缅甸、巴西或者脑袋里随时蹦出来的某个地方的政府手中获得的土地，借此聊以自慰。对了，还有他那眉毛，是天生的。发生这件事，我们非常抱歉。不过，处于查尔斯这种地位的人，就是无赖们的目标，要是不及时采取些手段保护自己，就会一直被他们骗来骗去。

我们当天晚上回到客厅，艾米莉亚就一屁股坐在沙发上。“查尔斯，”她突然爆发了，一副如同悲剧女演员的腔调，“那可是真钻石，

---

① 南非开普省城市，世界闻名的钻石产地。

② 《天方夜谭》中的故事，水手辛巴达曾经进行七次航海旅行，在第二次冒险中落入一山谷，谷中满是钻石。

要是不把它们弄到手，我是永远不会开心的。”

“确实是真钻石，”查尔斯应道，“艾米莉亚，你会弄到手的。那钻石至少值三千英镑，不过我要慢慢地把价格加上去。”

于是，第二天，查尔斯开始同那位小副牧师讨价还价，但布拉巴宗不愿卖掉它们。他说自己不是个贪财的人，即使查尔斯出价一百英镑，他还是不愿舍弃母亲遗留给他的这份礼物，这份家族的传承。查尔斯眼睛一亮，试探地说道：“我出两百英镑呢？多好的机会！这样，你就能给村子的校舍再盖上一个新的侧厅了！”

“我们的校舍足够了，”副牧师答道，“算了，我是不会卖的。”

不过，他说话的声音有些支吾，接着低头犹疑不定地盯着那链扣。

查尔斯有些过于急躁。

“多一百英镑少一百英镑，对我而言没什么区别，”他说，“我妻子铁了心要得到它们。哄妻子开心，是每个男人的责任——我说的对不对，布拉巴宗夫人？——我出三百英镑。”

那位苏格兰小姑娘紧扣着双手。

“三百英镑！迪克，想想咱们能做多少开心的事啊，想想咱们能用它做多少好事啊！卖给他吧！”

她那语气让人难以拒绝，但小副牧师还是摇摇头。

“不行，”他答道，“这是我母亲的耳环！要是知道我把它们卖了，奥布里舅舅会大发雷霆的。我还怎么敢去见他？”

“他会从奥布里舅舅那里继承一笔财产吗，”查尔斯爵士问，“白石南花？”

布拉巴宗夫人笑道：“奥布里舅舅！哎，亲爱的，别想了。可怜的老奥布里舅舅！哎，他那位亲爱的老舅舅，除了养老金外，一个子儿都给他留不下。他以前是上校舰长，退休了。”她笑道，声音很悦耳，很招人喜爱。

“这么说，我就不用考虑奥布里舅舅的感受了。”查尔斯爵士果断地说。

“不行，不行，”副牧师答道，“可怜的老奥布里舅舅！不管怎样，我是不会惹他生气的。他肯定迟早会发现的。”

我们回去见艾米莉亚。“有没有买到手？”她问道。

“还没有，”查尔斯爵士回答道，“不过，我觉得他就快要卖了。现在他正犹豫不决，自己倒是想卖，就是担心那位叫‘奥布里’的舅舅会说三道四。他妻子会劝劝他，让他不必去考虑奥布里舅舅的感受。明天咱们就能把这笔生意敲定了。”

第二天早上，我们在客厅待到很晚，通常在那儿吃早饭。直到快到早饭的时间，我们才下楼到大厅，因为我和查尔斯一起忙着处理大量待办的信件。我们下楼时，门房走上前来，递给艾米莉亚一张女性用的短笺，小小的，折了起来。她接过来，看了看，脸沉了下来。“这下好了，查尔斯，”她把短笺递给他，大声吼道，“你让机会溜掉了。我再也开心不起来了！他们带着钻石离开了。”

查尔斯一把抓过短笺，看了看，接着递给了我。内容很短，但已无可挽回：

星期四，早上六点

亲爱的凡德里夫特夫人：

未及说声再见，我们就匆匆而别，请勿见怪。刚刚电报传来噩耗，迪克心爱的妹妹在巴黎身患热病，病情严重。我本想与您握手道别——您对我们一向很友善——但无奈得乘坐早班列车出发，早得有些荒唐，因此不愿搅扰您。也许我们有朝一日会再次相逢——不过这已不大可能，因为我们深居于北方村落。无论如何，我将永远珍惜这段记忆，并心怀感激。

您亲爱的，

杰西·布拉巴宗

附——代我向查尔斯以及亲爱的温特沃斯夫妇问好。吻你，恕我冒昧。

“她连去了哪里都没说。”艾米莉亚叫道，很生气。

“也许门房知道。”伊莎贝尔一边从我身后探过头来看，一边提醒道。

我们于是到门房打听。

找到了，他的地址是诺森伯兰郡，艾宾汉姆村，霍姆布什村舍，理查德·佩普洛·布拉巴宗牧师。

在巴黎有没有地址可以立即写信寄过去？

歌剧院大街，德蒙大酒店。接下来的十天会用这个地址，如有变更，会另行通知。

艾米莉亚立刻拿定了主意。

“要趁热打铁，”她叫道，“在他们快度完蜜月时，这突如其来的疾病，再加上在这么昂贵的酒店多待上十天，很可能让小副牧师经济上感到捉襟见肘。现在他肯定乐于出手了，花三百英镑就能买到。查尔斯真蠢，一开始不应该出那么高的价的。不过既然出了这个价，当然就得坚持这个价。”

“你觉得该怎么办？”查尔斯问道，“写信还是发电报？”

“唉，男人们真糊涂！”艾米莉亚大声吼道，“这种事是写信能解决得了的吗？还发什么电报！不行，西摩必须立即动身，坐夜间的火车去巴黎，一下车就和那位副牧师或者布拉巴宗夫人碰面商量此事。最好和布拉巴宗夫人商量。她不会傻乎乎地谈什么感情，跟你说什么奥布里舅舅的一些废话。”

做钻石掮客并不是秘书的职责。不过，一旦艾米莉亚下定了决心，就是铁了心了——关于这一点，她不愿重申。于是，当天晚上，我就老老实实坐上火车赶往巴黎，第二天一早在斯特拉斯堡站下了那舒适的卧铺车。我的任务就是要千方百计把那两颗钻石装进口袋，带回卢塞恩。价格要多少，就给多少，但最多不超过两千五百英镑，要立即买到手。

到了德蒙大酒店，我看到可怜的小副牧师夫妇俩都十分坐立不安。他们说他俩整夜坐着，陪着那位生病的妹妹，坐了长时间的火车，接着又是失眠，又是担心，影响了身体。两人都面色苍白，十分疲惫，尤其是布拉巴宗夫人，看起来像是病了，满面愁容——太像白石南花了。这种时候，要是再拿钻石的事情搅扰他们，我感到非常难为情。不过我突然意识到，也许艾米莉亚说得对——他们目前应该把去大陆旅行的预算也花得差不多了，或许正盼望能立刻得到点现金。

我小心地引向了正题。我说，凡德里夫特夫人一时性起，一心想要这些没用的小玩意儿，没有它们不行，她必须要把它们买到手。但副牧师很执拗，还是拿奥布里舅舅说事。三百？——不行，肯定不行！这是母亲的礼物，不可能的事情，亲爱的杰西！杰西又是祈求又是祷告，说自己特别喜欢凡德里夫特夫人，但副牧师压根不听。我试探着把价格出到四百，他还是忧郁地摇摇头，说不是钱多钱少的问题，是情感。看到此路不通，我就另辟一条新径。“我觉得有必要告诉你们，”我说，“这两颗钻石是真的，这一点查尔斯爵士敢确定。像你这种职业、这种身份的人戴着一对这么大的钻石，价值几百英镑，只把它当成普通链扣来戴，你觉得合适吗？如果是女人戴呢？——我说合适。但对于男人来说，像个男人吗？再说，你还是个打板球的！”

他看着我，笑了出来。“说什么你能信呢？”他大声说道，“有六位珠宝商都检验过了，我们都知道这只是铅玻璃。不管我多想卖，但不能用欺骗的手段把它们卖给你，这是不义之举。我不能这么做。”

“这样吧，”我说，把价位稍稍抬了一下，让他满意，“咱们这么说：这些珠宝确实是铅玻璃做的，但凡德里夫特夫人不知什么原因，就是一心想得到它们。钱对她而言没什么大不了，况且她还是你妻子的朋友。就算私下里帮个忙，愿不愿意一千英镑卖给她呢？”

他摇摇头，说：“这是不义之举，还有可能是违法行为。”

“我们这边来承担一切风险。”我大声说。

他太固执，答道：“我是神职人员，我觉得不能做这种事。”

“布拉巴宗夫人，你能不能劝劝他？”我问道。

漂亮的苏格兰小姑娘弯下身子，在他耳边低声劝说，又是哄又是骗，她这一套还挺奏效。我听不清她说了什么，不过他最终好像让步了。“我愿意把它们卖给凡德里夫特夫人，”她转向我，低声说道，“她太招人喜欢了！”接着把链扣从她丈夫的袖口上取下，递过来给我。

“多少钱？”我问。

“两千？”她试探着答道。价格一下涨得太多，但这毕竟是女人做事的风格。

“成交！”我答道，“你同意吗？”

副牧师抬起头，显得有点难为情。

“既然杰西想这样，”他缓缓说道，“我也同意。但是作为一名神职人员，为了避免以后的任何误会，我得让你给我写一份声明，上面注明你购买时，我已经明确告知你，它们是由铅玻璃做的——古老的东方铅玻璃——而不是真钻石；还有，如果出现了其他质量上的问题，我概不负责。”

我当即把钻石装进了钱包，很是高兴。

“一定。”我边说边取出一张纸。查尔斯凭他那准确无误的经商本能，早料到他会提这种要求，给了我一份签过名的协议，内容差不多。

“你要不要支票？”我问。

他犹疑了一下。

“最好还是给我法兰西银行的钞票吧。”他答道。

“好，”我答道，“我到外面给你取。”

有些人就是这么信任别人！他竟然答应让我出去——兜里揣着这些钻石出去！

查尔斯爵士给了我一张空白支票，额度不超过两千五百英镑。我把支票给了我们的代理人，兑换成了法兰西银行的钞票。副牧师高高兴兴地紧紧抓住这些钞票。当天晚上，我也高高兴兴地赶回卢塞恩，觉得自己以低于实际价值约一千英镑的价格，就把这些钻石买到手了！

艾米莉亚在卢塞恩车站接我，她显然很焦急。

“西摩，买回来了吗？”她问。

“买来了。”我答道，以一种胜利的姿态掏出“战果”。

“啊，太可怕了！”她叫道，往后一退，“你觉得它们是真品吗？确定他没骗你？”

“确定，”我一边打量着，一边回答，“说到钻石，没人能骗得了我。你究竟为什么怀疑它们不是真品？”

“我在酒店里同欧黑根夫人聊天，她说有一种非常知名的骗局——她是在书中看到的。骗子准备两套东西——一套真的，一套假的。他向你展示的是真品，但卖给你的却是假的，卖的时候还装得像是给了你什么特殊优惠。”

“不用担心，”我答道，“我是品鉴钻石的专家。”

“我还是不放心，”艾米莉亚低声道，“还是让查尔斯看看吧。”

我们一起回到酒店。当我把钻石交给查尔斯检验时，生平第一次看到艾米莉亚真的紧张起来。她的担心也影响到了我们。我自己也有点担心，查尔斯也许会发出一声简短而低沉的感叹，接着突然火冒三丈。事情出问题时，他经常会这样。不过，当我告诉他价钱时，他面带微笑地盯着它们。

“比实际价值便宜了八百英镑。”他心满意足地答道。

“你不怀疑它们是假的？”我问。

“一点也不用怀疑，”他注视着它们，答道，“这都是真钻石，质地还有款式都同艾米莉亚的项链一模一样。”

艾米莉亚松了口气，缓缓说道：“我上楼把我的项链拿下来，让你们俩对比一下。”

一分钟后，艾米莉亚又冲了下来，上气不接下气。艾米莉亚可算不上不苗条，不过我还从未见过她的动作像现在这般伶俐。

“查尔斯！查尔斯！”她大叫道，“知道发生了什么可怕的事了吗？我自己的钻石有两颗不见了！他从我项链上偷了两颗，然后又卖给了我！”

她把项链拿了出来。一点都不错，果真少了两颗钻石——而这两颗刚好能嵌在空缺的地方！

我突然灵光一闪，用手拍拍头。“我的天，”我大声叫道，“那位小副牧师是——克雷上校！”

查尔斯的两只手来回不断地拍着前额，叫道：“杰西，白石南花——那位单纯的苏格兰小姑娘！虽然她说话有点悦耳的高地口音，不过我常从她的声音中听出些熟悉的味道。杰西就是——皮卡迪特夫人！”

我们当然没什么证据，但就跟尼斯的警长一样，我们凭直觉敢肯定事情就是这样。

查尔斯下定决心要抓住这个无赖。这第二次上当让他铁下心来，说道：“这人最可恶的一点在于，他有一套手段，他不是上门来骗我们，而是让我们主动上钩。他下个套，我们就跌跌撞撞地钻了进去。西，明天我们必须紧随他去巴黎。”

艾米莉亚向他解释了欧黑根夫人说的话，查尔斯以他一贯的精明，立刻豁然开朗，说道：“这就解释了，为什么那无赖会用这种把戏一步步来引诱我们。要是我们怀疑，他就可以向我们展示钻石是真的，这样就逃过了检验。这只是一种掩饰，把我们的注意力从抢劫这件事上转移开。他动身去巴黎，是为了在事迹败露后逃之夭夭，比我们提前整整一天动身。这个无赖真够高明的！接连骗了我两次！”

“可是，他是如何拿到我的珠宝盒的？”艾米莉亚高声问道。

“这是个问题，”查尔斯回答，“先不管这个了！”

“还有，他为什么不把整条项链都偷走，然后把钻石卖掉？”我问。

“这人太狡猾了，”查尔斯答道，“不过他目前的这种做法会更好。要处理掉那么一大件珠宝并非易事。首先，那些钻石很大，价值不菲；其次，谁都知道这些钻石——每位做珠宝生意的都听说过凡德里夫特家的宝石项链，看过它们外观的照片。可以这么说，这些钻石都是标了记号的。他不会去这么做，但玩的手段更高明——从上面取下两颗钻石，然后卖给世上唯一有可能买，而且不会起疑心的人。他到这儿就是为了实施这个骗局，他提前按照钻石的形状准备好了一副链扣，之后偷来钻石，镶到预留的位置上。一场相当精明的骗局。我发誓，我自己都有点佩服这个家伙了。”

因为查尔斯自己是位商人，他能够察知他人的生意头脑。

克雷上校是如何知道那条项链，又是如何偷走两颗钻石的，我们直到很久以后才知道。在此我也就不提前透露了。一时专一事，这是生活中的金科玉律。现在，他把我们所有人都骗了。

我们紧跟他赶到巴黎，提前给法兰西银行发了电报，让他们拒绝承兑这些票据。可是已经太晚了。就在我支付后半小时内，钞票已经兑换成了现金。我们发现，副牧师夫妇在当天下午已经离开德蒙大酒店，不知去了哪里。同克雷上校平日一样，他们凭空蒸发了，没留下任何线索。换句话说，他们肯定又改变了伪装，当天晚上以另外某种身份出现在了其他某个地方。不管怎么说，此后再也没有听说过理查德·佩普洛·布拉巴宗牧师这个人——还有，实际上在诺森伯兰郡根本没有艾宾汉姆这个村庄。

我们将情况告知了巴黎警方。他们一点同情心也没有。“肯定是克雷上校，”接见我们的警官说道，“但你们好像没什么正当的理由来指控他。据我所知，先生们，你们彼此也都是半斤八两。你，爵士先生，想用铅玻璃的价格把钻石买到手。你，夫人，害怕自己用买钻石的价格买到铅玻璃。你，秘书先生，想试着以半价从一位毫无戒备的人手中买这些钻石。那位勇敢的橡皮脸上校，把你们都骗了——可谓强中自有强中手。”

当然，话虽没错，但听了之后，心里也没有觉得有所宽慰。

我们回到格兰德大酒店，查尔斯火冒三丈，叫道："太过分了，这个浑蛋真有种！不过，他休想再骗我，西。我倒希望他再骗我试试，我会抓住他的。我保证，下一次不管他怎么伪装，我一定能把他认出来。我接连两次这样被他骗，太荒唐了。只要我还有一口气，他就休想再得逞！休想！我把话放在这儿！"

"闻所未闻！"附近大厅中一名送信人用法语低声应道。我们站在格兰德大酒店外廊下面，在宽敞的玻璃庭院中。我十分怀疑，那送信人就是乔装的克雷上校。

也许，我们已经处处在怀疑他了。

第三章　大师名作

查尔斯和大多数南非人一样，最不喜欢久坐不动。他讨厌坐着，必须常常“跋涉”一下。要是不能随心所欲地到处走动，就会要了他的命。在梅费尔一下子待上六个星期，这是他能忍受的极限了。之后，他就会忍不住，跑到苏格兰、洪堡、蒙特卡洛、比亚里茨去休息休息，换换环境。“我才不会像帽贝一样永远趴在石头上。”他说。于是，早秋时候，我们就入住到了布莱顿市的大都市酒店。和往常一样，还是我们和睦的一小家人——查尔斯和艾米莉亚，伊莎贝尔和我，还是和平日一样住的套房。

到那里之后的第一个周日早上，我和查尔斯就出去溜达了——很遗憾，是在做礼拜的时间出去的——走到英皇大道，去呼吸一点新鲜空气，看看海峡中翻滚的波浪。那两位女士（戴着软帽）去做礼拜了。查尔斯劳累了一周，非常疲惫，很晚才起床，而我早起后有些头痛，我觉得是由于台球室的空气不流通；再者，还有可能是我喝的一种不太习惯的苏打水在作怪，我喝它主要是想冲淡一下晚上饮的威士忌。我们打算稍后在教堂巡行的人群中与她们见面——我觉得艾米莉亚还有伊莎贝尔对于这一仪式的重视程度要胜于这之前的布道。

我们一起坐在玻璃座位上。查尔斯的目光来来回回地在英皇大道上搜寻，想找位卖星期日报纸的报童。最后终于有个报童过来。“《观察家新闻报》。”我内兄简短地叫道。

“没有了，”报童答道，在我们面前晃了晃他那一摞报纸，“要不要《裁判员报》？或者《粉安报》[①]？”

查尔斯不看《裁判员报》，至于《粉安报》，他觉得不太适合周日早上在大庭广众之下看。也许可以在房间里看看，但在外面看的话，报纸粉红的颜色把一切都暴露了。于是，他摇摇头，低声说道：“要是你碰到卖《观察家新闻报》的，让他马上到我这儿来。”

这时，我们旁边紧挨着坐的一位文质彬彬的陌生人转过身，面带微笑。“我给你一份怎么样？”他一边说，一边从口袋里掏出一份报纸，“我想，我买的是最后一份。今天大家都争着买它，它今天早上登了来自德兰士瓦[②]的重要新闻。”

查尔斯扬了扬眉毛，接了过来，在我看来，他的态度有点粗暴。为了避免这位好心人对他产生一种粗暴无礼的误解，于是我便同这位热心的陌生人攀谈起来。他是个中年人，中等身材，举手投足间透露着涵养，戴了一副金边夹鼻眼镜，他目光犀利，声音透着优雅。不一会儿，他就谈到了当时布莱顿的知名人士。很显然，他同许多名流都交情不浅。我们谈到了尼斯、罗马、佛罗伦萨还有开罗。我们的许多朋友他好像也都认识；说实话，虽然我们双方的交际圈有这么多交集，不过很奇怪，在这之前却没有碰到过对方。

“查尔斯·凡德里夫特爵士，那位了不起的非洲百万富翁，”他最后问了一句，“你知不知道他？听说他目前就在这儿，住在大都会

① 英国的一份体育报纸，最初印在粉红色的纸上，故得此名。

② 南非一省名。

酒店。”

我朝我们正在谈论着的那人挥了挥手。

“这位就是查尔斯·凡德里夫特爵士，”我答道，心里有一种独有的自豪感，“我是他妹夫，西摩·温特沃斯。”

“哦，这样！”那陌生人答道，很奇怪，给人一种欲言又止的感觉。我在想，他是不是刚才要装作认识查尔斯，或者是不是刚准备要贬损他几句，庆幸还好没有说出口。

这时，查尔斯放下报纸，同我们一起攀谈起来。我从他缓和的语气中立刻明白，德兰士瓦的新闻，对他克罗地多普·戈尔康达公司的经营有利，因此他的态度变得友善和蔼起来。他整个人立刻都变了，对那位文雅的陌生人也变得礼貌起来。此外，我们还了解到，那名男子在上流社会活动，结识了一些人士，一些艾米莉亚渴望能邀请来参加她在梅费尔举办的“家庭招待会”的人士——年轻的小说家费斯，还有了不起的北极旅行家理查德·蒙特罗斯爵士。说到画家，很明显，这人同他们中许多人都是莫逆之交。他同美术院会员一起吃过饭，每周还请协会成员共进早餐。现在，艾米莉亚极其希望，她的沙龙不应当看起来仅仅局限于一些金融界和政界人物——有下院议员还有百万富翁们作为坚实的后盾——她现在转而钟爱文学、艺术以及音乐这股清雅的暗流。我们的这位新相识极其健谈。“西，他知道自己在社会中的位置，”查尔斯后来对我说，“因此说起话来天马行空，不必过虑。不过，很多人拿不准自己的位置，往往会担心这一点。”我们起身告别时交换了名片。这位新朋友的名字是爱德华·伯尔派罗博士。

“你在这儿行医吗？”我问，不过他的装束不太像医生。

“哦，我不是医生，”他答道，“是法学博士，你该知道的。我对艺术感兴趣，就某种意义上来讲，可以说我是为国家美术馆购买一些作品。”

这正是艾米莉亚“家庭招待会”所要的人！查尔斯立即稳住他。“我把自己的马车也带过来了，”他以自己最友好的态度说，“我们打算明天驾车去刘易斯市。要是您愿意赏光一同前去，我敢保证，凡德里夫特夫人见到你一定会非常高兴。”

“咱们仅有一面之交，”博士说，“你就如此热情。我明天肯定会欣然前去。”

“我们十点半从大都会酒店出发。”查尔斯接着说。

“我一定到。早安！”他边说边起身离开，点点头，会心地笑了。

我们又回到草坪，来到艾米莉亚和伊莎贝尔身边。那位新朋友从我们面前经过一两次，查尔斯拦住他，并做了介绍。当时，他正同两位女士一起散步，她们装束精致、奇特，极其优雅。艾米莉亚一下子就注意到了他的举止。“谁都能一眼看出，”她说，“他这人有涵养，真正卓尔不群。我在想，他能不能把英国皇家艺术院院长一起请来，参加我两周后的周三举办的议会‘家庭招待会’？”

第二天十点半，我们驾车启程。我们的车马可以算是苏塞克斯地区最棒的。查尔斯虽说有点急躁——或者，最好说是有点小心翼翼？——但驾车技术不错。他现在实际上正忙着驾驭两匹前马两匹后马，没时间和我们闲谈。来自比肯的贝莱斯尔夫人在他旁边，坐在车夫座位上，容光焕发（她一直都是这样，这得归功于她的女仆）；伯尔派罗博士坐在后排，同我和艾米莉亚一起。他大部分时间在同凡德里夫特夫人交谈：他谈的都是关于画廊的。艾米莉亚很反感，但又觉得作为查尔斯的妻子，偶尔假装有个高雅的兴趣爱好，是她义不容辞的责任。是贵族就得名副其实。我们在罗斯郡的住所，塞尔登堡，几乎满墙都是钱玛还有奥查德森的作品。事情起因于一件小小的意外。查尔斯爵士想要一匹前马——你也知道，为他马车准备的前马——于是把此事告诉了一位搞艺术的朋友。这位搞艺术的朋友第二周就给他弄来一幅钱玛的作品，把牲畜当成了人名。查尔斯爵士吃了一惊，羞于承认所犯的这个错误。于是后来稀里糊涂地成了绘画的赞助人。

虽然伯尔派罗博士张口闭口谈的都是艺术，不过仔细观察一番，你就会发现他是位极为称心如意的伴侣。谈论艺术时，他巧妙地穿插着一些逸事丑闻。他告诉我们，哪位知名画家和自己的厨子结了婚，哪位画家又娶了自己的模特，如此这般，和他谈话非常有趣。不过，他有一次提到，说自己发现了一幅伦勃朗的真迹——千真万确，在某个不知名的荷兰人家中保存了多年。大家一直都认为那幅画是伦勃朗的杰作，不过，除了几个关系亲近的人之外，在过去半个世纪中很少有人亲眼看见该画作。那幅肖像画，画的是哈勒姆[①]的玛丽亚·范雷内，他从她在荷兰豪达[②]的子孙们的手中买了过来。

虽然查尔斯看起来没怎么太在意，但我却注意到他支起了耳朵。这位叫玛丽亚·范雷内的，碰巧是凡德里夫特家族在 1780 年移民到开普敦之前的一位旁系先人。虽然不知道这幅画到底在哪儿，但整个家族都知道它确实存在。伊莎贝尔也经常提起它。要是价格合适能把它买到手，让孩子们（我应该提一句，查尔斯爵士有两个儿子在伊顿公学读书）拥有一幅先人的肖像画，还是伦勃朗的真迹，该是多么光彩的事情。

之后，关于这个重大发现，伯尔派罗博士又说了很多。他一开

---

① 荷兰西部城市。

② 荷兰一古老小镇。

始先想方设法把它卖给国家美术馆，不过尽管美术馆的董事们十分欣赏这幅作品，也承认它是真品，但很遗憾，他们今年手头的资金不足，无法以合适的价格购买这么名贵的一幅画。南肯辛顿也一样，太缺钱。不过，他目前正和罗浮宫还有柏林方面谈判。但很可惜，这么精美的一件艺术作品，一度流入国内，竟又得再次流失海外。应由某位爱国的艺术赞助人把它买下来，放在自己家中，或者慷慨地献给国家。

查尔斯自始至终没说一句话，但我可以察觉到他一直在思考。他甚至在快到一个急转弯时，还往后看了一眼（刹车员正忙着嘟嘟地吹喇叭，提醒路人有马车过来），给艾米莉亚递了个眼神，提醒她不要做出任何承诺，这立刻就让她暂时闭了嘴。查尔斯驾车的时候回头看，这很不寻常。从他这一举止中，我猜他非常迫切地想要得到这幅伦勃朗的作品。

我们到刘易斯市后，把马匹寄在了旅店，查尔斯同平日一样点了一顿豪华奢侈的午餐。与此同时，我们两两一起在小镇还有城堡附近闲逛。我选择同贝莱斯尔夫人一起，她至少比较有趣。出发前，查尔斯把我拉到一边，说道："西，听我说，咱们必须万分小心。咱们只是偶然碰到伯尔派罗这个人。狡猾的无赖打算骗人，再没有什么比大师作品更容易得逞了。如果那幅伦勃朗的作品是真的，那么我就应当拥有它；如果画的真是玛丽亚·范雷内，那么我就有义务替孩子们把它买到手。不过，最近我已经被骗了两次，我可不想再被骗一次。咱们必须要小心行事。"

"说得不错，"我应道，"别再来什么先知或者副牧师了！"

"不论他如何谈论国家美术馆之类的，我们都对他一无所知，"查尔斯继续说道，"如果这人是个骗子，那么他所讲的故事都是这种人临时捏造出来骗我的。他很容易就能知道我是谁——我可是位知名人物。他知道我在布莱顿，很可能星期天就一直坐在那玻璃座位上，专门来引我上钩。”

“他提到了你的名字，”我说，“当他得知我的身份时，就立刻和我攀谈起来。”

“对，”查尔斯继续道，“他也许知道玛丽亚·范雷内这幅肖像。我奶奶经常提到，说这幅画保存在豪达。实际上，我也常常提到它，你肯定也记得。这样的话，一个无赖一开始就跟艾米莉亚谈那幅画，还装作毫不知情，还有比这更自然不过的吗？如果他想要一幅伦勃朗的作品，我相信在伯明翰想要多少就会有多少。我说这番话，是想说咱们应当小心行事。”

“说得对，”我答道，“我会时刻留心他的。”

我们从另一条路驾车回去，路上满是金秋时节山毛榉树的树影。这次出行很愉快。伯尔派罗博士吃了午饭，喝了香醇的独家干红葡萄酒，兴致很高。他说起话来口若悬河，我从没见过谁能抖出这么多杂七杂八的趣事。他哪儿都去过，知道所有人的一切事情。艾米莉亚当即“预约”，让他去参加自己下周三的“家庭招待会”，他则答应将她引见给几位文艺界的名人。

那天晚上大约七点半，我和查尔斯饭前一起在英皇大道上散散步，吹吹风。我们八点钟吃饭。空气很怡人。我们途经一家新开的小酒店，酒店很小很独特，有扇非常大的弓形窗。在灯光的明暗交界处，我们的朋友伯尔派罗坐在那里，穿着晚礼服，对面是位年轻、优雅、漂亮的女士。他面前开着一瓶香槟，自己尽情地吃着温室的葡萄，谈笑风生。很显然，他同那位女士都被某个滑稽的笑话完全逗乐了，因为他们彼此奇怪地盯着对方，时不时爆发出阵阵愉快的笑声。

我退后几步，查尔斯也是。我们两人头脑中突然闪过同一个念头。我小声说道:“克雷上校！”他应声道:“还有皮卡迪特夫人！”

他们根本不像理查德副牧师还有布拉巴宗夫人。不过，这也刚好说明了问题。因为我也没看到墨西哥先知那鹰钩鼻子的踪迹。即便这样，当时我已经明白，不要完全相信外表。如果他们俩真是那位知名的骗子以及他妻子（或者称之为共犯），那我们必须得十分小心。这一次，我们提前戒备了起来。假如他胆敢试着第三次骗我们，他绝对逃不出我们的掌心。不过，我们必须得采取一些措施，不让他从我们手中狡猾地溜掉。

“他能像泥鳅一样溜走。”尼斯的警长这么说。我们俩都想起了这句话，便开始精心地制订计划，以免他第三次从我们手中溜掉。

“西，我给你说说计划，”我内兄缓缓说道，“这一次，我们必须故意让自己受骗，必须主动要求购买那幅画，让他以书面形式保证画是真品，并且要想方设法用最苛刻的条件来约束他。不过，与此同时，我们必须看起来没有任何怀疑，要装作像婴儿般天真。不管他对我们撒什么谎，都全盘接受。为肖像画支付的钱，用支票付——只是做做样子。只要交易一完成，就立刻抓捕他，证据俱在。当然，接下来他会用尽浑身解数立刻逃之夭夭，就像在尼斯和巴黎碰到他时那样；但这次，我们会让警方随时待命，把一切准备妥当。不能鲁莽，但也不能耽搁误事。一定要等到他真正地接过钱，装进腰包时才能动手。那时，我们就立刻抓住他，把他送到当地的法庭。这就是我这次的行动计划。在此期间，我们要看起来单纯、朴实，得让他深信不疑。”

于是，我们开始实施这个周详的计划，第二天就去伯尔派罗博士下榻的酒店拜访他，他把我们引见给了他妻子，她是一位秀丽的小妇人。我们假装不去在她身上找傲慢无礼的皮卡迪特夫人，还有心思单纯的“白石南花”的身影。博士（同往常一样）饶有兴致地谈着艺术——他可真是个无所不知的无赖，绝对的！——查尔斯爵士也对那幅假定的伦勃朗的作品表现出了些许兴趣。我们的这位新朋友很高兴，从他那努力抑制的急促语气中，我们可以看出，他一眼就知道我们是潜在的买家。他说，他会第二天去伦敦，把那幅肖像画带过来。实际上，第二天早上，当我和查尔斯跟平常一样坐上普耳曼卧车[①]，去参加半年一度的克罗地多普·戈尔康达会议时，我们的那位博士也在那车上，躺在靠椅上，好像整个车子都是他的。查尔斯给我递了个意味深长的眼神。“他可真会享受，不是吗？”他低声说，“这车费是从我那被骗走的五千英镑中出的，或者，就当是那幅假的伦勃朗的作品少骗了我一点。”

到了伦敦，我们就立刻投入工作。我们从马维尔那里请了位私家侦探，安排他去监视我们那位朋友。从他口中得知，那位所谓的博士当天去了西区，从一位商贩那里取了幅画（我隐去那人的名字，因为担心会有人告我诽谤），据了解，那人此前牵扯到几件名声不好，或者说声名狼藉的交易。不过，说真的，我一直以为画商就只是——卖画的。在我看来，赛马是最容易造就一些寡廉鲜耻的经纪人的，但有了字画，赛马就只能屈居第二了。言归正传，我们发现那位著名的艺术评论家从这位商贩的铺子里取走了伦勃朗的画，当天晚上小心翼翼地带到了布莱顿。

① 普耳曼（Pullman）是一种豪华卧车，因设计者乔治·普耳曼（1831—1897）而得名。

为了不贸然行事，以免破坏我们的计划，我们诱劝伯尔派罗（名字起得可真够巧妙！）把那幅伦勃朗的画带到大都市酒店，让我们检验一番，把画留在我们那儿，好听听伦敦专家的意见。

专家来了，就这幅据称是大师的画作，向我们做了一个全面的汇报。据他判断，这根本不是伦勃朗的作品，只不过是一幅笔法精妙，又刻意弄旧的现代荷兰赝品。此外，他还用档案证据向我们展示，真正的玛丽亚·范雷内的肖像画实际上已经在五年前被带到了英国，卖给了 J. H. 汤姆林森爵士，就是那位知名的鉴赏家，卖了八千英镑。所以伯尔派罗博士的画，充其量是伦勃朗自己的复制品，或者更有可能是他学生的作品；不过，最有可能的，只是现代的伪造品罢了。

因此，我们做好了充分准备，去指控这位自称博士的人的犯罪阴谋。但为了确保万无一失，我们隐隐地给他提个醒，说玛丽亚·范雷内的肖像画真的有可能在别处，甚至还当面暗示道，那画极有可能落入了那位无所不收的收藏家 J. H. 汤姆林森爵士之手。不过，这位卖主根本不去理会对他商品如此这般的诋毁。他居然厚颜无耻地不顾档案证据，宣称 J. H. 汤姆林森（英国最见多识广、最精明狡黠的绘画买家之一）被一位穷困潦倒、有伪造天赋的荷兰艺术家巧妙地骗了。他宣称，真正的玛丽亚·范雷内的肖像画，就是他给我们的这幅，还发了誓。“让胜利冲昏了头脑，”查尔斯向我高兴地说道，“他觉得，不论自己对我们撒多大的慌，我们都会全盘接受。‘常在河边走，哪能不湿鞋。’我们这次将他一军。”说实话，他打的这个比方前后没什么逻辑，不过查尔斯打的比方，总是能让人挑出毛病来。

于是，我们假装相信他，并相信了他的保证。接下来是价格的问题。讨论得很激烈，不过也仅仅是为了做做样子。J. H. 汤姆林森花了八千英镑买了玛丽亚的真画，可对这幅赝品，博士却要价一万。实际上，我们根本没什么必要和他讨价还价、争来争去，因为查尔斯只是打算根据他要的数额开张支票，然后把这家伙抓起来；不过，为了不让他起疑心，我们觉得最好还是假装还价一番，最后把价格压到了九千基尼[①]。不过，他得给我们一份书面保证，保证他卖给我们的作品是伦勃朗的真迹，保证画的是哈勒姆的玛丽亚·范雷内，并且保证毫无疑问这幅画是他从荷兰豪达那位女士的后人们手中直接购买过来的。

一切都做得很漂亮，我们的安排堪称完美。我们叫来一名警察在大都市酒店房间外待命，决定让伯尔派罗博士在某个固定的时间到酒店来签保证书，然后收钱。双方起草了一份正式的协议，完整地盖了印章。"甲方"在约定的时间到了，把肖像画交给了我们。查尔斯取出一张约定金额的支票，签了字，接着递给了博士。伯尔派罗刚拿过支票，我就站到了门旁，这时，警局派来的两名便衣侦探就装作男仆守着，盯着窗户。我们生怕这个骗子一旦拿到支票就会逃掉，就像他在尼斯还有巴黎那样。在他带着胜利的微笑把支票装进口袋的那一刻，我迅速地走向他，手里拿着一副手铐。还没等他弄明白是怎么一回事，我早已敏捷地将手铐套到他手腕上并锁住。这时，警察也走上前来。"这次我们可抓到你了！"我喊道，"我们知道你是谁，伯尔派罗博士。你就是——克雷上校，化名安东尼奥·赫雷拉先知，还有理查德·佩普洛·布拉巴宗牧师。"

① 1 基尼 =1.05 英镑。

我这辈子还从未见过谁会如此这般震惊！他完全惊呆了。查尔斯觉得，他肯定料想自己会立刻脱身走人，而我们及时采取的措施让他大吃一惊，一下子慌张失措。他凝视着周围，仿佛没有反应过来这到底是怎么一回事。

“他们俩是疯子吗？乱说些什么？”他最后问道，“他们说的什么安东尼奥·赫雷拉的疯话是什么意思？”

警察把手搭在囚犯的肩上。

“别瞎费口舌了，伙计，”他说，“我们有逮捕令。爱德华·伯尔派罗，化名理查德·佩普洛·布拉巴宗，我逮捕你，因为你被指控通过欺诈手段从一等勋爵士、下院议员查尔斯·凡德里夫特爵士手中骗取钱财。他对此发了誓，并在这儿签了字。”因为查尔斯事先已经将相关材料起草好了。

那囚犯挺直了身子。“听着，长官，”他说，很生气，“咱们在这件事上有些误会。我这辈子从来没用过什么化名。你怎么知道他真的是查尔斯·凡德里夫特爵士？说不定有人要冒名胁迫我。要我看，他们俩是一对从精神病院逃出来的疯子。”

“明天再说这些！”警察抓着他，说道，“现在你得乖乖地跟我去一趟警局，这两位先生会在那儿把对你的指控登个记。”

他们把他带走了，他还在抗议。我和查尔斯在案情记录表上签了字，警察把他锁了起来，等着第二天在法官面前进行审讯。

即便现在这么做了，我们仍然担心这家伙会想方设法保释出去，从我们手中溜掉。实际上，他歇斯底里地抗议我们竟如此对待一位“他这种地位的绅士”。不过，查尔斯特地嘱咐警方，不要理睬他，说他是位十分危险、极其狡猾的罪犯，在法官审讯完毕之前，不论何种事由何种借口，都绝不能把他放走。

说来也怪，我们当晚在酒店得知，真有位叫伯尔派罗的博士，那是位知名的艺术评论家。不过，我们觉得，抓住的这个骗子肯定一直在盗用他的名字。

第二天早上，我们来到法庭，一位巡官过来迎接我们，脸拉得很长。“我说，先生们，”他说，“恐怕你们犯了一个十分严重的错误。你们可真行，把事情搞得一团糟。你们惹上麻烦了，更糟的是，把我们也牵扯了进来。你们搞的那些宣誓材料未免有点聪明过头了。我们已经质询过这位绅士了，发现他关于自己的描述完全没有问题。他叫伯尔派罗，是位知名的艺术评论家、绘画收藏家，在海外受雇于国家美术馆。他之前是南肯辛顿博物馆的官员、外科学士、法学博士，极其德高望重的一个人。你们犯了一个非常可悲的错误，事情就是这样。你们很可能会受到一项非法监禁的指控，这恐怕把我们部门也牵扯了进来。”

查尔斯倒吸了一口气，声音中满是恐惧，大声叫道：“你们不会就凭着这些荒唐的陈词就把他放了吧？不会让他像那个杀人犯那样从你们手中溜掉了吧？”

“让他从我们手中溜掉？”巡官叫道，“我倒是希望他能溜掉。很不幸，没这个机会了。此刻，他就在法庭上，被你们俩气得火冒三丈。我们到这儿是为了保护你们，怕他万一袭击你们。因为你们的虚假证词，他被关了一整夜，当然了，他现在气得要发疯。”

“只要你没放他走就好，”查尔斯答道，“他是只狡猾的狐狸。他在哪儿？让我见见他。”

我们来到法庭。在庭中，我们看到那囚犯正兴高采烈地同法官亲切交谈（貌似法官是他的一位私交）。查尔斯立刻上前同他们说话，伯尔派罗博士转过身，透过夹鼻眼镜瞪着他。

“这个人行为怪异，让人难以置信，”他说，“唯一可能的解释就是，他一定疯了——他的秘书也是。他在英皇大道的玻璃座椅上主动同我结识，然后邀请我乘他的马车去刘易斯市。再后来，他主动要购买我一幅名贵的画作，最后莫名其妙地给了我这个愚蠢、荒谬、莫须有的指控。我要求以非法监禁罪给他下传票。”

突然，我们渐渐明白，局面已经扭转了。我们渐渐意识到自己犯了个错误。伯尔派罗博士确实是他自己所声称的那个人，并且一直都是。我们也了解到，他的画上是真的玛丽亚·范雷内，是伦勃朗的真迹，他把它放在那位可疑的商贩那里，只是为了清洗和修复一下。J. H. 汤姆林森爵士被一个狡猾的荷兰人骗了，他的画虽然也确实是伦勃朗的作品，但画的不是玛丽亚，只不过是一件保存不善、略次一些的样品。我们所咨询的专家是个无知、自负的江湖骗子。还有，其他专家对那幅玛丽亚画像的估价，最多不超过五六千基尼。查尔斯想撤销这次交易，但伯尔派罗博士当然一个字也不听，那份协议是具有法律约束力的武器。不过，当时查尔斯头脑中所想的，同那份书面合同没有半点关系。对方要查尔斯在《泰晤士报》上刊登一份道歉信，并付他五百英镑作为对他人格玷污的补偿，否则他就要控告我们非法监禁。我们精心设计的去抓那个骗子的计划，就这么收场了。

不过，这件事到此还未结束；因为，当然啦，此后整个事件逐渐登了报。伯尔派罗博士是文学界、艺术界的熟人，结果他起诉了那位所谓的专家，是那位专家否认了自己伦勃朗画作的真实性，并且指控他愚昧无知，却还信口雌黄。之后报刊的短评就传开了。《环球报》登了一篇讽刺文章，来揭露我们的事；一向对查尔斯爵士还有其他南非人不依不饶的《真理报》登了一首辛辣的诗歌《金伯利的高雅艺术》。不出我们所料，这样一折腾，整个事件就传到了克雷上校的耳朵里；因为一两周以后，我内兄收到了一张幸灾乐祸的短笺，信笺还散发着清香，写信的是那位对我们穷追不舍的骗子。内容如下：

哈，你这天真的孩子！

愿上帝保佑你那天真的小脑瓜！你是不是觉得自己确确实实抓住了厉害的上校？你是不是准备了一个漂亮的圈套来抓住他？你的大名是不是叫“笨蛋爵士”？看到你那巧妙的小诡计，我和“白石南花”笑得不知有多开心！顺便说一句，让“白石南花”到你家中，花上半年时间，教教你如何做业余侦探，这会对你大有裨益。你那迷人的天真，让我俩好不嫉妒。像我这种头脑的人会屈尊用绘画大师这么平淡、老套、愚蠢、俗气的骗术？亏你能想得到！还是在所谓的十九世纪！哦，神圣的单纯！我什么时候能像婴儿一样被人一眼看穿？什么时候？告诉我什么时候？不过，不用担心，亲爱的朋友。虽然你没抓到我，但咱们不久还会再来次愉快的会面。

致以最崇高的敬意和感激。

安东尼奥·赫雷拉，

或理查德·佩普洛·布拉巴宗

查尔斯放下信，长叹一口气。“西，老弟，”他沉思着大声说道，“世上没有谁的财产——哪怕是我的——能经得起这么折腾。财产这样源源不断地流失，真的让我开始感到害怕。我看到了自己的结局：我最后会死在济贫院。想一想当他是克雷上校时从我身上掠走的钱，再想想当他不是克雷上校时我在他身上浪费的钱，这个人开始让我变得紧张兮兮的了。我要从这种担惊受怕的生活中全身而退。我要离开这个诡诈、败坏的世界，到清新、纯净的大山中某个清净的角落中去。”

“既然你能说出这种话，看来是时候换个环境，得休息一下了，”我说，“咱们去蒂罗尔吧！”

第四章　蒂罗尔城堡

我们去了梅兰。实际上，这个地方是艾米莉亚的法国女仆替我们定的。在这种事情上，她就是我们的向导和情报员。

艾米莉亚的这位法国女仆非常聪明。无论我们去哪儿，选哪家酒店，住哪家带家具的别墅，艾米莉亚一般都会问问（并接受）她的建议。西塞琳早已把整个欧洲大陆都转遍了，并且，她是阿尔萨斯人，当然德语说得跟法语一样流利。此外，她长期同艾米莉亚在一起生活，这让她把我们的母语英语也说得同样上口。那位姑娘，是个不可多得的万事通；她干净利落、敏捷灵巧，不论让她做什么事，都能得心应手。不管走到哪儿，她都一手拿着针线盒，一手拿着小酒精炉。她偶尔会做个煎蛋卷，也能驾驭挪威雪橇；她会针线，能编织，会做衣服，也能治感冒，你要她做什么，全都能做得来。她做的沙拉，是我尝过最可口的。说到她煮的咖啡（她在我们坐火车长途旅行时准备的），在西区俱乐部里，没有哪位主厨能和她相提并论。

因此，当艾米莉亚颐指气使地说道："西塞琳，我们打算去蒂罗尔——现在十月中旬——立刻就动身，你建议我们住在哪里？"西塞琳旋即答道："夫人，要是秋天，肯定就是约翰大公爵了，在梅兰。"

"他是——大公爵吗？"艾米莉亚问道，看到她同皇室的要人这么熟，感到有些吃惊。

“是的！不，夫人。这只是个酒店的名字——就像在英国所说的‘维多利亚’酒店，或者‘威尔士亲王’酒店——这是蒂罗尔南部最舒适的酒店。一年之中的这个时候，你肯定是要到阿尔卑斯山的那边去的，因斯布鲁克已经开始冷了。”

于是，我们去了梅兰。说实话，我很少见过比这更漂亮、更秀丽的地方。滔滔的水流，高高的山峰，沿坡种植的葡萄园，古老的城墙与塔楼，古雅的带有拱廊的街道，崎岖峭壁上的瀑布，模仿德国温泉疗养胜地风格的人行漫步道；举目远眺，会看到起伏的多洛米蒂山山峰。我之前从未目睹过这么一派景象。一个莱茵小镇沿着阿尔卑斯山峦顺势而下，中间点缀着雄伟的意大利柱廊。

我赞成西塞琳的选择，当她建议住一切从简的酒店，而不是住配有家具的别墅时，我非常高兴，因为这样我就无须费心；而如果选择后者，大部分各项安排，自然要落到我这可怜的秘书头上。不论哪种情形，我都得每天工作三小时，这种正常工作之外的额外负担，还是能少些就少些的好。我给西塞琳半个金镑作为小费，说实在的，是为了她做的这个明智的决策。西塞琳神秘、好奇、似笑非笑地瞥了一眼手心中的金币，然后立刻丢到了兜里，用法语说了声：“谢谢，先生！”有点瞧不起的意味。我一直以为，西塞琳在小费这件事上，有着很高的期望，根本看不上我这小小的秘书所能给得起的这点钱。

梅兰最为特别之处在于，它有许多城堡（我觉得，严格来讲，这个地方用复数是不符合语法规则的，不过英国人能立刻会意）[①]，

① “schloss”一词为德语，并不能按照英语语法规则，通过加“es”的后缀变成复数，而原文中作者在“schloss”一词后面加“es”变成复数，从英语语法上看是错误的，但英语的读者能意会到作者想要表达的意思，即表示复数。

你站在郊区向任何一个方向都能看得到。据说，要是站在库切尔伯格山上数一数，能看到不下四十座这种别具一格、摇摇欲坠的老城堡。就我个人而言，我不喜欢统计（金融招股说明书除外），我也确实不知道，在西塞琳的指点下，伊莎贝尔和艾米莉亚到底数出了多少座破败的城堡。不过，我记得，大部分城堡都十分典雅、美观，它们所呈现的各式建筑，的确看似让人眼花缭乱。这座是方形的，每个角都会探出古怪的小炮塔；而那座则坐拥一栋高大的主楼，长长的城墙向两边延展，上面爬满了常春藤，还有赏心悦目的棱堡。查尔斯对这些城堡十分痴迷，他喜欢这种美景，在他那金融灵魂的深处，潜伏着诗人的影子（只不过隐藏得特别深，这一点我可以向你保证）。自从到这儿的那一刻起，他便立刻想在这些浪漫的山峦中拥有一座属于自己的城堡。“塞尔登！”他不屑地大声说道，“人们把塞尔登称作城堡！西，你我都很清楚，它不过是在一八六〇年由丘比特公司——伦敦那家声名显赫的承包商——按市价为塞尔登的麦克弗森建造的，用的全是些假的古石。对于那座假城堡，麦克弗森向我开了一个荒唐的价格，这个价都能买下一座真正的古代宅第了。看一看，这些城堡才是真正的城堡，历尽沧桑，颜色都有些灰白了。蒂罗尔城堡有罗马风格——十世纪或十一世纪的风格。”（这些话他是在旅行指南中读到的。）“这才是我想要的地方！——十世纪或十一世纪的东西。我可以在这里生活，远离那些公债还有股票，彻底地远离它们。在这幽静的峡谷中，西，伙计，想想，不会有什么克雷上校，也不会有什么傲慢的皮卡迪特夫人！”

实际上，他只能在那儿待上六周，之后就会厌倦，接着就想去帕克港、蒙特卡洛，还有布莱顿转转。

说来也怪，艾米莉亚也被查尔斯这一时兴起的念头迷住了。这个世界上，除了伦敦，她一向哪儿都不喜欢。不过，要是在伦敦也没什么有头有脸的人物可见，或者当朴实无华的百叶窗遮住了梅费尔还有贝尔格拉维亚区那让人反感的外观，那就另当别论。即便在罗斯郡的塞尔登城堡，她也无聊得要命，在巴黎或维也纳，也成天提不起精神。她是个不折不扣的伦敦佬。可是，我那和蔼可亲的舅嫂鬼使神差地爱上了南蒂罗尔区这个地方。她想在那片郁郁葱葱的草木间平平淡淡地过日子。人们正在采摘葡萄，南瓜挂在墙上，攀缘植物从灰白而古雅的墙头垂下，像是给墙披了件深红色的外衣；这里的一切都如同伯恩·琼斯[①]的梦境般美丽（我知道，自己提到伯恩·琼斯很合时宜，尤其是和罗马风格的建筑联系到一起时，因为我曾听到我们那亦敌亦友的爱德华·伯尔派罗博士对此地大肆称赞过）。因此，这样一来，艾米莉亚竟能喜欢上这个地方，这也许是情理之中的事了。此外，她也很大程度上受西塞琳的影响，西塞琳信誓旦旦地说，全欧洲没有哪个地方冬天的气候能像梅兰这么好。这一点我可不同意。因为下午三点，太阳就落山了，在一二月份，猛烈的暖风会在雪面上吹起一股潮气。

虽然这样，艾米莉亚还是派西塞琳向酒店的人打听一下这些破败的城堡市价几何，再打听打听附近有多少符合条件的城堡此刻在售。西塞琳带着一个写得满满的、精准可靠、非常特别的单子回来了，又花言巧语了一番，即便让老约翰·罗宾斯听到，也定会满心欢喜。这些城堡个个都景致如画，都是罗马风格，都爬满了常春藤，

① 伯恩·琼斯是位唯美主义绘画大师，曾在给友人的信中说：“我在我的作品中创造一个美丽而浪漫的梦境，它不曾存在过，将来也不会存在。那光线比任何现实中的光线都要美，那片大陆不存在于任何人的记忆中，形式庄严而美丽，你能想象吗……”

都宽敞明亮，都有历史底蕴，并且其主人都是出身高贵的伯爵以及声誉卓著的男爵。大部分城堡都曾举办过知名的赛事，其中一些还举办过神圣的罗马皇帝的盛大婚礼；每个都牵扯到一些绝妙一流的凶杀案。闹不闹鬼，可以根据要求安排；要是再适当加点钱，还可以有护城河，另外免费赠送徽章。

在这些所有让人心驰神往的城堡中，我们最喜欢的两座是普兰塔城堡和莱本斯坦城堡。我们驾车从它们旁边经过，说真的，甚至连我自己也被它们深深吸引。（另外，还有一个原因，当购买这么一大宗物品时，一位穷似乞丐的秘书也总有机会做做工作，给自己赚点回扣。）我觉得，从外面看，普兰塔堡最为震撼，有着莱茵河一般雄伟的塔楼，常春藤枝干粗壮多瘤，看起来似乎比哈布斯堡王朝还要久远；但据说，莱本斯坦堡内部保存较好，各方面都更适合现代居家，它那楼梯前前后后被七千位业余爱好者拍过照。

我们拿到了参观的门票，是得力助手西塞琳替我们买的。这样，我们在一个风和日丽的下午就驾车出发了，打算去看普兰塔城堡，这是西塞林的建议。不过我们在半路改了主意，因为天气很不错，我们就沿着长长的缓坡上山，去看莱本斯坦城堡。我必须得提一句，沿路驾车从这些宅第中间穿梭而过，真是再惬意不过了。城堡孤独地屹立在一堆石块，或者说峭壁上（就像意大利画作中的天使长圣米迦勒那般泰然自若），从各个方向都能俯瞰到自家茂盛的葡萄园。峡谷两旁是些栗树，埃施这片谷地如画一般在脚下延展开来。

顺便说一句，光是这些葡萄园就是一份相当不错的产业；这些葡萄园产出一种香醇的红酒，出口到波尔多，在那儿以蒙尼维酒庄的名义装瓶，作为年份红酒售卖。查尔斯对于自己种葡萄酿酒这一想法陶醉不已。

“在这儿，”他向艾米莉亚高声说道，“咱们是确确实实坐在自家的葡萄树和无花果树下！多么美好的闲居之处！我是受够了针线街[1]的喧嚣了。”

我们敲了敲门——因为没有门铃，只有一个笨重、老式的锻铁门环。这种中世纪的风格真让人心醉！我们了解到，莱本斯坦伯爵最近过世，他儿子，也就是现在的伯爵，这位年轻的富豪，从他母亲家里继承了一座位于萨尔茨堡更为古老、更为宏伟的城堡，于是打算出售这份较为偏远的产业，来给自己买艘游艇，这股潮流当前在德国还有奥地利的贵族绅士们中方兴未艾。

一位高贵的仆人给我们开了门，穿着古朴、体面的制服。精致典雅的大厅，先人的盔甲套装，蒂罗尔狩猎者的战利品，古代伯爵的盾徽——这些东西刚好满足了艾米莉亚对贵族、罗马遗风的神往。整座城堡按照目前的样子原封不动进行出售，包括先人们留下的这些东西。

我们穿过接待室，房间高高耸立，引人入胜，看起来光彩夺目，再加上那些雅致的罗马风格的窗户、纤细的顶柱、古雅的圆顶拱门，就更显得如此。查尔斯爵士下定了决心。“我必须并且一定会得到它！”他大声说道，“这才是我想要的地方。塞尔登，哼，塞尔登不过是个惹人厌的现代品。”

我们能不能见一见高贵的伯爵？那身着制服的仆人（略显高傲地）说，他会去问一下他尊贵的主人。查尔斯递上自己还有凡德里夫特夫人的名片，这些外国人明白，在英国，头衔就意味着金钱。

他猜对了。两分钟后，伯爵手持名片进来了。他是位相貌堂堂

---

① 伦敦为世界的几个主要的金融中心之一，而针线街则被称为“中心的中心”。这里有许多英国著名的金融机构，包括英格兰银行等就坐落在这里。

的年轻人，嘴巴上方留着蒂罗尔这一带典型的黑长胡须，一身依照本国服饰改装的绅士行头。他一副打猎的派头，一根常见的黑雄松鸡的羽毛插在圆锥形帽子（他拿在手上）的一侧，欢快地抖动着。这追随的是奥地利普遍的流行时尚。

他招手示意我们坐下，我们就坐了下来。他用法语同我们交谈，脸上挂着和善的笑容，说自己不怎么说英语。他继续道，说我们可以说英语，他听起来没有任何问题，但如果我们同意，他想用法语或德语回答我们。

“法语吧。”查尔斯答道，商谈就继续用法语进行。除了英语，还有他祖先的荷兰语之外，这是我那内兄唯一能用来和一位点头之交交谈的语言了。

我们称赞这儿的美景。伯爵面露喜色，流露出一股民族自豪感。的确，这儿挺漂亮，这青翠漂亮的蒂罗尔是属于他自己的。他为之感到自豪，也十分喜爱这个地方。他之所以能狠下心把这块父辈们的家园卖掉，是因为他在萨尔茨卡默古特有一个更好的地方，在因斯布鲁克附近有个临时住所。蒂罗尔这里只是少了一点乐趣——大海，而他又对游艇痴迷，于是决定出售此处地产。再者，毕竟三处乡下房产、一艘游艇、维也纳一处庄园，这么多地方，他一个人也住不过来。

“一点不错！”查尔斯答道，“要是你我能就此处漂亮的地产达成协议，我就把自己在苏格兰高地的宅邸卖掉。”他努力使自己看起来像位自豪的苏格兰酋长正对着族人慷慨陈词。

接着他们转入正题。和那位伯爵做买卖十分愉快，他的言谈举止无可挑剔。我们正谈着，一个板着脸的家伙，约莫是招待员之类的，突然走进房间，用德语跟他说什么事情，我们谁也听不懂。他对这位愠怒的仆人举止中流露出的罕见的风度和慈爱，让我们大为触动。很明显，他在向这家伙解释我们是谁，并十分温和地斥责他不应该打搅我们。那位管家会意后，显然为自己的无礼态度感到抱歉，因为他说了几句话之后就出去了，边说边鞠躬，还用德语客气地解释了一番。伯爵转向我们，微笑着说："我们国家的人同你们苏格兰的农民很像——热心肠，有个性，不拘束，爱音乐，有诗才。不过，嗯，对待陌生人，需要再多些礼貌。"要是他的这种说法成立，那他自己绝对是个例外，因为自打进门的那一刻起，我们就感到宾至如归。

他坦诚地报出了自己的价格。他在梅兰的律师手里有些必要的文件，他们会同我们安排具体的商谈。不得不说，这个要价太高了——高得离谱，不过话又说回来，他为一座顶呱呱的城堡开出了个顶呱呱的价格。"他早晚会把价格降下来的，"查尔斯说道，"在所有的交易中，第一次出的价都只是想试探你一下。他们知道我是百万富翁，别人总觉得百万富翁浑身上下全都是钱。"

我得补充一句，别人总觉得从百万富翁身上榨出点钱，肯定要比从别人身上弄出点钱容易——而事实恰恰相反，要不然他们怎么会攒出自己那份百万家产呢？他们不是像树上渗出树胶那样往外冒金子，而是像吸墨纸那样把金子吸得一干二净，却几乎再也不吐出来。

在这第一次会面之后，我们驾车回府，非常满意。价格太高了，不过双方已经做了初步的安排，至于其余的细节问题，伯爵希望我们去和他在林登大道的律师们商谈。我们也打听了这些律师，了解到他们极为德高望重，他们这份家族事业已经延续了七代人，买卖双方的生意都做。

他们给我们看了看房屋平面图，还有地契，一切都按部就班。

在谈到价格之前，一切都进行得十分顺利。

不过，这些律师在价格问题上很执拗。他们坚持伯爵第一次的要价，一个子儿也不降。那估价相当高，我们的商谈进展很慢，有些僵持，最后查尔斯终于受不了了，发了脾气。

“西，他们知道我是百万富翁，”他说道，“想故技重施来诈我一把。我才不吃这一套。这世上除了克雷上校，还没有谁能宰过我一把。我会像这与世无争的大山深处那岩羚羊一样任人宰割吗？休想！”接着，他静静地想了一会儿，最后，若有所思地讲道，“西，问题是，他们果真没什么恶意吗？知不知道，我现在开始觉得，这世上再也没有最初的那份纯真了。这位蒂罗尔的伯爵十分清楚每一块钱的价值，好像他在卡佩尔厅和金伯利混过似的。[①]”

事情就这样拖拖拉拉了一两周，没有任何结果。我们压低价格，律师们则坚持原价。查尔斯开始对这笔荒唐的买卖有点厌烦。要我说，我敢保证，要是那位尊贵的伯爵再不加快点进度，我那位可敬的内兄很快就会对整个蒂罗尔心生厌烦，到时候哪怕峰顶的城堡再迷人，也勾不起他的半点兴趣。可惜，伯爵没有意识到这一点。他到酒店来拜访我们——对于陌生人而言，蒂罗尔这些上流的高傲贵族的造访，是极其难得的荣耀——甚至拿出最友好的姿态，未提前打招呼就进来了。不过当谈到价钱时，他又固执得不行。哪怕降一个子儿，他都不愿意。

“你不知道，”他傲慢地说，“我们蒂罗尔的绅士不是什么商人，也不是什么店铺老板。我们说一不二，不讨价还价。假如你是奥地利人，还想试图砍价的话，这就太欠考虑了，我会觉得你是在侮辱

① 卡佩尔厅为当时英国的股票交易场所；金伯利为南非中部城市，出产钻石。

我。不过，你来自一个伟大的商业国度——”他鼻子哼了一声，突然打住，同情地耸了耸肩。

好几次我们见他驾车从城堡里进进出出，每次他都优雅地向我们挥挥手。但我们每次砍价，结果都一样：他总会拿自己的蒂罗尔贵族身份做挡箭牌。要么买下，要么走人。这可是莱本斯坦城堡。

律师们也好不到哪儿去。我们用尽浑身解数，却还在原地踏步。

查尔斯对此事感到厌烦，最终放弃了。如我所料，他也烦得慌。“这是我这辈子见到的最美的地方，”他说，“不过，西，去他妈的，谁也别想宰我一把。”

现在已经到了十二月，他于是决定回伦敦。我们第二天又碰到了伯爵，便拦住了他的马车，向他说了我们的打算。查尔斯本以为这会立刻让那家伙清醒过来，但他只是扬了扬插着黑雄松鸡羽毛的帽子，漠然一笑，答道：“卡尔大公目前也正打听本宅。”说罢便扬长而去。

查尔斯说了几句难听的话，我在此也就不转述了（家丑不可外扬），我们于是就这样回了英国。

在接下来的两个月里，艾米莉亚除了对伯爵不愿把莱本斯坦城堡卖给我们这事表示遗憾，我们几乎没听过她说过其他的事情。那座城堡的尖顶将她的心刺得好痛。说来也怪，她一如既往地迷恋着那城堡。她在蒂罗尔时想得到它，并且觉得一定会得到；现在感觉得不到了，但她的灵魂（要是她有的话）却还疯狂地扑在上面。另外，西塞琳稍稍向她暗示说——也是她在酒店信使的饭桌上偶然听到的——那伯爵根本不急着把这份祖传的历史遗产卖给南非的钻石大王。他觉得，考虑到家族的荣耀，他至少也得找一位出身于古老望族的有钱买主。这番话进一步点燃了她的欲望。

不过，二月的一天早上，艾米莉亚从弓街回来，满脸的兴奋与笑容（查尔斯见她衣带渐紧，就让她骑骑马，瘦瘦腰身）。

“你猜，我看到谁在公园里骑马？”她说道，“哈，莱本斯坦伯爵。”

“不可能。”查尔斯说，有点怀疑。

“千真万确。”艾米莉亚答道。

“你肯定看错了。”查尔斯大声说道。

但艾米莉亚坚持说自己没看走眼，并且还派了人到伦敦的律师那里——就是林登大道上那家祖传的公司曾提到的他们在英国的代理律师——不断地打听伯爵的行踪。据了解，伯爵现在就在伦敦，住在莫利酒店。

“我明白了，”查尔斯大声说，“他意识到自己犯了个错误，现在到这儿来，打算重新谈判一下。”

我极力主张要耐心等待，要让伯爵主动找上门，便说：“不要让他看出你的迫切心理。”但艾米莉亚现在的那股迫切劲儿，捂也捂不住。她坚持说，查尔斯应当去拜访一下伯爵，不为别的，就为了回馈伯爵在蒂罗尔的殷勤接待。

伯爵还是那么风度翩翩，愉快地向我们讲述着在伦敦碰到的古怪事儿。他非常乐意第二天同查尔斯共进晚餐，还向凡德里夫特夫人以及“芬特霍斯”夫人致以诚挚的问候。

他同我们吃了饭，就像一家人一样。艾米莉亚的厨子还真有两下子。大约半夜了，查尔斯在台球室又旧事重提。看到在这个有着五百万人口的大都市的花花世界中，我们竟然还满心惦记着他那心爱的莱本斯坦城堡，伯爵大为感动。

“明天到我律师那里来，”他说，“咱们到时候谈谈这件事。”

我们去了——那是一家相当体面的事务所，位于南安普顿街，里面都是些来自古老家族的律师。他们为过世的伯爵经办业务也有年头了，那位伯爵曾从祖母那里继承了一些位于爱尔兰的地产。能获得伯爵后人的信任，他们也倍感荣幸。当然，他们也乐于结识查尔斯·凡德里夫特这样的金融界大亨，于是便急迫地（搓着双手）要把事情的方方面面安排得让大家都满意。（读者们也明白，这样就可以同两个有头有脸的家族攀上些关系了。）

查尔斯出了个价，告知了他的律师。

伯爵把价格抬了抬，不过比以前降了些，剩下的就交给双方的律师去打理了。他说，自己当过兵，是位绅士，他一边说一边跟其他蒂罗尔人一样，把自己那高贵的头扬了扬，他打算把那些细枝末节留给代理人来处理。

由于我真心急于给艾米莉亚帮个忙，于是第二天在莫利酒店的台阶上，碰巧遇到了伯爵（碰巧，是对伯爵而言，我为了碰到他，在特拉法尔加广场晃悠了半个小时）。我小心谨慎地向他解释道，我能在很大程度上影响查尔斯，要是我说句话——我突然打住。他茫然地盯着我。

“佣金？”最终他试探道，略微一笑，有些古怪。

“这个嘛，不能说是佣金，”我回答，有些回避，“不过帮你说句好话，你也明白。礼尚往来嘛！”

他十分不解，从头到脚仔细地打量我一番。当时，我担心这位蒂罗尔贵族会抬脚走人。但紧接着，我意识到查尔斯说得对，人们最初的纯真已经从这地球上消失了，去了别的地方。

他报了自己的最低价。“芬特霍斯先生，”他说道，“我是蒂罗尔的庄园主，我自己本人是不会过问佣金、回扣这类事情的。不过，要是你能在查尔斯身边吹吹风——你我都懂的，对不对？咱们作为绅士之交——我会送你一份小小的礼物——肯定不是金钱——不管你诱使他出什么价，我会把高出他今天出价那部分的百分之五，以珠宝的形式给你。——咱们就这么定了？”

“通常都是百分之十。”我低声道。

他此时又变得如同奥地利骑兵一般。“要么百分之五，先生——要么一分都没有！”

我鞠了一躬，退后一步。“好，百分之五就百分之五，”我答道，“就权当为阁下您效劳了。”

毕竟秘书能做许多事情。说到价钱的问题，有艾米莉亚的帮助，再加上伊莎贝尔和西塞琳的支援，我毫不费力地就说服查尔斯，让他接受了伯爵要的那个更为合理的价格。南安普顿街的这些人，对于波尔多市场上红酒的价值知晓一些实情，这让此事最终板上钉钉。一两周以后，一切都商量妥当。我和查尔斯如约在南安普顿街同伯爵会面，看着他在莱本斯坦城堡的地契上签名，加盖印章，然后交付给我们。我内兄则把购房款交到了伯爵的手中，给的是画线支票，收款的是伦敦一家极好的公司，支票的抬头就是这位高贵的伯爵。之后，查尔斯想着自己成了莱本斯坦城堡的主人，便得意地离开了。对我而言，更为重要的是，第二天一早我收到了一张寄过来的百分之五的佣金的支票，不过令人遗憾的是，由于有些误解，付款的是同一家银行，抬头写的就是我本人，签的是伯爵的名字。里面还附有一张短笺，说现在事情已经圆满完成，他觉得他向我许诺的金额还是直接付现钱为好。

我立刻将支票兑现了，对此事只字未提，甚至对伊莎贝尔也没说。我的经验是，佣金回扣这些复杂的事情，不适宜掏心窝子讲给妇人听。

尽管现在是三月底，议院还在开会，查尔斯却坚持说我们所有人都必须马上动身去接管我们那宏伟的蒂罗尔城堡。艾米莉亚也早已急不可耐，摆出一副伯爵夫人的架子。我们乘东方快车一直抵达慕尼黑，接着经由布伦纳抵达梅兰，当晚在约翰大公爵酒店住下。尽管我们早已发电报说会过来，料想会引起些许轰动，不过我们一点轰动的迹象都没看到。第二天一早，我们就驾车隆重前往城堡，投进自家葡萄树还有无花果树的怀抱。

在门口，我们碰到了那个板着脸的仆人。“我要让他滚蛋，”查尔斯低声道，他已是莱本斯坦的主人了，“我觉得他看着太苦大仇深了，从没见过如此无礼的人！也不笑一笑欢迎我！”

他走上台阶，那位板着脸的男子则走上前，用德语低声咕哝了几句。查尔斯把他拨到一边，继续向前走。接下来的事情让人有些摸不着头脑，双方都有些误会。那位板着脸的男子拼命地叫唤仆人把我们轰出去。过了许久，我们才逐渐知道真相：那位板着脸的男子才是真正的莱本斯坦伯爵。

那位留着小胡子的伯爵又是谁呢？我们现在才渐渐回过神来。又是克雷上校！他胆子可比之前大多了！

事情的真相逐渐浮出水面。我们第一天参观城堡时，他就紧跟在我们后面，对仆人说，是和我们一伙的，并在接待室同我们会合。我们问真正的伯爵，他为什么要同那位不请自入的人说话，他用法语解释道，那名留有小胡子的男子说，我内兄是一位了不起的南非百万富翁，而自己则是我们的向导兼翻译。这样一来，那男子便同真正的伯爵，还有伯爵在梅兰的律师频频接触，几乎每天都驱车前往城堡。城堡的主人一开始出了价，并一直坚持这个价。他现在还是坚持这个价，要是查尔斯爵士打算把莱本斯坦再买一次的话，他也乐于拱手让出。至于他在伦敦的律师是怎么被骗的，伯爵本人也毫不知情。他对此事感到惋惜，并（冷冷地）向我们道了声早安。

事已至此，我们也只好回到约翰大公爵酒店，个个垂头丧气，提不起精神，我们给伦敦警方发了封电报，详细说明了事件的经过。

我同查尔斯赶紧奔往英国去探寻那无赖的下落。在南安普顿街，我们找到了那家律师事务所，他们不但毫不愧疚，反而很生气，因为我们居然以这种方式来骗他们。骗子用莱本斯坦的信笺从梅兰给他们写信，说他即将到伦敦，同知名的百万富翁查尔斯·凡德里夫特爵士商量城堡及周围财产的出售事宜。查尔斯爵士当面一口承认他就是真正的莱本斯坦伯爵。事务所的人从未见过当时的那位伯爵，但凭着查尔斯爵士的明确指认，也就全盘相信了骗子的话。他带来了一些极其精心伪造的文件——原件的复制品——他冒充我们的向导兼翻译，完全有机会在梅兰的律师那里检验查证这些原件。这是一场精心策划的骗局，令人惊讶的是，它居然成功了。不过，这一切都怪我们轻信了城堡大厅中蓄有长胡子的男子的一面之词，认为他就是莱本斯坦伯爵。

他进来时，手里拿着我们的名片，不过当时仆人并没有把名片给他，给的是真正的伯爵。这也是整个事件中一个未解的谜团。

晚上有两封信送到了查尔斯的住所，一封是我的，一封是查尔斯的。查尔斯的信内容如下：

尊敬的无能阁下：

我仅仅是勉强得手！一点小失算差点让我功亏一篑。我相信，你那天准备要去普兰塔城堡，而不是去莱本斯坦城堡，只是在半路上你改变了主意，这可差点把我的整个计划都搞砸了。

幸好，我及时发现了这一点，便走了条捷径，急急忙忙赶在你之前抵达，接着我说了自己的身份。不过比这更糟的是，突然有人闯了进来，就是被我冒用了名字和头衔的那位伯爵。不过，天助勇者，你一点德语都不懂，这救了我一把。剩下的也都没什么值得一提的了，几乎是水到渠成。

你奉上的这些支票，我却之不恭，也请允许我送你一件大有裨益、价值连城的礼物，聊表寸心——一本德语词汇、语法和短语书！

吻你的手。

曾经的，

凡·莱本斯坦

另一封短笺是给我的，内容如下：

亲爱的、好心的昏特霍斯：

哈哈哈！我只是把你的名字“温特沃斯”念成“芬特沃斯”，就把你骗了！虽然有点头脑的人都知道外国人发“TH”这个音比发“W”更难，可我还是在说你名字中的“斯”这个字时冒了点险。 不过，俗话说，结果好，一切都好。现在我可是抓住了你，上天把你送到了我的手中，亲爱的朋友——还是你自己主动找上门来的。我手上有张支票，有你的背书，在我的开户行兑的现，可以说算是我手中一个“把柄”吧，为的是让你以后老实一点。要是你以后认出了我，把我出卖给你老板，就是那个一本正经的老浑蛋，记住，我就会向他揭发此事，连带着你一起揭发。所以，咱们现在是在同一条船上。我本来没有想到这条妙计，是你启发了我，我不过是顺势而为罢了。我付了你那么一点佣金，却能保证你今后不再乱说话，这钱不是花得也值了吗？现在就把你的嘴堵住了，就价钱看，也算便宜。

你亲爱的同道中人、铁杆无赖兄弟，

库斯伯特·克雷上校

查尔斯放下信，发了一通牢骚。“西，谁给你写的信？”他问道。

“一位女士写的。”我答道。

他怀疑地盯着我。“哦，我还以为是同一个人的手笔。”他说着，目光已将我刺穿。

“不是的，”我答道，“莫蒂默夫人写的。”不过，说真的，我有些发抖。

他顿了一下，深叹一口气，继续问道：“你在这家伙的银行那儿详细地询问过了？”

“嗯，问过了，”我立刻接过话（在这方面我极其小心，你也知道，怕他发现佣金的事情），“他们说，那个冒牌的凡·莱本斯坦伯爵，是由南安普顿街的一些人引荐给他们的，同以前一样，钱是从莱本斯坦的账户上取走的，所以他们一点疑心都没起。你也知道，像这种级别的闯荡世界的无赖，还带着你们双方的证件，自然能骗过所有人。银行连他的身份都没有正式地核实，有那家事务所就够了。他是过来存钱，不是往外取。就在两天后才把余额取走，说是要急着回维也纳。”

他会不会要账户的明细呢？说实话，这一刻十分尴尬。不过，此时他满心懊丧，哪儿还有心思顾及账户的事情。他向后躺在安乐椅上，双手插在衣兜里，两腿直直地搭在前面的挡板上，一副沮丧至极的表情。

过了一两分钟，他捅了捅炉火，若有所思地说道："西，那人的本事也够大的！我发誓，我都钦佩他了。有时，我想——"他突然打住，犹豫了一下。

"想什么？"我问道。

"有时，真想……让他加入克罗地多普·戈尔康达董事会。他会在伦敦打造出些了不起的集团来！"

我站了起来，严肃地盯着我那胡思乱想的内兄。

"查尔斯，"我说，"你疯了？你经历了太多的克雷上校的事件，这已经影响了你明晰、卓越的心智。有些话，不管多么真实，也不是一位自重的金融家应该讲出口的，哪怕是在自己的房间，没有外人，讲给最亲密的朋友、最信任的顾问也不行。"

查尔斯已经完全垮了，禁不住哭出声来。"你说得对，西，太对了。原谅我这一时的冲动。动情时，有时也顾不得其他，就把真话吐出来了。"

我不愿乘人之危，甚至都没利用这个得天独厚的机会，让他给我涨涨薪水。

第五章　打成平手

八月十二日，我们同往常一样待在罗斯郡的塞尔登城堡。十一日早上，不论天气是晴是雨，不论议院是否开会，也不管那些十万火急的指令，查尔斯一定要离开伦敦，这缘于他不安分的天性。十二日拂晓，他定会在荒野上不遗余力地猎幼鸟，只要不犯法，能多早开始就多早开始。

他就像扫罗和大卫[①]一样，勇往直前，杀死千千万万，满屋的枪支供他使用，最后养鸟人提醒他，松鸡也已经打得够多了。此时，他觉得自己这方面的“工作”也完成得差不多了，于是就在大获全胜之后迅速抽身，去布莱顿，去尼斯，去蒙特卡洛或者其他地方。他必须要一直“跋涉”。他要是去世了，我想，他也一定不会老老实实地在坟墓里安息，他的鬼魂会在全世界游荡，吓吓那些老妇人。

“在塞尔登，”他步入普耳曼卧车时，叹了口气，对我说，“至少我不会碰到那个骗子！”

实际上，他刚刚稍微有点厌倦了每天都要紧绷神经的日子，便发现了一笔送到嘴边的小生意，这也暂时让他不再去想什么克雷上

① 扫罗和大卫均为《圣经》中的人物。《圣经》中说：“扫罗杀死千千，大卫杀死万万。”

校、他的同伙，还有他们一起干的那些好事儿！

我得提一句，就在那年夏天，查尔斯在非洲德兰士瓦边境处购得一块不错的土地，据说出产黄金。不管它以前有没有黄金，现在查尔斯把它弄到手了，就凭这一点，它怎么都会出产黄金。这世上还没有谁能像查尔斯那样，有点石成金的真本事：不管什么，一经他手，即使不会变成钻石，也起码会变成黄金。因此，当我内兄刚从当地卖主（一位名叫蒙特索瓦德的德高望重的酋长）手中购得这块土地，督促自己的一家公司进行开发时，他在当地的一个死对头克雷盖拉奇勋爵（曾经的大卫·亚历山大·格兰顿爵士）也立即购入了一块类似的土地，紧挨着查尔斯，那块地的大部分地质状况同查尔斯的那块别无二致。

结果没让我们失望。一两个月以后，当时我们还在塞尔登，当地的探矿者给我们写了一封鼓舞人心的长信。他们一直在那儿寻找金矿矿脉，告诉我们在地块的一角，发现了一条很好的金矿岩脉，掘地即可得；不过，可惜只有几码在查尔斯的地界内，其余的全在当地称作克雷盖拉奇勋爵的地块上。

信中还说，还好我们的探矿人员很机智，虽然小格兰顿先生也在探矿，就在离他们不远的同一条矿脉上，但他们的那些探矿人员没有发现这些含金石英，于是我们的人对此三缄其口，秘而不宣，等着查尔斯本人来处理此事。

“能不能说土地边界有争议？”我问。

“不行，”查尔斯答道，“要知道，边界是按照经线来画的，这没办法变，我们不能矢口否认。想变更经线，总不能把太阳也买下来吧？总不能贿赂一下测量器具吧？再说了，那是我们自己画的边界。办法只有一个了，西，联合，两家联合起来！”

查尔斯的脑子可真好使！他说到“联合”这个词时，那语气语调听起来如同诗歌般悦耳。

“太妙了！”我答道，“别透露一点风声，立刻和克雷盖拉奇联手。”

查尔斯闭了一只眼，若有所思。

就在当天晚上，我们在当地的首席工程师发来密电：“小格兰顿不知何故动身回家，我们怀疑他已知晓一切，不过我们还未将此秘密向任何人透露。”

“西摩，”我内兄郑重地说道，“时不我待！我必须今晚就得写信给大卫爵士——我指的是那位尊敬的勋爵。你知不知道他现在何处？”

“两三天前的《晨报》上说，他在格兰拉奇。”我答道。

“那我就请他过来，一同商量这件事，”我内兄继续道，“他们说那条矿脉资源非常丰富，我一定要分一杯羹。”

我们走进书房，查尔斯给他的商业对手草拟了一封——我不得不说——极为高明的信件。他在信中指出，这个国家的矿藏有可能很丰富，但目前还不能确定，说碎石和研磨的成本也许会让人望而却步；获取燃料的费用也很高，并且运输不便；还说水也匮乏，并且还都在我们这边。还说你我两家公司万一要是碰巧真的发现了矿石，就会建起两套冶炼炉或泵站，各自引水过来，而实际上，一套足矣。这样一来，双方都会元气大伤。总之——引用那句金玉良言——双方联合起来，也许比彼此竞争来得好。并且，他还建议，至少双方应该就这个问题进行一次会谈。

我替他把信写好，他拿出克伦威尔[①]那副不可一世的派头，在

① 克伦威尔是英国军人、政治家和宗教领袖，曾作为英格兰的护国公实行独裁统治。

上面署了名。

“这封信十分要紧，西，”他说，“最好还是寄挂号信，以免落入小人之手。不要给多布森，让西塞琳带着信坐马车到弗里斯寄出去。”

尽管我们在塞尔登能看到全苏格兰最美的峡湾，不过它有一点不便之处：离火车站有十二英里之远。

西塞琳按照指示接过信件——那姑娘，可是一位不可多得的帮手！在这段时间里，我们从第二天的《晨报》中得知，小格兰顿已经比我们抢先了一步。我们的眼线给我们发出密电的同时，他已经从非洲赶回来了，并且立刻在格兰拉奇同他父亲碰了头。

两天后，我们收到了对方十分客气的回复，内容如下：

克雷盖拉奇度假屋，格兰拉奇，因弗内斯郡

尊敬的查尔斯·凡德里夫特爵士：

阁下二十日信件已收悉，万分感谢。阁下之意，南非之事，不应使之损伤你我双方利益，此等好意，鄙人鼎力赞同。阁下建议你我双方面谈，共同商讨联合之可能，万分歉意，日前敝处有诸客造访——想必阁下亦是如此——故实不能离开格兰拉奇。所幸，犬子从金伯利归来，暂休在家，乐意前往讨教，聆听阁下高见。阁下安排，宜顾全双方利益，亦是鄙人之意。小儿于明日午后抵达塞尔登，全权代理鄙人及其余诸位董事代为协商事宜。亦向尊夫人及令郎问安。

您忠诚的，

克雷盖拉奇

“狡猾的老狐狸！”查尔斯鼻子哼了一声，高声说道，“他现在想干吗？西，他和我们一样，也急于同我们联合。”他突然冒出个念头，抬头大声说道：“你知不知道，我真觉得，我们这两家探矿的肯定都在做同样的事情。他们也肯定在我们的地皮下面发现了矿脉，于是这个老浑蛋想就此骗我们一把！”

“就像我们要骗他一样。”我斗胆插了一句。

查尔斯一动不动地盯着我，顿了一下，低声道：“虽然只有和他们联起手来，告诉他们我们的发现之后，我们才能知道他们在哪儿发现了矿藏。不过，要是这样的话，双方的运气都还不错。不过，不管怎么看，都划得来。虽说这样，我还是要留心——一定要留心。”

待我们把这件事的原委告知艾米莉亚后，她叫道：“真够讨厌的！我猜我们得留他住一晚——我敢说，他绝对是个居心叵测、骨瘦如柴、肤浅的苏格兰人。”

星期三下午，约莫三点钟，小格兰顿到了。他面目清秀，红色的头发，浅黄褐色的络腮胡子，极像他父亲。不过，奇怪的是，他只是过来拜访，没带任何行李。

“怎么没有行李？你不会打算今晚再回到格兰拉奇去吧？”查尔斯吃惊地问道，“这样的话，凡德里夫特夫人就太失望了！再说，这事也不是坐火车一来一回中间这点时间能商量妥的，是不是，格兰顿先生？”

小格兰顿微微一笑，他笑起来平易近人——精明，但很坦率。

“噢，不是的，”他坦诚地说道，“我没打算回去，我们已经在旅店安顿好了。我妻子也过来了，你也知道——嗯，之前没收到你们的邀请。”

我们把这段话讲给艾米莉亚听，她觉得大卫·格兰顿之所以不愿住在塞尔登，是因为他是位有头有脸的人物；伊莎贝尔则认为，原因在于他娶了一位不知南非哪个地方的姑娘，上不了厅堂；查尔斯觉得，他是和我们有利益冲突一方的代表，要是住在竞争公司董事长的家中，有可能谈判时会有所拘束；而我则觉得，他之前听说过这地方，心里十分清楚，这是全苏格兰地区最无趣的乡下宅院。

不管怎样，小格兰顿坚持住在克罗默蒂·阿姆斯旅店，不过他说，要是凡德里夫特夫人，还有温特沃斯夫人能前去他们的住处小坐一下，他的妻子定会万分高兴。于是我们同他一起回到旅店，把格兰顿夫人接到塞尔登城堡喝了下午茶。

她身材娇小，长相俊俏，十分害羞怕人，俨然一位淑女，绝非登不上厅堂之辈。她每说完一句话，都会咯咯一笑，眼睛微微眯着，仿佛让自己显得更略为俏皮一些。南非以外的事，她知之甚少，不过对于南非的事，她口若悬河。虽然有些不敢正眼看人，但她的率性天真，让我们每个人都很喜欢。

第二天早晨，我和查尔斯同小格兰顿正式商讨双方土地的有关事宜。谈的全是什么氰化法、反应炉、本尼威特、水套之类的。没过多久，我们也渐渐意识到，别看他留着红头发，表现出一副天真的样子，我们的这位大卫·格兰顿阁下对这方面还是略懂一二的。他巧妙地让我们逐渐意识到，克雷盖拉奇勋爵派他来是为公司谋利益，可他却是为自己的利益而来。

“查尔斯爵士，我是小儿子，”他说，“所以得为自己谋点好处。我也是个明白人。在这件事上，我的建议会潜移默化地影响到我父亲的决定。你我都深谙世事。现在，咱们言归正传。你打算双方合并，你肯定掌握了一些对我父亲公司有利的消息——比如，我们的土地上发现了矿脉——你想通过合并来据为己有，否则你肯定不会这么做。这么说吧，我能实现你的计划，也可以毁了它。你要是让我觉得不虚此行，我会劝诱我父亲还有各位董事同意合并。否则，我一点忙也不帮。我要说的就这么多！”

查尔斯十分欣赏地望着他。

“年轻人，”他说，“你可真有城府——就你的年龄来说，城府可够深的。你这番话算是坦诚相见了，还是另有他意？你说的话可当真？你是不是知道了为什么这么做符合你父亲和我彼此的利益？你是不是在试图破坏我的计划？”他用手指揉搓着下巴，继续道，“我要是知道这些，我就知道该怎么对付你了。”

小格兰顿又笑了笑，说道：“查尔斯爵士，你是位金融家，你在人生的这把年纪居然还问自己的同行，问他是努力让自己的钱袋子鼓起来呢，还是让他父亲的钱袋子鼓起来！我父亲的一切最终都会留给他的大儿子——可我，是他最小的儿子。”

“总的来看，你说的也对，”查尔斯十分亲切地答道，“合情合理，自圆其说。不过，我怎么知道你没有像今天这样同你父亲讨价还价？你们有可能早就商量妥当，想联起手来骗我。”

那位年轻人摆出一副直话直说的姿态，身子前倾，说道：“听好了，我给了你这次机会。要么抓住它，要么咱们别谈。你愿不愿意花钱请我促成这宗合并？按照我父亲的那块地对于你的净值给我一些适当的佣金——大体的数额我也知道。”

“那就百分之五吧。”我试探道，自己也不能总在一边干看着。

他上上下下打量我一番，答道：“通常是百分之十。”说话的语气有些怪，还莫名其妙地瞪了我一眼。

我的天！我倒吸了一口凉气！我知道他说的这话是什么意思，这就是我曾经对克雷上校说的话，一字未变。当时他冒充莱本斯坦伯爵，我们谈到城堡的价钱时说的这番话——就是这种口音。我现在全明白了。那张该死的支票！眼前的这个人就是克雷上校，他想让我闭嘴、为虎作伥，否则就要揭发我。

我心惊胆战，不知怎么回答。那场谈话接下来说了什么，我真的不知道了。我的大脑不停地运转，只是隐约听到一句“燃料”还有“还原反应”之类的。我到底该怎么办？要是我对查尔斯说，有点怀疑这个人——仅仅是怀疑——他就会回头咬我一口，把支票的事儿兜出来，这足以让我身败名裂。要是不说，我担心查尔斯会认为我同他是一伙的，是共犯。

这次会谈的时间太长了，我都不知道自己是怎么熬过去的。最后，小格兰顿（要是他真的是小格兰顿的话）心满意足地起身离去，艾米莉亚还邀请了他和夫人一起到城堡共进晚餐。

别的不说，同他们的相处还是挺愉快的。他们在克罗默蒂·阿姆斯旅店又多住了三天。查尔斯同小格兰顿不停地商谈讨论，他拿不定主意究竟该怎么做，我也是爱莫能助。我此生从未身处如此两难的境地，只能尽力保持绝对的中立。

小格兰顿极其随和，他那位羞怯、率真的妻子也是如此。当得知艾米莉亚在德班没碰到过她母亲时，她竟然天真地对此大惊小怪。她们二人相谈甚欢，说了许多彼此感兴趣的事情——主要是关于克雷盖拉奇这帮人的不是。另外，小格兰顿游泳不错，他和我们一起坐船出海，潜起水来就像海豹一样。当他得知我和查尔斯都是旱鸭子时，便极其迫切地要教我俩游泳。他说，这是每位真正的英国人必备的一项技能。可是，查尔斯讨厌水；而我，凡是需要花力气的运动，都不喜欢。

不过，我们都同意他可以在峡湾替我们划船，于是，一天我们和他们夫妇二人约定第二天下午四点钟碰面。

当天晚上，查尔斯到我卧室来，神色凝重。“西，”他小声地说，“你有没有仔细观察？有没有留心注意？发没发现什么可疑的地方？”

我抖得厉害，感觉一切都完了。“怀疑谁？”我问，“你不会怀疑辛普森吧？”（他是查尔斯的贴身男仆。）

我那位备受敬重的内兄轻蔑地盯着我。

“西，”他说，“你是不是在耍我？不是他，不是辛普森，我说的是这两位年轻人。我觉得——他们俩就是克雷上校和皮卡迪特夫人。”

“怎么可能！”我叫道。

他点点头，说：“我敢肯定。”

“你怎么知道？”

“凭直觉。”

我一把抓住他的胳膊，乞求道：“查尔斯，不要贸然行事。还记不记得在伯尔派罗那件事上，那些不明事理的笨蛋是怎么讥笑你的？”

“我也考虑了，”他答道，“我得打听一下。”（查尔斯待在苏格兰做塞尔登城堡的主人时，他喜欢让自己的衣着打扮、言谈举止完完全全地符合这一身份）“明天一早，我就发电报到格兰拉奇去问问，到时候就知道这位是不是真的小格兰顿了。不过在这期间，我还是要紧盯着那家伙。”

于是，第二天一大早，查尔斯就派了个车夫去给克雷盖拉奇勋爵发电报。他先驾车到弗里斯，然后立刻把电报发出，接着等待回复。不过，由于克雷盖拉奇勋爵很有可能在收到电报前，就已经从度假屋动身去了野外，我料想当晚七八点之前是收不到回复的。此时，我们还远远不能断定眼前这人是不是冒牌的大卫·格兰顿，因此，对于这两位友好的敌手，我们仍然还得以礼相待。经历了伯尔派罗事件，我们也明白了一个道理：过分警惕有时甚至比缺乏警惕更危险。不过，因为有以前的教训，我们一直紧紧地监视着那人，相信这次他至少骗不了我们，也逃不掉。

大概四点钟，那位红头发的年轻人同他漂亮的小娇妻如约到了我们这儿来。她看起来如此迷人，双目微眯，妩媚至极，谁能想得到这种表面的单纯、天真都是装出来的呢？她同查尔斯并肩同行，步态轻盈，边走边咯咯笑个不停，眯着眼睛，这样一直走到塞尔登的船库。接着，帮她丈夫把船准备好。这时，查尔斯凑过来，小声对我说：“西，我不是什么黄毛小子，不会轻易上钩。我一直同那小姑娘聊天，我发誓，我没发现她有任何问题。她是位迷人的小妇人。我们也许错了，当然，我说的是小格兰顿。不管怎样，我们眼下最好还是客客气气的。那可是块相当重要的土地！他要真的是小格兰顿，我们绝对不能惹他不高兴，也不能让他察觉到我们在怀疑他。”

我也的确注意到，格兰顿夫人一开始就极力让自己亲近查尔斯。查尔斯有一点说的对，她羞羞怯怯、若即若离、十分迷人，让人无法抗拒。那眼神中流露的满是顽皮。

我们继续向峡湾划行，更确切地说，是格兰顿夫妇二人划船，我和查尔斯则坐在船尾，舒舒服服地斜躺在垫子上。他们划得又快又稳，不一会儿就绕过了岬角，已经看不到塞尔登城堡那伦敦风格的塔楼还有假城垛了。

格兰顿夫人划着船。即便在划船时，她也不停地暗中同查尔斯欢快地说笑，一路咯咯笑个不停，半推半就，就仿佛一个在校的女学生正同一位足以当她爷爷的男人调情。

查尔斯非常高兴，能受到异性的关注，尤其是年轻、天真、单纯的异性，他很容易就飘飘然了。世上女人的小伎俩他再清楚不过了，可是一位漂亮娇小的天真少女却能把他哄得团团转。他们一直向前划，最后划到了海鸥岛。上面尽是些参参差差、高低不平的石头，那是个礁石小岛，向海里延伸，靠近陆地的那一面十分荒凉、险峻，另一面向海里缓缓倾斜；大概有一英亩见方，灰色的崖壁陡峭地矗立着，当时上面爬满了一层厚厚的深红色的缬草。格兰顿夫人划到跟前。“多漂亮的花呀！”她扭过头，看着花，大声喊道，“真想摘一些！我们在这上岸去采花吧！查尔斯爵士，你得替我采一大束，我要放在客厅里。”

查尔斯也没多想，就满口应了下来，像是鳟鱼见到了苍蝇，会立马上钩。

“一定给你采，亲爱的姑娘，我——我看到花也是喜欢得要命。”他这话说得如同花一样漂亮，不过还挺管用。

他们把船划到岛的另一面，那里比较容易上岸。我突然感到很奇怪，他们似乎十分清楚这个小岛的情况。小格兰顿轻盈地跳上岸，他的妻子紧随其后。那位天真的姑娘直接越过船舷跳到岸上，而我和查尔斯却还在横梁上蹑手蹑脚，生怕把船踩翻了。想想我们俩笨成那样，真让人羞愧至极。她简直太像白石南花了！不过，我们最终还是安全地上了岸，开始攀石而上，寻找缬草。

接着，那两位年轻人跳回船上，随着一阵放浪的笑声，船也离岸而去，只剩下我们俩眼巴巴地望着他们。你可以想象得出，我们是怎么一副目瞪口呆的样子。

他们把船划到深水区，离岸约二十码的距离。接着，小格兰顿转过身，优雅地向我们挥挥手，说道：“再见啦！再见！希望你们能摘到一大束花！我们这就动身去伦敦啦！”

“动身！”查尔斯面如死灰，大叫道，“动身？什么意思？该不是说真要把我们俩留在这儿吧？”

小格兰顿脱帽致意，而他的妻子则边点头微笑，边用她那漂亮的小手向我们送飞吻。“是的，”他答道，“目前是这样。我们退出游戏，真正的原因是，这游戏有点太容易被识破，可谓是一次夭折的行动。”

“一次什么？”查尔斯大叫道，很明显在冒汗。

“一次夭折的行动，”那年轻人叫道，脸上露出同情的微笑，“你不知道吗？我们的计划失败了，这一招很不明智，彻底失败了。我从眼线那里得知，你今天早上让专门的信使给克雷盖拉奇勋爵发了封电报。这说明你对我已经起疑心了。要是我发现别人怀疑自己了，就再也不会向前走一步，这是我玩游戏的原则。哪怕有一丁点的疑心，那我也立即退出。只有‘病人’完全信任我时，我的计划才能完美地执行。这是医学界的金科玉律。对于那些挣扎的人，我是不会去宰他们一把的。所以，我们得走啦。多保重！再见！”

他距我们也仅仅只有二十码的距离，所以和我们说话不费什么力气。不过水很深，这座小岛可能从不知多深的海底直直地竖出水面，而我们俩谁都不会游泳。查尔斯祈求似的张开双臂，喊道：“我的天！不要告诉我，你真的要把我们俩丢在这儿吧？”

痛苦和恐惧让查尔斯看起来很可笑，格兰顿夫人，或者叫皮卡迪特夫人——不管她叫什么吧——看到查尔斯这副模样，便极尽可爱之态，发出银铃般的笑声。“亲爱的查尔斯，”她大声喊道，“不要害怕！你只是暂时被困在这儿，我们会派人来接你的，我和亲爱的大卫只是要争取点时间上岸，然后再——再改变一下我们的个人形象。”她一边笑，一边用手指着大卫的红色假发，还有浅黄褐色的假络腮胡子，这让我们深信，所有的这些都是假的。她看了看那胡子还有头发，哧哧地笑了。此时，她哪里还有什么羞怯可言？实际上，我敢说那就是一个胆大妄为、不顾颜面的疯丫头。

“原来，你就是克雷上校！”查尔斯叫道，用手帕抹了一把前额。

“随你怎么叫吧！”那年轻人斯斯文文地答道，“我敢保证，你真是太热心肠了，给了我这一头衔来为女王陛下效劳。不过，时间不多了，我们得走了。不用过分担心，在确保我们俩人身安全的前提下，我会尽快派小船来把你们从这儿接走。”他把手放在胸前，摆出一副感伤的姿态，“查尔斯爵士，虽然你不太情愿，但前前后后也双手奉上了不少好意，”他继续道，“这次你什么都没送我，让你吃点苦头倒也不觉得有什么不妥。好好待着吧，放心，最迟半夜之前肯定有人来救你。还好，现在天气不错，不可能下雨，所以你们最多也就是肚子暂时挨一下饿罢了。”

格兰顿夫人这时也不眯着眼了——那不过是她装出来的把戏——她从船上站起来，向我们摊开一条毯子。“接着！”她欢快地冲我们喊道，把毯子对折，向我们扔过来。毯子刚好落在我们脚下，她扔得也够准的。

“嗨！亲爱的查尔斯，”她继续道，“拿着它，别冻着！你也知道，我非常喜欢你。要是有人给你指条明路，你也不是什么坏人。你也有人性的一面。对了，在尼斯，我还是皮卡迪特夫人的时候，你送我的那枚漂亮的胸针，我还经常戴着。在卢塞恩，我打扮成副牧师的妻子时，你对我的好意，我也将永远铭记在心。你在苏格兰的这座漂亮的宅院，总让你感到自豪，能在这儿见到你，我们也非常高兴。不过，不用害怕，我们绝不会伤害你。以这么一种不友好的方式避开你，我们也万分抱歉。可是，亲爱的大卫——不过，我还得接着称他为亲爱的大卫——本能地觉得，你开始怀疑我们俩了，他受不了别人不相信他。他太敏感了！一旦有人怀疑他，他就得立刻摆脱他们。为了摆脱你们，为我们动身做点必要的准备，这是唯一的方法，我们也是迫不得已。不过，我以一名淑女的身份向你保证，今晚会有人过来接你。要是亲爱的大卫不派人，那我就亲自来。”接着她又给了我们个飞吻。

查尔斯一会儿暴跳如雷，一会儿又担心害怕，像是要疯了。“啊，我们会死在这儿的！”他吼道，“谁能想到来这个小岛上找我们啊！”

“当初你不让我教你游泳，真遗憾呀！”克雷上校插话道，“游泳是贵族运动，在这种特别的紧急情况下非常有用！好啦，我们走啦！再见！这一次你差点就赢了；不过，在我们离开前，把你暂时撂在这儿，也可以说，咱们这盘棋又让我重新摆了一下，咱们就当是打了个平手，怎么样？尊敬的查尔斯，这场比赛我已赢得三局——前前后后几千英镑落入囊中。”

“先生，这是谋杀！”查尔斯高声尖叫道，“我们会饿坏的，甚至会死在这儿的！”

克雷上校摆起了架子，说得句句在理。“听着，尊敬的先生，”他一只手手心向外摊着，劝诫道，“你觉得我会杀掉一只给我下金蛋的鹅，却还能像现在这样毫无懊悔之心吗？不会的，绝对不会的。查尔斯·凡德里夫特爵士，你对于我的价值，我再清楚不过了。从你那里每年得到的年收入，我在所得税申报表上填的是五千，就我这个行当来说，这是净利润。假如你死了，我还得重新寻找其他财源，他们可都比不上你那么大方。你的继承人、遗嘱执行人、受让人，都满足不了我的要求。先生，实际上，你我的性情刚好互补。我对你了如指掌，而你对我却一无所知——这也常是坚实友谊的基础。在你努力从别人那儿捞一把的时候，我刚好能从你那儿捞一把。我承认你很聪明，可正是你的小聪明帮了我一把。说到金融这方面，我承认只能望你项背。不过，在我们这个卑微的行当中，我知道如何利用你。我会引着你一步一步向前走，让你觉得你会从别人那儿得到点好处；我不过是巧妙地利用你爱占便宜、争强好胜的心理，才一次次骗了你。明白了吗？先生，这就是咱们彼此之间的关系。”

说罢，他鞠了一躬，脱帽致意。查尔斯看着他，有些胆怯。虽说查尔斯也并非等闲之辈，但显然已经胆怯了，冒出一句：“你的意思是，你打算继续骗我？”

上校漠然一笑，答道：“查尔斯·凡德里夫特爵士，刚刚我把你称为一只会下金蛋的鹅。在你看来，这个比方也许有伤大雅。不过，在许多方面，你的的确确就是一只鹅，一只蠢鹅。我承认，你是证券交易所中最精明的，不过也是我在交易所之外碰到过的最容易上当的傻瓜。你错就错在一件事上——自以为聪明。不为别的，就因为这，我才叮着你不放。亲爱的爵士，就把我当成一只寄生在百万富翁身上的微生物吧，一条靠资本家为生的寄生虫。你也听过这古老的歌谣：

> 大跳蚤身上寄生着小跳蚤，
> 小跳蚤身上的跳蚤会更小，
> 如此这般，无穷无尽、没完没了。

好啦，这就是我对自己的看法。你呢，是资本家，是百万富翁。你往大里看，你的猎物是整个社会，通过垄断、期权、特许，还有联合等手段，你吸光了这个世界的血液和金钱。就跟蚊子一样，你也有一个非常漂亮的吸食工具——公司发起人股份——有了它，你把整个社会的剩余财富全都吸走了。我再往小里看，我又从你掠夺来的财富中分一杯羹。我是这个时代的罗宾汉，在我眼里，你就是那种十恶不赦的百万富翁——也是只头脑极其简单的笨鸟，让我这种有才能的人给你拔一拔毛——打个比方来说，我已经寄生到了你身上。”

查尔斯望着他，叹着气。

那年轻人并没就此打住，仍以一种略带嘲弄的语气继续道：“我喜欢这场游戏所能带来的好处，亲爱的杰西也是，我们俩都非常喜欢。只要我能在你身上找到这么好的机会捞一笔，我肯定不会吃力不讨好地放弃这么一大块肥肉，转而去打那些小资本家的主意，从那些人身上榨出几百英镑都相当费事。你过去可能一直不明白为什么我老抓住你不放，现在你明白了吧？如果肝蛭发现了一只适合自己的绵羊，那它就会寄生在上面。你是我的寄主，我是你身上的寄生虫。这次的计划失败了，不过不要高兴太早，咱们还有下一次。”

“你为什么要告诉我这些来羞辱我？”查尔斯喊道，显得十分痛苦。

上校摆摆手，他的手很小很白。“因为我喜欢这游戏，”他饶有兴致地答道，“并且，你事先准备得越充分，骗你之后就会越觉得有意思，越有成就感。好啦，再会吧！我浪费的可是如金的光阴哪！有这个时间，我还可以去骗骗别人。我们必须立刻出发了……温特沃斯，照顾好自己。我知道你会的，你总是能照顾好自己。通常都是百分之十！”

他把我们丢在那儿，划船走了。船在小岛拐角处快要消失不见时，“白石南花”——当时看着很像——在船尾站了起来，边挥动着那漂亮的双手，边朝着我们大喊：“再见了，亲爱的查尔斯！一定要把毯子披在身上！我一定会尽快让人来接你。谢谢你采的这些漂亮的花！”

小船绕过崖壁不见了，岛上只剩下我们俩。查尔斯完全泄了气，一屁股直接坐在光光的石头上。他已经习惯了奢华，没有那加厚的舒适坐垫怎么能行。至于我，则吃力地爬上朝向陆地那边的悬崖顶，试着用手绢发个落难的信号，让陆地上哪位路人看到。这一切都是白费工夫。查尔斯把庄园里的佃农都打发了，那天打猎的也都在另一面，近处根本看不到有什么人能叫过来救我们。

于是我又爬下来，回到查尔斯身边。夜幕慢慢降临，水上海鸟的叫声让人毛骨悚然。落日余晖下海鹦还有鸬鹚在我们头顶盘旋。查尔斯说，它们也许会俯冲下来啄我们。但它们没有啄我们，不过，那不断拍打着的翅膀，又给我们的饥饿、孤寂增添了一阵难耐的恐惧。就我而言，克雷上校没有就佣金的事情公开出卖我，让我感到如释重负，甚至还略感舒畅。

我们蜷缩在坚硬的崖石上，大约晚上十一点钟的光景，我们听到了人的声音。“喂，船！”我喊道。对方的回应让我们一激灵站了起来。我们冲到上岸的地方，朝着那声音“喂！喂！”地喊着，让他们知道我们的位置。他们立刻划着查尔斯的船过来了，他们是峡湾对面尼盖瑞地区的渔民。

他们说是一位先生还有一位女士派他们把船划过来，到岛上来找我们的。他们所描述的人正是冒牌的格兰顿夫妇。他们一路上几乎不说话，划船把我们送到塞尔登就回家了。回到城堡时，门房的挂钟显示已经十二点半了。家里派人沿着海滩朝各个方向搜寻我俩。艾米莉亚已经睡了，十分担心我们的安全。伊莎贝尔还在坐着等消息。当夜要去抓捕那两位罪大恶极之人，未免也太迟了，但查尔斯坚持派一名车夫去弗里斯，去给因弗尼斯的警方发份电报。

一切像石沉大海，杳无音讯。克雷盖拉奇勋爵已传信过来，说他儿子根本没离开格兰拉奇的度假屋。第二天经过调查发现，我们的通信员根本没收到什么信，送来的只是一个空信封。此时邮局方面也正以闪电般的速度，忙着“调查此次事件”。西塞琳亲自在弗里斯寄的信，还拿了收条。所以，我们得出的唯一结论就是——克雷上校肯定同邮局里的某个人是一伙的。至于克雷盖拉奇勋爵的回信，那只是别人伪造的；不过，奇怪的是，回信是写在格兰拉奇家的信笺上的。

不过，几只松鸡还有一瓶香醇的吕德斯海姆酒下肚之后，查尔斯很快又精神焕发了。不用说，他从自己布尔祖先[①]那里继承了些荷兰人的那股勇气。他现在又精神饱满起来了。

“西，不管怎么说，”他靠在椅子上说道，“这次我们算是赢了一回。他没能骗到我们，至少被咱们识破了。这次能识破他，就离抓住他之日不远啦。就是咱们这塞尔登城堡位置太偏远，要不然早就抓住他了。下一次较量，我觉得咱们不光能识破他，还一定能拿住他。要是他在伦敦这么骗咱们试试！”

不过，最奇怪的是，这两人在尼盖瑞地区上岸，告诉渔夫有几位绅士困在了海鸥岛之后，就又消失得无影无踪了。沿线的所有车站都没有他们的消息，他们的女佣也在当天早上带着他们的行李离开

① 布尔人是南非荷兰殖民者或荷兰殖民者的后裔。

了旅店。我们一直追到因弗尼斯，但线索一下子就断了，再也找不到任何踪迹。这件事太蹊跷，谜团一直没能解开。

查尔斯余生的最大心愿就是要在伦敦抓住这个骗子。

至于我，我觉得这泼皮无赖在划船远去时，扭头嘲讽我们的那句话也有几分道理："查尔斯·凡德里夫特爵士，咱俩是一丘之貉。唯一的区别在于，你受法律的保护，而我却受其迫害。"

第六章　德国教授

那年冬天，我那尊贵的内兄在伦敦几乎没什么闲工夫来操心克雷上校此类蝇头小事。他在南非的利益受到了威胁，这威胁非同小可、毫无征兆，足以使他倾家荡产，可谓一个晴天霹雳。

虽然查尔斯做点黄金生意，也做点土地生意，不过主要精力还是在钻石生意上。说实话，我这辈子只有一次见到他对诗歌抱有那么一丁点兴趣。当时，碰巧有一天，我在吟诵这两行诗：

> 世上有多少纯净明媚的玉石，
> 淹没在深不可测的幽幽海底。

他立刻摩挲着双手，兴奋地低声说道："这一点我还从没想到过。我们可以成立一个大西洋勘探联合有限公司。"他满脑子想的都是钻石，因此，当他意识到科学的飞速进步，也许会让他心爱的宝石某一天变得无人问津时，你也能猜得出他该有多么震惊。钻石贬值这件烦心事一直折磨着他，而那年冬天，他与那场可怕的灾难擦肩而过。

事情经过是这样的。

一天下午，我同查尔斯一起沿着皮卡迪利广场散步，去他的俱乐部——他是帕玛街克罗伊斯富翁俱乐部的知名会员——在快到伯林顿馆时，猜猜我们撞见了谁？阿道弗斯·科德里爵士，他是响当当的矿物学家，皇家学会的领导人物。他向我们点头问好，非常高兴。“好哇，凡德里夫特，”他喊道，嗓门大得出奇，有些刺耳，“我今天正想找你。早上好，温特沃斯。对了，最近钻石生意怎么样，富翁爵士？不过，你以后得老实点了。有件事和你们这些点石成金的富人有关。有没有听过施莱尔马赫那了不起的新发现？估计会让你的钻石王国就像热锅上的蚂蚁那样煎熬难耐。”

我能看到，查尔斯的身体在衣服的遮掩下扭动，他十分不安。科德里这种身份的人，竟然在皮卡迪利广场公然说出这些话，还这么大嗓门儿，不管有没有什么根据，都足以成为别人眼中敏感的晴雨表，让克罗地多普公司股价走低一两个点。

“嘘，嘘！”查尔斯一脸严肃地提醒他，那语气中充满惊恐，当有人咒骂金钱时，他就常常这种口气，“再也不要这么大声喊了！整个伦敦都听见了。”

阿道弗斯爵士极为友善地挽过查尔斯的胳膊。查尔斯最讨厌别人挽他胳膊了。

“走，同我一起去雅典娜神庙俱乐部[①]，”他继续道，嗓门儿还是那么大，“到那儿，我把一切都告诉你。这个发现非常有意思，能让钻石就像粪土一样一文不值，估计能把南非彻底踩到脚下。”

查尔斯任由他拉扯着自己向前走，不这样做也没辙。阿道弗斯爵士还在不停地说，只是声音略低了一些，看到查尔斯没发话制止，他就更加口无遮拦。事情让人忧心忡忡，但他却讲得津津有味。据

① 伦敦有名的绅士俱乐部。

他说，貌似耶拿有一位叫施莱尔马赫的教授，是“宝石化学这方面仍然健在的、最伟大的权威专家”，教授最近发明了，或者说声称自己发明了一套制造人工宝石的方法，已经取得了令人难以置信、无可挑剔的成果。

查尔斯稍稍撇了撇嘴，说道：“哦，我知道这回事儿，之前也听说过。都是些非常次的钻石，非常小，一分钱也不值，虽然制造成本巨大，但根本不值一看。科德里，你清楚，我也是久经沙场了，才不会上这个当。讲点有意思的事情吧！”

阿道弗斯爵士从口袋里掏出一小块切割好的钻石。“这块能不能称得上顶级钻石？”他一边咧着嘴笑，一边把钻石递给查尔斯，说道：“就在我眼皮底下制作的——成本相当低！”

查尔斯立刻站住，靠在圣詹姆士广场的栏杆上，拿着便携放大镜仔细检验起来。说得没错，事实就摆在那儿，这就是一小块精美的钻石，质量上乘。

“就在你眼皮底下做出来的？”查尔斯大声问道，还是不敢相信，“在哪儿？在耶拿吗？”

“不是在耶拿，就在伦敦做的，就是昨晚，我和格雷博士亲眼所见，英国皇家学会主席还打算在各位会员面前展示一番。”这些话简直就是晴天霹雳！

查尔斯深吸一口气，决然地说：“再也不能这么胡闹下去了。必须把这事消灭在萌芽状态！老兄，这可不行，事关一些重要人物，咱们可不能这么瞎糊弄。”

“你是什么意思？”科德里问，十分震惊。

查尔斯一动不动地盯着他。我偷偷地瞥了一眼，从查尔斯的眼中很明显能看出他十分害怕。“这家伙在哪儿？”他问，“他是自己过来的吗？还是让别人代他过来的？”

“他就在伦敦，”阿道弗斯爵士答道，“现在在我家里，他说不论是谁，只要因为科学研究而对钻石感兴趣，他都会乐于展示。我们提议，让他今晚在兰卡斯特门做一番展示。你要不要顺便过来看看？”

他要不要“顺便”过来看看？“顺便”到这么一个重要的场合！他能不过来吗？他紧张地一把抓住科德里的胳膊，颤抖着说道：“听着，科德里，这件事会影响到十分重要的一伙人。做事不要鲁莽，也不能糊涂。记住，这会影响到公司股票的涨跌。”他说“股票”这个词时那种深深的敬意，我很难用三言两语描述得清楚。这是他信仰中的关键字眼。

“我觉得，这很有可能。”阿道弗斯爵士冷冰冰地答道，流露出一位纯粹的科学家对金钱损失的漠然态度。

查尔斯虽然语气温和，但不容半点商议，说道：“现在，想一想，这么重大的责任落在了你肩上，市场的走势也取决于你。绝对不能让其他外人前来观看这次实验，要是你愿意，叫几位矿物学家和专家过来就行了。不过一定记得，要邀请一些利益受到威胁的人作为代表。我会亲自到场——本来我约了别人一起吃晚饭，不过可以推掉，就说我身体不适。我建议你应该请一下莫森海默，还有小菲普森。他们可作为采矿业的代表，你和那些矿物学家作为科学界的代表。最重要的是，不要乱说，看在老天的分儿上，在事情没有定论前，不要说长道短。告诉施莱尔马赫，别让他在伦敦到处胡乱吹嘘自己的成果。”

“我们对此事都守口如瓶，这也是施莱尔马赫的要求。”科德里答道，比刚才严肃多了。

查尔斯厉声责备道：“那你刚才还在皮卡迪利广场扯着嗓子叫唤，

这就是你所谓的守口如瓶吗？”

不过，夜幕降临之前，一切都按照查尔斯的意思安排妥当了。我们于是前往兰卡斯特门，真心希望那德国教授捣鼓不出什么名堂来。

他的外表引人注目，从他瘦长的身材能看出来，以前个儿挺高，不过由于成天埋头钻研，俯身围着坩埚转来转去，现在腰也弯了，背也驼了，头发早早地变白了，在前额披散着，但双目炯炯有神，说出的话很有远见。他同科学家们亲切握手，像是老相识，但对于南非利益的代表们，他只是远远地鞠个躬。接着，他操着一口德式英语开始讲话了，碰到不会说的词时，时不时地用那沾满化学药品的脏手比画说明，好让别人明白他的意思。他的指甲很难看，不过，不得不说，由于老是做些精细的操作，他的手指是男人中最为纤细灵巧的。他立刻转入正题，同样带着浓重的口音，简要地向我们说明，他“现菜，要通过侧宠新方法，为各位糙出一些次量上乘，大恰满意的窜石”。

他拿出仪器，向大家解释——用他的话说，是“且释”——他的新方法。“窜石，没什么大不了，”他说道，“只不过是结晶碳罢了。”他知道如何将之制成晶体“侧求是秘密所菜”。那些科学家仔细地检查了他那些盆盆罐罐。之后，他放入一定的原材料，就在众目睽睽之下，忙碌起来。一共有三种不同的方法，他用每种方法都能同时造出两块钻石。他说，自己的方法了不起的地方在于用时短、成本低。他还（面露讥讽地）笑道，他在四十五分钟之内就能造出一块目前市价为两百英镑的钻石。“大恰等一下马上求能看到，”他说道，“求用侧些浅单的仪器。”

倒进去的那些东西不断地起泡冒烟，教授则不停地搅拌。整个房间充满了难闻的气味儿，像是羽毛烧焦了。科学家们，一个个你压我，我压你，都急切地伸直了脖子，尤其是文-卫文恩，眼睛眨都不眨一下。四十五分钟后，教授仍然面带微笑，开始清空那些仪器，从里面倒出大量的灰土，或者说粉末，他简单地称之为“副产品”，接着用拇指和另一根手指从炼锅中取出一小块白色的晶体，显然没有经过水的打磨，有点粗糙，表面像是长了瘤一样。

每一口小锅中都做出了两块这种钻石，他在我们面前得意扬扬地举着，说道：“侧个，是尘蹭的窜石，每块的成本十四先令六便士[①]！”接着他把第二个锅中的两块拿了出来，更加高兴地说道：“侧个，每块成本十一先令求便士！”最后他拿起第三个锅中的两块钻石，在惊异的众人眼前晃来晃去，激动地喊道：“侧个，成本不到三先令八便士！”

大家把钻石传来传去，一探究竟。因为它们很粗糙，还没切割，因此不能判断价值几何。不过，有件事错不了，科学家们在最开始的时候，一直紧紧地盯着，保证施莱尔马赫没有提前把这些钻石放进去；在取钻石的时候，也盯得很紧，确定他是老老实实地从坩埚中取出来的，没动什么手脚。

“我现在把它们发下去。”教授说道，语气很轻松，好像发的不是钻石，而是豌豆。说话的同时看看四周，挑中了我内兄。“一颗给查尔斯瘸士，”边说边递了过来，“一颗给莫森海默先生，莱给菲普森先生一颗——你们是窜石生意的代表。然后呢，也给阿道弗斯爵士、格雷博士、费恩-费凡先生每人各一颗，代表的是科学切。你们可以及时腔它们切割，并去此做一份报告。后天，我们还会莱侧个地方欠面。”

① 过去旧制英镑辅币为先令和便士。1 英镑 =20 先令，1 先令 =12 便士。

查尔斯瞪着他，眼中充满了责备。这触动了他内心最深处的道德感。“教授，”他说，声音很严肃，有警告的意味，“你有没有想过，你要是成功了，就会让成千上万英镑的宝贵财产灰飞烟灭？”

教授耸了耸肩。“侧对我又沉样呢？”他反问道，带着些好奇与鄙视，“我不搞亲融，我是科学恰，我求痴识，不求钱财。”

“真是开眼界了！”查尔斯喊道，“真开眼界了！我这辈子还从没见过这么怪的人！对别人的请求竟如此置若罔闻！”

大家早早地散了。那些科学家高兴得有些得意忘形，钻石生意的代表们则都阴沉着脸。如果这是真的，他们预计市场即将经历一次暴跌。所有人的眼神都暗淡下来。这件事情太可怕了。

查尔斯同教授一道朝着回家的方向走。他谨慎地对教授旁敲侧击，要是有必要，得出多少钱，才能让他就此事封口不谈。虽然阿道弗斯爵士让我们所有人都暂时保密——好像真有此必要似的，不过，查尔斯还是想知道，施莱尔马赫得要多少钱，才不会将这一发现公布于众。可那德国人并不为所动。

“不行，不行，”他答道，显然生气了，“你不懂，我不错买卖。侧是化学现象。考虑到它的理论恰迟，我们必须腔它发表出来。我不菜乎什么钱不钱，我根本没时签浪费菜蹭钱上。”

“像他这么虚度一生，想想都可怕。”查尔斯后来对我说道。

确实，教授好像什么都不关心，除了那个毫无实用价值的问题——不是他能不能造出上等的钻石，而是能不能用纯粹的碳元素造出晶状物！

查尔斯在约定的那天晚上又来到兰卡斯特门，我注意到，他当时完全沉浸在痛苦的思索之中，神情有些反常。我还从未见过他如此焦急。

钻石已经切割成形，切割的工匠在每颗钻石上面都略微做了记号，用以表示净度。接着出现了一件令人费解的事情。说来也怪，分发给三位钻石大王的钻石，每颗都是最次、最不值钱的，而交给科学家的那三颗，颗颗都是最纯净、最上等的。

说实话，出现这种巧合，怎能不让人起疑心？钻石利益的代表们用余光盯着彼此，以探究竟，接着突然垂下眼来：他们都在相互回避。是不是每个人都把施莱尔马赫造的晶石偷偷换成了天然的残次矿石呢？貌似还真是这样。我承认，一时间我自己都有点相信事实肯定如此。不过，转念间，我又改变了想法。像查尔斯这种品行端正、这么有高度原则的人，会为了点蝇头小利，而用这下三烂的伎俩吗？——况且，即便他这么做了，莫森海默也这么做了，但交到科学家手中的钻石就足以证明这次实验是真实的、成功的。

不过，不得不说，查尔斯仍心虚地看着莫森海默，而莫森海默也心虚地盯着菲普森，当时在威斯敏斯特市再也找不出比他们仨更尴尬、脸色更难看的人了。

接着，阿道弗斯爵士开始讲话——或者说，叫演说更合适。他的嗓门还是那么大，那么刺耳。他说，我们在座的诸位在当天晚上以及前一天晚上，都见证了科学史上一个新时代的诞生。施莱尔马赫教授是他的家乡萨克森[①]为之感到骄傲的人之一，不过他现在是英国人，只能略为遗憾地说，这个发现（同很多其他发现一样）原本是可以“在德国做出来的”。尽管如此，施莱尔马赫教授仍是科学家们的高贵典范，在他眼里，金子只不过是一种化学符号为 Au 的稀有金属，而钻石也不过是碳元素在众多同素异形体中最稀有的一种

---

① 德国地名。

表现形态。他没有仰仗着这个发现去大赚一笔，他根本不理会那些卑鄙的、贪婪的资本家。能将碳元素还原到钻石这一晶体状态，他也就心满意足了，他所要的只不过是科学界的认可。不过，考虑到那些金融界的绅士的感受，他们一心只在乎晶体状态的碳的现价——换句话说，也就是在钻石上的利益——最后决定，大家当前一定要严守这个秘密，前来观看实验的这几位，谁也不能公开透露真相。要等到教授本人以及皇家学会的一个小规模的委员会亲自抽时间调查，验证教授这些高明的、巧妙的方法——这种调查验证也是博学的教授所期望、所建议的。（他点头表示同意。）之后，如果这方法通过了检验，那么再怎么遮遮掩掩，也都无济于事了。到时候，钻石的价格肯定会立刻暴跌，比铅玻璃还便宜，金融界再怎么反对也都是徒劳的。百万富翁改变不了自然规律。同时，由于查尔斯爵士的钻石生意做得风生水起，这一点有目共睹，考虑到查尔斯的意见，大家一致同意，不向报社走漏任何风声，也不在公共场合提起这套高明的、简单的工艺的任何字眼。他张口“高明”，闭口“高明”。现在，他代表英国矿物学界，对我们尊敬的嘉宾施莱尔马赫教授表示祝贺，祝贺他为我们光辉而闪耀的钻石珠宝科学事业做出了真正光辉而闪耀的贡献。

大家都鼓掌祝贺。这是个尴尬的时刻。查尔斯爵士咬着嘴唇，莫森海默阴沉着脸，小菲普森的表情也就不在此加以描述了。（因为我明白，这本书也许会在各家传阅。）接着，大家庄严地承诺要死守秘密，之后就散了。

我注意到，我内兄在门口有点明显地要避开莫森海默，而菲普森则迅速地跳进马车。我们俩上车坐好之后，查尔斯郁郁地向车夫吼了声：“回家！”在回梅费尔的路上，查尔斯一直躺在座椅上，双唇紧闭，一个字都未说。

在查尔斯休息前，台球室没有别人，我壮着胆子问他："查尔斯，要不要明天把戈尔康达的股票全部清仓？""清仓"这个词，无须我多费口舌解释，是交易所的行话，意思是甩卖掉不想要的证券。我突然想到，如果这项发明真的变成了现实，今后几周内没人会愿意买进克罗地多普的A股。

他严厉地瞪着我，说道："温特沃斯，你这笨蛋！"（除非有时非常生气，他从不叫我"温特沃斯"，私下里他通常叫我"西"——"西摩"的简称。）"在这个关头，我能全部卖光自己的股票，毁掉公众对克罗地多普公司的信心吗？作为董事——作为董事长——我这么做合适吗？公正吗？先生，我先问问你，这么做我能对得起自己的良心吗？"

"查尔斯，"我说，"你说得对，你这么做称得上高风亮节。你不会为了一己私利，而去牺牲那些信任你的人的利益。唉，金融界中到哪儿去找这么正派的人去！"我不由自主地叹了口气，因为我脑海里浮现的全都是解放者、大救星。

这时，我也思忖着："我不是什么董事，没人把信任压在我身上。我得首先考虑到亲爱的伊莎贝尔和孩子。趁着暴跌还没开始，我明天得把手中为数不多的一点克罗地多普公司的股票全部卖掉，这些股票，当时还是查尔斯好心帮我弄到手的。"

查尔斯凭着他那非凡的经商本能，好像察觉到了我的想法，因为他突然转过身，对着我严厉地说道："听着，西，记住，你是我妹夫，也是我的秘书。明天整个伦敦都会监视咱俩的一言一行。如果你卖掉了所有的股票，那些股票交易人肯定会知道，他们就会怀疑是不是出了什么状况，这样的话公司就会遭殃。当然，你自己的财产，你想怎么处置就怎么处置，我无权干涉，不能命令你该怎么做不该怎么做。不过，作为戈尔康达公司的董事长，我一定要确保那些孤儿寡母的财产不能在这次危机中有任何闪失，他们把一切都压在了这上面。”他的声音似乎有些颤抖，“因此，虽然我不喜欢威胁别人，”他继续说道，“但我还是要事先警告你：如果你把手中的股票都变卖了，不管是公开地还是偷偷摸摸地卖，你就再也不是我秘书了，我会给你六个月的薪水作为代通知金，让你马上卷铺盖走人。”

“知道了，查尔斯。”我顺从地答道。不过，我在脑海中也斗争了一番：到底是放弃这艘正在沉没的巨轮拿到现钱好呢，还是坚定地站在朋友身旁，支持他去对抗教授的那套科学好？经过头脑中一番简短的、激烈的权衡之后，我可以很自豪地说，我选择了友谊和感恩。我敢保证，不论钻石价格是涨是跌，查尔斯这种人总能排除万难，最终取得成功，于是我决定支持他！

那一夜，我几乎无眠，内心一直无法平静。早饭时，查尔斯看起来也是面容憔悴、郁郁寡欢。他早早地叫了马车，直奔伦敦。

齐普赛街有些拥堵。查尔斯又急躁又紧张，干脆从车上跳下来走过去。我则陪着他一起走。快到伍德街时，以前偶然认识的一个人拦住了我们。

“我觉得，我还是告诉你一声为好，”他说，生怕别人听到，“根据最可靠的消息，耶拿的施莱尔马赫教授——”

“谢了，”查尔斯粗暴地说，“我听说了——全是些胡说八道。”

他匆忙前行，在一两码远的地方，一位经纪人在我们面前停了下来。

“您好哇，查尔斯爵士！”他带着些嘲弄的语气叫道，“关于钻石的这些消息是怎么回事？克罗地多普公司今天表现怎么样？是坐拥金山银山，还是狼狈不堪？”

查尔斯身子挺得笔直，一脸威严地回道：“我不明白你在说什么。”

“哦，您当时不是也在场吗？”那人大声说道，“昨天晚上，在阿道弗斯爵士家里！哦，对了，这消息已经传遍了。耶拿的施莱尔马赫成功地造出了最完美的钻石，每颗只需六便士，足以同南非那些久负盛名的钻石相媲美。他们说，不到六周，金伯利就会成为一块哀鸿遍野的不毛之地。怀特查佩尔的每个小贩都会将科依诺尔钻石[①]钉在外套上当扣子用；柏蒙西的每个姑娘去看最喜欢的杂耍时都会佩戴同凡德里夫特夫人一样的首饰。戈尔康达股票要暴跌。阴险，真够阴险的。我看出来了；不过，我们也都知道了！”

查尔斯继续向前走，甚是反感。那人的嘴脸可恶至极。快到银行时，我们碰到了一位极为体面的股票经纪人。

“哎呀，查尔斯爵士，”他说道，“您来啦！嗯，这消息有点没头没脑，对不对？要我来看，建议你不必太在意。今天早上，您公司的股价将会暴跌。不过，明天就会涨起来，相信我，在还没证实那项发现是真是假之前，股价每时每刻都会波动。我敢保证，这段时间股票交易人可要忙坏了。一会儿这么说，一会儿又那么说。谣言，到处是谣言。在阿道弗斯爵士没有证实以前，都不知道该相信谁。”

我们继续朝议院方向走去。查尔斯一路上忧心忡忡。我们一路上看到，大家都在讨论当下发生的这件事。要想让别人知道什么事情，与其在显眼处张贴告示，还不如让知情人严守秘密要来得奏效。有些人在我们耳边悄声低语，告诉我们这一爆炸性新闻，生怕别人听到；有些人则是扯着嗓门宣布这一消息，一副得意忘形的样子。大

① 世界最大、最著名、最古老的钻石之一。

家普遍认为克罗地多普公司要完了，越及早抽身，损失越小。

查尔斯大步前行，一副将军派头；只不过，这位将军像是拿破仑，战场失利后，厚着脸皮面对从莫斯科的败退。他态度坚决，最后走到办公区，摆手示意我回去，接着不见了踪影。他要在里面商讨许久之后，才出来同我碰面。

那一整天，整个伦敦到处都在谈论着戈尔康达公司，都在小声嘀咕："暴跌，戈尔康达的股票要暴跌了。"各位经纪人事情多得忙不过来，只不过几乎所有人都在卖出，没人买进。可查尔斯仍如磐石般坚定，他的经纪人也是。"我不愿意卖出，"他固执地说，"整体情况正在好转。这只不过是场骗局。就我而言，我相信施莱尔马赫教授是被别人骗了，或者他在骗我们。一周之后，谣言就会被揭穿，股价就会回升。"不管问及什么问题，他手下芬戈摩尔家的那些经纪人都众口一词："查尔斯爵士对戈尔康达公司的稳定十分有信心，不会卖出公司股票，以免增加恐慌。"

所有人都说他是好样的，真是好样的！他自己就像块花岗岩，屹立在交易所，风浪汹涌扑来，全被击得粉碎。他不但对股票暴跌置若罔闻，而且还大张旗鼓地将一些零星的少量股票全部买进，以便恢复公众的信心。

"我还会继续买进，来赚上一笔，"查尔斯说道，语气轻松，"不过，因为昨晚我也碰巧在阿道弗斯爵士家，大家也许会认为，是我促成了这次谣言的散播，造成股价暴跌，这样我就可以在大家恐慌时以极低的价格买进，为的是自己的利益。董事会主席，应该同恺撒的妻子一样，容不得别人半点怀疑[①]。因此，我会时不时地买进

① 西方谚语：恺撒之妻，不容置疑。

一些，但是会适可而止，让大家知道，至少我对克罗地多普公司的未来抱有信心。”

他当天晚上回家时，看起来比任何时候都要疲惫不堪。第二天也是一样，股价仍断断续续向下跌。一会儿传言四起，说阿道弗斯爵士已经宣布整个事件是场骗局，这时股价稍微稳定一点；一会儿，又有人爆料说，这些钻石已经一车一车地投放到了柏林的市场上，于是，胆子小点的老妇人们就一通电报发给经纪人，让他们不管有何种风险，一定要把股票立刻变现。那天可真够糟心的，我永远忘不了。

第三天早上，突然间，一切都奇迹般地恢复了正常。正当我们纳闷这背后到底发生了什么时，查尔斯收到了阿道弗斯·科德里爵士的电报：

“那人是个骗子，根本不是施莱尔马赫。刚接到耶拿的电报，说施莱尔马赫教授根本不认识此人。我并非存心给你添麻烦，抱歉。速来见我。”

“并非存心给你添麻烦，抱歉。”查尔斯火冒三丈，气得发疯。阿道弗斯爵士在这四十八小时内，把股票市场搅得昏天黑地，差不多有十来位殷实的股票交易人近乎倾家荡产。整个伦敦都受到了剧烈震动，议院也快乱套了。可现在——他为此事道的歉，就像是谁参加晚宴时迟到了十分钟一样！查尔斯跳上马车，急急忙忙去见他。他怎敢向这些富人引见这个骗子，说他是施莱尔马赫教授？阿道弗斯爵士耸了耸肩，说那家伙到这儿来说自己在耶拿是位了不起的化学家；他一头长长的白发，还有点驼背，也没什么理由怀疑他在说谎啊。（我这时想到，查尔斯当时轻信大卫·格兰顿阁下还有莱本斯坦伯爵的理由同这也差不多。）不过，这家伙设这么一个不同寻常的骗局，有什么企图呢？查尔斯再清楚不过了。很明显，这么做就是想搅乱钻石市场，我们也意识到（不过已经太迟了）这一切的幕后主使都是——克雷上校，他不过乔装成了“众多同素异形体中”的另一种形象。查尔斯的愿望成真了，的的确确又在伦敦碰到了他的宿敌。

现在我们清楚了整个事件。克雷上校，就像碳元素一样，有不同的“形态”。毫无疑问，他用出色的手法，把从仪器中倒出来的一堆不成形的东西调换成了真钻石，这一切都发生在他拿着做出来的晶体四处走动，一颗颗发给科学界以及钻石生意的代表，供大家检验的空当儿。他打开坩埚时，我们当然都仔细地盯着他，不过当我们看到确实造出了什么东西时，也就心满意足了，便放松了警惕，于是就忘了观察他是不是真的将这些东西分发下去。骗子能得手，总要靠着暂时转移别人的注意力或者他人的一时疏忽。和以前一样，他的诡计得逞后，就消失得无影无踪了。就像伯爵还有先知那样，像一道烟似的凭空消失了，再也没有任何消息。

查尔斯回到家，比以往任何时候都大为光火。我不明白他为什么会这样。他看似十分忧郁，仿佛损失了成千上万英镑。我试着安慰他：“虽然戈尔康达公司暂时有些损失，”我说，“不过，想想你如此坚定，力挽狂澜，在恐慌中都没有损失一分一毫，这也值得宽慰了。不过，当然，我替那些孤儿寡母感到难过。但，如果是克雷上校在幕后操纵了市场，至少这次受损失的不是你。”

查尔斯对我怒目而视，毫不掩饰轻蔑之意，吓得我向后一缩。“温特沃斯，你个笨蛋！”他又训了我一次，接着便沉默不语。

“可是，你没有把股票清仓卖出啊！”我说。

他直直地盯着我，最终说道：“要是我打算全部卖出，我能告诉你吗？或者，我会通过芬戈摩尔那位经常为我办事的经纪人公开卖出，这可能吗？这样一来，全世界都会知道了，那戈尔康达就完了。既然如此，我不想告诉你这头蠢驴我到底损失了多少。不过，我的确全部卖出了，不知哪位交易人立刻全部买进，现款结清，今早又再次卖出；事已至此，也不可能找得到他了。他没等账单到，就立刻付了款，卖出的时候也是如此。现在我明白了所发生的一切，也知道这一切是如何巧妙地加以伪装和掩饰的了。不过，我今天最想告诉你的是——这是迄今为止，克雷上校从我身上捞的最大的一笔。要是他愿意，就可以靠此度过余生了。我的希望是，这也许会让他此生心满意足，就此罢手；不过话又说回来，世上谁也不嫌钱多。”

“你全部卖出了！”我叫道，“你，公司的董事长！你舍他人抽身而去！你的信誉呢？那些信任你的孤儿寡母怎么办？”

查尔斯起身，对着我，以最严肃的口吻说道：“西摩·温特沃斯，你跟了我这么多年，可谓占尽先机。你也见过巨额融资，可你居然还问这种问题！我觉得你这辈子永远、永远都不可能明白商业的本质。”

第七章　抓捕上校

查尔斯在克罗地多普公司的股票暴跌中到底损失了多少钱，我无从得知。不过，这件事以后，他成天垂头丧气，打不起精神。

“去他妈的，西，”几日后的一天晚上，他在吸烟室对我说，“哪怕是约伯这么能沉得住气的人，也会让这个克雷上校惹烦——要是我没记错的话，那些迦勒底人还有那个时代的其他主要交易人，也让约伯同样损失惨重[1]。”

“三千匹骆驼，一下子说没就没了，”我一边回忆亲爱的母亲给我讲的故事，一边小声道，“更不用提被示巴人带走的那五百对牛，那伙人可是当时主要的搞投机倒把的牲畜贩子！”

“嗯，”查尔斯一边将雪茄烟灰弹到日式托盘中——那是件精美的古董铜皿，一边若有所思地大声说，“原来早在那个时候就有大宗家畜交易了！先不说什么约伯不约伯，那个家伙我是受够了。”

“问题在于，”我赞成道，“你压根就不知道在哪儿能找到他。”

---

① 约伯，《圣经》中人物，乌斯地的义人，家里有五百对牛、七千只羊、五百头母驴、三千匹骆驼，还有众多奴仆。一天，示巴人突然把他的牛和驴抢走了；天降大火，把羊群还有仆人都烧死了；迦勒底人抢走了骆驼，用刀杀了仆人；房屋倒塌将他的子女压死。

“说得对，”查尔斯思忖道，“要是他始终一个模样，就像霍尼曼茶，或知名的白兰地酒，事情自然就好办得多，你还有可能认出他来。但他每次都以不同的伪装出现，笑眯眯的，简直天衣无缝，还总有些让别人相信他的力证。西，真他妈的见鬼，咱们和他根本没法正面交锋。”

“就像上次的大卫阁下，”我表示赞同，“怀疑谁也怀疑不到他呀！”

“就是，”查尔斯咕哝道，“我为了自己的利益，亲自把他请过来。然后他就来了，摆出一副格兰拉奇家不可一世的派头。”

“还有那个教授，”我继续说道，“是经由英国矿物学家大佬引荐的。”

我戳到了痛点，查尔斯面部抽搐着，一言不发。

“还有女人，”查尔斯痛苦地顿了顿，又继续道，“我在社交中肯定要接触很多有魅力的女人，总不能时时刻刻都提防着她们。可是，哪一天我一旦放松警惕——即使不放松警惕——那位高傲的皮卡迪特夫人，或者一眼望去心思单纯的小骚货格兰顿夫人，她们就会来骗我，天天给我找麻烦。那个贱人（随咱们怎么叫她），是我这辈子遇到的最精明的女人。她每次都像是换了个人，妈的，每次我都被她迷得像丢了魂似的。”

我向四处瞥了几眼，以确保艾米莉亚听不到我们的谈话。

我那可敬的内兄许久不语，若有所思地啜着咖啡，接着说道：“西，要干这件非常人所及的事，我觉得必须找位专业人士，帮我识破一切狡猾的伪装。我明天得去马维尔那里——他是我的福星——让他给我找位真正有本事的侦探，待在家中，监视每一个靠近我的人。每个鼻子、每双眼睛、每顶假发、每根胡须，他都要留神。他就是我的另一半，时刻警惕，永不休息。他的任务就是怀疑一切男男女女，哪怕是坎特伯雷大主教，也得时时刻刻处在他的监视之下；他还得留心别让哪位皇室公主把汤匙偷掉，或者把珠宝箱顺走。不管克雷上校乔装成什么列车保安或者教区牧师，他都一定会识破。要是皮卡迪特夫人装成年轻的小姑娘，同艾米莉亚喝茶，或者扮成肥胖的老妇人来拜访伊莎贝尔，他也都会识破。就这样，我决心已定，明天就立即动身，到马维尔那儿去物色这么个人。”

“查尔斯爵士，打扰一下，”西塞琳从门房探出头，打断我们，“夫人说，您和温特沃斯先生还记不记得，她今晚要同二位一道去凯里斯布鲁克夫人家？”

“我的天！”查尔斯叫道，“把这事忘了！现在已经十点多了！五分钟后，马车会在门口等我们！”

于是，第二天早上，查尔斯驾车去马维尔家。那位知名的侦探听了查尔斯的遭遇，两眼放光，接着摩挲着双手，心满意足地说：“克雷上校！克雷上校！那是位难对付的对手！欧洲的警方都在搜寻他，伦敦、巴黎、柏林都在通缉他。这儿有橡皮脸上校，那儿也有橡皮脸上校，到处都是！后来就有人问，到底有没有橡皮脸上校这个人？还是说，警方为了方便起见，把一伙未侦破的骗子通通叫作橡皮脸上校？不过，查尔斯爵士，我们一定会尽力。我现在马上就把全英国最能干、最精明的侦探请过来。”

“我要找的就是这种人，”查尔斯说，“马维尔，他叫什么？”

他微微一笑，说道：“叫什么都行，他不会在意。家里人叫他梅德赫斯特，我们管他叫乔。我下午肯定会把他派到你家去。”

“别，”查尔斯立刻说道，“千万别这样。这样的话，来的不是侦探，而是克雷上校。我被骗得也够多的了。不要随便来个陌生人，我就在这儿等他。”

“可他现在不在。”马维尔提出异议。

查尔斯像块石头，一动不动。“那就派人把他叫过来。”

当然，半小时后侦探就到了。他身材矮小，长相奇特，头发剪得很短，在头上直直地立着，像位巴黎的侍者；双眼敏锐，极像雪貂；鼻子扁平，嘴唇薄而苍白。左脸有道疤——说是当时有位亡命的法国走私犯伪装成非洲猎兵的长官，他在抓捕这个人时负了剑伤。他神色坚定。总的来说，我这辈子从未见过这么古怪有趣、敏锐精明的小个子男人。他走了进来，步态轻盈，上下打量了查尔斯一番，接着随口问起把他叫来做什么。

“这位是查尔斯·凡德里夫特爵士，就是那位了不起的钻石大王。”马维尔介绍道。

“久仰。”那人答道。

“你认识我？”查尔斯问。

“要是我谁也不认识，”那侦探答道，“那不是徒有虚名了吗？很容易就能认出你，街上随便拉个人过来都认得你。”

“爽快！”查尔斯说道。

“先生，只要您愿意，”那人毕恭毕敬地答道，“我会尽力让自己的言行举止、衣着打扮，随时随地符合雇主的喜好。”

“你叫？”查尔斯微笑着问道。

“约瑟夫·梅德赫斯特，愿意为您效劳。要我做什么？钻石被盗了吗？还是有非法的钻石买卖？”

“都不是，”查尔斯盯着他说道，“完全是另外一件事。你听没听说过克雷上校？”

梅德赫斯特点点头，答道：“当然，我的本职工作就是打探他这类人。”我第一次从他的话语中发现一丝美国口音。

“那就好，我想让你抓住他。”查尔斯继续说道。

梅德赫斯特深吸了一口气，大吃一惊，低声道：“这一单未免也太大了吧？”

查尔斯仔仔细细地向他说明了需要他做的事情，梅德赫斯特答应照办。他稍顿一下，接着说：“如果他接近你，我就会认出他来。我敢这么保证。我能识破一切伪装，能立刻知道他是否乔装打扮过。假发、假胡子、假脸皮，在这些方面我是高手。要是碰到他，我会仔细盘问那无赖。只要我在你身边，你大可放心，克雷上校不论做什么，我都能立刻识破。”

“他做得到，”马维尔插话道，“他能说到，就一定能做到。他是我最得力的助手。说到揭露那些最巧妙的伪装，我还从没见过谁能比得上他。”

“那他刚好适合我，”查尔斯接过话，“说到伪装自己并且一直不露破绽，我还从未见过像克雷上校这样的。”

于是我们安排梅德赫斯特目前暂住家中，告诉仆人说他是助理秘书。他当天就过来了，带了个非常小的旅行皮箱。不过，自打他到的那一刻起，我们就发现，西塞琳对他有一种极度的厌恶。

梅德赫斯特是位极为能干的侦探。我和查尔斯向他讲述了我们所知道的克雷上校所“幻化”的各种模样，他据此给我们提了许多宝贵的意见和建议。我们开始怀疑大卫·格兰顿阁下的时候，为什么不试着“不小心”把他的假发碰掉呢？当理查德·佩普洛·布拉巴宗副牧师首次谈及铅玻璃钻石这个问题时，我们为什么不去看看艾米莉亚那举世无双的珠宝是否还在呢？当施莱尔马赫教授向聚集在兰卡斯特门的科学家们鞠躬致意时，我们为什么不提前去仔细打听下，阿道弗斯·科德里爵士还有其他矿物学家同他的私交到底如何？关于假发，还有乔装，他也给了我们一些有益的指点。比如，施莱尔马赫要比他的实际身高矮得多，他只不过在后背垫了块垫子，装作驼背，给别人造成一种高大驼背的假象；可实际上，他并不比小副牧师或者莱本斯坦伯爵高多少，剩下的就是高高的鞋跟在作怪了。我们所看到的他脸上表现出的对科学的热情，毫无疑问是他鼻头那点蜡搞的鬼，让鼻子翘得特别，效果极其明显。总之，我不得不承认，梅德赫斯特让我们自惭形秽。虽然查尔斯的观察力也相当敏锐，不过，在这位训练有素、经验丰富的职业侦探面前，他就显得微不足道了。

最糟糕的是，梅德赫斯特同我们一起时，克雷上校就躲得远远的，仿佛冥冥之中有一种奇怪的安排。当然，我们也会偶尔碰到某个梅德赫斯特怀疑的对象，不过，他稍作调查（这调查做得可谓相当巧妙）就会发现，被怀疑的人确实是某位知名人物，和克雷上校没什么关系，他还把那人的过去还有现在的情况讲得如数家珍。在怀疑别人这方面，他也是登峰造极。每个人他都怀疑。要是有位老友顺便来访，同查尔斯谈谈生意，我们随后就会发现，梅德赫斯特一直藏在窗帘后面，把整个谈话内容全都速记了下来，还用一台柯达相机抓拍了几张嫌疑人的照片。要是哪位肥胖的老妇人前来拜访艾米莉亚，梅德赫斯特肯定会潜伏在客厅的软垫搁脚凳下面，全身心仔细观察她到底是不是塞了衬垫乔装后的皮卡迪特夫人。有天晚上，特雷斯科夫人同她那四位相貌平平的女儿一道前来参加“家庭招待会”；梅德赫斯特穿着晚礼服，装作侍者，在屋子里跟着她们到这儿到那儿，冒冒失失地问她们要不要冰块，以便搞清楚她们的皮肤到底有多少是天然的，又有多少是胭脂水粉的功劳。他怀疑查尔斯的贴身男仆辛普森会不会是穿便装的克雷上校，还隐约觉得西塞琳就是俏丽的“白石南花”的另一个化身。我们告诉他，辛普森经常同大卫·格兰顿同现一室，西塞琳在卢塞恩时为布拉巴宗夫人梳过头。不过，这些话只能打消他的部分疑虑，只是部分疑虑。他说，辛普森也许同我们不认识的某个人一起扮演了这两个角色；至于西塞琳，她也许有位双胞胎姊妹，在她冒充皮卡迪特夫人时就来顶替她。

不过，尽管他如此费心——或者说，由于他如此费心——克雷上校已经有整整几周没有现身了。我们想到了一种解释：克雷上校是否有可能知道现在有人正保护、监视着我们呢？是不是不敢同这位训练有素的侦探一决高下？

如果真是如此，那么他是怎么知道的？我自己隐约有种感觉，只是自己的感觉——不过从未向查尔斯提起。很明显，西塞琳很不喜欢凡德里夫特家的这位新客，只要那位侦探待在屋里，她绝不在室内停留，对他也没有常人之礼。每次提到他，她总要说“梅德赫斯特那个讨厌透顶的人”。她会不会猜到了其他仆人不知道的事情呢，即：此人是暗中侦察上校的间谍？我觉得很有可能。接着我慢慢意识到，关于钻石那场风波，西塞琳前前后后全知道，带着我们去看莱本斯坦城堡的是她，寄信给克雷盖拉奇的还是她！我现在有点倾向于猜测西塞琳是同克雷上校一伙的，如果真是这样，那么，她看到这个打算抓她主子的侦探，就明显心生厌恶，还有比这再正常不过的吗？去提醒她的共犯接近这位梅德赫斯特时所面临的危险，还有比这更容易解释的吗？

不过，关于支票的那段插曲让我十分害怕，不敢把这刚刚萌生的怀疑告诉查尔斯。我倒是想看看事情会怎么发展下去。

过了一阵子，梅德赫斯特的监视变得越来越让人厌烦。他不止一次手持报告还有速记笔记找到查尔斯，我那位了不起的内兄显然很反感。“这家伙掌握了我们太多的信息，”一天查尔斯对我说，“西，他什么都监视。你信不信，前几天我同布鲁克菲尔德就戈尔康达公司的最新决议进行密谈时，那家伙就躲在安乐椅下面，我还提前检查了房间，确保他不在场；事后，他拿着我们的谈话笔记过来找我，向我保证说，他觉得布鲁克菲尔德——我结识了十年的老友——高了半英寸，有可能是克雷上校乔装的。”

“不过，查尔斯爵士，”梅德赫斯特突然从书架后面冒了出来，大声抗议道，“你绝不能因为和谁结交了十年或多长时间而不去怀疑他。克雷上校可能会在不同的时间以不同的伪装接近你。他很可能是一步步地把这一切设计好的。对了，你说我知道得太多，当然啦，一名侦探总是要了解雇主家的方方面面，很多是他不应该了解的。不过，同医生和律师一样，职业荣誉和操守会让他对这些事守口如瓶。放心好了，我绝不会透露半点出去。否则，我的职业生涯也就走到头了，名声也毁了。”

查尔斯惊骇地看着他，突然冒出一句：“怎么？原来你一直在偷听我和我妹夫兼我秘书的谈话？”

“当然啦！”梅德赫斯特答道，“我的职责就是监听，并且怀疑所有的人。要是你非逼着我这么说，我怎么知道温特沃斯不是克雷上校？”

查尔斯瞪了他一眼，吓了他一跳。“梅德赫斯特，今后如果我不知情、不同意，你绝不能躲在我待的房间里。”

梅德赫斯特客客气气地鞠了一躬，答道：“好的，查尔斯爵士，听您的。您让我怎么做，我就怎么做。不过，要是您现在坚持对我束手束脚的，我以后还怎么能有效地干侦探的活儿呢？”

我又一次略微听出点美国口音。

然而，从那之后，梅德赫斯特仿佛又重整旗鼓，对方方面面都加强了警惕。“这也不是我的错，”一天，他哀怨地说，“要是我的名声太大，有我在您身边，那个无赖不敢接近您。如果抓不到他，至少有我在，他不敢靠近您！”

不过，几天后，他给查尔斯拿来几张相片。他拿出相片时，一脸的自豪。他先给我们看了一张小副牧师的半身照。“看看，这是谁？”他问道，非常高兴。

我们都瞪大眼睛盯着看，不约而同地说出一个词：“布拉巴宗！”

“再看看这张呢？”他又拿出一张，问道——相片上是个年轻的家伙，很开心，穿着蒂罗尔服饰。

我们低声道：“凡·莱本斯坦！”

“这张呢？”他又问道，这次给我们看的是一位女士的画像，眼睛眯着，相当迷人。

我们异口同声道：“格兰顿夫人！”

梅德赫斯特自然对此次丰硕的战果扬扬自得，接着又神气地把相片放回了手提包。

“你是怎么弄到的？”查尔斯问。

梅德赫斯特看起来神神秘秘的，挺直了身子，答道：“查尔斯爵士，在这件事上，我得请您相信我一回。记住，有些人您不愿意去怀疑他们。据我了解，对于资本家们来说，往往正是这些人才是最危险的。要是我现在就把他们的名字告诉您，您肯定会不相信。所以，我目前还是悄悄地保密吧。不过，我可以告诉您一件事。我知道克雷上校目前的行踪，这点我有把握。不过我要精心策划一番，希望不久就可以将他捉拿归案。到时候您肯定会在场，我会让他公开承认自己的身份。除此之外，您也就不要白费口舌问其他的事情了。到时候，会让您来决定要不要抓捕他。”

对方什么都不透露，查尔斯没生气，而是十分困惑。他乞求对方说出名字，但梅德赫斯特很倔强。“不行，不行，”他回答道，“我们侦探这一行有自己的脸面，我要是现在告诉您了，您有可能未等时机成熟就采取行动，破坏全盘计划。您管不住自己的嘴，太意气用事！我只能跟您透露这么一点：克雷上校很快就会抵达巴黎，不久会从那个城市前来，再试着骗您一次，他现在正在酝酿计划。记住我的话，到时候就知道我是不是对这家伙的行踪了如指掌了！”

他说得丝毫不差。果然，两天后，查尔斯收到了一封巴黎来的“密”信，写信人声称自己掌管着一家二流金融商行，这家商行曾经同查尔斯就克雷盖拉奇合并这件事上有业务往来——我得说一句，这时两家已经确确实实合并到了一起。这封信本身无足轻重——只不过说了些鸡毛蒜皮的事情，不过梅德赫斯特认为，要是这件事继续发展下去，性质就严重了。这时，再一次验证了他那惊人的洞察力。因为，一周以后我们又收到一封信，信中微妙地提及了另外一些涉及金钱往来的提议，牵扯到向一家巴黎公司的负责人转账约两千英镑，地址也提供了。梅德赫斯特把这两封信同过去以克雷上校还有莱本斯坦伯爵的名义写的信巧妙地做了对比。一眼望去，二者之间确实有天壤之别：巴黎的来信，字体又粗又黑、遒劲有力；而以前的信件，字体细小、整齐、飘逸。不过，梅德赫斯特向我们指出，写信人在写大写字母时，转折处有些固定不变的特点。另外还有，字母 t、l、b 还有 h 的相对笔画长度有些奇怪。我们看得出，他说得不错：这些信都是出自同一人之手，一些是用尖尖的羽管笔尖写的，字迹很小；而另一些则是用鹅毛笔写的，字体大而随意。

这一发现相当重要。现在要抓住克雷上校，定下他伪造证件、诈取钱财等罪名，已经指日可待。

不过，为了确保万无一失，梅德赫斯特还联系了巴黎警方，把他们的回复给我们看了看。与此同时，查尔斯继续同那位公司负责人通信，他给了我们一个位于让·雅克大街的私人地址，还极其巧妙地（这一点不得不承认）解释了为什么目前谈判需要秘密进行。不过，以克雷上校的绝顶聪明，这谁都能想得到。最终决定我们仨一同前去巴黎，梅德赫斯特乔装成查尔斯，付给那冒牌的金融家两千英镑，我和查尔斯则同警方一同在门外等候，听到暗号就破门而入抓捕罪犯。

我们于是赶过去，在格兰德酒店住了一晚，查尔斯常在这儿住。我喜欢布莱斯托酒店，不过他觉得太安静了。我们第二天一大早就坐着马车前往让·雅克大街。梅德赫斯特已经提前同巴黎警方安排妥当，三名警察身着便衣在楼梯口等着，准备随时援助我们。查尔斯还带了价值两千英镑的法兰西银行的钞票，这样，一旦对方将密谋的犯罪加以实施，我们就能立刻把款项交给他——要知道，实施犯罪会监禁十五年，而密谋犯罪只会监禁三年。查尔斯非常兴奋。我们最终找到了这个无赖，一小时内就能将他缉拿归案，想想这事本身就让他士气大涨。不出所料，我们发现对方给的位于让·雅克大街的地址是家旅馆，不是私宅。梅德赫斯特先走进去，问了问店主我们要找的人是否在房间内，还告诉他我们这次行动的来由，好让他明白，要是我们在他善意的帮助下抓捕成功，查尔斯爵士会全额付清那骗子的所有账单，算作他的酬劳。店主鞠了一躬，说太遗憾了，因为，上校先生——我们听到他是这么称呼的——非常平易近人，这儿的人都非常喜欢他；不过当然啦，正义必须得到伸张。接着，他叹了口气，感到惋惜，决定帮助我们。

虽然警察一直待在下面，可查尔斯还有梅德赫斯特，也都各自准备了一副手铐。吸取了伯尔派罗事件的教训，我们决定在使用手铐时要极为慎重，只有在对方极力反抗时才能用。我们蹑手蹑脚地来到那个无赖的房间门口，查尔斯把装着纸币的信封交给梅德赫斯特，没有封口，梅德赫斯特迅速地一把抓了过来，拿在手中，准备行动。我们约定了暗号，只要他打喷嚏——这事他做得相当自然——我们就打开门，冲进去，把罪犯拿下！

他进去了几分钟，我和查尔斯一直在门外等候，不敢喘气。梅德赫斯特打喷嚏了！我们立刻把门撞开，径直奔向那家伙。

这时，梅德赫斯特站了起来，用手指着说："他就是克雷上校！好好看着他，我到楼下叫警察来抓他！"

此时，一名男子站了起来，温文尔雅，中等身材，胡子花白，一副军人模样，演得惟妙惟肖。查尔斯装钱的信封放在他面前的桌子上，他紧张地攥着信封。"我完全糊涂了，先生们，"他说，情绪激动，"你们为什么突然闯进来？"他说话时声音有些发抖，但很客气，这种客气劲儿是小副牧师还有大卫阁下身上常有的，我们认得出。

"少废话！"查尔斯大声喝道，语气不容置疑，"我们知道你是谁。这一次，我们把你识破了。你就是克雷上校！要是你胆敢反抗——小心点——我就把你铐上！"

那位军人模样的男子吓了一跳。"对，我是克雷上校，"他回答道，"你凭什么抓我？我犯了什么罪？"

查尔斯怒不可遏。这家伙貌似能始终保持冷静。"你就是克雷上校！"查尔斯发着牢骚说道，"你居然还敢厚颜无耻地站在这儿承认？"

"为什么不敢！"上校答道，也生气了，"我又没干什么见不得人的事。你这么做什么意思？还竟敢口口声声说要抓我？"

查尔斯把手搭在那个人的肩上，说道："得了，得了，朋友。再也别想就这样把我们糊弄过去。我为什么要抓你，你心里比谁都清楚。让警察来告诉你吧！"

他用法语喊了声"请进！"，警察进了房间。查尔斯操着那没什么把握的巴黎方言，尽可能清楚地说明接下来要做什么。上校则一脸怒色，挺直了身子，转过身，用极流利的法语向他们解释。

"先生们，我是名军官，为大不列颠女王陛下效劳，"他说道，"先生们，你们凭什么胆敢干涉我？"

警长解释了一番。上校又转向查尔斯，问道："先生，您是哪位？"

"你比谁都清楚，"查尔斯答道，"我是查尔斯·凡德里夫特爵士。虽然你伪装得很巧妙，我还是能一眼就认出你。我认得出你的眼睛，还有你的鼻子。看得出，你就是那个在尼斯骗了我，还在岛上羞辱过我的家伙。"

"你是查尔斯·凡德里夫特？"那无赖叫道，"不可能，不可能，先生，你就是个疯子！"他看看四周，又看看警察，大声说道："仔细掂量掂量你们在做什么！这是个胡言乱语的疯子，我刚和查尔斯·凡德里夫特爵士谈完生意，这两位先生进来时他刚出去。这个人疯了，还有你，先生，"他向我鞠了一躬，"我敢保证，你肯定是专门看护他的。"

"别被他蒙骗了，"我对警察大声说，开始担心，以他那一贯的聪明劲儿，即使在现在这种情形下，这家伙肯定也能从我们手中溜掉，"按照咱们的安排，抓住他，一切由我们负责。"不过，想到他手中还捏着我的那张支票，我有些发抖。

三名警察的长官走上前，把手放在罪犯的肩上，打着官腔说道："上校，我建议你目前还是老老实实地跟我们走一趟，有什么问题留着在调查法官面前详细说。”

上校屈服了，和他们一起走了，不过还是很恼火——还别说，他的演技可真够绝的。

“梅德赫斯特呢？”我们走到门口时，查尔斯看看四周，问道，“我希望他能跟着一起来。”

“在找你们的那位朋友吗？”店主问道，说着侧身向上校弯腰致敬，“他坐马车走了，让我把这个短笺留给您。”

他递给我们一张卷起来的短笺。查尔斯打开看了看，叫道：“神机妙算！西，看看人家说的：‘已经抓住了克雷上校，我现在正去追赶皮卡迪特夫人，她就住在同一栋楼里，刚刚驾车逃走；我知道她会去哪里，现在正全力追赶，要将她缉拿归案。十万火急，未及告辞。梅德赫斯特。’这才叫精明，那个可怜的小妇人，我想他本来是可以放她一马的。”

“是不是有个叫皮卡迪特夫人的住在这儿？”我问店主，想着她有可能又用了以前的化名。

他点点头表示同意，答道：“嗯，是的，是的。她刚刚乘车离开，你们那位朋友正急急忙忙追过去了。”

“万里挑一！”查尔斯大声说道，“马维尔说得不错，这人是侦探之王！”

我们叫了几辆马车，分两批前往调查法官那里。在那儿，克雷上校仍厚颜无耻地一再声称自己是驻印部队的一名军官，休六个月的假回家探亲，在巴黎逗留了几周。还说大使馆有人认识他，他有一位堂兄在那儿做专员。他要求我们大使这边立刻派人请他堂兄过来证明自己的身份。调查法官坚持一定得这么办，查尔斯则无奈地等着走完这荒唐的程序，气急败坏。我们感觉像是，费了九牛二虎之力好不容易才把他抓到手，他马上又想要些滑头逃掉。

克雷上校同我们一样，又气又急，等了一个多小时，专员到了，他上前同囚犯热情洋溢地打招呼，让我们又惊又恐。

“好哇，阿尔吉！”他抓住对方的手，大声说道，“怎么了？这帮无赖想干吗？”

这时我们才渐渐明白梅德赫斯特说的“怀疑所有人”是什么意思：真正的克雷上校不是一个普通老百姓，而是位出身高贵的绅士！

上校瞪着我们。“这家伙口口声声称自己是查尔斯·凡德里夫特爵士，”他不高兴地说，“不过这样一来，就有两位查尔斯了。伯蒂，他还指控我伪造文件、诈取钱财、偷盗财物。”

专员仔细地盯着我们。“这位就是查尔斯·凡德里夫特爵士，”过了一会儿，他说道，“我记得有一次在市里的晚宴中，我听过他讲话。查尔斯爵士，你指控我堂弟什么罪名？”

“你堂弟？”查尔斯叫道，“这是克雷上校，那个臭名昭著的骗子！”

专员一笑，虽显傲慢但又不失风度。“这位克雷上校，”他回答道，“是孟加拉参谋团的。”

我们这才意识到肯定不知哪个地方出岔子了。

“不管他是谁，两年前他在尼斯骗了我，”查尔斯说道，“后来又骗了我多次。就在今天，他又骗了我价值两千英镑的法国银行的钞票，钞票就在他身上！”

上校一言不发，不过专员笑了。“他今天做了什么，我不知道，”他说，“不过，你说的他两年前做的事，也未免太没有根据了，你说得太离谱了。因为他那时还在印度，我当时也在印度，到那儿去看望他。”

“那两千英镑呢？”查尔斯叫道，“你可是拿到手了！信封还在你手上！”

上校把信封拿了出来。“这个信封，”他说道，“是那位留着又短又硬头发的男子留下的，就是在你进来之前的那位。他说自己是查尔斯·凡德里夫特爵士，说自己对印度阿萨姆邦的茶叶感兴趣，想让我加入某个皮包公司的董事会。我想，这里面装的就是他的文件。”说着，把它递给了自己的堂兄。

“这样，不管怎么说，钱还在，这也让我欣慰了，”查尔斯低声说道，如释重负，不过又觉得有点不对，“你能把钱还给我吗？”

专员把信封里的东西拿了出来，全是当时一些皮包公司的售股章程，没什么用。

“肯定是梅德赫斯特装进来的，”我叫道，“然后自己携款逃跑了。”

查尔斯吓了一跳，拍着自己的脑门，惊恐地吼道：“梅德赫斯特就是克雷上校！”

“对不起，先生，”那上校插话道，“我只有一个身份，没用过什么化名。”

我们足足花了半个小时才向他解释清楚事件的原委，不过等到我们用法语和英语把来龙去脉都解释完，让法官还有我们感到欣慰的是，这位真正的上校极为体谅地同我们握手言和，还说自己不止一次纳闷，为什么在巴黎说出自己名字的时候，别人总是投来那种深疑的目光。我们告知警方真正的罪犯是梅德赫斯特，他们亲眼所见，我们还督促他们全力追捕。与此同时，我和查尔斯来到法兰西银行，打算马上终止那些钞票的支付。与我们同行的还有上校以及他堂兄——用他们的话说，想“把好戏看完”。不过，我们晚了一步。一位穿着一身美国服饰的讨人喜欢的小妇人，立刻把这些期票贴现并取走了，换成了黄金。后来，旅店老板（根据我们的描述）

指认，她就是自己的房客皮卡迪特夫人。很显然，为了接近那位印度上校，她在这家旅店开了房间，那些信件全是她收发的。至于我们那死对头，同以前一样，消失得无影无踪。

两天后，我们同以前一样，收到了一封羞辱信，是在查尔斯自己精美的纸签上写的。上一次，他用的是克雷盖拉奇家的信签，这一次，他就像是嬉戏的田凫一样，又飞跃了一个新的高度。

世上最聪明的百万富翁！——我还是梅德赫斯特的时候，不是说过嘛，谁都不能轻信。你做梦都想不到，有个不该相信的人就是——梅德赫斯特。不过也看得出别人对我多么信任！我告诉过你，我知道克雷上校的下落——我确实知道他在哪儿。我也答应过你，把你带到他的房间，让你抓他——这个诺言也兑现了。甚至还超过了你的预期，因为我给你带来的不是一位克雷上校，而是两位——不过，你抓错了——换句话说，你把真的克雷上校抓着了。虽说是个小伎俩，不过也让我费了不少心思。

首先，我发现，真的有一位叫克雷上校的，在驻印部队里，还发现他刚好这个时节要告假回家。当然，我本可以在他身上再多做点文章，不过我不想把他惹恼，我倒是更愿意享受一下这一独特骗局的乐趣。于是，我就等他抵达巴黎；与伦敦相比，这里的警力安排对我更有利。就在我四处打探、准备推迟行动的时候，碰巧得知你想找位侦探，于是我就给老东家马维尔说，自己失业了，以前他给我找过不少好活儿。总之，于是你就这样见到了上校本人。

当然了，这件事以后，我再也不能回到马维尔那儿做侦探了。不过，从长远来看，自从有幸认识你以来，我便学会了如何工作赚钱，这点小事也就不足为道了。说句真心话，我开始觉得侦探这类工作比我的工作还是低了一两个层次。我现在是位有钱有闲的绅士。还有，我在你家时又掌握了有关你行踪的大量信息，这有助于让我将来通过各种方式进一步把控你。所以，肝蛭依然会忠心耿耿地叮着自己的宠物羊。换个比方，就是，你的羊毛还没有完全剪干净。

代我向你那可爱的家人致以诚挚的问候，也代我向温特沃斯问好，告诉西塞琳我恨她，我会永远记在心底。她显然在怀疑我。亲爱的查尔斯，你的钱太多了，我替你分担一点，给你的钱袋子放点血。因此，我觉得自己是——你最忠实的朋友，

克雷－布拉巴宗－梅德赫斯特，

皇家外科医师学会会员

查尔斯要中风了，这次受的打击太大。“我还能相信谁呢？”查尔斯悲伤地问道，“我雇来保护自己的侦探，到头来却是个骗子？你还记不记得拉丁语中有这么一句——我想原话大概是‘Quis custodes custodiet ipsos？’，意思大致是‘监管之人，谁人监管？’”。

而我却觉得，至少这件事打消了我对可怜的西塞琳的疑心。

第八章　塞尔登金矿

在回伦敦的路上，查尔斯同马维尔就梅德赫斯特这件事产生了不同的看法。

查尔斯认为，马维尔应该清楚那名剪了短发的男子就是克雷上校，绝不该向他举荐此人。马维尔则认为，查尔斯同克雷上校会面也有六七次了，而他自己则从未见过克雷上校；还说，查尔斯被骗，谁都不怨，只能怪我内兄自己。这位侦探头头说，自己认识梅德赫斯特有十年了，他是个相当体面的人，甚至还交地方税。还说自己发现他是侦探里面最聪明的，他实际上靠的也是常见的"以贼捕贼"这一方法。不过，说归说，同以往一样，到头来还是一场空。马维尔为失去了一位这么能干的助手感到遗憾，不过他说自己已尽了最大努力来帮查尔斯爵士，要是查尔斯爵士还不满意，那查尔斯以后就自己去抓克雷上校好了。

"西，我会抓住他的。"查尔斯对我说，此时我们正从皮卡迪利广场边的斯特兰德酒店里的办公室往家走。"我再也不相信这些私人侦探了。我觉得他们自己就是一帮贼，同他们要抓的无赖是一伙的，跟那祖鲁的钻石劳工一样，没有什么廉耻可言。"

“还是让警察试试吧！”我提议，想帮帮他。作为员工，总得摆出一副对雇主的事情很上心的样子。

但查尔斯摇摇头。“算了，算了，”他说，“我受够了这些家伙。以后，我只能靠自己的聪明才智了。西，咱们吸取经验教训——我也学了一两招。其中一条就是：光是怀疑所有人还不够，而且你不得有任何先入之见。要对付这种无赖，你必须要彻底摒弃所有的成见，不要急于下结论。对任何人、任何事，我们都要怀疑。这样方能成功，我就打算这么做。”

查尔斯回到塞尔登，着手此事。

“那人越来越得寸进尺，”一天早上，他对我说，“他就像一只舔到血的老虎。每一次得手之后，只会让他更加渴盼下一次的行动。现在，我完全相信，咱们不久就会在这儿再次碰到他。”

大约三周后，我内兄果然收到了一封信，是那个寡廉鲜耻的骗子写的，贴了张奥地利的邮票，盖的是维也纳的邮戳。

亲爱的凡德里夫特（咱们在各种场合彼此交往的时间也不短了，就没什么必要傻乎乎一本正经地称彼此“查尔斯爵士”“克雷上校”了吧）：

我写这信是想问你一个敏感的问题。能否劳烦你告诉我，在过去三年中，我从你各种慷慨的行为中到底收了多少钱？这个时候我该申报个人所得税了，可我的账簿不知放到哪儿了。我是位诚实守信有良知的公民，要急着填上这三年来平均每年从你那儿赚的钱。不管我是在巴黎还是在其他地方，这一次我没有写自己的个人住址，原因想必你很快就会十分清楚的。你要是能把总额登个广告，署名“傻子彼得”，登在《泰晤士报》

的私事广告栏上，也就给税收专员们帮了个大忙了，同时也给你这位忠实的朋友帮了个大忙。

库斯伯特·克雷，

一位实干的社会主义者

“西，记住我的话，”查尔斯把信放下，说道，“不出一周，他就会采取进一步行动。他想用这种狡猾的手段让我觉得他现在不在国内，离塞尔登还远着呢！这也就意味着，他现在正在盘算着下一次的行动。不过，上一次他还是梅德赫斯特侦探的时候，已经向我们透露得太多。他说的关于伪装以及如何识破伪装的那几点，我一直都记着呢。这一次，我要跟他把账算清楚。”

那一周的星期六，我们沿着道路往前走，那条路一直通向村子，这时我们碰到一位风度翩翩的男子，身着一身粗糙、相当随便的棕色花呢外衣，看起来像是游客。他是个中年人，中等身材，肩上挂着一个小皮包，盯着石头仔细看，形迹可疑。他的步态引起了我们的注意。

“早上好！”我们路过时，他抬头向我们打招呼。查尔斯低沉着声音，含含糊糊地咕哝了句“早上好”。

我们继续往前走，没说话。等走到别人听不到我们说话时，我说：“不管怎么说，那个家伙不是克雷上校，因为是他先跟我们搭的讪。你也许记得，克雷上校最奇特的一点就是，他就像个乖巧的孩子，别人不跟他说话，他绝不先张口——从不会主动去结识谁。总是等着我们先行动，他不会主动上前骗我们，而是等着我们去请他来骗我们。”

“西摩，”我内兄答道，口气严厉，“你现在就犯了这个错误，做了我提醒你千万别做的事！你有偏见。抛开这些固有的成见。这个人很可能就是克雷上校。塞尔登这儿很少有陌生人，我倒想知道，他要不是克雷上校，那他在这儿干吗呢？这儿还有别的路子赚钱吗？我得打听打听这个人。”

我们顺路到了克罗默蒂·阿姆斯旅店，去问问好心的拉克伦夫人，看看她能不能告诉我们一些关于这位温文尔雅的陌生人的事。她说，他来自伦敦，她认为他是位非常和善的绅士，他妻子也同他一起。

“哈，年轻吗？漂亮吗？”查尔斯问道，意味深长地看了我一眼。

“怎么说呢，查尔斯爵士，她绝不是你眼中所谓的漂亮小姑娘，”拉克伦夫人答道，“不过，她是位好人，一位不错的妇人。”

“果然不出我所料，”查尔斯低声说，“他又改变套路了。那家伙让她扮过副牧师的妻子‘白石南花’，扮过皮卡迪克夫人，扮过眯着眼的小格兰顿夫人，还充当过梅德赫斯特的同谋。可现在，想再让她扮成一位真正年轻漂亮的女人，他已黔驴技穷，所以最后只好把她打扮得更成熟一点——一位有气质的妇人。聪明，相当聪明，不过——我们开始看穿他了。”说罢，他一个人悄悄地笑出声来。

第二天，我们在山坡上又碰到了那位陌生人，他还和上次一样，正全神贯注地盯着石头，还拿着锤子敲敲，听听声音。查尔斯用胳膊肘推了我一下，悄声说道：“这次我全猜到了，他乔装成了一位地质学家。”

我仔细地打量着那个人。当然，对于克雷上校的各种乔装，我们目前也有了一定的经验。可以看到，虽然他鼻子、头发还有胡子都变了，但眼睛和身材仍同以前一样。他有一点发福，当然啦，因为他要乔装成四五十岁的人。他额头的皱纹，即便一个比克雷上校技术差得多的骗子也能轻易学得来。不过，我觉得，我们起码要有一定的根据，才能认为他就是克雷上校；要是对这些表明他身份的特征置之不顾，以为只不过是我们一时的凭空想象，这也不妥。

他妻子就坐在附近一块突起的石头上，正读着一本诗集。哈！一本诗集，这一转变也够妙的！这同一个有教养的家庭简直是绝配。“白石南花”还有格兰顿夫人从不读诗。不过，这也是克雷上校夫妇——我觉得我该这么称呼他俩——乔装的过人之处。他们不仅仅对外表进行伪装；在伪装这方面，这两人配合得可谓天衣无缝。这两人都是演员，也是一对无赖；在这两方面，他俩简直无人能敌。

对于那些擅自闯入塞尔登的人，查尔斯从不客气，只给他们短短的一点时间，接着便立即将他们轰出去。不过，因为他这次另有目的，所以就客客气气的。他走近那位女士，鞠了个躬，搭话道：“天气很不错，不是吗？海边这一带，石南花散发着清香。我猜，你住在旅店？”

“是的，”女士答道，抬头看他，脸上挂着迷人的微笑，（“我认得这个笑容，”查尔斯小声对我说，“多少次我都被它迷住了。”）“我们住在旅店，我丈夫在这儿的山上做点地质学方面的事情。希望查尔斯·凡德里夫特爵士不会过来抓我们。他对那些不请自入的人毫不客气，旅店的人说他通常脾气很坏。”

（“还是那股漂亮风骚劲儿，”查尔斯对我低声说，“她是故意这么说的。”）“你误会了，亲爱的女士，”他继续道，声音很大，“别人说的根本不对。我就是查尔斯·凡德里夫特爵士，我脾气并不坏。你丈夫要是科学家，我会敬重和仰慕他。我能有今天，也全靠地质学。”说到这儿，他自豪地挺了挺身子，“一切都要归功于当今南非采矿业的发展。”

她的脸红了，是那种真的很少见到的成熟妇女的脸红——不过，我见过皮卡迪特夫人还有“白石南花”就如此这般红过脸。“啊，万分抱歉，”她说，语气有点不知所措，让人想起了格兰顿夫人，“我说得这么草率，请原谅。我——我不知道您就是查尔斯·凡德里夫特爵士。”

（“她肯定知道，”查尔斯小声说，“不过，先不管它。”）“哈，这事就别再想了。想必你也知道，太多的人侵扰鸟类，我们有时出于自我防卫，有责任警告一下那些擅自闯入的人，让他们离开这些漂亮的山川。这么做，我也很遗憾——非常遗憾。我自己热爱——嗯——大自然的美景；因此，也希望其他所有人都尽可能有机会亲近自然——说‘尽可能’，意思就是，总得弄清楚是在谁的地盘上。”

“我明白了，”女士答道，抬起头奇怪地望着他，“我很欣赏您的这一想法，不过，我觉得您不应该有这些顾虑。我刚读到华兹华斯这些优美的诗句——

> 哦，泉水，草地，山川，果园，
> 我们之间的爱永不会断。

“想必您也读过吧？”她冲他甜甜一笑。

“读过吧？”查尔斯答道，“读过！当然读过。我过去最喜欢这几句——实际上，我仰慕华兹华斯。”（我怀疑查尔斯这辈子到底有没有读过诗，《体育时报》上多斯·柴德多斯[①]写的诗除外。）他接过书，扫了几眼。“哦，优美，写得太优美了！”他说道，语气极为兴奋。不过，他两眼一直盯着的是那妇人，而不是书上诗人的名字。

突然间，我明白了。不管那女子乔装成什么样，也不论他有没有认出她，查尔斯总会被皮卡迪特夫人的魅力折服。此刻，他实际上已经怀疑她了，可他还是像飞蛾绕着蜡烛那样，尽自己最大的努

① 马歇尔（A. R. Marshall），19世纪晚期英国诗人，常为《体育时报》写一些幽默、滑稽的小诗，多斯·柴德多斯（Doss Chiderdoss）为他的笔名。

力把翅膀烧焦！有这么精明的头脑，却还做出这种事来，我都要鄙视他了。我坚信，一旦涉及女人这个问题，那些最了不起的人也就变成了最糊涂的人。

此时，她丈夫溜达了过来，同我们交谈。据他说，他叫福布斯-盖斯克尔，是北方一所新式学院的地质学教授，到塞尔登这儿来寻找矿石，发现了很多让他感兴趣的东西。他喜欢化石，不过对岩石还有矿石有一种特殊爱好。他对烟水晶、玛瑙以及其他诸如此类的漂亮石头相当了解，还给查尔斯看了看山坡崖壁中的石英、长石、红色光玉髓，以及其他一些山坡峭壁上我所不知道的矿石。查尔斯装着抱有极大兴趣甚至怀着崇敬之情的样子在听他说，绝不让对方有片刻怀疑自己知道他现学现卖背后的目的。要是我们想抓住这个人，就不能让他发现我们在怀疑他。因此，查尔斯把他蒙在鼓里。那地质学家说什么，查尔斯都毫无异议地全盘接受。

那天早上的大部分时间，我们都一起待在山上。查尔斯带着他们到处转转，把一切都看了一遍。他装作对那位科学家很客气的样子，对那位爱诗的女士，他则是发自内心地客气，极为客气。不到午饭时间，我们就已经成为非常要好的朋友了。

克雷夫妇二人总是易于相处；虽然他们干些无赖的事，不过，我们不能否认同他们相处很愉快。查尔斯邀请他们一起吃午餐，他们欣然接受。在向艾米莉亚介绍他们时，查尔斯不停地挤眉弄眼。“这二位是福布斯-盖斯克尔教授夫妇，”他说道，使劲使得下巴都快掉了，“亲爱的，他们住在旅店，我带他们在这儿转转，他们一点也不见外，说过来拜访一下，尝尝咱们的冷烤羊肉。”查尔斯经常这么开玩笑。

艾米莉亚带他们到楼上洗手——这对于教授来说绝对有必要，

因为他研究石头时手上沾满了泥土。他们一离开，查尔斯就把我拉到书房。

“西摩，”他说，“我们这时最需要避免偏见。我们决不能认为这人就是克雷上校——当然，也不能认为他不是。我们要记住，咱们过去在这两种情况下都犯过错，现在要坚决避免旧错重犯。不管今天是哪种情况，我都会随时做好准备——有必要的话，会叫一名警察来随时待命抓捕他们！”

“计划太妙了！”我低声道，“不过，请允许我提个建议，这两个人到底想怎么给我们下套呢？他们目前没什么阴谋——没什么城堡，也没什么公司合并。”

“西摩，”我内兄说道，一副董事会议事的口吻，“你有点太着急了，梅德赫斯特这么说过你——我是指克雷上校乔装成的梅德赫斯特。首先，咱们才开始接触，他们还没想好要做什么，我们也许不久就会发现他们有份财产要卖，或者有个公司要筹办，再或者有在南非或其他地方开发土地的特许权。其次，在他们的计划在我们手上引爆之前，或者说真相大白之前，我们总是不知道他们葫芦里卖的什么药。在梅德赫斯特侦探带着我们的钱胜利出逃之前，还有什么能比他更容易看穿的吗？‘白石南花’还有小副牧师把艾米莉亚自己的珠宝卖给我们，我们觉得像是捡了个大便宜。事发前，还有比他们更单纯无知的吗？我不会因为没有发现某个人正要针对我们实施不轨图谋，而理所当然地认为他就不是克雷上校。那个无赖诡计太多，有一些掩饰得太好，就像精神上的炸药，直到真正爆炸了，你才会察觉。因此，我会小心行事，就仿佛这种炸药无处不在。不过，最后一点——这一点非常重要——记住我的话，我觉得我已经察觉到了他要耍的套路。他说自己是地质学家，会品鉴矿石。很好。

你会发现，要是他没有很快就劝我，说自己发现了一处煤矿，具体位置需要给点酬金才会透露，那么他就会骗我说，长山上有绿宝石，但要很大的一部分股份才会帮我探寻；再者，他会想方设法说些地质学方面的东西来骗我。这家伙的脸上全都一清二楚地写着呢；这一次，不管他有什么借口，我都坚决一个子儿不给，也不会让他从我的手中逃掉！”

我们进去吃午饭，福布斯-盖斯克尔夫妇同我们一起，满脸笑容。不知是不是受了查尔斯“凡事不要想当然”这一提醒的影响——吃饭时，我一直紧盯着我们所怀疑的那个人。我发现他的头发很是怪异。他满头头发的颜色不一，后面在外套领口处耷拉下来的一绺，比其他大部分乌黑的头发颜色稍浅和略白。我仔细地看了看，越是这样，我越相信他戴的是假发。这一点不容置疑。

这也许比克雷上校大多数时候的乔装要逊色些，不过这时，我想到（查尔斯“凡事不要想当然”的原则），我们从未怀疑过克雷上校，除了他乔装成大卫阁下的那次，他那红头发还有络腮胡子，连皮卡迪特大人都忍不住指着哧哧笑道太假了。不管哪件事，要是我们仔细地审视我们要找的这个人，有点眼力，就本应该能立刻（如梅德赫斯特所说）发现伪装中的破绽。

那位侦探实际上已经向我们透露了太多。我还记得，他说我们怀疑大卫·格兰顿时，应如何去碰掉他的假发。当男仆端上土豆条时，我立刻蹩手蹩脚地要给自己夹一些，这样胳膊肘就能漫不经心地扫到那假发上。不过，这一切都是徒劳。那家伙似乎预料到，或者说察觉到了我的动机，便小心地躲开了，像是已经习惯了维持自己的伪装，避免一切或真或假的意外。

我满脑子想的都是这个新的发现，一吃完饭，就哄伊莎贝尔，让她带着这两位新朋友去家里的花园转转，给他们看看查尔斯那上等的大丽花，而我则赶快告诉查尔斯还有艾米莉亚这一发现，还有这次失败的尝试。

“是假发，”艾米莉亚表示同意，“我一眼就看出来了。十分不错的假发，戴得也十分巧妙。男人注意不到这些，不过女人会留意。西摩，你能发现这一点，值得表扬。”

查尔斯则不太领情。“你个笨蛋，”他说道，这司空见惯的坦率让人不悦，“假设说那就是假发，为什么要试着把它蹭掉去揭露他呢？有什么用吗？如果那真是假发，被我们发现了，这不就行了吗？我们就提防一下，知道自己在同谁打交道。你总不能因为某个人戴假发就把人抓起来啊。法律管不了这事。大多数体面人物有时也戴假发，我知道有位公司创始人戴假发，有位掌管着十四家公司的董事也戴！我们下一步要做的就是，等他来骗我们，然后——把他一举拿下。你放心，他的计划早晚会露出马脚的。”

于是，我们制订了一套绝佳的方案，随时监视他们，以免他们再次溜走，就像上次从岛上逃掉那样。首先，艾米莉亚去请他们到城堡中住下，就说旅店房间太小，住着不舒适。然而，我们觉得，他们肯定会同上一次那样，谢绝好意，因为万一他们发现自己受到了明显的怀疑，便可以神不知鬼不觉地溜掉。万一他们拒绝，只要他们还住在克罗默蒂·阿姆斯旅店，我们就让西塞琳也在那儿住着，报告他们的行踪。同时，白天我们让侍从领班的儿子来监视整个房子，那个小伙子十分机敏，有一股真正的苏格兰人的精明劲儿，为人可靠，不会向任何人透露任何消息。

让我们万万没想到的是，福布斯-盖斯克尔夫人满口答应，接受了邀请。她再三表示感谢，说阿姆斯旅店的管理不行，做的饭菜对她丈夫的肝脏也不好。我们能邀请他们真是太贴心了，没想到我们对素昧平生之人会这么友善。她不停地说，自己从未碰到过比在塞尔登城堡更热忱、更友好的款待了。问题是——她坦然地接受了邀请。

“肯定不是克雷上校，”我对查尔斯说，“克雷上校决不会住在这儿的。他冒充大卫·格兰顿时，住过来是多么顺理成章，即便这样，他也不愿意落入我们的股掌之间：他喜欢在克罗默蒂·阿姆斯旅店的那种自由，还有安全感。”

“西，”我内兄简洁地训诫道，“你真是不可救药，总摆脱不了偏见的影响。他接受邀请，或许是出于自己的某种考虑。等着吧！等到他准备行动时——那时候，一切都会真相大白。”

就这样，在接下来的三周内，福布斯-盖斯克尔夫妇也参加了我们在塞尔登举办的家庭宴会。不得不说，查尔斯对他们极为关心。为了同这两位亲近，他很明显怠慢了其他客人。福布斯-盖斯克尔夫人发现了这一点。“查尔斯爵士，你对我们太热情了，”她说，“怕是我们把你都独占了！”

可查尔斯，同以前一样大胆，微笑着答道：“你也清楚，你同我们在一起的时间却这么短！”听到这话，福布斯-盖斯克尔夫人的面颊又泛起了可爱的红霞。

在这段时间里，教授一直在继续潜心钻研矿石。“真够可以的！”查尔斯对我说，“他演得可真像那么一回事！说到对科学的热爱，还有什么能同眼下这个场景相比？”的确，他从早到晚一心扑在上面。“他迟早会露出马脚的。”查尔斯说道。

同时，有两件小事值得注意。一天，我和教授一同到长山上去，我看着他对着石头敲敲打打，有点受够了他的装模作样。这时，为了打发时间，我问他某个被流水磨平的小石头是什么。他看了看，微微一笑。“要是里面云母再多一些，”他说，“就是附近一带典型的冰川砾石形成的片麻岩。可惜里面云母不太多。”说着，他仔细地打量着那块石头。

“实际上，”我接过话，“这算不上样品，对吧？”

他严厉地瞪了我一眼。“百分之十，”他说道，声音很低，很怪异，“通常是百分之十。”

我抖得厉害。他是不是想让我身败名裂？“你要是胆敢说出来——”我大声喊道，但又打住了。

“你说这话什么意思？”他问道，一脸茫然。

我想到了查尔斯说的话，凡事不要主观臆断，于是谨慎地就此打住。

第二件小事是这样的。一天下午，中午野餐后，我遗憾地说，查尔斯当时可能是香槟喝多了些，在山上摘了一枝白石南花。他倒没出什么洋相，不过心情很不错，兴致很高，说话口无遮拦。他把花枝拿到福布斯-盖斯克尔夫人面前，递给她，有点眉目传情。“人美花美，”他咕哝道，紧紧地盯着她，“白石南花送给‘白石南花’。”他立刻意识到了自己的言行，便立马打住。

福布斯-盖斯克尔夫人的脸上又同以往一样泛起了红晕，结结巴巴地说道：“我——我不太明白。”

查尔斯牵强附会地解释道：“白石南花代表幸运，”他说，“要是——要是哪位男子有幸能送一枝白石南花给你，他肯定会走运。”

她微微一笑，一点也不领情。我觉得她怀疑我们在怀疑她。

不过，这件麻烦事之后，什么都没有发生。

第二天，查尔斯兴高采烈地冲到我面前。“哈，他终于要行动了！”他大声说道，“我就知道。他昨天找到我，手里拿着——你猜是什么？——一块含金的石英，在长山上找到的。”

“不会吧！”我叫道。

“千真万确，”查尔斯说，“他说那儿有一条矿脉，很明显能看出里面有星星点点的金子，也许值得开采一下。要是有人开始说这种话，你也就明白他是什么意思了！而且，他事先把一切都编好了，因为他接下来跟我说，萨瑟兰郡长期以来一直盛产黄金——为什么不是罗斯郡呢？接着他就开始全面对比了这两个地区的地质状况。”

“这就不是儿戏了，”我说，“你打算怎么办？”

“再等等看，”查尔斯答道，“只要他提议分他一些股票，成立企业联合组织进行开矿，或者索取钱财作为他这一发现的报酬——就立刻报警抓他。”

接下来的几天，教授比以前更积极、更热心了。他拿着锤子，将各处石头都仔细观察一番，不断地带回一些小石头，上面还有星星点点的金子，头头是道地谈着“开矿碎石的大概成本”。查尔斯之前早就听过这一套，实际上，他先后帮助起草过几十份售股章程。因此，他并不在意，就等着那戴假发的男子拿出自己的方案。他知道，这一刻很快就会到来，于是就静观其变。不过，为了引诱他采取进一步行动，他装作对此事很感兴趣。

我们都抱着这种想法，听随天意，观察克雷上校要怎么做。一天，我们沿着海岸朝着与海鸥岛相反的方向散步。突然，我们碰到了那位教授，他正挽着阿道弗斯·科德里爵士的胳膊！二人貌似关系不错，谈得很投入。

现在，自从股价暴跌事件以后，阿道弗斯爵士同凡德里夫特一家的关系自然变得略微紧张些。不过，在目前的情况下，这事关能否抓住克雷上校，这点小隔阂先放一放也无妨。于是，查尔斯便设法把教授与阿道弗斯爵士分开，又让艾米莉亚陪教授回城堡，而自己则在后面停住，同我和阿道弗斯爵士一起把问题厘清。

“你认识他吗，科德里？”他问，稍显狐疑。

“认识他吗？当然，我当然认识，”阿道弗斯爵士回答，“他叫玛玛丢克·福布斯-盖斯克尔，在约克郡大学工作，是一位非常杰出的科学家，一流的矿物学家——也许是（除一个人之外）全英国最了不起的。”出于谦虚，他没说出那个例外的人是何方高士。

“你敢确保他的身份吗？”查尔斯变得更加怀疑，便问道，“你以前认识他吗？不会是第二个施莱尔马赫吧？”

“你敢确保他的身份吗？”阿道弗斯爵士应道，“那我知道自己是谁吗？自从在三一学院时，我就认识玛米[1]·盖斯克尔了，在他同福布斯小姐结婚前就认识他了；他夫人来自格伦卢斯，是我妻子的二表妹，为了不让财产流到族外，便把两人的姓氏连起来做双姓来用[2]。我跟他们俩都非常熟。我到这儿的旅馆来，是因为听说玛米在这一带的山丘中游荡，我想他也许要找些什么宝贝——藏在化石中的某些宝贝。”

“可他戴着假发！”查尔斯提醒他。

“肯定，”科德里答道，“他秃顶得厉害——至少前面是这样——所以他戴假发遮掩一下。”

“这太无耻了，”查尔斯叫道，“无耻——把我们耍成这样。”他脸涨得通红，像只雄火鸡。

---

① 玛米（Marmy），玛玛丢克（Marmaduke）的昵称。

② 在英国传统中，使用双姓（通常以连字符连接）主要是为了避免某个姓氏消失，同时也与家族财产的继承有关系。

阿道弗斯爵士毫无顾忌，突然大笑起来。

“哦，我明白了，”他叫道，一下子来了兴致，“你觉得福布斯-盖斯克尔是克雷上校乔装的！哈，我的天，你可真行！”

“至少你无权取笑我，”查尔斯接过话，挺了挺身子，脸更红了，“你曾经引着我进了一个类似的圈套，接着你从中全身而退，非绅士所为。还有，”查尔斯继续道，每个字眼都冒着愈发浓烈的火气，“这家伙，不管他是谁，总想凭自己的一面之词骗我。不管他是不是克雷上校，但他老是骗我，说我这儿的山丘中有含金石英，还试着诱使我参与一个荒唐可笑的投机活动！”

阿道弗斯爵士忍无可忍。“这太过分了，”他大声说道，“我得告诉玛米！”福布斯-盖斯克尔正同艾米莉亚一起坐在岩石的一角，于是他便急急忙忙过去了。

而我和查尔斯则返回家中。半小时后，福布斯-盖斯克尔也火冒三丈地回来了。

“先生，你这是什么意思？”他看到查尔斯便吼道，“有人跟我说，你邀请我和我妻子到你家来，是想监视我们，觉得我是那个臭名远扬的骗子克雷上校！”

“我之前是这么想的，”查尔斯答道，也同样十分光火，“说不准你就是他！不管怎么说，你是个无赖，想骗我一把！”

福布斯-盖斯克尔脸气得发白，转向正在发抖的妻子。“格特鲁德，”他说，“收拾行李，立刻远离这些人！他们假惺惺地装作好客，实则是一场精心策划的羞辱。他们让你我显得极其荒唐可笑。咱们来这儿之前就有人说——说得一点不错——查尔斯·凡德里夫特爵士是全苏格兰最抠门、最专横的老浑蛋。咱们还兴高采烈地写信跟朋友们说，事实与他们说的正相反，说他是最热情、最大方、最大度的绅士。现在，我们知道了，他就是个无耻之徒，装成好人样，出于卑鄙的动机邀请陌生人到他家做客，然后无端地羞辱他们。这种人这辈子应该隔三岔五地听听真话，我倍感荣幸，因为我要告诉查尔斯·凡德里夫特爵士：他就是个最没有良心的无赖小人。格特鲁德，去收拾行李！我去克罗默蒂·阿姆斯旅店叫马车，带咱们离开这没人情味儿的假城堡，一分钟也不停留。”

“你戴了假发，先生，可是你戴了假发。”查尔斯叫道，激动得快说不出话了。的确，福布斯-盖斯克尔说话时，气得把头转来转去，戴的假发向一边斜得很厉害。戴假发这事就掩饰不住了。

“先生，我是戴了假发，我还能当着无赖的面甩一甩呢！”教授回敬道，说着把假发扯掉，打算重新戴上；并且为了“说到做到”，还在查尔斯面前甩了三次；接着他气得一句话没说，快步走出房间。

等他们走后，当查尔斯气消得刚能听进别人讲的道理时，我就斗胆说道：“这下错不了了！我们搞错了。我们理所当然地认为，一个人要是戴假发，他就一定是骗子——但这不一定正确。我们忘了头上戴假发的不仅仅是克雷上校，忘了别人戴假发也可能纯粹是出于爱面子。实际上，我们又一次受了偏见的左右。”

我直直地盯着他。查尔斯起身。“西摩·温特沃斯，”他高高在上地怒视着我，终于开口了，“你这番说教讲的可真是时候！我想，你是不是压根儿就不明白作为一位私人秘书的身份与职责！”

不过，这件事最离奇的部分是——查尔斯深信，福布斯-盖斯克尔虽然不是克雷上校，但一直哄他说石头中有金子，想骗他，于是再也没有关注这些所谓的发现。于是，福布斯-盖斯克尔和阿道弗斯一起带着这个秘密去了别处。查尔斯把塞尔登城堡这份地产卖掉时（不久后他就卖掉了，因为他莫名其妙地厌恶这个地方），克雷盖拉奇勋爵就从他手中将它买了过来，并成立了现在的“塞尔登黄金城有限公司”。结果，福布斯-盖斯克尔给克雷盖拉奇说，他在某块地产上发现了一条富矿矿脉，要是给他一定的原始股份的未定权益，他就说出具体的位置。这位勋爵立刻抓住了这个机会。查尔斯以射猎松鸡的沼地的价格把它卖掉了，结果现在即便除去推广的费用，黄金城目前的回报也相当可观——而查尔斯又被骗走了一桩金矿的好买卖！

不过，我时刻谨记自己“作为私人秘书的身份与责任”，当时没有向他挑明，这笔损失源于一个固有的成见——实际上，这一切都源于查尔斯那令人费解的偏见：凡是戴假发的男子，不管是谁，都想骗他。

第九章　镀漆公文箱

“西，”我内兄第二年春天说道，“我受够伦敦了！咱们立刻收拾行囊，远走高飞，到一个别人不认识我的地方去吧！”

“去火星还是水星？”我问道，“要知道，在咱们这个特殊的星球上，要让查尔斯·凡德里夫特爵士不露锋芒、不为人知，还真有点困难。”

“哦，我会处理好的，”查尔斯应道，“你要是成天到晚都得‘举止得体’，我真想知道，当个百万富翁究竟有什么好处？我要隐姓埋名去旅行。这些骗子一而再，再而三地跟着我，我彻底受够了。”

实际上，那年冬天极其难熬。克雷上校也已有几个月不见踪影了，这倒是真的。就我而言，我必须承认，因为我没有什么损失，我相当怀念他平日里给我们带来的刺激。不过查尔斯早已疑神疑鬼、草木皆兵，他始终秉着“不信任何人，不信任何事”这一原则，生活已经成了他的负担。他已识破克雷上校的成千上万种伪装，不过那些人都不可能是克雷上校，他还深信自己把对方吓跑十几次之多。有时对方扮成肥胖的酒吧侍者、高挑的警察、洗衣婆的儿子、律师的书记员、英格兰银行的小吏，还有收水费的。就像中世纪的圣徒能随时随地看到恶魔一样，查尔斯也能时时刻刻看到变化多端的上校。我和艾米莉亚真的开始担心他还能否像以前那么精明。我们觉得，除非克雷上校少给我们惹点事，否则查尔斯的头脑会逐渐沦落到一位平庸的证券交易所冒险投机者的水平。

因此，当我内兄宣布他打算在随后的这个星期六隐姓埋名，到某个不为人知的地方时，我和艾米莉亚感到一阵轻松，从长期的紧张状态中解脱出来了。尤其是艾米莉亚——因为她不同他一起出去。

"想休息休息，清静清静，"早饭时，他放下《晨报》对我们说，"让我到大西洋班轮的甲板上去吧！没有信函、电报，不谈股票、股份，也没什么《泰晤士报》，也没什么《星期六报》。这些都让人烦透了！"

"世事纷繁无停歇。"我兴高采烈地表示同意。不过很遗憾，没人体会到我引用这句话的精妙之处[①]。

不得不说，为了绝对保密，查尔斯费了不少心思。他让我不要提他的名字，而是以我自己的名义写信订好伊特鲁里亚号开往纽约下一航班最好的特等舱——在船中部的主甲板上。这次的目的地，他只跟艾米莉亚说了，艾米莉亚警告西塞琳，无论如何绝不能将此事告诉其他用人。为了进一步隐姓埋名，查尔斯乔装成彼得·波特先生，并用这个名字在利物浦订了伊特鲁里亚号的船票。

不过，出发的前一天，我同查尔斯一起去伦敦，同他在老宽街亚当斯厅的经纪人会个面。老搭档芬戈摩尔急忙上前迎接我们。我们走进他的私人房间时，一位长相不错的年轻人便站起身来，信步离去。"好哇，芬戈摩尔，"查尔斯说，"刚刚那位就是你的浪荡兄弟吧？我还以为你早就把他打发到中国去了呢！"

---

① 引自英国浪漫主义诗人华兹华斯的诗篇 *The World Is Too Much with Us*。

“是把他打发走了，查尔斯爵士，”芬戈摩尔一边答道，一边略显紧张地搓着手，“可他压根儿就没去那个地方。他是个游手好闲的青年，喜欢吃喝玩乐，当时去的最远的地方就是巴黎。从那以后，他到处闲逛，但于己于家无益。不过大约三四年前，不知怎的，他‘开窍了’：去了南非，在你的保护区里偷猎，现在又回来了——有钱了，结了婚，有头有脸。他那漂亮的小娇妻让他洗了心革了面。对了，你今早前来有何贵干？”

查尔斯在美国圣达菲还有托皮卡有不少股份，还有些其他重要事项，所以他坚持带一些与他那广布的商业投资相关的各种公文、证件等材料。他说，这次出行纯粹为了休息、转换心情，是一次普通的个人调查之旅——转转纽约、芝加哥、科罗拉多、采矿区等。这是百万富翁式的休假。于是他把这些所有的贵重物品装进了一只黑色的镀漆公文箱，像小孩一样守着，那股小心劲儿真是荒唐。他的视线一刻也不离开那箱子，为了确保箱子完好无损，也扰得我不得安宁。这真是变态。“我们千万要小心，”他说，“西，要小心！尤其是出门在外。想想那个小副牧师是如何从艾米莉亚的珠宝箱中偷走钻石的！我绝不允许这个箱子离开我的视线。就算咱们葬身海底，我也要带着它。”

我们没有葬身海底。“从未让任何旅客丧生”，这正是丘纳德公司感到自豪之处。仅仅为了能让查尔斯在情况危急时抱着自己的公文箱，就让伊特鲁里亚号葬身海底，船长才不会同意。情况刚好相反，我们的行程很愉快，同行的旅客也都非常易于相处，没什么事情发生。查尔斯化名彼得·波特先生，暂时不用担心克雷上校来骗自己。我觉得要是没有那公文箱，查尔斯一定会非常开心。旅行一开始，他就同一对和善的美国医生夫妇交了朋友（就跟以前一样，无所顾忌，那时克雷上校还没出来扰乱他的生活），那夫妇二人准备回肯塔基。伊莱休·夸肯鲍斯医生——一个典型的美国名字——在维也纳学了一年的医学，现在要回到自己的祖国，他满脑子装的都是细菌学以及抗菌剂方面的最新发现。他妻子是位漂亮且风趣的美国人，身材娇小，鼻头上翘，还有美国女性的机智和精明，这让查尔斯为之倾倒。在甲板的条凳上，她在身旁为查尔斯腾出点空儿，还一边露出甜甜的微笑，一边说道："波特先生，你就坐这儿吧；太阳可真好。"查尔斯很吃这一套，甚是高兴。他发现女性并不总是因为他的财富还有地位才注意他；还有，他作为一位普普通通的波特先生，别人对他的魅力的欣赏不亚于对大名鼎鼎的南非百万富翁查尔斯·凡德里夫特爵士的敬仰，这让他感到自豪。

航程从头到尾，查尔斯张口闭口全都是夸肯鲍斯夫人这，夸肯鲍斯夫人那，幸好艾米莉亚没有在甲板上看到这一切。说实话，早在抵达桑迪岬以前，我就受够了查尔斯天天挂在嘴边的那两件东西——夸肯鲍斯夫人，还有那只公文箱。

我们发现，夸肯鲍斯夫人是位业余画家，风和日丽的时候，她会在甲板上给查尔斯画肖像，极尽各种姿态。好像在她看来，查尔斯是位魅力非凡的模特。

那位医生也是不可多得，非常聪明。他对化学有些研究——许多其他的学科（我猜，也包括人类性格）也略有涉猎，因为他跟查尔斯谈了自己的想法，说回去打算用这些想法"让肯塔基那儿的人变得有活力一些"，说得查尔斯对他的这些想法和事业赞不绝口。"西，那个家伙能说到做到！"查尔斯有一天对我说，"他说一不二！这种美国人才是真正的男人。多希望我在南非的工矿里能有上百来号这种人！"

查尔斯的这一愿望变得越来越强烈，他都有点沉醉于其中了。他最近辞掉了克罗地多普矿上的一名主管，正在认真地考虑要不要把这个位置留给那位精明的肯塔基人。就我而言，我倒是觉得这件事同他说过的今后每年要有三个月待在南非的公司有关。我也开始怀疑，他是不是觉得能有位离奇且有趣的美国妇人做伴，在克罗地多普的日子会好过很多。

“不要忘了，”我说，“你要给他这一职位，就得暴露自己的身份。”

“大可不必，”查尔斯回答，“在一切安排妥当之前，我可以暂时隐瞒自己的身份，只需说，我在南非有些股份就行了。”

于是，一天早上，我们快要到班克斯镇时，查尔斯在甲板上向医生夫妇二人小心地说出了自己的想法。他说自己同南半球最大的金融财团有联系，会每年付伊莱休一千五百块让他到矿区代自己做事。

“什么？美元吗？”那女士问道，边问边微笑着，这一笑鼻头就翘得更厉害了，“啊，波特先生，这不够！”

“不是美元，夫人，是英镑，”查尔斯回应道，“英镑，换成美元的话，合七千五百美元。”

“我想，伊莱休肯定会毫不犹豫就接受的。”夸肯鲍斯夫人边说边探询地盯着丈夫。

医生大笑。“先生，你出的价码不错，”他一字一顿，以美国人的方式缓缓地说道，“可是你忽略了一点。我是科学家，不是投机者。我付出了相当大的成本在欧洲最好的大学接受医学训练，我才不会把自己辛辛苦苦获得的成果抛到一边，转身跳到另一个新行当里。再说了，能不能适应这个新行当还是个问题。”

（“彻头彻尾的美国佬。”我在背后小声咕哝了一句。）

查尔斯一再坚持，不过一切都是徒劳。夸肯鲍斯夫人心动了，不过那医生却总是面带狮身人面像一般神秘莫测的笑容，他还反复重申，自己坚信半路改行就如同中途换马、危局易人——不合适。他越是拒绝，说得越头头是道，查尔斯就越想说服他。另外，医生每天都会拿出越来越多让人意想不到的证据，来证明自己在各方面的能力，好像故意要引诱查尔斯。“我不是什么专家，”他说，“我只是抓住重点，抓住核心，其余的就随它去吧。”

他好像真的无所不能，能给骡子钉掌钉，还能组织一场野营聚会。他是位了不起的化学家、无可挑剔的外科医生、品鉴马肉的行家、玩尤克牌的高手，还是讨人喜欢的男中音。如有需要，他还能登台布道。他发明了一种拔塞器，让自己小赚了一笔。当前，他正在翻译一篇波兰语的文章《论氢氰酸在麻风病治疗中的应用》。

不过，当我们抵达纽约时，我们在说服夸肯鲍斯医生方面并没有什么新进展。在码头上，他上前同我们道别，脸上还挂着那副神秘莫测的笑容。查尔斯则一手抓着公文箱，另一只手攥着夸肯鲍斯夫人的小手。

“千万别说这是最后的见面了！”他说道，声音颤抖得厉害。

“恐怕真是最后一次了，波特先生。”那位漂亮的美国妇人答道，说着递了个眼色，“你们住在哪家酒店？”

“莫里山酒店。”查尔斯答道。

“天哪，不是太巧了吗？”夸肯鲍斯夫人应道，“莫里山酒店！巧不巧！伊莱休，咱们也住在那家酒店！”

查尔斯劝他们在回肯塔基州之前，抽出几天时间陪我们一起去乔治湖还有尚普兰湖转转，希望能在那儿说服这位倔强的医生。

于是，我们去了乔治湖，住进了位于铁路终点站的一家很不错的酒店。在酒店与通往泰孔德罗加的路之间有通勤的小型轻载蒸汽船，我们很多时间是在那上面度过的。不知怎的，映在碧绿湖水中的山峦让我想起了卢塞恩，进而又想到了小副牧师。自打我们离开英国以来，我第一次隐隐地感到被恐惧包围。夸肯鲍斯会不会又是克雷上校乔装的，一直跟着我们来到了大洋彼岸？

我忍不住把这一想法跟查尔斯提了提——很奇怪，他却对此嗤之以鼻。他那天一直在向夸肯鲍斯夫人大献殷勤，那位美国小妇人用扇子敲了敲他的指节，叫了他一声“小傻瓜”，他就兴奋得不知所以了。

不过，第二天发生了一件奇怪的事。我们四人一起沿着湖畔散步，湖的四周全是树木，树下覆了一层奇异的三角形的花——夸肯鲍斯夫人称之为延龄草——还有一排排漂亮的蕨类植物，它们是春天里第一批冒出绿色的植物。

我开始诗兴大发。(年轻时，去南非前我写过诗。)我们躺在草地上，身旁是一小股山溪，溪水从上方矗立的树林里沿着满是青苔的石块中间流下来。那位肯塔基人全身舒展地躺在草地上，就在查尔斯的前方。他留了一头奇怪的头发，非常浓密、蓬松。不知为何，这突然让我想到了那位墨西哥先知，他是克雷上校的第一个化身，我们一直记着。就在这时，查尔斯头脑中好像也冒出了同样的想法，因为，说来也怪，他一时兴起，就俯身向前，仔细观察那头发。我看到夸肯鲍斯夫人感到纳闷，还往后退了退。那头发太浓密，不像是真的。我现在还记得，他前额处的发际线十分整齐。这会不会也是假发呢？似乎极有可能。

正当我思量这件事时，查尔斯好像突然下定了决心。他用他那有力的手以迅雷不及掩耳之势一把抓住医生的头发，想使劲把它扯掉。这次他猜错了。接着，医生疼得号叫起来，听得人毛骨悚然，几根头发从头皮上被连根拔起，攥在查尔斯手上，头皮上被拔掉头发的地方还有几滴血。毫无疑问，这浓密、蓬松的头发不是假发，是那位肯塔基人天生的。

接下来的场面，我已无力描述，任何文字都显得苍白。医生起身，与其说是生气，倒不如说是感到震惊；他面色苍白，一副难以置信的神情。“你究竟想干吗？”他问道，生气地瞪着我内兄。查尔斯不停地赔礼道歉，不断地忏悔，主动提出要做些适当的补偿，不管是通过金钱还是其他方式。接着，他便把秘密和盘托出，说自己是查尔斯·凡德里夫特爵士，就是那位知名的百万富翁，有个叫克雷上校的人总是不断地用阴谋诡计骗他，让他深受其苦；那个克雷上校是个狡猾的无赖，在全欧洲不断地跟踪他，一刻也不消停。他又详尽地描述了那个骗子是如何用假发和蜡来乔装的，甚至连最亲近的人都认不出来。接着他又请求夸肯鲍斯医生原谅他，说自己被骗得太多且太惨了，有时也冤枉了一些最正派的人。夸肯鲍斯夫人说怀疑也是正常的——她说得很坦诚：“尤其是伊莱休的头发好像是从前额冒出来的，很引人注意，早就有人发现这一点了。”她还把他的头发撩起来给我们看。不过伊莱休伤了脸面，又气又恼。“你要是想知道，”他说，“不妨问一下我。要想知道一个人的头发是不是真的，进行人身攻击这种方式可不合适。”

“是一时冲动，”查尔斯赔礼道，“本能的冲动！”

“文明人会抑制冲动，”医生回应道，“你在南非住得太久了，波特先生——我是说，查尔斯·凡德里夫特爵士，不知道咱们面前的这种绅士还配不配得上这一名号。你貌似染上了与你共同生活的南非黑人的行为习惯。”

不得不说，在接下来的两天里，我不敢相信查尔斯竟然会因为其他人而如此情绪低落。他确确实实放下了身段。因为，他意识到自己伤了夸肯鲍斯医生的感情，并且——让我大为惊奇的是——他貌似由衷地对此感到伤心。如果给医生一千英镑能让双方立即握手言和，不计前嫌，我觉得查尔斯肯定会乐于这么做。实际上，他已经通过其他方式向夸肯鲍斯夫人表达了此意——因为他不能说给她钱，以免羞辱了她。夸肯鲍斯夫人也尽自己所能来调解此事，她虽然有些淘气，但心肠不坏；不过伊莱休对此却敬而远之。查尔斯仍继续催他去南非，把价码开到了每年两千英镑，不过医生仍不为所动。"不行，不行，"他答道，"我本来快打算接受你的提议了——可是发生了那件倒霉事，不过也好，这件事也就就此作罢。作为一位美国公民，我拒绝做某位英国贵族的代表，他那调查问题的方式不仅让我丢了些头发，还让我丢了心情。"

我不知道查尔斯是否会因为克罗地多普矿失去一位如此精明的主管而大失所望，还是会因为第一次有人称他为"某位英国贵族"而感到高兴，要知道英国人可不认为殖民地的爵士是什么贵族。

三天后，夸肯鲍斯夫妇二人按照计划要离开湖畔酒店。我们准备自己到湖上游玩一番，这时那位漂亮的小妇人突然进来，说他们要走了。她穿了一身美式旅行衣，干干净净、整整齐齐，十分迷人。查尔斯深情地握住她的手。"真遗憾，"他说，"现在得说再见了，我已尽了全力来说服你丈夫。"

"我比你费的口舌还多，"那妇人答道，她那上翘的鼻子更显得楚楚动人，"因为我不愿意在肯塔基待一辈子！不过，伊莱休这人，对女的软硬都不吃，所以我们只能忍忍吧。"她冲我们甜甜一笑，就再也不见了踪影。

查尔斯那天一整天都郁郁不乐。第二天早上起床，他说打算向西出发做些调查。科罗拉多的白银矿脉会让他沉醉其中。

查尔斯此行连辛普森都没带，我们只能自己收拾旅行皮箱，然后准备出发，乘早班列车去萨拉托加。

查尔斯自始至终一直在小心地看护着他那只公文箱。不过在“行李搬运工”把我们的行李带下去时，有位女服务员懒洋洋地在周围转来转去，想要小费。他把公文箱在中间的桌子上放了一会儿，就自己去收拾其他随身行李了。他的烟盒不见了，就回到卧室找找。我帮他一起找，可是那烟盒就是神秘地消失了。他一时之间不知所措。等我们找到烟盒回到客厅时——看哪！公文箱不见了！查尔斯问了几个服务生，都说没看见。他又在屋子里找来找去——一点影子也没有。

“可是，我在两分钟前明明就把它放在这儿的！”他叫道。不过叫也没用。

“到时候，箱子自己就出来了，”我说，“一切东西到头来都会冒出（翘起）[①]来的——夸肯鲍斯夫人的鼻子也不例外。”

“西摩，”我内兄答道，“你这玩笑开得可真是时候。”

说实在的，查尔斯当时气疯了。他坐电梯下楼到所谓的“办事处”（他们是这么叫的），向经理投诉了此事。那位经理是个纽约人，脸庞轮廓分明，一边微笑一边漠然地说道，客人携带的贵重物品应当按照要求交予酒店保管，酒店会将物品锁到保险箱中，待客人离开时再归还给他们。查尔斯情绪有点激动，说自己被抢了，还说找不到公文箱，所有人都不能离开酒店半步。那位经理相当冷静，一边冒冒失失地剔着牙，一边回应道，这在欧洲那种规模的酒店也许可行，只有大约几百位客人；不过，这是美国的酒店，住着一千多名

---

① 原文为“Everything turns up in the end—including Mrs. Quackenboss’s nose”。“turn up”此处为双关，既有“出现”之意，也有“向上翘起”之意。

旅客——每天都有人来有人走——不会因为某个外国人的要求，而采取这种不切实际的措施。

“外国人”这个字眼戳到了查尔斯的痛处。不管在哪儿，没有哪位英国人会承认自己是外国人[①]。“先生，你知道我是谁吗？”查尔斯生气地问，“我是来自伦敦的查尔斯·凡德里夫特爵士——英国国会议员。”

“你也可能是英国王子，”那人回敬道，“这与我又有何干？在美国，你同其他人的待遇一样。不过，话又说回来，要是你是查尔斯·凡德里夫特爵士，”他继续道，手里翻着名册，“为什么要登记成彼得·波特先生？”

查尔斯窘得满脸通红。又多了一层麻烦。

那只公文箱一直放在皮箱里，盖子内侧用白色标准字体清清楚楚地写着“查尔斯·凡德里夫特一等勋爵士”。这场意外真把查尔斯害惨了：他丢了宝贵的文件，用了假名字，并且把酒店经理惹得已经毫不在乎他到底有没有找回丢失的财物。实际上，经理见他用“波特”登记，现在又“宣称”自己是查尔斯·凡德里夫特爵士，已经非常怀疑到底有没有这么一只公文箱；还有，即使有这么一只公文箱，也怀疑里面到底有没有什么贵重的文件。经理虽然没有直说，但已经把意思暗示得很清楚了。

那天早上我们很狼狈。查尔斯在酒店见人就问有没有看到他那只公文箱。大部分房客觉得这问题有辱个人声誉，十分恼火；一位暴躁的弗吉尼亚人掏出左轮手枪，要立刻把问题就地解决。查尔斯给纽约方面发电报，防止股票和息票被别人转卖，但他的经纪人回电

① 19世纪维多利亚时代的大英帝国步入了鼎盛时期，殖民地遍布全球，领土面积占世界陆地总面积的四分之一，被称为日不落帝国。

说，虽然他们已经尽快冻结了这些票据，不过做得不太情愿，因为他们不知道查尔斯·凡德里夫特爵士现在就在美国。查尔斯放出话，找不回丢失的东西他绝不离开酒店。就我而言，我感觉我们在有生之年——甚至在更长一段时间内，得一直待在那个地方了。

那天晚上，我们还是住在湖畔酒店。在清晨的几个小时里，我在床上躺着，琢磨着这件事，突然冒出个想法。这让我非常兴奋，便起身冲进查尔斯的卧室。“查尔斯，查尔斯！”我喊道，“咱们又一次太想当然了。说不定是伊莱休·夸肯鲍斯把你的公文箱拿走了！”

“你个笨蛋，”查尔斯回道，语气很不客气（这个词，他冲我说得越来越频繁了），“你把我吵醒就为了这个？想一想，夸肯鲍斯夫妇在星期二早上离开的乔治湖，可星期三的时候公文箱还在我的手上呢。”

“他们只是嘴上这么说说而已，”我大声说道，“也许他们当时没有走——后来才把公文箱偷走了！”

“咱们明天问问，”查尔斯应道，“不过，说真的，我觉得你不该为这事把我吵醒。那小妇人的人品，我敢用生命担保。”

我们第二天问了问——得到的回复让人感到蹊跷：原来，虽然夸肯鲍斯夫妇星期二离开了湖畔酒店，但他们只是搬到了附近的华盛顿酒店，直到星期三早上才离开，坐同一班火车去了萨拉托加，正是我和查尔斯打算乘坐的那列火车。夸肯鲍斯夫人手里拿了个棕色的小纸质包裹——这样一来，我们不难猜出，那里面就是查尔斯的公文箱，只是包得有些松。

我知道这是怎么一回事了。那位在房间里晃来晃去要小费的女服务员就是——夸肯鲍斯夫人！只需一件围裙，就能让她那漂亮的旅行装束变成女服务员的一身行头。在美国任何一家大酒店里，女服务员在人群中穿梭都大可不必担心被识破。

“咱们跟着他们，一起去萨拉托加，”查尔斯叫道，“马上把账单结清，西摩。”

“好的，”我答道，“你能不能给我点钱？”

查尔斯拍拍口袋，咕哝了句：“所有的钱都在那只公文箱里。”

这件事又耽误了我们一天，一直到后来，我们才从在纽约的代理人那里拿到了一些现金。那位酒店经理，对查尔斯改名换姓、声称失窃早就深表怀疑，便趾高气扬地拒绝接受查尔斯用支票之类的付款，用他的话说，只认“硬通货”。于是，我们只好低三下四地在湖畔酒店继续待着，什么也做不了。

“毫无疑问，”当天晚上我对查尔斯说，“伊莱休·夸肯鲍斯就是克雷上校。”

“我猜也是，”查尔斯顺着我的话咕哝了一句，“我现在碰到的所有人好像都是克雷上校——除了我确信他们就是的时候，这个时候他们又变成了无辜的路人。我都把他的头发揪下来了，谁还能想到是他呢？我甚至都怀疑他了——他在塞尔登跟我们说过，这违背了他的首要原则——可谁又能想得到，他还能把戏接着演下去？”

我又突然灵光一闪。不过，想到上一次说话口无遮拦，这次我说话时适当地谨慎起来。“查尔斯，”我说道，“咱们这次不是又受了偏见的左右了吗？我们之前认为福布斯-盖斯克尔是克雷上校——理由就是他戴了假发。这次我们觉得伊莱休·夸肯鲍斯不是克雷上校——理由仅仅是他没戴假发。问题是，我们怎么知道克雷上校戴不戴假发？有没有这种可能：当他还是梅德赫斯特，那个私人侦探时，他给我们的关于乔装的那些提示，是故意设的一个圈套，目的就是要误导和欺骗我们？有没有可能，他那天在海鸥岛提到的那些方法也同样是为了打算骗我们一把？”

“西，这太明显了，”我内兄评价道，语气极为不满，“我觉得任何一位称职的秘书都应该立刻想到这一点。”

即便现在，在我没告诉查尔斯之前，他自己也一直没明白这是怎么一回事。不过，这一点我没说。我觉得说出来不会有什么好处。于是，我又继续道：“对了，我觉得他乔装成梅德赫斯特时把头发剪短了，那是他自身天生的短发，没有任何修饰。这段时间以来，它足以长得长而密了。他乔装成大卫·格兰顿时，不用说，就把头发剪到中等长度，修了修下巴还有两鬓的胡子，并且全染成红色，纯正的苏格兰人胡子的颜色。咱们再回到他乔装成先知的时候，那时，他的头发和伊莱休基本一样，只不过为了让自己打扮得更像，那时头发梳得更整齐也更蓬松罢了。乔装成小副牧师时，他把头发的颜色染深，又用发油抚平。乔装成凡·莱本斯坦时，他把头发剪得很短，还尽量蓄络腮胡子，并且按照蒂罗尔的时尚染成了黑色。他自始至终从不需要什么假发，考虑到每次事件中间的时间间隔，他自己天生的头发就完全够用了。”

“西，你说得对，”我内兄说道，态度变得极其友好，“我得替你说句公道话，这是咱们目前在追踪上校这件事上得出的最靠谱的想法。”

星期六早上，我们收到一封信，稍微缓解了一下我们当时的紧张情绪。发信人还是我们的死对头——不过语气同以往大为不同，不再是揶揄和嘲讽：

萨拉托加，星期五

查尔斯·凡德里夫特爵士：

我现在将公文箱原封不动地归还于你，里面的文件丝毫未动。箱子没有开启过，你一眼就能看出来。

你也许会问，我为什么会有这么奇怪的举动。这一次，我认认真真地把实话告诉你。

我和“白石南花”（温特沃斯先生起的这个绰号很合适，我会继续用下去）同你一起登上伊特鲁里亚号，同以往一样，想从你身上捞点东西。我们同你俩一起登上乔治湖——因为我按照我们以往的计划，诱使你邀请我们，算是“追牌”，一直打算再耍你一次。按照计划，我们原本没有打算偷你的公文箱，我觉得这种小儿科的把戏不值得我这老将出马。我们一直按照原计划准备，直到后来，你把我的头发拽了下来。我当时很诧异，因为我看到你表现出了某种歉意，还有发自内心的悔恨，以前我根本想不到你会这样。你自己觉得伤害了我的感情，并且你的言行举止比我所了解的以往任何时候都更像位绅士。你不仅道了歉，还主动要求做些补偿。这让我改变了主意。你也许不信，不过我还是就此放弃了之前准备骗你的计划。

我原本也可以接受你的邀请去南非，到那里先把钱拿到手，然后很快就可以脱身。不过，当时我肩负着信任与责任——我是有点无赖，但还没无赖到在这种情形下仍要继续骗你。

暂且不论我这个人其他方面如何，不过我不是什么伪君子。我只是一个普通的骗子而已。我把你的文件完整奉还，想法同澳大利亚的那位绿林好汉一样：他把一位女士自己的手表送还给她，因为她唱歌给他听，让他想起了英格兰。换句话说，他没有将手表从她身上偷走。同样，我发现你这次的表现像个绅士，仅此一次，完全出乎我所料，于是我就打算放弃当时正在酝酿的计划了。不过，这并不是说我今后不会以其他方式来骗你，这还得看你今后的表现。

为什么我让“白石南花”偷走你的公文箱，然后又还回来？仅仅是因为我心情好才这么做的吗？不是。这么做是为了让你知道，我说的这一切都是真的。要是我两手空空就走了，然后再给你写这封信，你肯定不会相信我的话。你肯定会觉得，我这么做只是因为这次又失手了。不过，当我把你的文件拿到手，再主动归还给你时，你肯定就会明白我说的是真的了。

就像信的开头那样，信的结尾我也认认真真地说上几句。我虽然干这一行，但还存有一定的良知。当我看到一位百万富翁有着男子汉的担当时，我要是再利用这一点敲他一杠，那我也就感到无地自容了。

略表悔意，但我依然是个无赖。

克雷上校奉上

收到这封奇怪的信时，查尔斯的第一反应就是冲到楼下去找公文箱。鹰递公司刚刚送过来，他又急匆匆地跑回我们房间，迫不及待地打开并清点文件。当看到文件都在时，他转过身对着我淡然一笑，嘴唇颤抖，说道：“这封信，我觉得比他以往任何一封都更羞辱人。”

不过，就我而言，我真觉得信中的话不无道理。克雷上校是个无赖，这一点不容置疑——他还是个极为恬不知耻的无赖。可是，我相信，即便无赖也有心地善良的一面。

我想，“肩负着信任与责任”这几个字眼戳到了查尔斯的痛处，让他想到了克罗地多普·戈尔康达公司的股价暴跌那件事。不过，我也为之一震，因为它让我想到了那百分之十的佣金。

第十章　纸牌游戏

我们第二天坐伦斯勒—萨拉托加列车离开乔治湖时，查尔斯长叹一声："西摩，我再也不化名成什么彼得·波特了，我受够这些伪装了。既然我们知道克雷上校现在就在美国，那么再怎么装也没什么用，所以我还是安心地享受我应有的待遇和尊敬吧，这是我这种身份和地位的人该得的。"

"即便在这片共和的土地上，你在大多数情况下也都能享受得到（酒店职员那是算个例外）。"我立刻接过话。

依我之愚见，要是为了能够完全确保摆摆架子就能够享受到劳埃德保险社 A1 标准的船只[①]，还是让我做一回生而自由的美国公民吧。

于是在接下来的四个月中，我们周游各州，从缅因州到加利福尼亚州，从俄勒冈州到佛罗里达州，用的全是我们的真名。"落实一下做礼拜的事情。"查尔斯这么打趣地说——或者换句话说，就是调查一下铁路、辛迪加、工矿还有畜牧场的经营和控制情况。我们俩什么都打听。经过我们的调查，正如查尔斯进一步指出的，那些

① 劳埃德保险社是位于英国伦敦的保险商协会。根据劳埃德保险社的规定，船体技术状况分类中 A 为最好。

骚扰约伯儿子们的士巴人，貌似已经一股脑全都移民到了堪萨斯州还有内布拉斯加州，那几千头牲畜也似乎像克雷上校一样，在打烙印[1]之前从草原上凭空消失了。

不管怎么说，我们很幸运，没有遇到克雷上校的骚扰，想必他定是乘了什么魔毯去了其他某个欢乐地了。

直到阴冷的十月，我们才安全回到纽约，准备返回英国。这么长时间以来，克雷上校没来劫财（查尔斯对此正暗自高兴——不过，我却不这么认为），这对我内兄的身心大有裨益。他现在生龙活虎，兴致颇高，甚至都有点担心克雷上校是不是染上了黄热病——当时黄热病正在新奥尔良市肆虐——或者担心他是不是把自己吃坏了。我们也差点吃坏了身子，胡吃海喝，什么都往肚子里塞，什么蛤蜊汤、淡水龟、软壳蟹、泽西桃、帆背潜鸭、卡托巴酒、酸浆、白兰地鸡尾酒、草莓酥饼、冰激凌、玉米烤饼，还有一种俗称为“僵尸复活”的酒饮。不管怎么说，查尔斯回到纽约时心情很不错。由于担心在这个了不起的城市受到克雷上校的算计，他便欣然接受了他的兄弟温古德的邀请，先在他那儿待上几天，然后再住进在第五大道尽头新建成的宏伟的参议员宫殿；温古德是内华达州的参议员，也是位百万富翁。

“西，在那儿，至少我可以保证自己的安全，”他满腹牢骚，脸上挂着疲惫的笑容，“不管怎样，温古德不会骗我——当然，平时做生意是另一码事。”

鲍斯-纳格特会堂（大家都这么叫）也许是第五大道上最漂亮的理查森风格的上流宅邸。我们在那儿待了一个星期，十分高兴。用

---

① 给牲畜打烙印，用于表示归属。

绳量给我们的地界，坐落在佳美之处[①]。我们抵达那儿的当天晚上，温古德为我们办了一场小型单身派对。他知道查尔斯这次旅行没有带夫人同行，便猜到了查尔斯希望头一天晚上来个非正式的派对，打打牌，抽抽烟，而不用费神去理会女眷们，虽然她们在场会让晚会添彩不少，但多少也会让男士们放不开手脚。

那天晚上算上我们一共只有七位客人——温古德说，加上他自己刚好八人，这个数字不错。他是位暴发户——暴发户中资历最浅的——传统排外的纽约社交圈称他为"有钱的僭据人"[②]。他开始"发迹"不到十年，因此他像其他美国人一样，急切地想"被文化冲昏头脑"。他作为文学赞助人，还邀请了英国文学界的著名诗人阿尔杰农·克雷亚德先生，他是西部乡村小说中野蔷薇派的领军人物，刚刚抵达纽约。

"你在伦敦肯定闻其大名了吧？"我们在等客人就餐时，他笑着问查尔斯。

"没听说过，"查尔斯不冷不热地回了一句，"我可没那份荣幸。你也知道，我们不是一个圈子的人。"

温古德参议员的脸上掠过一丝奇怪的表情，我发现他完全误解了我内兄的意思。查尔斯想表达的当然是，克雷亚德先生只是伦敦文学界还有波西米亚那个圈子的，而他自己本人则在有钱人和政客这个更高级别的圈子内活动。不过，那位参议员已经习惯了从新富的角度看问题，觉得查尔斯的意思是，大名鼎鼎的克雷亚德先生所在的那个上流团体，他查尔斯还没有资格加入。这自然使得温古德对克雷亚德这位文学之交的敬意又增添了几分。

---

① 改编自《圣经·旧约》的"诗篇"（Psalms）第 16 章，"用绳量给我的地界，坐落在佳美之处"（The lines are fallen unto me in pleasant places）。

② 纽约社交圈认为虽然温古德有钱，但是不属于上流社会的圈子。

诗人进来时已经迟到了两分钟。即使我们没见过《海滨杂志》上他本人各时期的肖像，也能一眼就看出他是位真正的诗人：充满激情的双眸，秀美的嘴唇，一缕灰色鬈发搭在宽阔的额头前，一脸和善的笑容在斑白胡须的映衬下更显真挚，可以看到两排整齐洁白的牙齿。诗人在前一天晚上才抵达纽约，其他大部分客人早在第二天下午莲花俱乐部举办的招待会上见过克雷亚德，所以只有我和查尔斯需要引见。他一身普通晚礼服，没有任何纨绔习气，不过扣眼上戴了一朵蓝色小花，不知何名。他透过眼镜打量着查尔斯，远远地鞠了一躬，衬衫的胸部正中央有一大块钻石闪闪发光，至少可以看出，野蔷薇派（世人因为他那首著名的史诗而这么称呼）靠着诗歌发了一笔财。后来，他略微向我们解释，实际上他来纽约是为了处理自己的版税问题。“我那最后一部作品，”他说，“那些穷光蛋只给八百英镑。这谁能受得了？现代诗人要与时俱进，只有给了适当的激励，才能放声歌唱，所以我大老远过来看看这是怎么一回事。大家都明白，只要给钱，诗人就会为你歌唱。”

“跟我一样，”查尔斯说道，找到一个双方的共同点，“我对矿山感兴趣；我同你一样，大老远过来也是为了我的‘特许使用费’问题。”

诗人又把眼镜戴上，把查尔斯浑身上下仔细打量了一番。“哦。”他拖着长调咕哝了一声，一个字也没多说。不过，不知怎的，所有人都觉得查尔斯颜面尽失。吃晚饭时，我看到温古德急急忙忙调换了标记座位的桌签。显然他一开始安排查尔斯紧挨着诗人坐着，现在调整之后，他把诗人放在了一位铁路大王和一名杂志编辑中间。我内兄一句话都没说，这种情况我极少碰到。

诗人就餐期间的举止极为古怪，他总是不合时宜地引诗摘句。

“先生，要烤羊羔还是炖火鸡？”仆人问道。

“玛丽有只小羊羔，”诗人道，“我就学学玛丽吧！”

查尔斯还有参议员觉得这话说得有失身份。

不管怎样，晚餐后，查尔斯喝了一些上好的罗德尔红酒，就又开始高谈阔论起来，变得活跃、八卦。诗人讲了一些伦敦文学界的趣事，引得众人大笑不止——至少有两件事，我从未听说过。查尔斯倍感压力，也分享一些逸事来愉悦众人。他那天心情很好。他平日里不怎么爱开玩笑，不过只要他乐意，就能展示出自己冷幽默的一面，虽然严格地讲不免粗俗，但绝对有意思。就在那天晚上，他喝了几杯温古德的上等香槟——美国最上乘的香槟——就开始添油加醋地描述克雷上校是如何想尽各种办法来骗他的。他说的话可不像我的文字这么坦诚、准确，好多最有意思的细节都跳过了——原因很明显，因为有损他的形象，而对他好几次差点抓住上校时所表现出来的机智则夸大其词。不过，由于查尔斯的虚荣天性，他讲起来有些闪烁其词、添枝加叶，但他讲得还是绝对滑稽——只讲这些事荒唐可笑的一面，而不讲损失惨重的一面，这在他还是头一遭。他环顾在座的诸位，还表示，这四年来克雷上校从他身上骗走的钱财，远比不上由于失手而在伦敦股票交易所一天的损失。他说这话，大概是想对纽约的这些实力派传达这一信息：为了能享受克雷上校追随他而带来的乐趣和刺激，这点小痛小痒的损失，他倒也乐意牺牲。

诗人很高兴。“查尔斯爵士，你是个有血性的汉子，”他说，“崇尚勇气与冒险，我倒想一睹英国人这一优良传统！不过，话又说回来，这家伙身上肯定有些为人称道的地方。我得就这些故事做些笔记，要创作一则冒险故事；这都是些不错的素材。”

“我也不清楚自己到底适不适合做小说的主人公。”查尔斯扬扬自得地小声说道。显然，诗人实际上并不是这个意思。

“我的意思是，让克雷上校做主人公。”诗人冷冷地回敬道。

“啊，你们玩弄笔墨的人都这样，”查尔斯接过话，语气缓和了些，“你们都暗地里同情那些无赖。”

“这也比同情股票交易所那些最见不得人的投机行为要强。”诗人冷冷地反呛了一句。

在场的其他人都不自在地笑了。那位铁路大王扭了扭身子。温古德赶忙转换话题，不过查尔斯不肯善罢甘休。

“不过，你得听听最后的结局，”他说道，“这还不是最糟的。那人最坏的一点，就是他还是个伪君子。他上一次骗完我之后——就在这儿骗的我，就在美国骗的我——他给我写了这么一封信。”他接着讲了一通夸肯鲍斯那件事，中间零零碎碎夹杂着些许纯粹他自己个人的臆想。

当查尔斯提到夸肯鲍斯夫人时，诗人笑了。“已婚女士最不好的一点，”他说，“就是——你不能娶她们；未婚女士最不好的一点就是——她们想嫁给你。”不过，说到那封信时，诗人的眼睛一直盯着我内兄。查尔斯不幸地曲解了信中的内容，这一点我不得不承认。即便这样，信中还是流露出了一些善意。不过，查尔斯最后说道：“因此，那个无赖让自己成了一个爱发牢骚的杂种，一个让人唾弃的伪善者，一个完完全全彻头彻尾的浑球儿。”

“难道你不觉得，”诗人不慌不忙地插话道，很有风度，“他也许说的是真话？你不觉得有一丝悔恨触动了他的灵魂？——你不觉得残存的一些良知让他也诚心地对待一个信任自己的人？我有一种观点：即便最无耻的无赖，内心也总会有好的一面。我发现，他们常常能一直让女性爱自己，并且对自己忠诚。”

“哈！我早就说过！”查尔斯嗤之以鼻，“我早就说过，搞文学的人总是对无赖有一种见不得人的想法。”

“也许你说得对，”诗人冷笑道，“因为你我都是凡人。咱们中间谁要是问心无愧，没有什么罪过，那就先站出来教训教训我吧！”说完他就在一边赌气，闭口不言。

我们起身离桌，拿上雪茄，转身去吸烟室。那个房间是摩尔风格的装潢，富丽堂皇，配的是东方风格的墙幔。温古德参议员在那儿同查尔斯谈些富矿带、大农场，还有一些其他振奋人心的饭后谈资；那位杂志编辑则时而插话问个相关的问题，时而也说个古怪而讽刺的类似事件。很明显，他心中想的是以后要把这些发表出来。只有阿尔杰农·克雷亚德一个人坐在一旁想着心事，一句话不说，一只手托着下巴，眉头紧锁，眼睛盯着火炉中的灰烬。顺便说一句，他手上戴了一个稀奇古怪的戒指，一眼就能认出是埃及人或伊特鲁里亚人造的，上面镶的宝石向外凸起，琢面很大。他只是在打惠斯特桥牌的时候突然冒了一句话。

“霍金斯当伯爵了。”查尔斯说道，说的是伦敦某位相识。

“他何德何能？”参议员问道。

“会造假呗！”诗人刻薄地答道。

“荣耀名誉，这一切太容易。”杂志编辑插话道。

“查尔斯爵士靠耍滑头也弄了两个。”诗人补充道。

夜幕快要降临时，温古德参议员提议玩一玩瑞典扑克，这是一种容易上手的游戏——此时诗人虽说不是怒发冲冠，但也依旧郁郁寡欢。这游戏是根据过去的赌博游戏演化而来的，最近在西方社会非常流行，不过在座的众人，除了那位万事通诗人还有杂志编辑，几乎无人了解。后来才知道，温古德之所以提议玩这个游戏，是因为他当天下午在莲花俱乐部听克雷亚德说，这是他最喜欢的娱乐消遣。不过，他此刻不愿意玩。他说自己没钱，而其他诸位都是富翁，自己为什么要把十几首漂亮的十四行诗赚来的钱拱手让给百万富翁，好让他们在金碧辉煌的百万富翁的宫殿上再添一砖加一瓦呢？此外，他正在写一首颂诗，称赞共和国的简朴。民主党参议员宅邸的简单朴素让他不禁想到了登塔图斯、法比家族，还有卡美卢斯[①]。温古德隐隐地感到他在取笑自己，不过仍然坚持诗人一定要同这些金融家一起玩玩牌。“你可以不叫牌，”他说，“多少次都行。你可以把赌注下得低一些，或者随便碰碰运气，你随意。这个游戏很民主，除了庄家，其他人自己决定下多大的注。你要是不想坐庄，可以不坐。”

“哦，要是你这么坚持，”克雷亚德懒洋洋地，透着一股不情愿，慢悠悠地说，“我就不得不从命了，要不然会扫了你的兴。不过，你可记住，我是诗人，我有神秘的灵感。”

这些纸牌，为了方便辨认，除了牌面上有花色和点数，角上也有花色和点数。一开始，我们的赌注很小。诗人很少下注，每次下注——几英镑——他总输，很奇怪。他想用古西班牙金币或古威尼斯金币下注，费了不少劲才说服他用美元。查尔斯最后隔着牌桌看着他，那时赌注在快速增加，都用现钱。纸币在绿色桌布上厚厚地摞着。“喂，”他低语道，有些挑衅，“你的灵感呢？阿波罗[②]不管你了吗？”

查尔斯能用上这么经典的暗指，这够稀奇的，老实说，我自己都觉得不可思议（后来发现，他看了当晚的《评论家》杂志的一篇

① 登塔图斯（Dentatus），罗马共和国平民英雄，三次任共和国执政官，曾多次实施建造规模浩大的公共工程；法比家族（the Fabii），罗马共和国早期著名的贵族家族，出过很多执政官；卡美卢斯（Camillus），被誉为“罗马第二创建者”，五次当选罗马独裁官。此处为讽刺议员的奢华铺张。

② 希腊神话中，阿波罗被认为是音乐家、诗人、射手的保护神和预言之神。

评论，现学现卖）。不过，诗人微微一笑。

“没有哇，”他平静地答道，“我现在正在酝酿灵感。灵感来的时候，肯定让你吃不了兜着走。”

接下来的一局，查尔斯坐庄发牌，诗人下注，和之前一样，不让别人看到。他下注时，一副绅士派头。让我们万万没想到的是，他抽出一沓钞票，平和地说道：“现在灵感来了。‘心不在焉’这个词刚好，我押五千。”当然是五千美元，换成英国货币约一千英镑——对一名以写作为生的人来讲，这是个大赌注。

查尔斯笑了笑，摊了牌，诗人也亮了牌——于是赢了一千英镑。

“运气不错嘛！”查尔斯低声说道，虽然输了钱不高兴，但他仍装出一副若无其事的样子。

“灵感嘛！”诗人沉思道，又变得心不在焉起来。

查尔斯再次发牌。虽然诗人的一双死鱼眼在盯着发牌，思绪却不知飞到哪儿去了。他嘴唇翕动着，念念有词。“郊游、水手、行走，”他咕哝着，“凑够三个了。对了，还有杨柳，‘柳’的意思是留。这下就大功告成了。月桂、画眉这两个词押韵押得不好。用‘郊游’试试，你觉得怎么样？”

“下不下注？”查尔斯接过话，口气严厉，把诗人拉回了现实。

诗人一惊。“不下，你们继续。”他回应道，低头看牌，又陷入沉思。我们又看到他双唇在颤抖，听到他念道：“西海边心不在焉的守望者 / 我比你更拥护共和 / 多年后，我前来看你 / 少女的誓言是否仍还铭记 / 如花似锦的年纪 / 誓做自由妻——”

“下不下注？”查尔斯再次试探着打断他。

“下，五千，”诗人在半睡半醒中回答，把自己面前的一堆纸币推上前去，嘴上一直没闲着，“来日誓做自由妻。‘来日’，‘来日’，这个词乏味得连五块钱都不值得下。”

查尔斯再次亮牌，诗人又赢了。查尔斯把钱推过去，诗人心不在焉地揽了过来，好像在注视着无际的远方，问谁能借他铅笔还有纸。有几行难得的诗句，他要记下来，否则很可能就忘了。

“这是在打牌，”查尔斯厉声说道，“你能不能只专注一件事？”

诗人望了他一眼，脸上挂着同情的笑容。“早就给你说了，我有灵感，”他说，“诗和灵感形影不离。你的钱我不能想赢多快就赢多快，除非我打牌的时候作作诗。每每我想到好词好句，我都要赌一赌运气。你没发现吗，我靠着‘心不在焉’这个词赢了一千，靠‘如花似锦’又赢了一千。要是我为‘来日’这词下注，我肯定会输。懂不懂我这套规则？”

“要我说，这纯粹是瞎扯，”查尔斯回应道，“不管这些，接着打牌。规则是给蠢货准备的——却是为了迎合智者。靠这种瞎想，你早晚会输。”

诗人继续道：“此生誓做自由妻。”

“下注！”查尔斯厉声喊道，我们都下了注。

“此生，”诗人咕哝道，“此后余生。这个词够妙。我押一万美元，查尔斯爵士，押‘此生’这个词。”

大家都亮了牌，有输有赢，诗人则赢了两千英镑[①]。

“我身上没带这么多钱，”查尔斯说道，语气严肃而恼怒，他输牌时通常都是这种语气，“不过——我明天会把钱给你结清。”

“再来一局？”主人问道，满脸堆笑。

“谢谢，还是算了吧！”查尔斯答道，“克雷亚德先生的灵感来

① 前文提到，1 英镑约合 5 美元，2,000 英镑即 10,000 美元。

得太是时候了。他的运气太好了，参议员先生，我不玩了。”

就在此时，一名仆人进来了，手托一个托盘，上面有一个信封，里面装了一封短笺。“是给克雷亚德先生的，”他说，“送信人说十分紧急。”

克雷亚德赶忙撕开信封。能看出来他很焦虑，脸立刻就白了。

“抱……抱歉，”他说道，“我……我现在必须马上回去了。我妻子病危——发作得很突然。参议员先生，请原谅。查尔斯爵士，你明天再报仇吧。”

很明显，他说话时有些哽咽。我们觉得他最起码是个重感情的人。他显然有些害怕，再也无法冷静。他在恍惚中同各位握手道别，接着便冲下楼梯找自己的风衣。就在他关上前门的那一刻，又来了一位客人，两人在玄关擦肩而过。

“各位先生，好哇，”他张口道，“咱们被骗了，知道吗？从莲花俱乐部说起，我们接纳为俱乐部名誉会员的那个人，并不是阿尔杰农·克雷亚德。他是位招摇撞骗的骗子。今晚来的电报说，阿尔杰农·克雷亚德在英格兰的家中，现在已经病危。”

查尔斯倒抽了一口长气。“克雷上校，”他叫道，声音很大，“他这次又把我骗了。没时间了，赶紧追，先生们！赶紧追！”

我们之前从未有过如此唾手可得的一个机会，去抓那令人敬畏的骗子，收拾他一顿。我们便一股脑儿三步并作两步奔下楼梯，冲到第五大道上。那位冒牌诗人只在我们前面一百码的距离，并发现事情已经败露了。不过，他是位跑步健将。考虑到年龄还有体重，我跑起来也不慢，在后面狂奔追赶。他在一个拐角转了弯，前方无路可逃，浪费了一些时间，他又发疯似的迅速折回。我想到自己正在追捕的是这么一个名声显赫的罪犯就感到兴奋，便又加了一把劲儿——气喘吁吁地追上了他。他穿了件轻薄的风衣，我用手一把抓住，喊道："终于抓到你了，克雷上校，你逃不了了！"

他转过身看着我。"哈，记不记得那百分之十！"他一边挣扎一边喊道，"是你干的，对不对？先生，你永远、永远别想抓住我！"说时迟，那时快，他在说话的空当儿，把双臂向后并拢，想让风衣滑掉；风衣是新做的，袖子里面是平滑的丝衬，一下子就滑掉了。他这一下让我猝不及防，脚下也没站稳。我抓着他的外套，外套一掉我便仰面向后倒去，滚进了街上的泥浆里，背摔得很疼。那克雷上校不安地笑了笑，便穿着晚礼服全速逃跑，在街角一转便不见了踪影。

过了一会儿，我才缓过气，从地上爬起来，看看自己的伤势如何。这时，查尔斯还有其他人都已赶到，我向他们说明了事情经过。我对查尔斯的事情如此上心——胳膊摔破了，那件不错的晚礼服也毁了，我的内兄非但没有称赞我几句，反而冷冷地说，既然只差那么一点就能抓住了，我就应该把他抓住的。

"至少，我拿到了他的外套，"我说，"这也许会给我们提供一点线索。"我手里拿着那件外套一瘸一拐、摇摇晃晃地往回走，身上摔得青一块紫一块。

我们开始检查那外套，不过上面没有找到裁缝的名字。衣服后背处裁缝借以标榜自己手艺的带子被小心地撕掉了，取而代之的是一条纯黑的带子，没有任何字迹。我们又搜了搜胸前的口袋，找到了一块手帕，是用最好的细麻纱做的，也没留下什么名字。再看看两侧的口袋——哈，这是什么？我喜出望外，掏出一张纸。是一张短笺——这是一个真正有价值的发现——就是刚刚仆人在参议员家中递给他的那张短笺。

我们一口气读完。

亲爱的保罗，我早就跟你说过，这样太冒险，为什么不听我一劝呢？你就不该冒充现实中的人物。我刚刚碰巧瞧了一眼酒店的自动电报机，打算看看克罗地多普公司今天的行情怎样。你猜我在从英格兰发过来的电报中看到了什么消息？阿尔杰农·克雷亚德先生，就是那位大名鼎鼎的诗人，现在在德文郡家中的床上病死了。现在整个纽约都知晓了此事。就说我病危，立刻回来，一分钟都不要耽误。别回酒店，我正在转移咱们的东西，到玛丽家找我。

你忠心的，

玛格特

“这张短笺非常重要！”查尔斯说道，“它给了我们一条线索。其他的先不管，现在我们知道了两件事：他的真名叫保罗，皮卡迪特夫人的真名叫玛格特。”

我又搜了搜口袋，找到一枚戒指。显然，他发现我在追他时，就把这两样东西塞到了口袋里，在扭扯中忘了这事，或者说根本顾不上了。

我仔细地看了看，这就是他玩瑞典扑克时戴在手上的那枚戒指，中间镶有一枚合成的大宝石，有好几个面，像金字塔一样向中间突起。一共有八个面，有些面上是祖母绿、紫水晶，或绿松石，不过有一面——与佩戴者的眼睛成直角的那一面——根本不是什么珠宝，而是一块非常小的凸面镜。我一下子明白了他这葫芦里卖的什么药。我内兄发牌时，他就漫不经心地把手搭在桌上，当通过镜面折射，看到自己的点数与花色比查尔斯的要好时，就来了“灵感”，便信心十足地为自己的运气下注——或者说为自己的内幕信息下注。同样，我确信他那样子奇怪的眼镜是个高倍的放大镜，在这种把戏中助了他一臂之力。于是，我们又发了一次牌，试了一下——我戴上戒指，即便裸眼也都能每次认出发给我的牌的点数与花色。

“好哇，这跟作弊差不多。”参议员说道，后退了一步。他想向我们表明，即便是在美国的偏远西部地区的投机者也会有个底线。

“说得对，”杂志编辑应和道，“为自己的牌技下注合规合法，为自己的运气下注是没有头脑，为自己的内幕信息下注是——”

“不讲道德。”我提示了一下。

“说得非常好。”杂志编辑接过话。

“骗法很简单，”查尔斯插话道，“换成其他人，我早就识破了。但是他喋喋不休地说着自己的灵感，把我的注意力引开了，这就是那个无赖的障眼法。他用一般骗子的手段来转移你的注意力——他这一招用得太好了，等你发现他的真实意图，一切都无可挽回了。”

我们让纽约警方追寻克雷上校，不过，当然他又同以往一样，已经化作曼哈顿的一缕轻烟，立刻消失得无影无踪，一丝线索都没有。“玛丽家”，我们得到的是个不全的地址。

我们又在纽约等了整整两星期，一点消息都没有，没找到什么“玛丽家”。唯一能表明克雷上校在这个城市的东西，是他按惯例写来的羞辱信。内容如下：

哎，那位一直上当受骗的：

自从咱们在乔治湖见面以后，我就回了伦敦，不过马上又回来了。实际上，我在伦敦有笔买卖要做，现在已经做完了。英国警方的高度戒备又让我像天上伟大的猎户座一样，“缓缓地向西移动”。我又回到美国，是想看看你是否仍有悔恨之心。刚到的那天，我就碰到了温古德参议员，便接受了他的热情邀请，纯粹是想看看我上次给你的信对你的影响有多大。结果，我发现你还是相当冥顽不灵，并且固执地误解我的初衷，于是我决定再给你来个小小的教训。这次差一点就失败了，我承认这个意外事件让我紧张了一把。现在我即将彻底罢手，在萨里郡安顿下来度过余生。我打算再略微骗你一次，事成之后，克雷上校就会像辛辛纳图斯[①]一样，弃甲归田。到时候，你就不必再提心吊胆。我已为余生准备得差不多了，不像你那么贪得无厌。现在我意识到要成为一名好公民，得及早收手，以便给那些更年轻、更有资格的无赖更多的机会。咱们共同经历的愉快冒险，我今后定会常常愉悦地回味一番。既然你拿到了我的外套，还有一枚戒指，一封对我来讲十分重要的信件，咱们就算扯平了，我也就体面地罢手了。

衷心祝愿你的，

诗人库斯伯特·克雷

“这就是他一贯的风格！”查尔斯说道，“说是要再最后骗我一次，算是给我一个警告。即便他这么做了，我为什么要信他的话？他那种无赖说这些话，当然也可能就是为了故意让我放松警惕。”

就我而言，我十分赞同“玛格特”的话。当上校不得不冒充某位知名人士时，我觉得他已经基本黔驴技穷了，最好还是到萨里郡安度余生吧。

不过，杂志编辑把这一切总结成了一句话：“勤劳和能力创造财富，这是瞎扯，千万别信。人生就像打牌，成功源自两个因素——一个是机会，另一个就是作弊。”

---

① 古罗马共和国时期的英雄。公元前458年，罗马军队遭到意大利埃奎人的包围，退隐务农的他临危受命担任罗马独裁官，以保卫罗马。退敌16天后，他辞职返回农庄。

第十一章　贝蒂荣识别法

我们从纽约回去的行程糟糕得不行。船长说他本人“了解大西洋里的每一滴水”，还从未遇到它们这般不听话的。船在波涛中来回颠簸，查尔斯则在船舱中翻来覆去，那股闷气总消不掉。快到爱尔兰的海岸时，我顶着大风爬上甲板，又赶忙兴冲冲地下去，告诉我内兄能看到灯塔岛了。查尔斯只是在铺位上翻了个身，哼哼两声。“鬼才信，”他答道，“我想那可能又是克雷上校变的吧！”

不过，在利物浦，阿德菲酒店让他心情好些。我们在路易十五大饭店里吃了顿大餐，就仿佛天底下只有百万富翁才能吃饭一样。然后，我们第二天坐普耳曼卧车回伦敦。

回到家后，我们发现艾米莉亚满眼泪花，家里出了件大事，貌似西塞琳跟她说要辞职不干了。

当查尔斯满脑子想的都是投资，顾不上自己时，就几乎不着家。我那受人尊敬的内兄同其他有钱人一样，潜意识里总会多多少少担心自己死去时会身无分文。为了避免这种不幸——我不得不说，没人替他操这份心——几年前他投了二十万英镑买永续债券，万一戈尔康达公司还有南非都一起倒闭了，他还可以有点储备金作为退路。同样还是由于这种偏执，他不让银行把这股利单邮寄给他，而是非要学那些老妇人还有乡村牧师，每年四次亲自到英格兰银行去领取利息。银行的不少职员都跟他很熟，每个法定季度结算日后的几周内，他总会如众目所盼，如约出现在针线街。

于是，我们到达伦敦的第二天清晨，查尔斯就情绪高昂地对我说："西，我今天得去城里取一下我的股息。有两个季度没有取了。"

我陪他一起来到银行。甚至门口那个不可一世的侍者也上前替百万富翁开车门。接待我们的职员面带微笑，点头致敬。"取多少？"他例行公事地问道。

"二十万。"查尔斯一脸和气地答道。

那位职员翻开账簿。"已经付过了！"他说道，语气坚定，"先生，冒昧地问一句，您究竟想干吗？"

"付过了！"查尔斯附和了一句，向后一退。

职员隔着柜台盯着他。"是的，查尔斯爵士，"他答道，语气稍显严肃，"您一定还记得，您从我这儿取了一个季度的股息——上一周——就在这个柜台。"

查尔斯两眼直直地盯着他。"把签名给我看看。"他最后慢吞吞、恍恍惚惚地说。我觉得我们又碰到麻烦了。

职员隔着柜台把账簿推到查尔斯面前，查尔斯仔细地看了看笔迹。

"又是克雷上校干的！"他喊道，语气中带着沮丧，转向我，"他肯定乔装成我的样子了。西，我以后准会死在济贫院的。那人甚至把我的储备金都偷走了。"

我立刻明白了这是怎么一回事。"是夸肯鲍斯夫人干的！"我说，"在伊特鲁里亚号上的那些画像！就是为了方便他乔装！你想想，她从不同的角度画了你的脸庞，还有身材。"

"上个季度的呢？"查尔斯声音颤抖地问道。

职员翻开记录，漫不经心地答道：“七月十号取走了。”他说这话的语气，好像这事没什么大不了似的。

接着，我明白克雷上校为什么要千里迢迢地返回英格兰了。

查尔斯显然要晕倒了。“西，带我回家。”他大声叫道，“我毁了，彻底地毁了！他连五十万都不会给我剩。我那些可怜的孩子，今后得在伦敦的大街小巷中靠乞讨为生，没人理没人问了。”

想到艾米莉亚自己名下有价值十五万英镑的地产，所以最后这个意外事件并没有像查尔斯所期待的那样，让我掉几滴同情的眼泪。

我们该问的都问了，和以往一样，又立刻叫来警察去追查此事，不过一点用都没有。那些钱，一旦支付，就再也不可能追回了。无论何种情形，政府都不会掏两次腰包，这是永续债券所能玩弄的一点特权。查尔斯驱车回到梅费尔，垂头丧气，彻底垮掉了。我想，要是克雷上校能亲眼看到他当时的情形，看到这么精明的一个人如此悲痛、迷茫，肯定会感到惋惜。

不过，午饭后，我内兄又逐渐恢复了他那天生的乐天劲儿。他稍稍振作了一下。“西摩，”他对我说，“你肯定听说过包括一系列身体测量和记录罪犯身体数据的贝蒂荣识别法吧？”

“听说过，”我说，“目前而言很不错。不过，它就跟格拉斯夫人的罐炖野兔肉一样，关键在于第一步。‘首先要抓住犯人。’目前，咱们还从未抓住过克雷上校——”

“或者，更确切地说，”查尔斯不近人情地插了一句，“在你追上他的时候，没有抓住他。”

这含沙射影伤人的话我就当没听见，用刚才的语气接着说道：“我们从未抓住过克雷上校。只有当咱们抓到他时，才能用贝蒂荣识别法来记录他的信息。此外，即便咱们抓住过他，并且留意了他的鼻子、下巴、耳朵、额头的外形，但他每次都换一副全新的面孔，自己想变成什么样就能变成什么样。他每次骗咱们，咱们都认不出。贝蒂荣那套方法又有什么用呢？”

“不用担心，西，”我内兄答道，“在纽约，有人跟我说，伦敦的弗兰克·贝德斯莱博士是全英格兰目前最顶尖的贝蒂荣识别法的专家。我要去贝德斯莱那儿一趟，或者，我还是邀请他明天到我这儿共进午餐吧。”

“谁跟你提到的他？”我问，“希望别再是夸肯鲍斯医生，也希望别是阿尔杰农·克雷亚德。”

查尔斯愣了一下，想了想。“不是，不是他们，”他思考片刻后回答道，“是我们在温古德家碰到的那位杂志编辑。”

“他没事，”我说，“至少，我觉得没事。”

于是我们给贝德斯莱博士写了封客气的邀请函，请他第二天下午两点钟到梅费尔来同我们共进午餐，他是这套识别法的专家。

贝德斯莱博士如约前来——他身材短小精悍，眉毛中间向上凸起，双目不大，但炯炯有神。我一眼看去，开始怀疑他是否又是克雷上校巧妙乔装而成的。他说起话来简短且清晰，行为举止一副科学家的风范。他开门见山地告诉我们，除非这方面的专家曾经见过罪犯，否则这套方法几乎派不上用场；不过，如果我们能早点儿向他咨询的话，他或许能帮我们避免一些重大损失。“克雷上校这么精明的人，”他说道，“肯定研究过贝蒂荣识别法的原理，也肯定会采取一切措施不让别人认出自己。所以，鼻子、下巴、胡须、头发之类的，你们都可以抛到一边，这些改变起来都太容易。不过，仍然有一些特征，很有可能保留下来——身高、头型、脖子、身材、手指等；还有说话时的音质，以及虹膜的颜色等等。即便是这些，也能部分伪装或遮掩起来。留的发型、填充物的多少、脖子周围的高领、睫毛周围一道深色的线条等，这些都能改变面部形象，变化能大得让你想不到。”

“这一点我们也知道。”我答道。

“再说一下声音，”贝德斯莱博士继续道，“声音本身最具欺骗性。那人绝对是个出色的模仿者。他或许可以扩大或者缩小喉部。从你们的描述来看，我猜他每一次转换角色，都不得不较大地改变或调整一下自己的声调还有口音。”

“不错，”我说，“他乔装成墨西哥先知时，操着一口西班牙腔。他扮成小副牧师时，又变成了一位有教养的北方的乡下人。冒充大卫·格兰顿时，他一口苏格兰口音，很有绅士风度。乔装成凡·莱本斯坦时，他自然成了德国南部居民，试着用法语进行交流。扮成施莱尔马赫教授时，他又成了德国北部人，英语说得结结巴巴。冒充伊莱休·夸肯鲍斯时，他又是满口明显的肯塔基口音。冒充诗人时，他赶俱乐部的时髦拖着长腔，带着点德文郡世家的遗风。”

“一点不错，”贝德斯莱博士回应道，“果然不出我所料。现在的问题是，你知道他是一个人吗？还是说真的是 帮人？是不是一伙人都用这个名字？不管他如何乔装，你那儿有没有克雷上校本人的照片？”

“一张也没有，”查尔斯答道，“他还是侦探梅德赫斯特的时候，自己拿出过一些照片。不过又马上装到了自己的口袋里，我们之后再也没有拿到过这些照片。”

“你能弄到几张吗？”博士问，“知不知道给他拍照的人叫什么？住在哪儿？”

“很不幸，不知道，”查尔斯应道，“不过尼斯警方给我们看过两张照片，也许我们可以借来用用。”

“要是没有照片，”贝德斯莱博士说道，“我们什么都做不了。要是你能给我两张那个人的清晰照片，不管他怎么乔装，我都能知道是不是同一个人；这样我就能找到些共同的细节，帮助咱们继续调查下去。”

这一切都发生在午餐期间，艾米莉亚的侄女多莉·林格菲尔德碰巧也在场；在我们谈话期间，我刚好注意到她脸上掠过一丝非常内疚的神情。这次我有些怀疑，倒不是怀疑多莉是同克雷上校一伙的；不过我纳闷，她为什么要脸红呢？令我惊讶的是，午饭后，多莉单独把我叫到书房。“西摩叔叔，”她开口道——尽管我跟她没有任何关系，那亲爱的孩子仍叫我叔叔，“要是你想要，我倒是有些克雷上校的照片。”

“你？”我吃惊地叫道，“多莉，你是怎么得到的？”

要不要告诉我，她犹豫了一两分钟，最后低声说：“要是我说出来，你会不会生气？”（多莉刚十九岁，长得十分漂亮。）

“孩子，”我说，“我为什么要生气呢？你可以悄悄地告诉我。”（她的脸都红成那样了，谁还会生她的气呢？）

“那你也不告诉艾米莉亚姑姑？还有伊莎贝尔姑姑？”她心里没底，又试探道。

“绝对不会。”我回答道。（实际上，多莉对我说的事，我向谁都能吐露，就是不能跟艾米莉亚还有伊莎贝尔说。）

“是这样的，大卫·格兰顿先生在塞尔登时——或者说那个流氓冒充大卫·格兰顿的时候，我在这儿暂留了一段时间，你也知道。”多莉继续道，“你——你保证不生我的气？有一天，我用柯达相机拍了一张他和艾米莉亚姑姑的快照！”

“这样，这有什么大不了的？”我问道，一头雾水。我所能想到的，最坏的情况莫过于大卫阁下当时正在同艾米莉亚调情。

多莉的脸更红了。“噢，那你知道伯第·温斯洛吧？”她说道，“他喜欢摄影——并且——并且也喜欢我。他发明了一种方法，他自己说一点都不实用，但它的特别之处在于，它能显示纹理。至少伯第是这么说的，会让事物这么显现出来。他还给了我一些柯达相机用的底片——至少有六七张，于是——我就用这些底片拍了艾米莉亚姑姑。”

“我还是不太明白。”我低声说，打趣地望着她。

“哎，西摩叔叔，”多莉大声说道，“你们男人真笨啊！要是艾米莉亚姑姑知道了，她绝不会原谅我的。你还问我，你自己肯定明白啊。要知道，照片上有那个——那个无赖，还有珍珠粉！”

“哦，这么说，照片上都显示出来了？”我问道。

“显示出来了！我倒也这么觉得！姑姑的脸上就像是有一个个小黑点。她在照片中就是那副模样！”

“克雷上校也在照片上？”

“嗯，他和姑姑说话时我拍下的，两个人都没发现。伯第冲洗的。我有三张大卫·格兰顿的照片，很清楚，拍得非常成功。”

“还有其他人吗？”我看到了希望，又问道。

多莉有点犹豫，脸更红了，她内心挣扎了一下，说道：“有，其他的是和伊莎贝尔姑姑的合影。”

“好孩子，”我抑制住自己作为丈夫的感情，说道，“我可以承受，即便是刚说的那种不幸，我也能承受。”

多莉抬头，两眼乞求似的望着我。“是在伦敦拍的，”她接着说，“就是我上次同姑姑在一起的时候。梅德赫斯特当时在房间里逗留；我拍了两张，他正和伊莎贝尔姑姑说着什么。”

“伊莎贝尔不搽粉。”我带着肯定低声道。

多莉又犹豫了一下，小声地向我提示道：“是没搽粉，不过——她的头发！”

“她头发的颜色，”我说，“有些地方用了些生发剂，你知道的。”

多莉的脸上突然露出淘气而狡黠的笑容。“对，没错，”她继续道，“可是，西摩叔叔，凡是用生发剂——呃——修复过的地方，在照片上都有一种闪亮的金属光泽。”

“亲爱的，把照片拿下来。”我边说边拍拍她的头。为了公正起见，我想最好还是不要吓唬她。

多莉把照片拿了下来。在我看来，这些照片拍得不怎么好，不过还是值得一试。经过进一步交谈，我们发现用一把剪刀就可以解决问题，把每张照片都剪成两半，这样就能抹去艾米莉亚还有伊莎贝尔的一切踪迹。不过，即便这样，我觉得最好还是把查尔斯还有贝德斯莱博士一起叫到书房，同多莉私下谈谈，不要将这些残缺不全的照片公开，以免他们身边的人对此妄加猜测。现在，我们实际上有了五张残缺不全得厉害的克雷上校的照片，从不同的角度拍的，表情和神态十分自然。全欧洲最聪明的骗子居然败在了一个孩子的手上!

贝德斯莱的目光刚落到这些照片上，脸上就出现了一种奇特的表情，说道：“林格菲尔德小姐，这些照片是用赫伯特·温斯洛的方法拍的。”

“不错，”多莉羞怯地承认了，“确实是的。你也知道，他是……我的一个朋友。是他给了我些底片，刚好我的相机能用。”

贝德斯莱直直地盯着这些照片，接着转向查尔斯，说：“最终，这位年轻的小姐无意间追踪到了克雷上校。这些都是这个人真实的照片——他本人就是这样——没有任何伪装！”

“我看着到处是斑点，”查尔斯低声道，“鼻梁那儿有条明显的黑线，脸上也有类似的斑点！”

“一点不错，”贝德斯莱说道，“这些就是纹理上的差别。这些照片就显示了这个人的脸到底有多少是真的——”

“有多少是蜡。”我也斗胆说了一句。

“不是蜡，”那位专家仔细地瞧了瞧，说道，“是一种比蜡更硬的混合物。我猜是杜仲胶和橡胶合成的，容易上色，贴上之后就会变硬，与皮肤贴合得比较平整，耐热耐熔。看这儿，这是一条人造伤疤，填补中空的地方；这一点是多加在鼻尖上的；这些阴影是因为嘴里塞了些填充脸颊的东西，让人看起来更胖些！”

“肯定，”查尔斯大声说道，“肯定是橡胶。这就是为什么在法国，别人管他叫橡皮脸上校！”

“你能用这些照片重新勾勒出他的真实面目吗？”我急切地问道。

贝德斯莱博士仔细地盯着照片。“给我一两个小时的时间，”他说，“再给我一盒水彩。我想，到时候——根据已有的材料进行推断——我就能把伪装剔除，给你们勾勒出他大致的真实形象。”

我们把他领到书房待了几个小时，带了他所需要的材料。到下午茶的时候，他已经根据两张脸中的共同点，画出了第一幅草图。他拿到客厅，我先看了看。那张面孔很奇怪，有点模糊，很像高尔顿先生先后分别将两张底片放在同一张感光纸上十秒钟冲洗出来的“合成照片”。不过，这也让我立刻为之一惊，因为它涵盖了克雷上校众多化身的某些特点。现实中的小副牧师让人想不到墨西哥先知，伊莱休·夸肯鲍斯也不能让人想到凡·莱本斯坦伯爵，或者施莱尔马赫教授。可是，在这张由大卫·格兰顿和梅德赫斯特的照片合成的面孔中，我可以很明显地追寻到那个骗子每一次乔装后的某些踪迹。换句话说，虽然他的乔装打扮能避免同他扮演的其他角色有任何相似之处，但他无法乔装打扮得让别人认不出他自己。他无法完完全全抹掉自己天生的体格以及真实的相貌特点。

除了与先知还有小副牧师有惊人的相似以外，我还隐隐觉得在某个时间某个地点见过用水彩画出的这个人。不是在尼斯，也不是在塞尔登；不是在米兰，也不是在美国。我确信自己曾经在伦敦的某个地方与他同处一室。

查尔斯从我身后看过来，突然一惊。“啊，我知道这个家伙，”他喊道，“西，你想想这个人，他是芬戈摩尔的弟弟——就是没去中国的那个家伙！”

紧接着，我一下子想起来在哪儿见过他了——我们动身去美国前，在伦敦那位经纪人的办公室里见过。

“他的教名是什么？”我问。

“和我们从风衣中搜到的短笺中的名字一模一样，”查尔斯想了一会儿，最后答道，“他叫保罗·芬戈摩尔！”

“你会抓捕他吗？”我问。

“就凭这种证据，我能吗？”

“咱们会让他明白的。”

查尔斯沉思了一阵子。“我们除了能确定他的身份，”他缓缓说道，“没有任何指控他的证据。这下子可能就难办了。”

就在此时，仆人端茶上来。克雷上校冒充大卫·格兰顿时，这个仆人当时也同我们一起在塞尔登。查尔斯很显然想试探一下，看看他能否还记得这张脸，或者是否记得在哪儿见过。“达德利，看这里，”他举起水彩画，问道，“你认不认识这个人？”

达德利盯了一会儿，马上答道："认识，先生！"

"他是谁？"艾米莉亚问道。我们都觉得他会说"凡·莱本斯坦伯爵"，或者"格兰顿先生"，再或者"梅德赫斯特"。

他没这么说。让我们万万没想到的是，他答道："夫人，那是西塞琳的男友。"

"西塞琳的男友？"艾米莉亚大吃一惊，重复道，"啊，达德利，你肯定认错了，肯定认错了！"

"不可能，夫人，"达德利肯定地回答，"他常常过来看她。自打我服侍查尔斯爵士以来，他就隔三岔五地过来看她。"

"他什么时候再来？"查尔斯屏住了呼吸，问道。

"先生，他现在就在楼下。"达德利答道，全然不知他给一个体面的家庭扔了一枚炸弹。

查尔斯兴奋地站了起来，用背倚着门。"抓住那人！"他用手指着，厉声向我喝道。

"哪个人？"我问道，完全摸不着头脑，"克雷上校？正在楼下同西塞琳待在一起的那个人？"

"不是，"查尔斯说，语气坚决，"达德利！"

我一只手按在那位仆人的肩上，不明白查尔斯究竟是什么意思。达德利吓得半死，向后退去；要不是查尔斯倚着门，他早就夺门而逃了。

"我——我什么出格的事也没做，查尔斯爵士，"达德利喊道，两眼祈求似的盯着艾米莉亚，一副惊恐可怜的样子，"不是——不是我骗的您。"他看起来也绝对不像能做出这种事的人。

"我知道你没骗我，"查尔斯说，"不过，在抓住克雷上校以前，你不能离开这个房间。不行，艾米莉亚；不行，说什么都没用。他说的全是实话。我现在完全明白是怎么一回事了。那个无赖同西塞琳俩人一直以来都是同谋！他现在正在楼下同西塞琳待在一起。要是我让达德利离开房间，他就会下楼给他们报信。这样，不等我们明白过来，那条泥鳅就又从我们指尖溜走了，他经常这样。他就是保罗·芬戈摩尔，西塞琳的男友。要是咱们现在不立刻抓住他，他今晚就会跑到马德里或者圣彼得堡去了！”

“说得对！”我接过话，“机不可失，时不再来！”

“达德利，”查尔斯极为威严地说，“我们不通知你，不要离开这个房间。艾米莉亚还有多莉，不要让那个人就地捅娄子。要是他不老实，就把他拿住。西摩，贝德斯莱博士，跟我下楼去仆役大厅。达德利，我是不是能在那儿找到这个人？”

“找——找不到，先生，”达德利吓得魂不附体，结结巴巴地说道，“他现在在管家的房间里，先生！”

我们三人一行来到楼下，半路碰到了辛普森，他是查尔斯爵士的贴身男仆兼管家，我们把他也一起拉过去帮忙。到了管家的房间门口，为了小心行事，我们停住脚步。里面传出阵阵声音：一个是西塞琳的声音，另一个声音让我立刻想到了梅德赫斯特、先知、伊莱休·夸肯鲍斯还有阿尔杰农·克雷亚德。他们俩在用法语交谈，时不时地能听到他们压低的笑声。

我们打开门时，那男的正用法语说：“这个老头是不是很滑稽？”

“快要笑死我了。”西塞琳也用法语答道。

我们冲进去，把他们当场抓住。

西塞琳的男友站起身，手里拿着帽子，态度很恭敬。这立刻让我想起了梅德赫斯特的情形，他当时在马维尔家，站着同查尔斯谈论着第一天的安排；还让我想起了那位公正无私的小副牧师极为谦卑的样子。

查尔斯紧紧地按住那个年轻人的肩膀，并示意我也这么做。我仔细看了看那家伙的脸：西塞琳的男友就是保罗·芬戈摩尔，就是我们经纪人的弟弟，绝对错不了。

“保罗·芬戈摩尔，”查尔斯厉声喝道，“也就是库斯伯特·克雷，因你犯的几项偷窃罪和共谋罪我要捉拿你！”

那个年轻人看看四周，大吃一惊，有些慌张。不过，即便这样，他仍然始终保持冷静。“怎么，就凭你们五个对付我一个吗？”他数了数我们的人数，说道，“这儿还有没有王法了？五个有头有脸的无赖来抓捕一个爱冒险的乞丐！嗨，比在纽约还卑鄙！在纽约，只是咱们两个。还记得吗？之前的百分之十那件事！”

“辛普森，抓住他两只手！”查尔斯焦急地喊道，生怕他从手中逃掉。

虽然我们抓住了他的双肩，保罗·芬戈摩尔还是往后退了几步。“不行，你不行，先生，”他高傲地说，“我看你敢碰我！查尔斯·凡德里夫特爵士，要抓我，你就派个警察来，我绝不会让一个男仆来抓我！”

“去找警察。”贝德斯莱博士向前走了几步，对辛普森说道。

那犯人上下打量他一番。“哎，原来是贝德斯莱博士！”他舒了一口气，说道，很明显犯人认识他，“要是你完全按照贝蒂荣识别法找到的我，我倒不怎么介意。我愿屈身于科学，但不愿屈身于蠢材。我觉得，这位钻石大王可没长那么多脑子，能想到求助于你。他是我这辈子碰到过的最好骗的老浑蛋。不过，要是你把我追捕到了，我只能认了。”

查尔斯紧紧地抓住他。“西，小心别让他跑了，”他喊道，“他又在耍老花招！别听他在那儿叨叨！”

“小心点，”上校说，“想想伯尔派罗那件事！你凭什么抓我？”

查尔斯满腔怒火。“你在尼斯骗过我，”他说，“在米兰，在纽约，在巴黎，你都骗过我！”

保罗·芬戈摩尔摇摇头。“说这些没用，”他冷静地应道，“看看你在哪儿？那些地方都不在司法管辖区！你要指控我，得有引渡令。”

“那好，在塞尔登，在伦敦，就在这座房子里，还有其他地方，你也骗过我，”查尔斯激动地大声说道，“西，把他抓得紧点。管它合不合法，即便现在这样，也确保别让他再逃掉了！”

此时，辛普森回来了，在附近找到了一名警察，他碰巧看到那名警察在采光井的台阶旁闲逛。看着警察那鬼祟的笑容，我有点怀疑他是不是查尔斯家的某个熟人。

查尔斯正式地把犯人交给了警察。保罗·芬戈摩尔一再让查尔斯说清楚自己到底犯了什么罪。令我非常懊恼的是，查尔斯从他所干的那些坏事中，单单选了购买莱本斯坦城堡那件事，因为它是英国司法管辖范围内最有力的一项罪名——在伦敦作案，并且通过伦敦的银行付的款。“我凭那件事可以抓捕你。”他说道。他说话时，我整个人在发抖，立刻觉得自己最担心的佣金那件事，现在肯定要昭告天下了。

警察把犯人押住，查尔斯仍然死死地抓着他。在走出房间时，犯人转身用德语低声对西塞琳快速说了些什么话。“虽然我好心送了你一本德语字典还有语法书，”他转过身温和地对我们说，“不过，我说的这些话，你肯定还是根本听不懂！”

西塞琳深情地扑向他。“哦，保罗，我亲爱的，”她用英语哭诉道，“我不会那么做，不会！我不会牺牲你来保全自己。要是他们让你坐牢——保罗，保罗，我就同你一起坐牢！”

她说这话时，我想起了阿尔杰农·克雷亚德先生在参议员家中对我们说的话："即便最无耻的无赖，内心也总会有好的一面。我发现，他们常常能一直让女性爱自己，并且对自己忠诚。"

他的双手还可以自由活动，用手指轻柔地松开了她的双臂。"亲爱的，"他温柔地说道，"可惜英国法律不允许你跟我一起坐牢。要是我坐牢了，"（他此时的声音又变成了我们所碰到的诗人的声音）"'石壁不足以为囚牢，铁栏不足以为牢笼。[①]'"他身子前倾，轻轻地吻了一下她的额头。

我们带着他出了门。那位警察遵照查尔斯的吩咐，紧紧地抓着犯人，不过因为犯人没有强烈反抗，便坚决不用手铐铐住他。我们叫了辆过路的马车。"去弓街！"查尔斯一边粗鲁地把警察和犯人推搡进马车，一边大声喊道。车夫点点头。我们自己又叫了辆四轮马车，车上坐着我内兄、贝德斯莱博士还有我。"紧跟那辆马车！"查尔斯大声说，"别让它跑出你的视线。跟着它，跟紧点，去弓街！"

我回头看了一眼，看到西塞琳已经在前门台阶上快晕过去了，多莉则满脸泪花，站在旁边扶着她，试着安慰她一下。多莉显然没有想到事情会出现这种结局。

"我的天！"我们在第一个街角转弯时，查尔斯突然警觉地叫了出来，"那辆马车哪儿去了？谁知道那个家伙是不是真警察，我们应该把他押在这辆车上的，就不应该让他脱离咱们的视线。虽然咱们都明白事情真相并非如此，不过那个警察——那个警察也许就是克雷上校的同党！"

于是，我们心急如焚，一路驱车奔向弓街。

---

① 引自英国17世纪的诗人理查德·洛弗莱斯（Richard Lovelace）在英国内战期间坐牢时，写给他情人的一首诗 *To Althea, from Prison*。

第十二章　老贝利街[1]

我们抵达弓街时，长舒了一口气，因为囚犯没有半路跑掉。虚惊一场。他同警察待在一起，欣然允许我们正式提出对他的第一项指控。

我和查尔斯都宣过誓，犯人当然就被立刻送到大牢之中，不许保释：一方面是因为被指控的罪名比较严重，另一方面是因为犯人有过溜逃的前科。我们回到梅费尔——看到令自己一直担惊受怕的那个人被关到了牢狱中，查尔斯十分满意；就我而言，一想到令自己一直担惊受怕的那个人不再逍遥法外，而百分之十的佣金那个微不足道的小插曲即将公开，我一点也高兴不起来。

第二天，来了很多警察，同我和查尔斯长谈了一番。他们不断地催促我们，说至少还有其他两个人也应该受到指控——西塞琳，还有在不同场合被冠以皮卡迪特夫人、白石南花、大卫·格兰顿夫人、伊莱休·夸肯鲍斯夫人等称呼的那个小妇人。他们还说，要是这两个同党也被逮捕的话，我们就可以在起诉书中再增加共谋这一罪状，会让我们多一份胜算。目前，他们抓到了克雷上校，实际上

---

① 英国中央刑事法院所在地。

自然想关着他，并且打算一同指控他尽可能多的同党。

不过，这么一来，问题就出现了。查尔斯阴沉着脸，把我叫到一边，去了书房。“西摩，”他开口道，两眼直直地盯着我，“这个问题比较严重。我不愿轻易地指控任何一位女性。至于克雷上校——或者说保罗·芬戈摩尔——他是个寡廉鲜耻的无赖，我不想对他有任何的袒护。不过，可怜的小皮卡迪特夫人——她或许是他法定的妻子，或许暗中受了他的指使。还有，我不清楚能不能认出她来。这是警方拿来的照片，说是克雷上校的头号女共犯。现在，我问问你，她像不像那位聪明、有趣、魅力四射，还经常骗咱们的小女士？”

虽然查尔斯以前对我冷嘲热讽，但我自以为深谙作为一名秘书的职责。他的意思很明显：不想让我认出她。于是，我也就没认出来。“查尔斯，根本不像，”我回答得很坚决，“我压根儿就不认识她。”不过，我没说压根儿不认识保罗·芬戈摩尔——或者说西塞琳的男友——所冒充的克雷上校，因为说这种话显然是秘书职责之外的事。

不过，当时我的脑海里突然想到，先知在尼斯时不经意间提到过，查尔斯的口袋中有封信，很有可能就是皮卡迪特夫人写的。再想想，那么皮卡迪特夫人很有可能手里也有查尔斯的回信，信的内容和措辞查尔斯不愿让艾米莉亚看到。实际上，说句实话，不论“白石南花”以何种伪装出现，查尔斯总会第一眼就拜倒在她的石榴裙下。因此，我觉得，那位精明的小妇人——你想怎么称呼她都行——很可能手里攥着不止一封查尔斯写给她的秘密信件。

“这样一来，”查尔斯用最严厉的口吻继续道，“我无法同意去逮捕‘白石南花’。我……我拒绝指认她。实际上，”他越说语气越重，“我觉得没有任何对她不利的证据。”他稍稍一顿，又继续道：“我并不想包庇犯人。现在说说西塞琳——我们喜欢她，也信任她，可是她辜负了我们的信任，把我们出卖给了这个家伙。毫无疑问，是她从艾米莉亚的首饰盒中把钻石偷走给了他；是她安排我们在莱本斯坦城堡同他碰的面；是她拆了我给克雷盖拉奇勋爵的信，然后又寄给了他。所以，要我说，咱们得把西塞琳抓起来。不能抓‘白石南花’——不抓杰西，不抓那位漂亮的夸肯鲍斯夫人。要让犯了罪的人接受惩罚，对于那无辜的人——或者最坏的情况是，受人误导的人——我们为什么要加以惩罚呢？”

“查尔斯，”我兴奋地大声说道，“我们为你的体贴周到感到骄傲。你是个有情有义的人，要我说，‘白石南花’这么漂亮这么聪明，无论做了什么，都应该原谅她。放心，我绝口不提。我发誓，我不会指认这个妇人就是皮卡迪特夫人的。”

查尔斯默默地抓住我的手。“西摩，”他顿了一顿，感动地说，“我想我绝对可以相信你的……你的……正直与人品。我以前有时对你苛刻了一些，不过，请你原谅。我明白，你已完全知晓自己岗位的全部职责。”

我们再次走出书房，两人的关系几个月以来从未如此亲密。实际上，我希望万一芬戈摩尔把百分之十的佣金那件事告诉查尔斯，今天这段愉快的小插曲能缓和一下那件事的不利影响。我们正一起走进客厅，这时艾米莉亚向我招手，让我到她房间待一会儿。

“西摩，”她对我说，语气中明显充满了惊恐，“有时，我对你不太客气，我也知道，非常抱歉。不过，现在我碰到了一点极为头疼的事，想让你帮我一下。警方指控的阴谋罪，这一点都不错。那个诡计多端的小狐狸精，‘白石南花’，或叫大卫·格兰顿夫人，或者其他什么名字，她绝对要受审——还要关到大牢里面去——再把她那荒唐的头发剪短梳直。不过……亲爱的西摩，我相信，在这一点上，你肯定会帮我的——我不能让他们把西塞琳带走。我不是装作不知她没有过错，她对我忘恩负义，到处骗我，毫无悔意。不过，话又说回来——你也结了婚，我给你说——让一个女人站到证人席，让自己的女仆被诘问、奚落，或者让女仆把知道的事告诉律师，让律师不留情面地盘问，谁能受得了？西摩，我告诉你，这事门儿都没有。女士的日常生活中有一些琐事——只有她的女仆知道——绝不可以公之于众。你尽可能地向查尔斯解释一下，让他明白，要是他非要坚持逮捕西塞琳，我就得站到证人席上——我发誓，到时候，他们这一帮人谁都判不了。我就是这么跟西塞琳说的，向她保证要帮她一把。我跟她说，我是她朋友，要是她帮我，我就帮她，也帮她那位让人恨之入骨的男友。”

我一下子明白这是怎么一回事了。查尔斯和艾米莉亚二人谁都无法面对克雷上校的共犯的诘问。就艾米莉亚而言，原因毫无疑问仅仅在于胭脂、染发之类的事情；不过，这又不是伪造文书，也不是杀人害命，只不过是梳洗化妆上的小秘密，有什么不能坦白的呢？

于是我又找到查尔斯，花了半个小时，尽我所能地向他解释了这些家庭内部小问题。我们最终商定，如果查尔斯尽力保护西塞琳免于逮捕，那艾米莉亚则同意尽其所能来保护皮卡迪特夫人作为报答。

接下来，我们还得过警方这一关——这一关更为棘手。即便他们通情达理，这也并非易事。他们觉得自己抓住了克雷上校，不过能否对他加以指控，这完全取决于查尔斯的指认，还有我的进一步确认。他们越是催促，说有必要逮捕他的那些女性同党，查尔斯就越坚决地宣布，自己不敢确定克雷上校的身份，同时完全拒绝出示任何对那两位女性不利的证据。他说，这个案件比较棘手，他一点儿都不敢确定那名男子的身份。要是他犹豫不决，不愿意指认，那么这个案子就得终止，陪审团也就无法判定克雷上校任何罪名了。

最终警方别无选择，只得让步。他们抓捕了一个重要罪犯，不过发现，一切都取决于目击证人的安全，而要是目击证人受到干扰的话，他则有可能什么都不说。

实际上，在法庭的初步调查还未结束前（犯人按惯例还在关押候审），查尔斯就早已陷入了焦虑，多么希望自己当初没有抓住克雷上校。

"西，我在想，"他对我说，"当时我为什么没有一年给这无赖两千英镑，让他直接滚到澳大利亚，让他永远消失！就我的个人声誉而言，这要比把他押在英国法庭受审划算得多。最糟的是，即便最无可挑剔的人，一旦站到了证人席上，指不定到头来会被说成什么样！"

"查尔斯，对你来说，不必有此顾虑，"我责无旁贷地答道，"也许，只是并购克雷盖拉奇那件事算个例外。"

接着，我们便同警方还有律师一起无休止地"策划这场诉讼"。查尔斯本想在此时全身而退，不过，非常不幸的是，他不得不出庭指证。"你们能不能把事情一次处理完，然后放我走？"查尔斯跟巡官开玩笑道。不过，我心里明白，这正是俗话所说的"嬉笑多真言"。

当然，现在我们明白了这场大阴谋是如何一步步设计的，设计得就像蒂奇伯恩骗局一样缜密[①]。年轻的芬戈摩尔，也就是查尔斯的经纪人的弟弟，他从一开始就知道查尔斯的底细。一开始小打小

① 1854 年英国贵族罗杰·蒂奇伯恩爵士在海上遇难，但他母亲坚信儿子仍然在世，于是在全球各地刊登广告悬赏征求儿子的消息。第二年，一位名叫亚瑟·奥尔顿的男子声称自己就是遇难的罗杰·蒂奇伯恩爵士，被别人从海上救起。后来，亚瑟·奥尔顿企图获得部分家产，但被亲戚识破。

闹干了一些坏事以后，他便开始针对我内兄精心制订了周密的计划，所有的一切都是他事先故意设计好的。先给西塞琳找了个差事，去当艾米莉亚的女仆——不用说，用的都是些假证明。有了西塞琳的帮助，那骗子对这个家庭的日常习惯更是一清二楚。他掌握了一些信息，后来又以此来骗我们。他针对我们的第一次行动，也就是扮演先知的那次，设计得十分巧妙，让我们觉得自己只是偶然被他选作目标。现在查尔斯才注意到，皮卡迪特夫人在马赛信贷银行询问他银行账号这一细节，是为了故意蒙蔽我们，不让我们一眼看出克雷上校早已完全掌握了我们的这些信息。同样，还是西塞琳帮的忙，他拿到了艾米莉亚的钻石，截获了发给克雷盖拉奇的信函，还在莱本斯坦城堡那件事上骗了我们。不过，这些事，查尔斯决定在法庭上避而不谈，凡是对西塞琳或皮卡迪特夫人不利的事，他对警方都只字不提。

至于西塞琳，在克雷上校被捕以后，她也立即出走了，直到庭审那天我们才见到她。

庭审当天，老贝利街的场面从未如此让人震撼过，法庭被围得水泄不通。查尔斯在律师的陪同下，早早地到场了。他面色苍白，愁眉不展，看起来更像是被告，而非原告。法庭外面站着一位漂亮的小妇人，面色苍白，一脸焦急。周围的人在一旁静静地望着她。“她是谁？”查尔斯问。我们俩虽然看不出，却都能猜得到，她就是“白石南花”。

“她是被告的妻子，”当班的巡官答道，“她要在这儿看丈夫出庭。可怜的人儿，真替她惋惜，这么一位无可挑剔的妇人。”

“看起来确实是这样。”查尔斯说道，不敢正眼看她。

就在此时，她转过身，看着查尔斯的双眼。查尔斯怔了一下，看起来身子有些摇摆。在那双眼睛中，只能隐隐地看到一丝乞求，完全看不到以往轻佻、傲慢、活泼的影子。查尔斯张开嘴要说话，但一个字都未能出口。我想我不会猜错，从口型来看，他准备说："我会尽力帮他的。"

我们在警方的帮助下挤进法庭。在法庭里，我们看到有位全身素黑的女士坐着，戴了顶挺般配的软帽。过了一会儿，我才意识到——那就是西塞琳。"那个人……又是谁？"查尔斯又问了问离他最近的巡官，想听听他怎么说。

这一次的回答是："先生，她是被告的妻子。"

查尔斯向后一退，大吃一惊，一脸不解，突然冒了句："可是……有人给我说……门外有位女士是他的妻子。"

"那也很有可能，"巡官不动声色地答道，"我们碰到过很多这样的。像克雷上校这样的绅士，有众多的化身，你很难想象这么多的身份却执意只娶一位妻子，是不是？"

"哦，明白了，"查尔斯喃喃地说道，语气中流露着震惊，"重婚！"

巡官看起来面无表情。"也不是，"他答道，"只是临时婚姻。"

拉德曼斯法官审理这个案子。"西，真倒霉，是他来审理。"我内兄在我耳边小声道。（查尔斯之所以这么说，是因为不管他在其他方面如何，但他绝不迂腐；大多数受过教育的人说出的英语，都完全能够表达出自己的意思。）"多么希望是爱德华·伊斯爵士，他见过世面，也懂世故，会体谅像我这种身份地位的人。他决不会让这些禽兽般的律师来纠缠我，攻击我。他会支持与自己同一阶层的人。可这位拉德曼斯是你们的现代法官，以所谓的'讲良心'而自夸，有什么说什么，一点都不遮掩。说实话，我有点怕他，巴不得这一切早点儿结束。"

“哦，没事，你会挺过去的。”我这么说，完全是出于秘书的职责。实际上我却不这么认为。

法官入了席，犯人被带了进来。好像所有人都在注视着他：他衣着整洁朴素，说实话，虽然他是个无赖，但看起来至少像位绅士。他的一举一动都趾高气扬，不像查尔斯那么低三下四。他知道自己已经无处可逃，于是便勇敢地直面指控者。

我们列了两三条罪状，在走了一些法律程序之后，查尔斯·凡德里夫特爵士就被带入证人席，去指控芬戈摩尔。

那犯人没有律师。法庭找了位律师来帮他，不过被他拒绝了。法官甚至建议他接受法庭的帮助，不过克雷上校（我们在心里还是这么叫他）拒绝采纳法官的提议。

“法官大人，我本人就是一名律师，”他说道，“这是大约九年前的事了。恕我冒昧，我自己为自己辩护，会比其他博学的同行为我辩护更有力。”

查尔斯很轻松地就结束了本方证人的讯问。他对答如流，迫不及待地指出，庭上的犯人就是曾经先后乔装成理查德·佩普洛·布拉巴宗牧师、大卫·格兰顿阁下、凡·莱本斯坦伯爵、施莱尔马赫教授、夸肯鲍斯医生等人来骗他的那个人。他对此人的身份有十足的把握，无论在哪儿都绝对能把他认出来。在我看来，他有些过于自信了。要是指认时能略显迟疑，或许会更好。至于那各种各样的骗局，他一五一十一个不落地全说了，银行官员还有其他下级人员都为之做证。总之，他让芬戈摩尔毫无立足之地。

不过，在交互讯问这个环节，局势开始出现了大转折。犯人开始质疑查尔斯的指认，问查尔斯敢认定他就是这个人吗？他递给查尔斯一张照片，劝诱地问道：“是不是这个人乔装成了理查德·佩普洛·布拉巴宗牧师？”

查尔斯立刻承认，毫不迟疑。

就在此时，一个小牧师站了起来，我之前没有注意到这个人，他站在法庭近中间的位置，毫不起眼，就坐在西塞琳的身旁。

“看看这位先生！”犯人边说边挥手想引起公诉人的注意。

查尔斯转过身，看了看他提到的那个人。他脸色更苍白了。那个人——就外表来看——就是理查德·佩普洛·布拉巴宗牧师本人。

我当然明白其中的把戏。克雷上校所乔装的那小牧师模仿的就是这位真正的牧师。不过，陪审团为之一震，查尔斯也惊呆了好一会儿。

“让陪审员也看看照片。”法官威严地说道。照片在陪审席前传看，法官本人也仔细地看了一看。从他们的面部表情和态度上，我们立刻明白了，他们都认出照片中的人正是面前这位牧师，而非被告席中的犯人——此刻，他正看着查尔斯那狼狈的样子，泰然自若地微笑着。

牧师坐下了。此时，犯人又拿出第二张照片。

“好，现在能不能告诉我这是谁？”他以中央刑事法庭那一贯咄咄逼人的语气问查尔斯。

查尔斯这次略微迟疑得久些，他顿了一顿，答道：“这就是你。当时你来到伦敦，乔装成凡·莱本斯坦伯爵。”

这一点极其关键，因为莱本斯坦诈骗案这个案子，是我们的律师最能充分证明案件在伦敦法院受理范围的依据。

就在查尔斯说话的当儿，一位坐在“白石南花”身旁的先生——我刚才注意到了——用手帕遮着脸，跟小牧师一样，突然站了起来。克雷上校用手优雅地向他一指，冷静地问道：“那这位先生呢？”

查尔斯明显要站不住了。这显然就是冒牌的凡·莱本斯坦伯爵的原型。

那张照片再一次在陪审席间传阅。陪审员的脸上挂着笑容，也挂着质疑。查尔斯已经放弃了。他那过分的自信与肯定已经毁了自己。

接着，克雷上校身子前倾，十分引人注目，又开始交互讯问，说道："查尔斯爵士，在座的诸位都已经看到了，我们不能盲目地相信你的指认。现在，咱们来看看，你其他的证据到底有多可信。首先，先说说钻石那件事。你企图从一位自称为理查德·布拉巴宗牧师的人手里把它买到手，原因是，你相信那牧师觉得那只是铅玻璃；要是你买，你大概会给他十英镑左右，对不对？你觉得这有诚信吗？"

"我反对这个讯问，"我们的首席律师打断他，"这和原告的证据没有任何关系，这纯粹是揭丑。"

克雷上校全然不顾。"法官大人，"他转而看看四周，说道，"我这么做，是想证明原告不足为信。我想遵循的是法律上广为人知的'一事假，事事假'这一原则。我想，大人应该允许我动摇对目击证人的信任吧？"

"犯人完全有权这么做，"拉德曼斯一边说着，一边板着脸盯着查尔斯，"刚才我还建议他接受律师的建议或援助，看来我是错了。"

看得出，查尔斯在扭动着身体，克雷上校则振作了起来。他那些巧妙的提问，一步步逼得查尔斯承认，自己虽然知道那些钻石是真品，可仍想以铅玻璃的价格把它们买到手；承认自己作为一位百万富翁，却满心欢喜地算计着从一名穷副牧师手中骗走几千英镑。

"我有权用自己的专业知识为自己牟利。"查尔斯弱弱地咕哝了一句。

"哈，当然，"犯人接过话，"不过，你一方面对生活拮据的副牧师夫妇大谈友谊，大谈爱心；而另一方面，却貌似打算花十英镑——要是可以的话——从他们手中买走价值三千英镑的物品，难道不是吗？”

查尔斯被迫承认这一事实。

犯人接着又说到了大卫·格兰顿那件事。“当你主动要同克雷盖拉奇勋爵合作时，”他问道，“有一条金矿矿脉从你的土地延伸到了克雷盖拉奇勋爵的土地上，你知道还是不知道？他土地里的矿脉比你的面积要大，并且重要得多，你知道还是不知道？”

查尔斯又扭动着身体，我们的律师打断他，不过拉德曼斯法官非常固执，查尔斯只得任其讲下去。

同样，他还提到了戈尔康达股价暴跌事件。查尔斯被一步步逼着羞愧地承认，他作为戈尔康达的董事长，虽然多次向股东及其他相关人士强调，自己不会出售公司的股票，可最后还是把公司股票全部卖出了，原因是他相信施莱尔马赫教授已经使钻石变得一文不值了。他企图通过毁掉公司来拯救自己。查尔斯努力厚着脸皮，想表明生意归生意，是另一码事。“可欺诈就是欺诈。”拉德曼斯接着他的话，一针见血地说道。

“人人都要自保啊。”查尔斯突然迸出这句话。

“那些信任此君的名誉和人品的人却做了牺牲品。”法官冷冷地评论道。

如此这般，我内兄熬了四个小时，最后离开证人席，咬着嘴唇，抹着额头，俨然一副罪人模样。他的人格大为受损。他站在证人席上时，所有人都觉得他是被告，而克雷上校则是原告。别人用他自己提供的证据，指控他想方设法去诱使所谓的大卫·格兰顿将他父亲的财产利益出卖给竞争对手，还指控了其他每项见不得人的勾当；很不幸，这一切都是他那出众、精明的商业头脑在投机活动中惹的祸。我内兄遭受了这些不幸，只有一点让我欣慰——我想他意识到了自己的种种缺点，也许当他发现自己可怜的秘书犯了点小错时，最终会网开一面。

接下来，轮到我站到证人席中。我无意对自己的功劳夸大其词。实际上，考虑到自己的面子，证据陈述之后的那痛苦场面我就不谈了。我所能说的是，在指认相片时，我比查尔斯要谨慎得多，不过自己尤其担心交互问讯的其他环节。特别是在购买莱本斯坦城堡的佣金支票那件事上，我走错的那一步，让我心惊胆战——克雷上校毕恭毕敬地把支票递给我，问我有没有在上面签名。在对我问讯结束时，我看到了查尔斯的眼神。我敢说，他那眼神中有种解脱，好像在说，我最终也没能保全自己，在城堡购买款项百分之十的佣金这件微不足道的小事上栽了跟头。

总之，不得不承认，要是没有警方的佐证，我们对克雷上校的指控根本不成立。不过，警方的诉讼让人拍手称快。既然他们知道了克雷上校的真实身份就是保罗·芬戈摩尔，于是便巧妙地展示了保罗·芬戈摩尔——不管他乔装成小副牧师、先知、大卫·格兰顿，还是其他身份——在伦敦的出现与消失，与克雷上校在其他地方的消失与出现，是如何完全吻合的。此外，他们还试着演示了那犯人是如何乔装成其他不同角色的。不仅如此，贝德斯莱博士根据在弓街的观察，塑了一个半身像，又按照多莉·林格菲尔德的照片增添了一些杜仲胶混合物，警方利用这种方法，证明了那张脸庞能迅速地整形成梅德赫斯特还有大卫·格兰顿的面孔。总的来说，警方的聪明劲儿，还有那训练有素的敏锐劲儿，挽回了查尔斯的过分肯定带来的后果，他们成功地在陪审团面前摆了一份强有力的证据来指控保罗·芬戈摩尔。

庭审持续了三天。第一天过后，我那位令人敬重的内兄就说，自己再也不想出庭指控犯人了。当天晚上吃饭时，百分之十的佣金那件小事他提都没提，只是说所有人——不管是秘书，还是董事长——都肯定会维护自身的利益。我就当他原谅我了。我仍然继续参加庭审，代表自己的雇主关注案件的进展。

克雷上校的辩护，虽说略显乏力，但很机智。他自始至终无非是想证明我和查尔斯认错了人，因而让他蒙冤。芬戈摩尔让小副牧师那位朴实的原型人物——赛普蒂默斯·伯金顿牧师，他家族的一位朋友——出庭做证，说是贝克街的一位摄影师为赛普蒂默斯牧师本人照的相，但查尔斯却一口认定，这张照片就是克雷上校乔装的理查德·布拉巴宗先生的照片。接着，他又说道，凡·莱本斯坦伯爵照片中的那个人的确是尤里斯·凯博尔博士，他是蒂罗尔的音乐教师，住在巴勒姆，并请他出庭做证，碰巧陪审团主席同此人很熟。他一步步让我们明白，除了多莉·林格菲尔德手里的照片是真的，这世上根本没有什么关于克雷上校的照片。我渐渐才明白，要是我们找到了据称是克雷上校乔装成伯爵还有小副牧师的照片——就是梅德赫斯特给我们看过的那几张——并且认为那就是他本人，那么贝德斯莱也肯定会受到误导。总之，犯人申辩说，只有两位目击者直接认出了他，并且其中有一位满口发誓，说认出了犯人的两张照片，但他却有独立证据证明那些照片上的人另有他人！

法官做了总结，言辞刻薄，双方听着都不怎么顺耳。他说，虽说自己毫不掩饰地指出"查尔斯·凡德里夫特爵士显然不诚实"，但让陪审团完全不要受这种印象的影响；还说虽然查尔斯是位百万富翁——名声极其不好——但千万别因此事而心存偏见，转而同情犯人。哪怕是最有钱的人——最坏的人——都必须受到法律的保护。

此外，这还是个公共问题。如果一个无赖骗了另一个无赖，他也仍要受到惩罚。如果一个杀人犯刺杀或枪杀了另一个杀人犯，他也仍要被处以绞刑。社会一定要确保，即使万恶不赦的盗贼也不能受到别人的侵害。因此，虽然已经证实查尔斯·凡德里夫特爵士身价几百万英镑，却使用下流的手段，试图从被告或者说其他某位穷人手中骗走价值不菲的钻石，卑鄙地企图把克雷盖拉奇勋爵的矿产骗到自己手中，心怀歹意地贿赂儿子去出卖自己的父亲，毫不避讳地用了见不得人的手段来挽回自己的财富，而那些相信他正直廉洁的人的财富却面临被洗劫的风险——即使这样，陪审团也千万不要让这些铁定的事实遮住双眼，而忘了被囚禁的这位犯人（如果他真的是克雷上校）是个寡廉鲜耻的骗子。他们应该关注的仅仅是，如果他们确信这位犯人就是在不同场合乔装成大卫·格兰顿、凡·莱本斯坦、梅德赫斯特，还有施莱尔马赫的那个人，那么陪审团就必然要认定他有罪。

法官也同样就此评价了警方的有力证据，还提到，在如此众多的事件中，犯人没有试着去证明自己不在场。当然，陪审团应当想想，要是他不是克雷上校，那么要去证明自己不在场，这难道不是件轻而易举的事吗？最后，法官总结了犯人身份认定中的一切可疑因素——还有所有的可能因素，剩下的交予陪审团进行裁决。

陪审团最后退席讨论如何裁决。在这段时间，法庭中所有人的目光都落在犯人身上。不过，保罗·芬戈摩尔自己却一动不动地望着大厅的尽头，在那儿两位面色苍白的女士坐在一起，手里拿着手帕，双眼哭得通红。

他站在那里，等待着裁决，面无表情，脸色苍白，准备迎接一切可能的结果。这时，我才意识到，他只身一人，仅仅凭借一己之力还有两位柔弱的女人，这得需要多大的勇气才能在这场不平等的较量中，这么长时间对抗着财富、权威，还有欧洲所有的政府！这时我才体会到，这些年来，他都是一直如此不顾一切地玩这场游戏，最后竟是这个结局！我的心中不免感慨万千。

陪审团缓缓鱼贯而回。当书记员问“你们认为被告有罪，还是无罪？”时，法庭里死一般寂静。

“我们认为他有罪。”

“所有罪名都成立吗？”

“指控的所有罪名都成立。”

后排的那两位妇人不约而同地一下子哭出声来。

拉德曼斯法官对着犯人厉声问道：“你还有什么要申辩的吗？说出来或许会让法庭酌情对你从轻量刑。”

“没有，”犯人答道，声音有些颤抖，“我是罪有应得……不过……我保护了自己身边最亲近的人。我已全力抗争过了。我承认自己的罪行，愿意接受惩罚。我只有一点遗憾：我们俩都不是什么好东西——我是说自己和原告——罪行轻的竟然站到了被告席，而罪行重的却站到了证人席。要说赏罚分明，咱们国家可真是煞费苦心——给他的是圣米迦勒及圣乔治大十字勋章[①]，给我的却是囚衣！”

法官严肃地盯着他。“保罗·芬戈摩尔，”他宣读着判决，口吻有些讽刺，“你选择究其一生钻研如何欺诈他人。如果一开始你的心思全都用于合法目的，至少你可以毫不费力地解决生计问题——运气好点的话，甚至还可能过上一种为人所不齿的舒适生活。可是你宁可走上一条恶行和犯罪的不法之路——你长期以来似乎一直逍遥

① 英国荣誉制度中的一种骑士勋章，一般授予对英联邦或外交事务做出贡献的人士。

法外，这一点我不否认。不过，我作为社会的代言人，决不能再允许你对它加以嘲弄，却仍逍遥法外。你已公然违反了社会的法律，并且你的劣迹也已败露。”他说这些话时，语气平和谦逊，但接下来，总会是他最为严厉的时刻。“我判你十四年劳役监禁。”

犯人鞠了一躬，不失他的外在风度。可他的目光却游离到了大厅的尽头，在那儿，两位啜泣的妇人突然放声大哭，不省人事地倒在彼此的肩上，传达员费了好大劲儿才将二人扶出庭外。

我们离庭时，周围只听到一个人说话，那是一个上学的孩子：“要是被判刑的是那个老凡德里夫特才让人高兴呢！这个叫克雷的家伙太聪明了，关到监狱里真可惜！”

话虽这么说，可他还是被关到了那里——关到了那个“僻静清幽之地”以劳代过，我对此感到有点惋惜。

故事的结尾，我再讲一个小插曲。

这件事过后，查尔斯匆匆忙忙离开伦敦赶往戛纳，以逃避周围人那指责的目光。艾米莉亚、伊莎贝尔还有我同他一起过去。一日午后，我们驱车在小镇远处的山中赶路，路两旁尽是桃金娘还有低矮的乳香树。这时，我们看到前方有辆漂亮的四轮敞篷马车，上面坐着两位妇人，身着全黑丧服。我们无意间一直跟到了大松树那儿——就是隔着海湾与昂蒂布遥望的那棵大松树。那两位妇人下了车，坐在一座小山上，悲伤地看着大海还有海上的岛屿。很明显，她们正满心悲痛。她们面色苍白，两眼充满血丝。“真可怜！”艾米莉亚说道，但突然间她的语气变了。

“哎，我的天，”她叫道，“那不是西塞琳吗！”

的确是她——还有“白石南花”！

查尔斯下车，向她们走去。“打扰了，”他一面脱帽致意，一面对皮卡迪特夫人说道，“很高兴见到你。既然最后是我把你的马车钱付了，我能否冒昧地问一句，你这是为谁戴的孝？”

“白石南花”一边往后退了退，一边啜泣着。这时，西塞琳转过身来，气得脸蛋通红，一副贵妇派头。“为了他！”她答道，“为了保罗！为了我们的王！就是因为你而被监禁起来的那个人！他一日不释放，我们俩就一日为他戴孝！”

查尔斯又脱帽致意，退了回来，一句话未说。他向艾米莉亚挥了挥手，同我一道步行回家，回戛纳。他看起来好像十分沮丧。

“你在呆呆地想什么？”我后来大声打趣地问道，想试着让他回过神来。

他转向我，叹了口气，说道：“我在想，要是我坐牢了，艾米莉亚和伊莎贝尔是否也会为我这么做？”

就我而言，根本不用考虑，我心里十分清楚。对于查尔斯，我敢说，虽然他是两个无赖中更有权势的那个，却不是能让女性为之死心塌地的那个。

书号	书名	定价	作者
9787544745048	哈姆雷特	22.00	（英国）威廉·莎士比亚
9787544744560	奥赛罗	20.00	（英国）威廉·莎士比亚
9787544744829	李尔王	22.80	（英国）威廉·莎士比亚
9787544744812	麦克白	19.80	（英国）威廉·莎士比亚
9787544745055	威尼斯商人	19.80	（英国）威廉·莎士比亚
9787544745895	无事生非	20.00	（英国）威廉·莎士比亚
9787544711104	仲夏夜之梦	22.80	（英国）威廉·莎士比亚
9787544731386	第十二夜	21.80	（英国）威廉·莎士比亚
9787544746618	罗密欧与朱丽叶	22.80	（英国）威廉·莎士比亚
9787544726207	鲁滨孙漂流记	38.80	（英国）丹尼尔·笛福
9787544726092	双城记	48.80	（英国）查尔斯·狄更斯
9787544724661	雾都孤儿	49.80	（英国）查尔斯·狄更斯
9787544723473	呼啸山庄	36.80	（英国）艾米莉·勃朗特
9787544727655	简·爱	39.80	（英国）夏洛蒂·勃朗特
9787544723220	傲慢与偏见	39.80	（英国）简·奥斯汀
9787544738668	理智与情感	49.80	（英国）简·奥斯汀
9787544752909	劝导	38.80	（英国）简·奥斯汀
9787544755207	诺桑觉寺	34.80	（英国）简·奥斯汀
9787544736114	夜莺与玫瑰	20.00	（英国）奥斯卡·王尔德
9787544724852	道林·格雷的画像	32.80	（英国）奥斯卡·王尔德
9787544754194	莎乐美	22.00	（英国）奥斯卡·王尔德
9787544720748	动物庄园	18.00	（英国）乔治·奥威尔
9787544720021	一九八四	29.80	（英国）乔治·奥威尔
9787544713115	巴黎伦敦落魄记	29.80	（英国）乔治·奥威尔
9787544750226	上来透口气	34.80	（英国）乔治·奥威尔
9787544744799	恋爱中的女人	56.00	（英国）D. H. 劳伦斯
9787544724081	儿子与情人	49.80	（英国）D. H. 劳伦斯
9787544754682	美丽新世界	32.80	（英国）奥尔德斯·赫胥黎

书号	书名	定价	作者
9787544756983	伍尔夫读书随笔	26.80	(英国) 弗吉尼亚·伍尔夫
9787544731812	培根论说文集	28.00	(英国) 弗朗西斯·培根
9787544755269	曼殊斐尔小说集	18.80	(英国) 曼殊菲尔
9787544726115	格列佛游记	39.00	(英国) 乔纳森·斯威夫特
9787544750455	小人物日记	20.00	(英国)乔治·格罗史密斯,威登·格罗史密斯
9787544759250	像爱丽丝的小镇	45.00	(英国) 内维尔·舒特
9787544725125	勃朗宁夫人十四行诗	19.80	(英国) 伊丽莎白·勃朗宁
9787544720267	泰戈尔诗选	20.00	(印度) 泰戈尔
9787544723657	马克·吐温中短篇小说选	38.80	(美国) 马克·吐温
9787544750660	汤姆·索亚历险记	34.80	(美国) 马克·吐温
9787544751087	哈克贝利·费恩历险记	38.80	(美国) 马克·吐温
9787544723213	欧·亨利中短篇小说选	36.80	(美国) 欧·亨利
9787544723107	野性的呼唤	18.00	(美国) 杰克·伦敦
9787544726122	海狼	39.00	(美国) 杰克·伦敦
9787544726436	了不起的盖茨比	26.80	(美国) F. S. 菲茨杰拉德
9787544722568	红字	28.80	(美国) 纳撒尼尔·霍桑
9787544738859	老人与海	22.00	(美国) 欧内斯特·海明威
9787544733915	太阳照常升起	29.80	(美国) 欧内斯特·海明威
9787544733380	永别了,武器	32.80	(美国) 欧内斯特·海明威
9787544726627	爱伦·坡短篇小说选	37.80	(美国) 爱伦·坡
9787544723206	嘉莉妹妹	42.80	(美国) 西奥多·德莱塞
9787544724654	都柏林人	34.80	(爱尔兰) 詹姆斯·乔伊斯
9787544759717	一个青年艺术家的画像	36.80	(爱尔兰) 詹姆斯·乔伊斯
9787544745857	一个陌生女人的来信	38.00	(奥地利) 斯蒂芬·茨威格
9787544758659	少年维特的烦恼	26.80	(德国) 歌德
9787544720236	契诃夫中短篇小说选	29.80	(俄罗斯) 安东·契诃夫
9787544728409	克雷洛夫寓言选	22.80	(俄罗斯) 克雷洛夫
9787544760195	父与子	38.80	(俄罗斯) 屠格涅夫
9787544746441	猎人笔记	46.00	(俄罗斯) 屠格涅夫

书号	书名	定价	作者
9787544723015	白夜	28.80	（俄罗斯）陀思妥耶夫斯基
9787544727761	红与黑	49.80	（法国）司汤达
9787544723725	茶花女	29.80	（法国）小仲马
9787544725156	莫泊桑中短篇小说选	36.80	（法国）居伊·德·莫泊桑
9787544730129	最后一课——都德短篇小说选	23.80	（法国）阿尔封斯·都德
9787544748254	窄门	21.80	（法国）安德烈·纪德
9787544748223	田园交响曲	20.00	（法国）安德烈·纪德
9787544748230	背德者	21.80	（法国）安德烈·纪德
9787544722360	包法利夫人	36.80	（法国）古斯塔夫·福楼拜
9787544720243	沉思录	26.80	（古罗马）马可·奥勒留
9787544726429	里柯克幽默小品选	38.80	（加拿大）斯蒂芬·里柯克
9787544752916	先知·沙与沫	29.80	（黎巴嫩）纪伯伦
9787544758680	泪与笑	32.80	（黎巴嫩）纪伯伦
9787544738392	走出非洲	38.80	（丹麦）凯伦·布里克森
9787544743075	老残游记	32.80	（清）刘鹗
9787544741439	浮生六记	25.00	（清）沈复
9787544721028	假如给我三天光明	25.00	（美国）海伦·凯勒
9787544720274	爱的教育	29.80	（意大利）亚米契斯
9787544717793	安徒生童话	29.80	（丹麦）安徒生
9787544723589	小王子	19.80	（法国）圣埃克苏佩里
9787544761475	丛林故事	45.00	（英国）吉卜林
9787544722827	原来如此	18.00	（英国）吉卜林
9787544723794	爱丽丝漫游奇境记	28.80	（英国）刘易斯·卡罗尔
9787544752923	彼得·潘	26.80	（英国）J. M. 巴里
9787544757973	鹅妈妈的故事	22.80	（法国）沙尔·贝洛
9787544728164	小妇人	48.80	（美国）L. M. 奥尔科特
9787544752626	绿山墙的安妮	38.00	（加拿大）L. M. 蒙哥马利
9787544754910	小公主	28.80	（美国）弗朗西斯·伯内特
9787544755184	秘密花园	36.80	（美国）弗朗西斯·伯内特
9787544753821	黑骏马	32.80	（英国）安娜·塞维尔

书号	书名	定价	作者
9787544753838	怪医杜立德	22.80	（美国）休·洛夫廷
9787544757720	小熊维尼	34.80	（英国）A. A. 米尔恩
9787544751919	小鹿斑比	26.80	（奥地利）F. 萨尔腾
9787544754217	柳林风声	29.80	（英国）肯尼斯·格雷厄姆
9787544754200	奥兹国历险记	26.80	（美国）莱曼·弗兰克·鲍姆
9787544754859	化身博士	19.80	（英国）罗伯特·史蒂文森
9787544725071	金银岛	28.80	（英国）罗伯特·史蒂文森
9787544727174	八十天环游地球	32.80	（法国）儒勒·凡尔纳
9787544733069	海底两万里	46.80	（法国）儒勒·凡尔纳
9787544734233	神秘岛	46.80	（法国）儒勒·凡尔纳
9787544754187	地心游记	36.80	（法国）儒勒·凡尔纳
9787544733649	时间机器	18.80	（英国）H. G. 威尔斯
9787544757430	失落的世界	35.80	（英国）阿瑟·柯南·道尔
9787544755658	007经典原著系列：金手指	36.80	（英国）伊恩·弗莱明
9787544733922	消失的地平线	25.00	（英国）詹姆斯·希尔顿
9787544723305	社会契约论	18.80	（法国）让－雅克·卢梭
9787544723299	忏悔录	25.80	（法国）让－雅克·卢梭
9787544757751	论人类不平等的起源和基础	22.80	（法国）让－雅克·卢梭
9787544725002	君主论	16.80	（意大利）马基雅弗利
9787544735414	富兰克林自传	32.00	（美国）本杰明·富兰克林
9787544720212	人性的弱点	29.80	（美国）戴尔·卡耐基
9787544721011	人性的优点	32.80	（美国）戴尔·卡耐基
9787544720250	致加西亚的信	16.00	（美国）埃尔伯特·哈伯德
9787544757102	我们时代的神经症人格	29.80	（美国）卡伦·霍妮
9787544754149	我们内心的冲突	28.80	（美国）卡伦·霍妮
9787544731348	菊与刀	26.00	（美国）露丝·本尼迪克特
9787544732239	中国人的气质	26.80	（美国）明恩溥
9787544757393	月亮与六便士	39.80	（英国）萨默塞特·毛姆
9787544754446	木偶奇遇记	26.80	（意大利）卡洛·科洛迪

书号	书名	定价	作者
9787544771238	面纱	49.80	（英国）萨默塞特·毛姆
9787544765367	刀锋	45.00	（英国）萨默塞特·毛姆
9787544769501	生活的真相 ——毛姆短篇小说选	46.80	（英国）萨默塞特·毛姆
9787544765138	黑暗的心	24.80	（英国）约瑟夫·康拉德
9787544767590	墙上的斑点 ——伍尔夫短篇小说选	36.80	（英国）弗吉尼亚·伍尔夫
9787544763943	弗兰肯斯坦	34.80	（英国）玛丽·雪莱
9787544762700	居里夫人的故事	33.00	（英国）埃列娜·多丽
9787544771511	彼得兔的故事	38.00	（英国）毕翠克丝·波特
9787544762441	物种起源	49.80	（英国）达尔文
9787544764735	列那狐	26.80	（英国）威廉·卡克斯顿
9787544766395	狮子、女巫和魔衣柜	24.80	（英国）C. S. 刘易斯
9787544770996	凯斯宾王子	36.80	（英国）C. S. 刘易斯
9787544771412	坎特维尔的幽灵 ——奥斯卡·王尔德短篇小说选	36.80	（英国）奥斯卡·王尔德
9787544770569	莎士比亚十四行诗集	34.80	（英国）威廉·莎士比亚
9787544767286	摩尔·弗兰德斯	42.80	（英国）丹尼尔·笛福
9787544765350	马丁 伊登	40.00	（美国）杰克·伦敦
9787544770774	热爱生命 ——杰克·伦敦短篇小说选	39.80	（美国）杰克·伦敦
9787544766593	睡谷的传说 ——欧文奇幻短篇小说选	25.80	（美国）华盛顿·欧文
9787544764520	牧师的黑面纱 ——霍桑短篇小说集	33.80	（美国）纳撒尼尔·霍桑
9787544763868	乞力马扎罗的雪 ——海明威短篇小说选	49.80	（美国）欧内斯特·海明威
9787544765497	西尔维娅·普拉斯诗集	32.80	（美国）西尔维娅·普拉斯
9787544769402	波兰吹号手	36.80	（美国）埃里克·凯利
9787544768078	波莉安娜	35.80	（美国）埃莉诺·波特

书号	书名	定价	作者
9787544766685	彩虹鸽	26.80	（美国）达恩·葛帕·默克奇
9787544762755	小勋爵	29.80	（美国）弗朗西丝·伯内特
9787544765015	如何享受人生，享受工作	29.80	（美国）戴尔·卡耐基
9787544756655	股票大作手回忆录	38.00	（美国）埃德温·勒菲弗
9787544772327	伤心咖啡馆之歌	36.80	（美国）卡森·麦卡勒斯
9787544768054	公主的月亮 ——詹姆斯·瑟伯童话集	29.80	（美国）詹姆斯·瑟伯
9787544762656	吉檀迦利	24.80	（印度）泰戈尔
9787544763103	园丁集	28.00	（印度）泰戈尔
9787544765763	泰戈尔回忆录	32.80	（印度）泰戈尔
9787544767231	格林童话	35.00	（德国）雅各布·格林 威廉·格林
9787544763974	阴谋与爱情	26.80	（德国）弗里德里希·席勒
9787544772662	豪夫童话	59.80	（德国）威廉·豪夫
9787544765695	涡堤孩	22.00	（德国）莫特·福凯
9787544769198	高老头	42.80	（法国）巴尔扎克
9787544763837	昆虫记	35.80	（法国）让－亨利·法布尔
9787544766807	死魂灵	42.80	（俄国）尼古莱·果戈里
9787544770750	老屋子	36.80	（丹麦）卡尔·爱华尔德
9787544763875	小约翰	28.80	（荷兰）F. 望·蔼覃
9787544765701	伊索寓言	29.80	（古希腊）伊索
9787544772075	青鸟	32.80	（比利时）梅特林克

AN AFRICAN MILLIONAIRE

Grant Allen

CONTENTS

Chapter I
The Episode of the Mexican Seer

My name is Seymour Wilbraham Wentworth. I am brother-in-law and secretary to Sir Charles Vandrift, the South African millionaire and famous financier. Many years ago, when Charlie Vandrift was a small lawyer in Cape Town, I had the (qualified) good fortune to marry his sister. Much later, when the Vandrift estate and farm near Kimberley developed by degrees into the Cloetedorp Golcondas, Limited, my brother-in-law offered me the not unremunerative post of secretary; in which capacity I have ever since been his constant and attached companion.

He is not a man whom any common sharper can take in, is Charles Vandrift. Middle height, square build, firm mouth, keen eyes the very picture of a sharp and successful business genius. I have only known one rogue impose upon Sir Charles, and that one rogue, as the Commissary of Police at Nice remarked, would doubtless have imposed upon a syndicate of Vidocq, Robert Houdin, and Cagliostro.

We had run across to the Riviera for a few weeks in the season. Our object being strictly rest and recreation from the arduous duties of financial combination, we did not think it necessary to take our wives out with us. Indeed, Lady Vandrift is absolutely wedded to the joys of London, and does not appreciate the rural delights of the Mediterranean littoral. But Sir Charles and I, though immersed in affairs when at home, both thoroughly enjoy the complete change from the City to the charming vegetation and pellucid air on the terrace at Monte Carlo. We *are* so fond of scenery. That delicious view over the rocks of Monaco, with the Maritime Alps in the rear, and the blue sea in front, not to mention the imposing Casino in the foreground, appeals to me as one of the most beautiful prospects in all Europe. Sir Charles has a sentimental attachment for the place. He finds it restores and freshens him, after the turmoil of London, to win a few hundreds at roulette in the course of an afternoon among the palms and cactuses and pure breezes of Monte Carlo. The country, say I, for a jaded intellect! However, we never on any account actually stop in the Principality itself. Sir Charles thinks Monte Carlo is not a sound address for a financier's letters. He prefers a comfortable hotel on the Promenade des Anglais at Nice, where he recovers health and renovates his nervous system by taking daily excursions along the coast to the Casino.

This particular season we were snugly ensconced at the Hôtel des Anglais. We had capital quarters on the first floor—salon, study, and bedrooms—and found on the spot a most agreeable cosmopolitan society. All Nice, just then, was ringing with talk about a curious impostor, known to his followers as the Great Mexican Seer, and supposed to be gifted with second sight, as well as with endless other supernatural powers. Now, it is a peculiarity of my able brother-in-law's that, when he meets with a quack, he burns to expose him; he is so keen a man of business himself that it gives him, so to speak, a disinterested pleasure to unmask and detect imposture in others. Many ladies at the hotel, some of whom had met and conversed with the Mexican Seer, were constantly telling us strange stories of his doings. He had disclosed to one the present whereabouts of a runaway husband; he had pointed out to another the numbers that would win at roulette next evening; he had shown a third the image on a screen of the man she had for years adored without his knowledge. Of course, Sir Charles didn't believe a word of it; but his curiosity was roused; he wished to see and judge for himself of the wonderful thought-reader.

"What would be his terms, do you think, for a private *séance*?" he asked of Madame Picardet, the lady to whom the Seer had successfully predicted the winning numbers.

"He does not work for money," Madame Picardet answered, "but for the good of humanity. I'm sure he would gladly come and exhibit for nothing his miraculous faculties."

"Nonsense!" Sir Charles answered. "The man must live. I'd pay him five guineas, though, to see him alone. What hotel is he stopping at?"

"The Cosmopolitan, I think," the lady answered. "Oh no; I remember now, the Westminster."

Sir Charles turned to me quietly. "Look here, Seymour," he whispered. "Go round to this fellow's place immediately after dinner, and offer him five pounds to give a private *séance* at once in my rooms, without mentioning who I am to him; keep the name quite quiet. Bring him back with you, too, and come straight upstairs with him, so that there may be no collusion. We'll see just how much the fellow can tell us."

I went as directed. I found the Seer a very remarkable and interesting person. He stood about Sir Charles's own height, but was slimmer and straighter, with an aquiline nose, strangely piercing eyes, very large black pupils, and a finely-chiselled close-shaven face, like the bust of Antinous in our hall in Mayfair. What gave him his most characteristic touch, however, was his odd head of hair, curly and wavy like Paderewski's, standing out in a halo round his high white forehead and his delicate profile. I could see at a glance why he succeeded so well in impressing women; he had the look of a poet, a singer, a prophet.

"I have come round," I said, "to ask whether you will consent to give a *séance* at once in a friend's rooms; and my principal wishes me to add that he is prepared to pay five pounds as the price of the entertainment."

Señor Antonio Herrera—that was what he called himself—bowed to me with impressive Spanish politeness. His dusky olive cheeks were wrinkled with a smile of gentle contempt as he answered gravely—

"I do not sell my gifts; I bestow them freely. If your friend—your anonymous friend—desires to behold the cosmic wonders that are wrought through my hands, I am glad to show them to him. Fortunately, as often happens when it is necessary to convince and confound a sceptic (for that your friend is a sceptic I feel instinctively), I chance to have no engagements at all this evening." He ran his hand through his fine, long hair reflectively. "Yes, I go," he continued, as if addressing some unknown presence that hovered about the ceiling; "I go; come with me!" Then he put on his broad sombrero, with its crimson ribbon, wrapped a cloak round his shoulders, lighted a cigarette, and strode forth by my side towards the Hôtel des Anglais.

He talked little by the way, and that little in curt sentences. He seemed buried in deep thought; indeed, when we reached the door and I turned in, he walked a step or two farther on, as if not noticing to what place I had brought him. Then he drew himself up short, and gazed around him for a moment. "Ha, the Anglais," he said—and I may mention in passing that his English, in spite of a slight southern accent, was idiomatic and excellent. "It is here, then; it is here!" He was addressing once more the unseen presence.

I smiled to think that these childish devices were intended to deceive Sir Charles Vandrift. Not quite the sort of man (as the City of London knows) to be taken in by hocus-pocus. And all this, I saw, was the cheapest and most commonplace conjurer's patter.

We went upstairs to our rooms. Charles had gathered together a few friends to watch the performance. The Seer entered, wrapt in thought. He was in evening dress, but a red sash round his waist gave a touch of picturesqueness and a dash of colour. He paused for a moment in the middle of the salon, without letting his eyes rest on anybody or anything. Then he walked straight up to Charles, and held out his dark hand.

"Good-evening," he said. "You are the host. My soul's sight tells me so."

"Good shot," Sir Charles answered. "These fellows have to be quick-witted, you know, Mrs. Mackenzie, or they'd never get on at it."

The Seer gazed about him, and smiled blankly at a person or two whose faces he seemed to recognise from a previous existence. Then Charles began to ask him a few simple questions, not about himself, but about me, just to test him. He answered most of them with surprising correctness. "His name? His name begins with an *S* I think:—You call him Seymour." He paused long between each clause, as if the facts were revealed to him slowly. "Seymour—Wilbraham—Earl of Strafford. No, not Earl of Strafford! Seymour Wilbraham Wentworth. There seems to be some connection in somebody's mind now present between Wentworth and Strafford. I am not English. I do not know what it means. But they are somehow the same name, Wentworth and Strafford."

He gazed around, apparently for confirmation. A lady came to his rescue.

"Wentworth was the surname of the great Earl of Strafford," she murmured gently; "and I was wondering, as you spoke, whether Mr. Wentworth might possibly be descended from him."

"He is," the Seer replied instantly, with a flash of those dark eyes. And I thought this curious; for though my father always maintained the reality of the relationship, there was one link wanting to complete the pedigree. He could not make sure that the Hon. Thomas Wilbraham Wentworth was the father of Jonathan Wentworth, the Bristol horse-dealer, from whom we are descended.

"Where was I born?" Sir Charles interrupted, coming suddenly to his own case.

The Seer clapped his two hands to his forehead and held it between them, as if to prevent it from bursting. "Africa," he said slowly, as the facts narrowed down, so to speak. "South Africa; Cape of Good Hope; Jansenville; De Witt Street. 1840."

"By Jove, he's correct," Sir Charles muttered. "He seems really to do it. Still, he may have found me out. He may have known where he was coming."

"I never gave a hint," I answered; "till he reached the door, he didn't even know to what hotel I was piloting him."

The Seer stroked his chin softly. His eye appeared to me to have a furtive gleam in it. "Would you like me to tell you the number of a bank-note inclosed in an envelope?" he asked casually.

"Go out of the room," Sir Charles said, "while I pass it round the company."

Señor Herrera disappeared. Sir Charles passed it round cautiously, holding it all the time in his own hand, but letting his guests see the number. Then he placed it in an envelope and gummed it down firmly.

The Seer returned. His keen eyes swept the company with a comprehensive glance. He shook his shaggy mane. Then he took the envelope in his hands and gazed at it fixedly. "AF, 73549," he answered, in a slow tone. "A Bank of England note for fifty pounds—exchanged at the Casino for gold won yesterday at Monte Carlo."

"I see how he did that," Sir Charles said triumphantly. "He must have changed it there himself; and then I changed it back again. In point of fact, I remember seeing a fellow with long hair loafing about. Still, it's capital conjuring."

"He can see through matter," one of the ladies interposed. It was Madame Picardet. "He can see through a box." She drew a little gold vinaigrette, such as our grandmothers used, from her dress-pocket. "What is in this?" she inquired, holding it up to him.

Señor Herrera gazed through it. "Three gold coins," he replied, knitting his brows with the effort of seeing into the box: "one, an American five dollars; one, a French ten-franc piece; one, twenty marks, German, of the old Emperor William."

She opened the box and passed it round. Sir Charles smiled a quiet smile.

"Confederacy!" he muttered, half to himself. "Confederacy!"

The Seer turned to him with a sullen air. "You want a better sign?" he said, in a very impressive voice. "A sign that will convince you! Very well: you have a letter in your left waistcoat pocket—a crumpled-up letter. Do you wish me to read it out? I will, if you desire it."

It may seem to those who know Sir Charles incredible, but, I am bound to admit, my brother-in-law coloured. What that letter contained I cannot say; he only answered, very testily and evasively, "No, thank you; I won't trouble you. The exhibition you have already given us of your skill in this kind more than amply suffices." And his fingers strayed nervously to his waistcoat pocket, as if he was half afraid, even then, Señor Herrera would read it.

I fancied, too, he glanced somewhat anxiously towards Madame Picardet.

The Seer bowed courteously. "Your will, señor, is law," he said. "I make it a principle, though I can see through all things, invariably to respect the secrecies and sanctities. If it were not so, I might dissolve society. For which of us is there who could bear the whole truth being told about him?" He gazed around the room. An unpleasant thrill supervened. Most of us felt this uncanny Spanish American knew really too much. And some of us were engaged in financial operations.

"For example," the Seer continued blandly, "I happened a few weeks ago to travel down here from Paris by train with a very intelligent man, a company promoter. He had in his bag some documents—some confidential documents." He glanced at Sir Charles. "You know the kind of thing, my dear sir: reports from experts—from mining engineers. You may have seen some such; marked *strictly private*."

"They form an element in high finance," Sir Charles admitted coldly.

"Pre-cisely," the Seer murmured, his accent for a moment less Spanish than before. "And, as they were marked *strictly private*, I respect, of course, the seal of confidence. That's all I wish to say. I hold it a duty, being intrusted with such powers, not to use them in a manner which may annoy or incommode my fellow-creatures."

"Your feeling does you honour," Sir Charles answered, with some acerbity. Then he whispered in my ear: "Confounded clever scoundrel, Sey; rather wish we hadn't brought him here."

Señor Herrera seemed intuitively to divine this wish, for he interposed, in a lighter and gayer tone—

"I will now show you a different and more interesting embodiment of occult power, for which we shall need a somewhat subdued arrangement of surrounding lights. Would you mind, señor host—for I have purposely abstained from reading your name on the brain of any one present—would you mind my turning down this lamp just a little?...So! That will do. Now, this one; and this one. Exactly! That's right." He poured a few grains of powder out of a packet into a saucer. "Next, a match, if you please. Thank you!" It burnt with a strange green light. He drew from his pocket a card, and produced a little ink-bottle. "Have you a pen?" he asked.

I instantly brought one. He handed it to Sir Charles. "Oblige me," he said, "by writing your name there." And he indicated a place in the centre of the card, which had an embossed edge, with a small middle square of a different colour.

Sir Charles has a natural disinclination to signing his name without knowing why. "What do you want with it?" he asked. (A millionaire's signature has so many uses.)

"I want you to put the card in an envelope," the Seer replied, "and then to burn it. After that, I shall show you your own name written in letters of blood on my arm, in your own handwriting."

Sir Charles took the pen. If the signature was to be burned as soon as finished, he didn't mind giving it. He wrote his name in his usual firm clear style—the writing of a man who knows his worth and is not afraid of drawing a cheque for five thousand.

"Look at it long," the Seer said, from the other side of the room. He had not watched him write it.

Sir Charles stared at it fixedly. The Seer was really beginning to produce an impression.

"Now, put it in that envelope," the Seer exclaimed.

Sir Charles, like a lamb, placed it as directed.

The Seer strode forward. “Give me the envelope,” he said. He took it in his hand, walked over towards the fireplace, and solemnly burnt it. “See—it crumbles into ashes,” he cried. Then he came back to the middle of the room, close to the green light, rolled up his sleeve, and held his arm before Sir Charles. There, in blood-red letters, my brother-in-law read the name, “Charles Vandrift,” in his own handwriting!

“I see how that’s done,” Sir Charles murmured, drawing back. “It’s a clever delusion; but still, I see through it. It’s like that ghost-book. Your ink was deep green; your light was green; you made me look at it long; and then I saw the same thing written on the skin of your arm in complementary colours.”

“You think so?” the Seer replied, with a curious curl of the lip.

“I’m sure of it,” Sir Charles answered.

Quick as lightning the Seer again rolled up his sleeve. “That’s your name,” he cried, in a very clear voice, “but not your whole name. What do you say, then, to my right? Is this one also a complementary colour?” He held his other arm out. There, in sea-green letters, I read the name, “Charles O’Sullivan Vandrift.” It is my brother-in-law’s full baptismal designation; but he has dropped the O’Sullivan for many years past, and, to say the truth, doesn’t like it. He is a little bit ashamed of his mother’s family.

Charles glanced at it hurriedly. “Quite right,” he said, “quite right!” But his voice was hollow. I could guess he didn’t care to continue the *séance*. He could see through the man, of course; but it was clear the fellow knew too much about us to be entirely pleasant.

“Turn up the lights,” I said, and a servant turned them. “Shall I say coffee and benedictine?” I whispered to Vandrift.

“By all means,” he answered. “Anything to keep this fellow from further impertinences! And, I say, don’t you think you’d better suggest at the same time that the men should smoke? Even these ladies are not above a cigarette—some of them."

There was a sigh of relief. The lights burned brightly. The Seer for the moment retired from business, so to speak. He accepted a partaga with a very good grace, sipped his coffee in a corner, and chatted to the lady who had suggested Strafford with marked politeness. He was a polished gentleman.

Next morning, in the hall of the hotel, I saw Madame Picardet again, in a neat tailor-made travelling dress, evidently bound for the railway-station.

"What, off, Madame Picardet?" I cried.

She smiled, and held out her prettily-gloved hand. "Yes, I'm off," she answered archly. "Florence, or Rome, or somewhere. I've drained Nice dry—like a sucked orange. Got all the fun I can out of it. Now I'm away again to my beloved Italy."

But it struck me as odd that, if Italy was her game, she went by the omnibus which takes down to the *train de luxe* for Paris. However, a man of the world accepts what a lady tells him, no matter how improbable; and I confess, for ten days or so, I thought no more about her, or the Seer either.

At the end of that time our fortnightly pass-book came in from the bank in London. It is part of my duty, as the millionaire's secretary, to make up this book once a fortnight, and to compare the cancelled cheques with Sir Charles's counterfoils. On this particular occasion I happened to observe what I can only describe as a very grave discrepancy,—in fact, a discrepancy of 5,000 pounds. On the wrong side, too. Sir Charles was debited with 5,000 pounds more than the total amount that was shown on the counterfoils.

I examined the book with care. The source of the error was obvious. It lay in a cheque to Self or Bearer, for 5,000 pounds, signed by Sir Charles, and evidently paid across the counter in London, as it bore on its face no stamp or indication of any other office.

I called in my brother-in-law from the salon to the study. "Look here, Charles," I said, "there's a cheque in the book which you haven't entered." And I handed it to him without comment, for I thought it might have been drawn to settle some little loss on the turf or at cards, or to make up some other affair he didn't desire to mention to me. These things will happen.

He looked at it and stared hard. Then he pursed up his mouth and gave a long low "Whew!" At last he turned it over and remarked, "I say, Sey, my boy, we've just been done jolly well brown, haven't we?"

I glanced at the cheque. "How do you mean?" I inquired.

"Why, the Seer," he replied, still staring at it ruefully. "I don't mind the five thou., but to think the fellow should have gammoned the pair of us like that—ignominious, I call it!"

"How do you know it's the Seer?" I asked.

"Look at the green ink," he answered. "Besides, I recollect the very shape of the last flourish. I flourished a bit like that in the excitement of the moment, which I don't always do with my regular signature."

"He's done us," I answered, recognising it. "But how the dickens did he manage to transfer it to the cheque? This looks like your own handwriting, Charles, not a clever forgery."

"It is," he said. "I admit it—I can't deny it. Only fancy his bamboozling me when I was most on my guard! I wasn't to be taken in by any of his silly occult tricks and catch-words; but it never occurred to me he was going to victimise me financially in this way. I expected attempts at a loan or an extortion; but to collar my signature to a blank cheque—atrocious!"

"How did he manage it?" I asked.

"I haven't the faintest conception. I only know those are the words I wrote. I could swear to them anywhere."

"Then you can't protest the cheque?"

"Unfortunately, no; it's my own true signature."

We went that afternoon without delay to see the Chief Commissary of Police at the office. He was a gentlemanly Frenchman, much less formal and red-tapey than usual, and he spoke excellent English with an American accent, having acted, in fact, as a detective in New York for about ten years in his early manhood.

"I guess," he said slowly, after hearing our story, "you've been victimised right here by Colonel Clay, gentlemen."

"Who is Colonel Clay?" Sir Charles asked.

"That's just what I want to know," the Commissary answered, in his curious American-French-English. "He is a Colonel, because he occasionally gives himself a commission; he is called Colonel Clay, because he appears to possess an india-rubber face, and he can mould it like clay in the hands of the potter. Real name, unknown. Nationality, equally French and English. Address, usually Europe. Profession, former maker of wax figures to the Museé Grévin. Age, what he chooses. Employs his knowledge to mould his own nose and cheeks, with wax additions, to the character he desires to personate. Aquiline this time, you say. *Hein!* Anything like these photographs?"

He rummaged in his desk and handed us two.

"Not in the least," Sir Charles answered. "Except, perhaps, as to the neck, everything here is quite unlike him."

"Then that's the Colonel!" the Commissary answered, with decision, rubbing his hands in glee. "Look here," and he took out a pencil and rapidly sketched the outline of one of the two faces—that of a bland-looking young man, with no expression worth mentioning. "There's the Colonel in his simple disguise. Very good. Now watch me: figure to yourself that he adds here a tiny patch of wax to his nose—an aquiline bridge—just so; well, you have him right there; and the chin, ah, one touch; now, for hair, a wig; for complexion, nothing easier: that's the profile of your rascal, isn't it?"

"Exactly," we both murmured. By two curves of the pencil, and a shock of false hair, the face was transmuted.

"He had very large eyes, with very big pupils, though," I objected, looking close; "and the man in the photograph here has them small and boiled-fishy."

"That's so," the Commissary answered. "A drop of belladonna expands—and produces the Seer; five grains of opium contract—and give a dead-alive, stupidly-innocent appearance. Well, you leave this affair to me, gentlemen. I'll see the fun out. I don't say I'll catch him for you; nobody ever yet has caught Colonel Clay; but I'll explain how he did the trick; and that ought to be consolation enough to a man of your means for a trifle of five thousand!"

"You are not the conventional French office-holder, M. le Commissaire," I ventured to interpose.

"You bet!" the Commissary replied, and drew himself up like a captain of infantry. "Messieurs," he continued, in French, with the utmost dignity, "I shall devote the resources of this office to tracing out the crime, and, if possible, to effectuating the arrest of the culpable."

We telegraphed to London, of course, and we wrote to the bank, with a full description of the suspected person. But I need hardly add that nothing came of it.

Three days later the Commissary called at our hotel. "Well, gentlemen," he said, "I am glad to say I have discovered everything!"

"What? Arrested the Seer?" Sir Charles cried.

The Commissary drew back, almost horrified at the suggestion.

"Arrested Colonel Clay?" he exclaimed. "*Mais*, monsieur, we are only human! Arrested him? No, not quite. But tracked out how he did it. That is already much—to unravel Colonel Clay, gentlemen!"

"Well, what do you make of it?" Sir Charles asked, crestfallen.

The Commissary sat down and gloated over his discovery. It was clear a well-planned crime amused him vastly. "In the first place, monsieur," he said, "disabuse your mind of the idea that when monsieur your secretary went out to fetch Señor Herrera that night, Señor Herrera didn't know to whose rooms he was coming. Quite otherwise, in point of fact. I do not doubt myself that Señor Herrera, or Colonel Clay (call him which you like), came to Nice this winter for no other purpose than just to rob you."

"But I sent for him," my brother-in-law interposed.

"Yes; he *meant* you to send for him. He forced a card, so to speak. If he couldn't do that I guess he would be a pretty poor conjurer. He had a lady of his own—his wife, let us say, or his sister—stopping here at this hotel; a certain Madame Picardet. Through her he induced several ladies of your circle to attend his *séances*. She and they spoke to you about him, and aroused your curiosity. You may bet your bottom dollar that when he came to this room he came ready primed and prepared with endless facts about both of you."

"What fools we have been, Sey," my brother-in-law exclaimed. "I see it all now. That designing woman sent round before dinner to say I wanted to meet him; and by the time you got there he was ready for bamboozling me."

"That's so," the Commissary answered. "He had your name ready painted on both his arms; and he had made other preparations of still greater importance."

"You mean the cheque. Well, how did he get it?"

The Commissary opened the door. "Come in," he said. And a young man entered whom we recognised at once as the chief clerk in the Foreign Department of the Crédit Marseillais, the principal bank all along the Riviera.

"State what you know of this cheque," the Commissary said, showing it to him, for we had handed it over to the police as a piece of evidence.

"About four weeks since—" the clerk began.

"Say ten days before your *séance*," the Commissary interposed.

"A gentleman with very long hair and an aquiline nose, dark, strange, and handsome, called in at my department and asked if I could tell him the name of Sir Charles Vandrift's London banker. He said he had a sum to pay in to your credit, and asked if we would forward it for him. I told him it was irregular for us to receive the money, as you had no account with us, but that your London bankers were Darby, Drummond, and Rothenberg, Limited."

"Quite right," Sir Charles murmured.

"Two days later a lady, Madame Picardet, who was a customer of ours, brought in a good cheque for three hundred pounds, signed by a first-rate name, and asked us to pay it in on her behalf to Darby, Drummond, and Rothenberg's, and to open a London account with them for her. We did so, and received in reply a cheque-book."

"From which this cheque was taken, as I learn from the number, by telegram from London," the Commissary put in. "Also, that on the same day on which your cheque was cashed, Madame Picardet, in London, withdrew her balance."

"But how did the fellow get me to sign the cheque?" Sir Charles cried. "How did he manage the card trick?"

The Commissary produced a similar card from his pocket. "Was that the sort of thing?" he asked.

"Precisely! A facsimile."

"I thought so. Well, our Colonel, I find, bought a packet of such cards, intended for admission to a religious function, at a shop in the Quai Masséna. He cut out the centre, and, see here—" The Commissary turned it over, and showed a piece of paper pasted neatly over the back; this he tore off, and there, concealed behind it, lay a folded cheque, with only the place where the signature should be written showing through on the face which the Seer had presented to us. "I call that a neat trick," the Commissary remarked, with professional enjoyment of a really good deception.

"But he burnt the envelope before my eyes," Sir Charles exclaimed.

"Pooh!" the Commissary answered. "What would he be worth as a conjurer, anyway, if he couldn't substitute one envelope for another between the table and the fireplace without your noticing it? And Colonel Clay, you must remember, is a prince among conjurers."

"Well, it's a comfort to know we've identified our man, and the woman who was with him," Sir Charles said, with a slight sigh of relief. "The next thing will be, of course, you'll follow them up on these clues in England and arrest them?"

The Commissary shrugged his shoulders. "Arrest them!" he exclaimed, much amused. "Ah, monsieur, but you are sanguine! No officer of justice has ever succeeded in arresting le Colonel Caoutchouc, as we call him in French. He is as slippery as an eel, that man. He wriggles through our fingers. Suppose even we caught him, what could we prove? I ask you. Nobody who has seen him once can ever swear to him again in his next impersonation. He is *impayable*, this good Colonel. On the day when I arrest him, I assure you, monsieur, I shall consider myself the smartest police-officer in Europe."

"Well, I shall catch him yet," Sir Charles answered, and relapsed into silence.

Chapter II
The Episode of the Diamond Links

"Let us take a trip to Switzerland," said Lady Vandrift. And any one who knows Amelia will not be surprised to learn that we *did* take a trip to Switzerland accordingly. Nobody can drive Sir Charles, except his wife. And nobody at all can drive Amelia.

There were difficulties at the outset, because we had not ordered rooms at the hotels beforehand, and it was well on in the season; but they were overcome at last by the usual application of a golden key; and we found ourselves in due time pleasantly quartered in Lucerne, at that most comfortable of European hostelries, the Schweitzerhof.

We were a square party of four—Sir Charles and Amelia, myself and Isabel. We had nice big rooms, on the first floor, overlooking the lake; and as none of us was possessed with the faintest symptom of that incipient mania which shows itself in the form of an insane desire to climb mountain heights of disagreeable steepness and unnecessary snowiness, I will venture to assert we all enjoyed ourselves. We spent most of our time sensibly in lounging about the lake on the jolly little steamers; and when we did a mountain climb, it was on the Rigi or Pilatus—where an engine undertook all the muscular work for us.

As usual, at the hotel, a great many miscellaneous people showed a burning desire to be specially nice to us. If you wish to see how friendly and charming humanity is, just try being a well-known millionaire for a week, and you'll learn a thing or two. Wherever Sir Charles goes he is surrounded by charming and disinterested people, all eager to make his distinguished acquaintance, and all familiar with several excellent investments, or several deserving objects of Christian charity. It is my business in life, as his brother-in-law and secretary, to decline with thanks the excellent investments, and to throw judicious cold water on the objects of charity. Even I myself, as the great man's almoner, am very much sought after. People casually allude before me to artless stories of "poor curates in Cumberland, you know, Mr. Wentworth," or widows in Cornwall, penniless poets with epics in their desks, and young painters who need but the breath of a patron to open to them the doors of an admiring Academy. I smile and look wise, while I administer cold water in minute doses; but I never report one of these cases to Sir Charles, except in the rare or almost unheard-of event where I think there is really something in them.

Ever since our little adventure with the Seer at Nice, Sir Charles, who is constitutionally cautious, had been even more careful than usual about possible sharpers. And, as chance would have it, there sat just opposite us at *table d'hôte* at the Schweitzerhof—'tis a fad of Amelia's to dine at *table d'hôte*; she says she can't bear to be boxed up all day in private rooms with "too much family"—a sinister-looking man with dark hair and eyes, conspicuous by his bushy overhanging eyebrows. My attention was first called to the eyebrows in question by a nice little parson who sat at our side, and who observed that they were made up of certain large and bristly hairs, which (he told us) had been traced by Darwin to our monkey ancestors. Very pleasant little fellow, this fresh-faced young parson, on his honeymoon tour with a nice wee wife, a bonnie Scotch lassie with a charming accent.

I looked at the eyebrows close. Then a sudden thought struck me. "Do you believe they're his own?" I asked of the curate; "or are they only stuck on—a make-up disguise? They really almost look like it."

"You don't suppose—" Charles began, and checked himself suddenly.

"Yes, I do," I answered; "the Seer!" Then I recollected my blunder, and looked down sheepishly. For, to say the truth, Vandrift had straightly enjoined on me long before to say nothing of our painful little episode at Nice to Amelia; he was afraid if *she* once heard of it, *he* would hear of it for ever after.

"What Seer?" the little parson inquired, with parsonical curiosity.

I noticed the man with the overhanging eyebrows give a queer sort of start. Charles's glance was fixed upon me. I hardly knew what to answer.

"Oh, a man who was at Nice with us last year," I stammered out, trying hard to look unconcerned. "A fellow they talked about, that's all." And I turned the subject.

But the curate, like a donkey, wouldn't let me turn it.

"Had he eyebrows like that?" he inquired, in an undertone. I was really angry. If this *was* Colonel Clay, the curate was obviously giving him the cue, and making it much more difficult for us to catch him, now we might possibly have lighted on the chance of doing so.

"No, he hadn't," I answered testily; "it was a passing expression. But this is not the man. I was mistaken, no doubt." And I nudged him gently.

The little curate was too innocent for anything. "Oh, I see," he replied, nodding hard and looking wise. Then he turned to his wife and made an obvious face, which the man with the eyebrows couldn't fail to notice.

Fortunately, a political discussion going on a few places farther down the table spread up to us and diverted attention for a moment. The magical name of Gladstone saved us. Sir Charles flared up. I was truly pleased, for I could see Amelia was boiling over with curiosity by this time.

After dinner, in the billiard-room, however, the man with the big eyebrows sidled up and began to talk to me. If he *was* Colonel Clay, it was evident he bore us no grudge at all for the five thousand pounds he had done us out of. On the contrary, he seemed quite prepared to do us out of five thousand more when opportunity offered; for he introduced himself at once as Dr. Hector Macpherson, the exclusive grantee of extensive concessions from the Brazilian Government on the Upper Amazons. He dived into conversation with me at once as to the splendid mineral resources of his Brazilian estate—the silver, the platinum, the actual rubies, the possible diamonds. I listened and smiled; I knew what was coming. All he needed to develop this magnificent concession was a little more capital. It was sad to see thousands of pounds' worth of platinum and car-loads of rubies just crumbling in the soil or carried away by the river, for want of a few hundreds to work them with properly. If he knew of anybody, now, with money to invest, he could recommend him—nay, offer him—a unique opportunity of earning, say, 40 per cent on his capital, on unimpeachable security.

"I wouldn't do it for every man," Dr. Hector Macpherson remarked, drawing himself up; "but if I took a fancy to a fellow who had command of ready cash, I might choose to put him in the way of feathering his nest with unexampled rapidity."

"Exceedingly disinterested of you," I answered drily, fixing my eyes on his eyebrows.

The little curate, meanwhile, was playing billiards with Sir Charles.

His glance followed mine as it rested for a moment on the monkey-like hairs.

"False, obviously false," he remarked with his lips; and I'm bound to confess I never saw any man speak so well by movement alone; you could follow every word though not a sound escaped him.

During the rest of that evening Dr. Hector Macpherson stuck to me as close as a mustard-plaster. And he was almost as irritating. I got heartily sick of the Upper Amazons. I have positively waded in my time through ruby mines (in prospectuses, I mean) till the mere sight of a ruby absolutely sickens me. When Charles, in an unwonted fit of generosity, once gave his sister Isabel (whom I had the honour to marry) a ruby necklet (inferior stones), I made Isabel change it for sapphires and amethysts, on the judicious plea that they suited her complexion better. (I scored one, incidentally, for having considered Isabel's complexion.) By the time I went to bed I was prepared to sink the Upper Amazons in the sea, and to stab, shoot, poison, or otherwise seriously damage the man with the concession and the false eyebrows.

For the next three days, at intervals, he returned to the charge. He bored me to death with his platinum and his rubies. He didn't want a capitalist who would personally exploit the thing; he would prefer to do it all on his own account, giving the capitalist preference debentures of his bogus company, and a lien on the concession. I listened and smiled; I listened and yawned; I listened and was rude; I ceased to listen at all; but still he droned on with it. I fell asleep on the steamer one day, and woke up in ten minutes to hear him droning yet, "And the yield of platinum per ton was certified to be—" I forget how many pounds, or ounces, or pennyweights. These details of assays have ceased to interest me: like the man who "didn't believe in ghosts," I have seen too many of them.

The fresh-faced little curate and his wife, however, were quite different people. He was a cricketing Oxford man; she was a breezy Scotch lass, with a wholesome breath of the Highlands about her. I called her "White Heather." Their name was Brabazon. Millionaires are so accustomed to being beset by harpies of every description, that when they come across a young couple who are simple and natural, they delight in the purely human relation. We picnicked and went excursions a great deal with the honeymooners. They were so frank in their young love, and so proof against chaff, that we all really liked them. But whenever I called the pretty girl "White Heather," she looked so shocked, and cried: "Oh, Mr. Wentworth!" Still, we were the best of friends. The curate offered to row us in a boat on the lake one day, while the Scotch lassie assured us she could take an oar almost as well as he did. However, we did not accept their offer, as row-boats exert an unfavourable influence upon Amelia's digestive organs.

"Nice young fellow, that man Brabazon," Sir Charles said to me one day, as we lounged together along the quay; "never talks about advowsons or next presentations. Doesn't seem to me to care two pins about promotion. Says he's quite content in his country curacy; enough to live upon, and needs no more; and his wife has a little, a very little, money. I asked him about his poor to-day, on purpose to test him: these parsons are always trying to screw something out of one for their poor; men in my position know the truth of the saying that we have that class of the population always with us. Would you believe it, he says he hasn't any poor at all in his parish! They're all well-to-do farmers or else able-bodied labourers, and his one terror is that somebody will come and try to pauperise them. "If a philanthropist were to give me fifty pounds to-day for use at Empingham," he said, "I assure you, Sir Charles, I shouldn't know what to do with it. I think I should buy new dresses for Jessie, who wants them about as much as anybody else in the village—that is to say, not at all.' There's a parson for you, Sey, my boy. Only wish we had one of his sort at Seldon."

"He certainly doesn't want to get anything out of you," I answered.

That evening at dinner a queer little episode happened. The man with the eyebrows began talking to me across the table in his usual fashion, full of his wearisome concession on the Upper Amazons. I was trying to squash him as politely as possible, when I caught Amelia's eye. Her look amused me. She was engaged in making signals to Charles at her side to observe the little curate's curious sleeve-links. I glanced at them, and saw at once they were a singular possession for so unobtrusive a person. They consisted each of a short gold bar for one arm of the link, fastened by a tiny chain of the same material to what seemed to my tolerably experienced eye—a first-rate diamond. Pretty big diamonds, too, and of remarkable shape, brilliancy, and cutting. In a moment I knew what Amelia meant. She owned a diamond *rivière*, said to be of Indian origin, but short by two stones for the circumference of her tolerably ample neck. Now, she had long been wanting two diamonds like these to match her set; but owing to the unusual shape and antiquated cutting of her own gems, she had never been able to complete the necklet, at least without removing an extravagant amount from a much larger stone of the first water.

The Scotch lassie's eyes caught Amelia's at the same time, and she broke into a pretty smile of good-humoured amusement. "Taken in another person, Dick, dear!" she exclaimed, in her breezy way, turning to her husband. "Lady Vandrift is observing your diamond sleeve-links."

"They're very fine gems," Amelia observed incautiously. (A most unwise admission if she desired to buy them.)

But the pleasant little curate was too transparently simple a soul to take advantage of her slip of judgment. "They *are* good stones," he replied; "very good stones—considering. They're not diamonds at all, to tell you the truth. They're best old-fashioned Oriental paste. My great-grandfather bought them, after the siege of Seringapatam, for a few rupees, from a Sepoy who had looted them from Tippoo Sultan's palace. He thought, like you, he had got a good thing. But it turned out, when they came to be examined by experts, they were only paste—very wonderful paste; it is supposed they had even imposed upon Tippoo himself, so fine is the imitation. But they are worth—well, say, fifty shillings at the utmost."

While he spoke Charles looked at Amelia, and Amelia looked at Charles. Their eyes spoke volumes. The *rivière* was also supposed to have come from Tippoo's collection. Both drew at once an identical conclusion. These were two of the same stones, very likely torn apart and disengaged from the rest in the *mêlée* at the capture of the Indian palace.

"Can you take them off?" Sir Charles asked blandly. He spoke in the tone that indicates business.

"Certainly," the little curate answered, smiling. "I'm accustomed to taking them off. They're always noticed. They've been kept in the family ever since the siege, as a sort of valueless heirloom, for the sake of the picturesqueness of the story, you know; and nobody ever sees them without asking, as you do, to examine them closely. They deceive even experts at first. But they're paste, all the same; unmitigated Oriental paste, for all that."

He took them both off, and handed them to Charles. No man in England is a finer judge of gems than my brother-in-law. I watched him narrowly. He examined them close, first with the naked eye, then with the little pocket-lens which he always carries. "Admirable imitation," he muttered, passing them on to Amelia. "I'm not surprised they should impose upon inexperienced observers."

But from the tone in which he said it, I could see at once he had satisfied himself they were real gems of unusual value. I know Charles's way of doing business so well. His glance to Amelia meant, "These are the very stones you have so long been in search of."

The Scotch lassie laughed a merry laugh. "He sees through them now, Dick," she cried. "I felt sure Sir Charles would be a judge of diamonds."

Amelia turned them over. I know Amelia, too; and I knew from the way Amelia looked at them that she meant to have them. And when Amelia means to have anything, people who stand in the way may just as well spare themselves the trouble of opposing her.

They were beautiful diamonds. We found out afterwards the little curate's account was quite correct: these stones *had* come from the same necklet as Amelia's *rivière*, made for a favourite wife of Tippoo's, who had presumably as expansive personal charms as our beloved sister-in-law's. More perfect diamonds have seldom been seen. They have excited the universal admiration of thieves and connoisseurs. Amelia told me afterwards that, according to legend, a Sepoy stole the necklet at the sack of the palace, and then fought with another for it. It was believed that two stones got spilt in the scuffle, and were picked up and sold by a third person—a looker-on—who had no idea of the value of his booty. Amelia had been hunting for them for several years to complete her necklet.

"They are excellent paste," Sir Charles observed, handing them back. "It takes a first-rate judge to detect them from the reality. Lady Vandrift has a necklet much the same in character, but composed of genuine stones; and as these are so much like them, and would complete her set, to all outer appearance, I wouldn't mind giving you, say, 10 pounds for the pair of them."

Mrs. Brabazon looked delighted. "Oh, sell them to him, Dick," she cried, "and buy me a brooch with the money! A pair of common links would do for you just as well. Ten pounds for two paste stones! It's quite a lot of money."

She said it so sweetly, with her pretty Scotch accent, that I couldn't imagine how Dick had the heart to refuse her. But he did, all the same.

"No, Jess, darling," he answered. "They're worthless, I know; but they have for me a certain sentimental value, as I've often told you. My dear mother wore them, while she lived, as earrings; and as soon as she died I had them set as links in order that I might always keep them about me. Besides, they have historical and family interest. Even a worthless heirloom, after all, *is* an heirloom."

Dr. Hector Macpherson looked across and intervened. "There is a part of my concession," he said, "where we have reason to believe a perfect new Kimberley will soon be discovered. If at any time you would care, Sir Charles, to look at my diamonds—when I get them—it would afford me the greatest pleasure in life to submit them to your consideration."

Sir Charles could stand it no longer. "Sir," he said, gazing across at him with his sternest air, "if your concession were as full of diamonds as Sindbad the Sailor's valley, I would not care to turn my head to look at them. I am acquainted with the nature and practice of salting." And he glared at the man with the overhanging eyebrows as if he would devour him raw. Poor Dr. Hector Macpherson subsided instantly. We learnt a little later that he was a harmless lunatic, who went about the world with successive concessions for ruby mines and platinum reefs, because he had been ruined and driven mad by speculations in the two, and now recouped himself by imaginary grants in Burmah and Brazil, or anywhere else that turned up handy. And his eyebrows, after all, were of Nature's handicraft. We were sorry for the incident; but a man in Sir Charles's position is such a mark for rogues that, if he did not take means to protect himself promptly, he would be for ever overrun by them.

When we went up to our *salon* that evening, Amelia flung herself on the sofa. "Charles," she broke out in the voice of a tragedy queen, "those are real diamonds, and I shall never be happy again till I get them."

"They are real diamonds," Charles echoed. "And you shall have them, Amelia. They're worth not less than three thousand pounds. But I shall bid them up gently."

So, next day, Charles set to work to higgle with the curate. Brabazon, however, didn't care to part with them. He was no money-grubber, he said. He cared more for his mother's gift and a family tradition than for a hundred pounds, if Sir Charles were to offer it. Charles's eye gleamed. "But if I give you *two* hundred!" he said insinuatingly. "What opportunities for good! You could build a new wing to your village school-house!"

"We have ample accommodation," the curate answered. "No, I don't think I'll sell them."

Still, his voice faltered somewhat, and he looked down at them inquiringly.

Charles was too precipitate.

"A hundred pounds more or less matters little to me," he said; "and my wife has set her heart on them. It's every man's duty to please his wife—isn't it, Mrs. Brabazon?—I offer you three hundred."

The little Scotch girl clasped her hands.

"Three hundred pounds! Oh, Dick, just think what fun we could have, and what good we could do with it! Do let him have them."

Her accent was irresistible. But the curate shook his head.

"Impossible," he answered. "My dear mother's ear-rings! Uncle Aubrey would be so angry if he knew I'd sold them. I daren't face Uncle Aubrey."

"Has he expectations from Uncle Aubrey?" Sir Charles asked of White Heather.

Mrs. Brabazon laughed. "Uncle Aubrey! Oh, dear, no. Poor dear old Uncle Aubrey! Why, the darling old soul hasn't a penny to bless himself with, except his pension. He's a retired post captain." And she laughed melodiously. She was a charming woman.

"Then I should disregard Uncle Aubrey's feelings," Sir Charles said decisively.

"No, no," the curate answered. "Poor dear old Uncle Aubrey! I wouldn't do anything for the world to annoy him. And he'd be sure to notice it."

We went back to Amelia. "Well, have you got them?" she asked.

"No," Sir Charles answered. "Not yet. But he's coming round, I think. He's hesitating now. Would rather like to sell them himself, but is afraid what 'Uncle Aubrey' would say about the matter. His wife will talk him out of his needless consideration for Uncle Aubrey's feelings; and to-morrow we'll finally clench the bargain."

Next morning we stayed late in our *salon*, where we always breakfasted, and did not come down to the public rooms till just before *déjeûner*, Sir Charles being busy with me over arrears of correspondence. When we *did* come down the *concierge* stepped forward with a twisted little feminine note for Amelia. She took it and read it. Her countenance fell. "There, Charles," she cried, handing it to him, "you've let the chance slip. I shall *never* be happy now! They've gone off with the diamonds."

Charles seized the note and read it. Then he passed it on to me. It was short, but final:—

"*Thursday, 6 a.m.*

"Dear Lady Vandrift—*Will* you kindly excuse our having gone off hurriedly without bidding you good-bye? We have just had a horrid telegram to say that Dick's favourite sister is *dangerously* ill of fever in Paris. I wanted to shake hands with you before we left—you have all been so sweet to us—but we go by the morning train, absurdly early, and I wouldn't for worlds disturb you. Perhaps some day we may meet again—though, buried as we are in a North-country village, it isn't likely; but in any case, you have secured the grateful recollection of Yours very cordially,

Jessie Brabazon.

"P.S.—Kindest regards to Sir Charles and those *dear* Wentworths, and a kiss for yourself, if I may venture to send you one."

"She doesn't even mention where they've gone," Amelia exclaimed, in a very bad humour.

"The *concierge* may know," Isabel suggested, looking over my shoulder.

We asked at his office.

Yes, the gentleman's address was the Rev. Richard Peploe Brabazon, Holme Bush Cottage, Empingham, Northumberland.

Any address where letters might be sent at once, in Paris?

For the next ten days, or till further notice, Hôtel des Deux Mondes, Avenue de l'Opéra.

Amelia's mind was made up at once.

"Strike while the iron's hot," she cried. "This sudden illness, coming at the end of their honeymoon, and involving ten days' more stay at an expensive hotel, will probably upset the curate's budget. He'll be glad to sell now. You'll get them for three hundred. It was absurd of Charles to offer so much at first; but offered once, of course we must stick to it."

"What do you propose to do?" Charles asked. "Write, or telegraph?"

"Oh, how silly men are!" Amelia cried. "Is this the sort of business to be arranged by letter, still less by telegram? No. Seymour must start off at once, taking the night train to Paris; and the moment he gets there, he must interview the curate or Mrs. Brabazon. Mrs. Brabazon's the best. She has none of this stupid, sentimental nonsense about Uncle Aubrey."

It is no part of a secretary's duties to act as a diamond broker. But when Amelia puts her foot down, she puts her foot down—a fact which she is unnecessarily fond of emphasising in that identical proposition. So the self-same evening saw me safe in the train on my way to Paris; and next morning I turned out of my comfortable sleeping-car at the Gare de Strasbourg. My orders were to bring back those diamonds, alive or dead, so to speak, in my pocket to Lucerne; and to offer any needful sum, up to two thousand five hundred pounds, for their immediate purchase.

When I arrived at the Deux Mondes I found the poor little curate and his wife both greatly agitated. They had sat up all night, they said, with their invalid sister; and the sleeplessness and suspense had certainly told upon them after their long railway journey. They were pale and tired, Mrs. Brabazon, in particular, looking ill and worried—too much like White Heather. I was more than half ashamed of bothering them about the diamonds at such a moment, but it occurred to me that Amelia was probably right—they would now have reached the end of the sum set apart for their Continental trip, and a little ready cash might be far from unwelcome.

I broached the subject delicately. It was a fad of Lady Vandrift's, I said. She had set her heart upon those useless trinkets. And she wouldn't go without them. She must and would have them. But the curate was obdurate. He threw Uncle Aubrey still in my teeth. Three hundred?—no, never! A mother's present; impossible, dear Jessie! Jessie begged and prayed; she had grown really attached to Lady Vandrift, she said; but the curate wouldn't hear of it. I went up tentatively to four hundred. He shook his head gloomily. It wasn't a question of money, he said. It was a question of affection. I saw it was no use trying that tack any longer. I struck out a new line. "These stones," I said, "I think I ought to inform you, are really diamonds. Sir Charles is certain of it. Now, is it right for a man of your profession and position to be wearing a pair of big gems like those, worth several hundred pounds, as ordinary sleeve-links? A woman?—yes, I grant you. But for a man, is it manly? And you a cricketer!"

He looked at me and laughed. "Will nothing convince you?" he cried. "They have been examined and tested by half a dozen jewellers, and we know them to be paste. It wouldn't be right of me to sell them to you under false pretences, however unwilling on my side. I *couldn't* do it."

"Well, then," I said, going up a bit in my bids to meet him, "I'll put it like this. These gems are paste. But Lady Vandrift has an unconquerable and unaccountable desire to possess them. Money doesn't matter to her. She is a friend of your wife's. As a personal favour, won't you sell them to her for a thousand?"

He shook his head. "It would be wrong," he said,— "I might even add, criminal."

"But we take all risk," I cried.

He was absolute adamant. "As a clergyman," he answered, "I feel I cannot do it."

"Will *you* try, Mrs. Brabazon?" I asked.

The pretty little Scotchwoman leant over and whispered. She coaxed and cajoled him. Her ways were winsome. I couldn't hear what she said, but he seemed to give way at last. "I should love Lady Vandrift to have them," she murmured, turning to me. "She *is* such a dear!" And she took out the links from her husband's cuffs and handed them across to me.

"How much?" I asked.

"Two thousand?" she answered, interrogatively. It was a big rise, all at once; but such are the ways of women.

"Done!" I replied. "Do you consent?"

The curate looked up as if ashamed of himself.

"I consent," he said slowly, "since Jessie wishes it. But as a clergyman, and to prevent any future misunderstanding, I should like you to give me a statement in writing that you buy them on my distinct and positive declaration that they are made of paste—old Oriental paste—not genuine stones, and that I do not claim any other qualities for them."

I popped the gems into my purse, well pleased.

"Certainly," I said, pulling out a paper. Charles, with his unerring business instinct, had anticipated the request, and given me a signed agreement to that effect.

"You will take a cheque?" I inquired.

He hesitated.

"Notes of the Bank of France would suit me better," he answered.

"Very well," I replied. "I will go out and get them."

How very unsuspicious some people are! He allowed me to go off—with the stones in my pocket!

Sir Charles had given me a blank cheque, not exceeding two thousand five hundred pounds. I took it to our agents and cashed it for notes of the Bank of France. The curate clasped them with pleasure. And right glad I was to go back to Lucerne that night, feeling that I had got those diamonds into my hands for about a thousand pounds under their real value!

At Lucerne railway station Amelia met me. She was positively agitated.

"Have you bought them, Seymour?" she asked.

"Yes," I answered, producing my spoils in triumph.

"Oh, how dreadful!" she cried, drawing back. "Do you think they're real? Are you sure he hasn't cheated you?"

"Certain of it," I replied, examining them. "No one can take me in, in the matter of diamonds. Why on earth should you doubt them?"

"Because I've been talking to Mrs. O'Hagan, at the hotel, and she says there's a well-known trick just like that—she's read of it in a book. A swindler has two sets—one real, one false; and he makes you buy the false ones by showing you the real, and pretending he sells them as a special favour."

"You needn't be alarmed," I answered. "I am a judge of diamonds."

"I shan't be satisfied," Amelia murmured, "till Charles has seen them."

We went up to the hotel. For the first time in her life I saw Amelia really nervous as I handed the stones to Charles to examine. Her doubt was contagious. I half feared, myself, he might break out into a deep monosyllabic interjection, losing his temper in haste, as he often does when things go wrong. But he looked at them with a smile, while I told him the price.

"Eight hundred pounds less than their value," he answered, well satisfied.

"You have no doubt of their reality?" I asked.

"Not the slightest," he replied, gazing at them. "They are genuine stones, precisely the same in quality and type as Amelia's necklet."

Amelia drew a sigh of relief. "I'll go upstairs," she said slowly, "and bring down my own for you both to compare with them."

One minute later she rushed down again, breathless. Amelia is far from slim, and I never before knew her exert herself so actively.

"Charles, Charles!" she cried, "do you know what dreadful thing has happened? Two of my own stones are gone. He's stolen a couple of diamonds from my necklet, and sold them back to me."

She held out the *rivière*. It was all too true. Two gems were missing—and these two just fitted the empty places!

A light broke in upon me. I clapped my hand to my head. "By Jove," I exclaimed, "the little curate is—Colonel Clay!"

Charles clapped his own hand to his brow in turn. "And Jessie," he cried, "White Heather—that innocent little Scotchwoman! I often detected a familiar ring in her voice, in spite of the charming Highland accent. Jessie is—Madame Picardet!"

We had absolutely no evidence; but, like the Commissary at Nice, we felt instinctively sure of it.

Sir Charles was determined to catch the rogue. This second deception put him on his mettle. "The worst of the man is," he said, "he has a method. He doesn't go out of his way to cheat us; he makes us go out of ours to be cheated. He lays a trap, and we tumble headlong into it. To-morrow, Sey, we must follow him on to Paris."

Amelia explained to him what Mrs. O'Hagan had said. Charles took it all in at once, with his usual sagacity. "That explains," he said, "why the rascal used this particular trick to draw us on by. If we had suspected him he could have shown the diamonds were real, and so escaped detection. It was a blind to draw us off from the fact of the robbery. He went to Paris to be out of the way when the discovery was made, and to get a clear day's start of us. What a consummate rogue! And to do me twice running!"

"How did he get at my jewel-case, though?" Amelia exclaimed.

"That's the question," Charles answered. "You *do* leave it about so!"

"And why didn't he steal the whole *rivière* at once, and sell the gems?" I inquired.

"Too cunning," Charles replied. "This was much better business. It isn't easy to dispose of a big thing like that. In the first place, the stones are large and valuable; in the second place, they're well known—every dealer has heard of the Vandrift *rivière*, and seen pictures of the shape of them. They're marked gems, so to speak. No, he played a better game—took a couple of them off, and offered them to the only one person on earth who was likely to buy them without suspicion. He came here, meaning to work this very trick; he had the links made right to the shape beforehand, and then he stole the stones and slipped them into their places. It's a wonderfully clever trick. Upon my soul, I almost admire the fellow."

For Charles is a business man himself, and can appreciate business capacity in others.

How Colonel Clay came to know about that necklet, and to appropriate two of the stones, we only discovered much later. I will not here anticipate that disclosure. One thing at a time is a good rule in life. For the moment he succeeded in baffling us altogether.

However, we followed him on to Paris, telegraphing beforehand to the Bank of France to stop the notes. It was all in vain. They had been cashed within half an hour of my paying them. The curate and his wife, we found, quitted the Hôtel des Deux Mondes for parts unknown that same afternoon. And, as usual with Colonel Clay, they vanished into space, leaving no clue behind them. In other words, they changed their disguise, no doubt, and reappeared somewhere else that night in altered characters. At any rate, no such person as the Reverend Richard Peploe Brabazon was ever afterwards heard of—and, for the matter of that, no such village exists as Empingham, Northumberland.

We communicated the matter to the Parisian police. They were *most* unsympathetic. "It is no doubt Colonel Clay," said the official whom we saw; "but you seem to have little just ground of complaint against him. As far as I can see, messieurs, there is not much to choose between you. You, Monsieur le Chevalier, desired to buy diamonds at the price of paste. You, madame, feared you had bought paste at the price of diamonds. You, monsieur the secretary, tried to get the stones from an unsuspecting person for half their value. He took you all in, that brave Colonel Caoutchouc—it was diamond cut diamond."

Which was true, no doubt, but by no means consoling.

We returned to the Grand Hotel. Charles was fuming with indignation. "This is really too much," he exclaimed. "What an audacious rascal! But he will never again take me in, my dear Sey. I only hope he'll try it on. I should love to catch him. I'd know him another time, I'm sure, in spite of his disguises. It's absurd my being tricked twice running like this. But never again while I live! Never again, I declare to you!"

"*Jamais de la vie!*" a courier in the hall close by murmured responsive. We stood under the verandah of the Grand Hotel, in the big glass courtyard. And I verily believe that courier was really Colonel Clay himself in one of his disguises.

But perhaps we were beginning to suspect him everywhere.

Chapter III
The Episode of the Old Master

Like most South Africans, Sir Charles Vandrift is anything but sedentary. He hates sitting down. He must always "trek." He cannot live without moving about freely. Six weeks in Mayfair at a time is as much as he can stand. Then he must run away incontinently for rest and change to Scotland, Homburg, Monte Carlo, Biarritz. "I won't be a limpet on the rock," he says. Thus it came to pass that in the early autumn we found ourselves stopping at the Métropole at Brighton. We were the accustomed nice little family party—Sir Charles and Amelia, myself and Isabel, with the suite as usual.

On the first Sunday morning after our arrival we strolled out, Charles and I—I regret to say during the hours allotted for Divine service—on to the King's Road, to get a whiff of fresh air, and a glimpse of the waves that were churning the Channel. The two ladies (with their bonnets) had gone to church; but Sir Charles had risen late, fatigued from the week's toil, while I myself was suffering from a matutinal headache, which I attributed to the close air in the billiard-room overnight, combined, perhaps, with the insidious effect of a brand of soda-water to which I was little accustomed; I had used it to dilute my evening whisky. We were to meet our wives afterwards at the church parade—an institution to which I believe both Amelia and Isabel attach even greater importance than to the sermon which precedes it.

We sat down on a glass seat. Charles gazed inquiringly up and down the King's Road, on the look-out for a boy with Sunday papers. At last one passed. "*Observer*," my brother-in-law called out laconically.

"Ain't got none," the boy answered, brandishing his bundle in our faces. "'Ave a *Referee* or a *Pink 'Un*?"

Charles, however, is not a Refereader, while as to the *Pink 'Un*, he considers it unsuitable for public perusal on Sunday morning. It may be read indoors, but in the open air its blush betrays it. So he shook his head, and muttered, "If you pass an *Observer*, send him on here at once to me."

A polite stranger who sat close to us turned round with a pleasant smile. "Would you allow me to offer you one?" he said, drawing a copy from his pocket. "I fancy I bought the last. There's a run on them to-day, you see. Important news this morning from the Transvaal."

Charles raised his eyebrows, and accepted it, as I thought, just a trifle grumpily. So, to remove the false impression his surliness might produce on so benevolent a mind, I entered into conversation with the polite stranger. He was a man of middle age, and medium height, with a cultivated air, and a pair of gold *pince-nez*; his eyes were sharp; his voice was refined; he dropped into talk before long about distinguished people just then in Brighton. It was clear at once that he was hand in glove with many of the very best kind. We compared notes as to Nice, Rome, Florence, Cairo. Our new acquaintance had scores of friends in common with us, it seemed; indeed, our circles so largely coincided, that I wondered we had never happened till then to knock up against one another.

"And Sir Charles Vandrift, the great African millionaire," he said at last, "do you know anything of *him*? I'm told he's at present down here at the Métropole."

I waved my hand towards the person in question.

"*This* is Sir Charles Vandrift," I answered, with proprietary pride; "and *I* am his brother-in-law, Mr. Seymour Wentworth."

"Oh, indeed!" the stranger answered, with a curious air of drawing in his horns. I wondered whether he had just been going to pretend he knew Sir Charles, or whether perchance he was on the point of saying something highly uncomplimentary, and was glad to have escaped it.

By this time, however, Charles laid down the paper and chimed into our conversation. I could see at once from his mollified tone that the news from the Transvaal was favourable to his operations in Cloetedorp Golcondas. He was therefore in a friendly and affable temper. His whole manner changed at once. He grew polite in return to the polite stranger. Besides, we knew the man moved in the best society; he had acquaintances whom Amelia was most anxious to secure for her "At Homes" in Mayfair—young Faith, the novelist, and Sir Richard Montrose, the great Arctic traveller. As for the painters, it was clear that he was sworn friends with the whole lot of them. He dined with Academicians, and gave weekly breakfasts to the members of the Institute. Now, Amelia is particularly desirous that her *salon* should not be considered too exclusively financial and political in character: with a solid basis of M.P.'s and millionaires, she loves a delicate undercurrent of literature, art, and the musical glasses. Our new acquaintance was extremely communicative: "Knows his place in society, Sey," Sir Charles said to me afterwards, "and is therefore not afraid of talking freely, as so many people are who have doubts about their position." We exchanged cards before we rose. Our new friend's name turned out to be Dr. Edward Polperro.

"In practice here?" I inquired, though his garb belied it.

"Oh, not medical," he answered. "I am an LL.D. don't you know. I interest myself in art, and buy to some extent for the National Gallery."

The very man for Amelia's "At Homes"! Sir Charles snapped at him instantly. "I've brought my four-in-hand down here with me," he said, in his best friendly manner, "and we think of tooling over to-morrow to Lewes. If you'd care to take a seat I'm sure Lady Vandrift would be charmed to see you."

"You're very kind," the Doctor said, "on so casual an introduction. I'm sure I shall be delighted."

"We start from the Métropole at ten-thirty," Charles went on.

"I shall be there. Good morning!" And, with a satisfied smile, he rose and left us, nodding.

We returned to the lawn, to Amelia and Isabel. Our new friend passed us once or twice. Charles stopped him and introduced him. He was walking with two ladies, most elegantly dressed in rather peculiar artistic dresses. Amelia was taken at first sight by his manner. "One could see at a glance," she said, "he was a person of culture and of real distinction. I wonder whether he could bring the P.R.A. to my Parliamentary 'At Home' on Wednesday fortnight?"

Next day, at ten-thirty, we started on our drive. Our team has been considered the best in Sussex. Charles is an excellent, though somewhat anxious—or, might I say better, somewhat careful?—whip. He finds the management of two leaders and two wheelers fills his hands for the moment, both literally and figuratively, leaving very little time for general conversation. Lady Belleisle of Beacon bloomed beside him on the box (her bloom is perennial, and applied by her maid); Dr. Polperro occupied the seat just behind with myself and Amelia. The Doctor talked most of the time to Lady Vandrift: his discourse was of picture-galleries, which Amelia detests, but in which she thinks it incumbent upon her, as

Sir Charles's wife, to affect now and then a cultivated interest. *Noblesse oblige*; and the walls of Castle Seldon, our place in Ross-shire, are almost covered now with Leaders and with Orchardsons. This result was first arrived at by a singular accident. Sir Charles wanted a leader—for his coach, you understand—and told an artistic friend so. The artistic friend brought him a Leader next week with a capital L; and Sir Charles was so taken aback that he felt ashamed to confess the error. So he was turned unawares into a patron of painting.

Dr. Polperro, in spite of his too pronouncedly artistic talk, proved on closer view a most agreeable companion. He diversified his art cleverly with anecdotes and scandals; he told us exactly which famous painters had married their cooks, and which had only married their models; and otherwise showed himself a most diverting talker. Among other things, however, he happened to mention once that he had recently discovered a genuine Rembrandt—a quite undoubted Rembrandt, which had remained for years in the keeping of a certain obscure Dutch family. It had always been allowed to be a masterpiece of the painter, but it had seldom been seen for the last half-century save by a few intimate acquaintances. It was a portrait of one Maria Vanrenen of Haarlem, and he had bought it of her descendants at Gouda, in Holland.

I saw Charles prick up his ears, though he took no open notice. This Maria Vanrenen, as it happened, was a remote collateral ancestress of the Vandrifts, before they emigrated to the Cape in 1780, and the existence of the portrait, though not its whereabouts, was well known in the family. Isabel had often mentioned it. If it was to be had at anything like a reasonable price, it would be a splendid thing for the boys (Sir Charles, I ought to say, has two sons at Eton) to possess an undoubted portrait of an ancestress by Rembrandt.

Dr. Polperro talked a good deal after that about this valuable find. He had tried to sell it at first to the National Gallery; but though the Directors admired the work immensely, and admitted its genuineness, they regretted that the funds at their disposal this year did not permit them to acquire so important a canvas at a proper figure. South Kensington again was too poor; but the Doctor was in treaty at present with the Louvre and with Berlin. Still, it was a pity a fine work of art like that, once brought into the country, should be allowed to go out of it. Some patriotic patron of the fine arts ought to buy it for his own house, or else munificently present it to the nation.

All the time Charles said nothing. But I could feel him cogitating. He even looked behind him once, near a difficult corner (while the guard was actually engaged in tootling his horn to let passers-by know that the coach was coming), and gave Amelia a warning glance to say nothing committing, which had at once the requisite effect of sealing her mouth for the moment. It is a very unusual thing for Charles to look back while driving. I gathered from his doing so that he was inordinately anxious to possess this Rembrandt.

When we arrived at Lewes we put up our horses at the inn, and Charles ordered a lunch on his wonted scale of princely magnificence. Meanwhile we wandered, two and two, about the town and castle. I annexed Lady Belleisle, who is at least amusing. Charles drew me aside before starting. "Look here, Sey," he said, "we must be *very* careful. This man, Polperro, is a chance acquaintance. There's nothing an astute rogue can take one in over more easily than an Old Master. If the Rembrandt is genuine I ought to have it; if it really represents Maria Vanrenen, it's a duty I owe to the boys to buy it. But I've been done twice lately, and I won't be done a third time. We must go to work cautiously."

"You are right," I answered. "No more seers and curates!"

"If this man's an impostor," Charles went on— "and in spite of what he says about the National Gallery and so forth, we know nothing of him—the story he tells is just the sort of one such a fellow would trump up in a moment to deceive me. He could easily learn who I was—I'm a well-known figure; he knew I was in Brighton, and he may have been sitting on that glass seat on Sunday on purpose to entrap me."

"He introduced your name," I said, "and the moment he found out who I was he plunged into talk with me."

"Yes," Charles continued. "He may have learned about the portrait of Maria Vanrenen, which my grandmother always said was preserved at Gouda; and, indeed, I myself have often mentioned it, as you doubtless remember. If so, what more natural, say, for a rogue than to begin talking about the portrait in that innocent way to Amelia? If he wants a Rembrandt, I believe they can be turned out to order to any amount in Birmingham. The moral of all which is, it behoves us to be careful."

"Right you are," I answered; "and I am keeping my eye upon him."

We drove back by another road, overshadowed by beech-trees in autumnal gold. It was a delightful excursion. Dr. Polperro's heart was elated by lunch and the excellent dry Monopole. He talked amazingly. I never heard a man with a greater or more varied flow of anecdote. He had been everywhere and knew all about everybody. Amelia booked him at once for her "At Home" on Wednesday week, and he promised to introduce her to several artistic and literary celebrities.

That evening, however, about half-past seven, Charles and I strolled out together on the King's Road for a blow before dinner. We dine at eight. The air was delicious. We passed a small new hotel, very smart and exclusive, with a big bow window. There, in evening dress, lights burning and blind up, sat our friend, Dr. Polperro, with a lady facing him, young, graceful, and pretty. A bottle of champagne stood open before him. He was helping himself plentifully to hot-house grapes, and full of good humour. It was clear he and the lady were occupied in the intense enjoyment of some capital joke; for they looked queerly at one another, and burst now and again into merry peals of laughter.

I drew back. So did Sir Charles. One idea passed at once through both our minds. I murmured, "Colonel Clay!" He answered, "*And* Madame Picardet!"

They were not in the least like the Reverend Richard and Mrs. Brabazon. But that clinched the matter. Nor did I see a sign of the aquiline nose of the Mexican Seer. Still, I had learnt by then to discount appearances. If these were indeed the famous sharper and his wife or accomplice, we must be very careful. We were forewarned this time. Supposing he had the audacity to try a third trick of the sort upon us we had him under our thumbs. Only, we must take steps to prevent his dexterously slipping through our fingers.

"He can wriggle like an eel," said the Commissary at Nice. We both recalled those words, and laid our plans deep to prevent the man's wriggling away from us on this third occasion.

"I tell you what it is, Sey," my brother-in-law said, with impressive slowness. "This time we must deliberately lay ourselves out to be swindled. We must propose of our own accord to buy the picture, making him guarantee it in writing as a genuine Rembrandt, and taking care to tie him down by most stringent conditions. But we must seem at the same time to be unsuspicious and innocent as babes; we must swallow whole whatever lies he tells us; pay his price—nominally—by cheque for the portrait; and then, arrest him the moment the bargain is complete, with the proofs of his guilt then and there upon him. Of course, what he'll try to do will be to vanish into thin air at once, as he did at Nice and Paris; but, this time, we'll have the police in waiting and everything ready. We'll avoid precipitancy, but we'll avoid delay too. We must hold our hands off till he's actually accepted and pocketed the money; and then, we must nab him instantly, and walk him off to the local Bow Street. That's my plan of campaign. Meanwhile, we should appear all trustful innocence and confiding guilelessness."

In pursuance of this well-laid scheme, we called next day on Dr. Polperro at his hotel, and were introduced to his wife, a dainty little woman, in whom we affected not to recognise that arch Madame Picardet or that simple White Heather. The Doctor talked charmingly (as usual) about art—what a well-informed rascal he was, to be sure!—and Sir Charles expressed some interest in the supposed Rembrandt. Our new friend was delighted; we could see by his well-suppressed eagerness of tone that he knew us at once for probable purchasers. He would run up to town next day, he said, and bring down the portrait. And in effect, when Charles and I took our wonted places in the Pullman next morning, on our way up to the half-yearly meeting of Cloetedorp Golcondas, there was our Doctor, leaning back in his arm-chair as if the car belonged to him. Charles gave me an expressive look. "Does it in style," he whispered, "doesn't he? Takes it out of my five thousand; or discounts the amount he means to chouse me of with his spurious Rembrandt."

Arrived in town, we went to work at once. We set a private detective from Marvillier's to watch our friend; and from him we learned that the so-called Doctor dropped in for a picture that day at a dealer's in the West-end (I suppress the name, having a judicious fear of the law of libel ever before my eyes), a dealer who was known to be mixed up before then in several shady or disreputable transactions. Though, to be sure, my experience has been that picture dealers are—picture dealers. Horses rank first in my mind as begetters and producers of unscrupulous agents, but pictures run them a very good second. Anyhow, we found out that our distinguished art-critic picked up his Rembrandt at this dealer's shop, and came down with it in his care the same night to Brighton.

In order not to act precipitately, and so ruin our plans, we induced Dr. Polperro (what a cleverly chosen name!) to bring the Rembrandt round to the Métropole for our inspection, and to leave it with us while we got the opinion of an expert from London.

The expert came down, and gave us a full report upon the alleged Old Master. In his judgment, it was not a Rembrandt at all, but a cunningly-painted and well-begrimed modern Dutch imitation. Moreover, he showed us by documentary evidence that the real portrait of Maria Vanrenen had, as a matter of fact, been brought to England five years before, and sold to Sir J. H. Tomlinson, the well-known connoisseur, for eight thousand pounds. Dr. Polperro's picture was, therefore, at best either a replica by Rembrandt; or else, more probably, a copy by a pupil; or, most likely of all, a mere modern forgery.

We were thus well prepared to fasten our charge of criminal conspiracy upon the self-styled Doctor. But in order to make assurance still more certain, we threw out vague hints to him that the portrait of Maria Vanrenen might really be elsewhere, and even suggested in his hearing that it might not improbably have got into the hands of that omnivorous collector, Sir J. H. Tomlinson. But the vendor was proof against all such attempts to decry his goods. He had the effrontery to brush away the documentary evidence, and to declare that Sir J. H. Tomlinson (one of the most learned and astute picture-buyers in England) had been smartly imposed upon by a needy Dutch artist with a talent for forgery. The real Maria Vanrenen, he declared and swore, was the one he offered us. "Success has turned the man's head," Charles said to me, well pleased. "He thinks we will swallow any obvious lie he chooses to palm off upon us. But the bucket has come once too often to the well. This time we checkmate him." It was a mixed metaphor, I admit; but Sir Charles's tropes are not always entirely superior to criticism.

So we pretended to believe our man, and accepted his assurances. Next came the question of price. This was warmly debated, for form's sake only. Sir J. H. Tomlinson had paid eight thousand for his genuine Maria. The Doctor demanded ten thousand for his spurious one. There was really no reason why we should higgle and dispute, for Charles meant merely to give his cheque for the sum and then arrest the fellow; but, still, we thought it best for the avoidance of suspicion to make a show of resistance; and we at last beat him down to nine thousand guineas. For this amount he was to give us a written warranty that the work he sold us was a genuine Rembrandt, that it represented Maria Vanrenen of Haarlem, and that he had bought it direct, without doubt or question, from that good lady's descendants at Gouda, in Holland.

It was capitally done. We arranged the thing to perfection. We had a constable in waiting in our rooms at the Métropole, and we settled that Dr. Polperro was to call at the hotel at a certain fixed hour to sign the warranty and receive his money. A regular agreement on sound stamped paper was drawn out between us. At the appointed time the "party of the first part" came, having already given us over possession of the portrait. Charles drew a cheque for the amount agreed upon, and signed it. Then he handed it to the Doctor. Polperro just clutched at it. Meanwhile, I took up my post by the door, while two men in plain clothes, detectives from the police-station, stood as men-servants and watched the windows. We feared lest the impostor, once he had got the cheque, should dodge us somehow, as he had already done at Nice and in Paris. The moment he had pocketed his money with a smile of triumph, I advanced to him rapidly. I had in my possession a pair of handcuffs. Before he knew what was happening, I had slipped them on his wrists and secured them dexterously, while the constable stepped forward. "We have got you this time!" I cried. "We know who you are, Dr. Polperro. You are—Colonel Clay, *alias* Señor Antonio Herrera, alias the Reverend Richard Peploe Brabazon."

I never saw any man so astonished in my life! He was utterly flabbergasted. Charles thought he must have expected to get clear away at once, and that this prompt action on our part had taken the fellow so much by surprise as to simply unman him. He gazed about him as if he hardly realised what was happening.

"Are these two raving maniacs?" he asked at last, "or what do they mean by this nonsensical gibberish about Antonio Herrera?"

The constable laid his hand on the prisoner's shoulder.

"It's all right, my man," he said. "We've got warrants out against you. I arrest you, Edward Polperro, *alias* the Reverend Richard Peploe Brabazon, on a charge of obtaining money under false pretences from Sir Charles Vandrift, K.C.M.G., M.P., on his sworn information, now here subscribed to." For Charles had had the thing drawn out in readiness beforehand.

Our prisoner drew himself up. "Look here, officer," he said, in an offended tone, "there's some mistake here in this matter. I have never given an alias at any time in my life. How do you know this is really Sir Charles Vandrift? It may be a case of bullying personation. My belief is, though, they're a pair of escaped lunatics."

"We'll see about that to-morrow," the constable said, collaring him. "At present you've got to go off with me quietly to the station, where these gentlemen will enter up the charge against you."

They carried him off, protesting. Charles and I signed the charge-sheet; and the officer locked him up to await his examination next day before the magistrate.

We were half afraid even now the fellow would manage somehow to get out on bail and give us the slip in spite of everything; and, indeed, he protested in the most violent manner against the treatment to which we were subjecting "a gentleman in his position." But Charles took care to tell the police it was all right; that he was a dangerous and peculiarly slippery criminal, and that on no account must they let him go on any pretext whatever, till he had been properly examined before the magistrates.

We learned at the hotel that night, curiously enough, that there really *was* a Dr. Polperro, a distinguished art critic, whose name, we didn't doubt, our impostor had been assuming.

Next morning, when we reached the court, an inspector met us with a very long face. "Look here, gentlemen," he said, "I'm afraid you've committed a very serious blunder. You've made a precious bad mess of it. You've got yourselves into a scrape; and, what's worse, you've got us into one also. You were a deal too smart with your sworn information. We've made inquiries about this gentleman, and we find the account he gives of himself is perfectly correct. His name *is* Polperro; he's a well-known art critic and collector of pictures, employed abroad by the National Gallery. He was formerly an official in the South Kensington Museum, and he's a C.B. and LL.D., very highly respected. You've made a sad mistake, that's where it is; and you'll probably have to answer a charge of false imprisonment, in which I'm afraid you have also involved our own department."

Charles gasped with horror. "You haven't let him out," he cried, "on those absurd representations? You haven't let him slip through your hands as you did that murderer fellow?"

"Let him slip through our hands?" the inspector cried. "I only wish he would. There's no chance of that, unfortunately. He's in the court there, this moment, breathing out fire and slaughter against you both; and we're here to protect you if he should happen to fall upon you. He's been locked up all night on your mistaken affidavits, and, naturally enough, he's mad with anger."

"If you haven't let him go, I'm satisfied," Charles answered. "He's a fox for cunning. Where is he? Let me see him."

We went into the court. There we saw our prisoner conversing amicably, in the most excited way, with the magistrate (who, it seems, was a personal friend of his); and Charles at once went up and spoke to them. Dr. Polperro turned round and glared at him through his *pince-nez*.

"The only possible explanation of this person's extraordinary and incredible conduct," he said, "is, that he must be mad—and his secretary equally so. He made my acquaintance, unasked, on a glass seat on the King's Road; invited me to go on his coach to Lewes; volunteered to buy a valuable picture of me; and then, at the last moment, unaccountably gave me in charge on this silly and preposterous trumped-up accusation. I demand a summons for false imprisonment."

Suddenly it began to dawn upon us that the tables were turned. By degrees it came out that we had made a mistake. Dr. Polperro was really the person he represented himself to be, and had been always. His picture, we found out, was the real Maria Vanrenen, and a genuine Rembrandt, which he had merely deposited for cleaning and restoring at the suspicious dealer's. Sir J. H. Tomlinson had been imposed upon and cheated by a cunning Dutchman; *his* picture, though also an undoubted Rembrandt, was *not* the Maria, and was an inferior specimen in bad preservation. The authority we had consulted turned out to be an ignorant, self-sufficient quack. The Maria, moreover, was valued by other experts at no more than five or six thousand guineas. Charles wanted to cry off his bargain, but Dr. Polperro naturally wouldn't hear of it. The agreement was a legally binding instrument, and what passed in Charles's mind at the moment had nothing to do with the written contract. Our adversary only consented to forego the action for false imprisonment on condition that Charles inserted a printed apology in the *Times*, and paid him five hundred pounds compensation for damage to character. So that was the end of our well-planned attempt to arrest the swindler.

Not quite the end, however; for, of course, after this, the whole affair got by degrees into the papers. Dr. Polperro, who was a familiar person in literary and artistic society, as it turned out, brought an action against the so-called expert who had declared against the genuineness of his alleged Rembrandt, and convicted him of the grossest ignorance and misstatement. Then paragraphs got about. The *World* showed us up in a sarcastic article; and *Truth*, which has always been terribly severe upon Sir Charles and all the other South Africans, had a pungent set of verses on "High Art in Kimberley." By this means, as we suppose, the affair became known to Colonel Clay himself; for a week or two later my brother-in-law received a cheerful little note on scented paper from our persistent sharper. It was couched in these terms:—

"Oh, you innocent infant!

"Bless your ingenuous little heart! And did it believe, then, it had positively caught the redoubtable colonel? And had it ready a nice little pinch of salt to put upon his tail? And is it true its respected name is Sir Simple Simon? How heartily we have laughed, White Heather and I, at your neat little ruses! It would pay you, by the way, to take White Heather into your house for six months to instruct you in the agreeable sport of amateur detectives. Your charming naivete quite moves our envy. So you actually imagined a man of my brains would condescend to anything so flat and stale as the silly and threadbare Old Master deception! And this in the so-called nineteenth century! O sancta simplicitas! When again shall such infantile transparency be mine? When, ah, when? But never mind, dear friend. Though you didn't catch me, we shall meet before long at some delightful Philippi.

"Yours, with the profoundest respect and gratitude,

"ANTONIO HERRERA,

"Otherwise RICHARD PEPLOE BRABAZON."

Charles laid down the letter with a deep-drawn sigh. "Sey, my boy," he mused aloud, "no fortune on earth—not even mine—can go on standing it. These perpetual drains begin really to terrify me. I foresee the end. I shall die in a workhouse. What with the money he robs me of when he is Colonel Clay, and the money I waste upon him when he *isn't* Colonel Clay, the man is beginning to tell upon my nervous system. I shall withdraw altogether from this worrying life. I shall retire from a scheming and polluted world to some untainted spot in the fresh, pure mountains."

"You *must* need rest and change," I said, "when you talk like that. Let us try the Tyrol."

Chapter IV
The Episode of the Tyrolean Castle

We went to Meran. The place was practically decided for us by Amelia's French maid, who really acts on such occasions as our guide and courier.

She is *such* a clever girl, is Amelia's French maid. Whenever we are going anywhere, Amelia generally asks (and accepts) her advice as to choice of hotels and furnished villas. Césarine has been all over the Continent in her time; and, being Alsatian by birth, she of course speaks German as well as she speaks French, while her long residence with Amelia has made her at last almost equally at home in our native English. She is a treasure, that girl; so neat and dexterous, and not above dabbling in anything on earth she may be asked to turn her hand to. She walks the world with a needle-case in one hand and an etna in the other. She can cook an omelette on occasion, or drive a Norwegian cariole; she can sew, and knit, and make dresses, and cure a cold, and do anything else on earth you ask her. Her salads are the most savoury I ever tasted; while as for her coffee (which she prepares for us in the train on long journeys), there isn't a *chef de cuisine* at a West-end club to be named in the same day with her.

So, when Amelia said, in her imperious way, "Césarine, we want to go to the Tyrol—now—at once—in mid-October; where do you advise us to put up?"—Césarine answered, like a shot, "The Erzherzog Johann, of course, at Meran, for the autumn, madame."

"Is he...an archduke?" Amelia asked, a little staggered at such apparent familiarity with Imperial personages.

"*Ma foi*! no, madame. He is an hotel—as you would say in England, the 'Victoria' or the 'Prince of Wales's'—the most comfortable hotel in all South Tyrol; and at this time of year, naturally, you must go beyond the Alps; it begins already to be cold at Innsbruck."

So to Meran we went; and a prettier or more picturesque place, I confess, I have seldom set eyes on. A rushing torrent; high hills and mountain peaks; terraced vineyard slopes; old walls and towers; quaint, arcaded streets; a craggy waterfall; a promenade after the fashion of a German Spa; and when you lift your eyes from the ground, jagged summits of Dolomites: it was a combination such as I had never before beheld; a Rhine town plumped down among green Alpine heights, and threaded by the cool colonnades of Italy.

I approved Césarine's choice; and I was particularly glad she had pronounced for an hotel, where all is plain sailing, instead of advising a furnished villa, the arrangements for which would naturally have fallen in large part upon the shoulders of the wretched secretary. As in any case I have to do three hours' work a day, I feel that such additions to my normal burden may well be spared me. I tipped Césarine half a sovereign, in fact, for her judicious choice. Césarine glanced at it on her palm in her mysterious, curious, half-smiling way, and pocketed it at once with a "Merci, monsieur!" that had a touch of contempt in it. I always fancy Césarine has large ideas of her own on the subject of tipping, and thinks very small beer of the modest sums a mere secretary can alone afford to bestow upon her.

The great peculiarity of Meran is the number of schlosses (I believe my plural is strictly irregular, but very convenient to English ears) which you can see in every direction from its outskirts. A statistical eye, it is supposed, can count no fewer than forty of these picturesque, ramshackled old castles from a point on the Küchelberg. For myself, I hate statistics (except as an element in financial prospectuses), and I really don't know how many ruinous piles Isabel and Amelia counted under Césarine's guidance; but I remember that most of them were quaint and beautiful, and that their variety of architecture seemed positively bewildering. One would be square, with funny little turrets stuck out at each angle; while another would rejoice in a big round keep, and spread on either side long, ivy-clad walls and delightful bastions. Charles was immensely taken with them. He loves the picturesque, and has a poet hidden in that financial soul of his. (Very effectually hidden, though, I am ready to grant you.) From the moment he came he felt at once he would love to possess a castle of his own among these romantic mountains. "Seldon!" he exclaimed contemptuously. "They call Seldon a castle! But you and I know very well, Sey, it was built in 1860, with sham antique stones, for Macpherson of Seldon, at market rates, by Cubitt and Co., worshipful contractors of London. Macpherson charged me for that sham antiquity a preposterous price, at which one ought to procure a real ancestral mansion. Now, *these* castles are real. They are hoary with antiquity. Schloss Tyrol is Romanesque—tenth or eleventh century." (He had been reading it up in Baedeker.) "That's the sort of place for *me*!—tenth or eleventh century. I could live here, remote from stocks and shares, for ever; and in these sequestered glens, recollect, Sey, my boy, there are no Colonel Clays, and no arch Madame Picardets!"

As a matter of fact, he could have lived there six weeks, and then tired for Park Lane, Monte Carlo, Brighton.

As for Amelia, strange to say, she was equally taken with this new fad of Charles's. As a rule she hates everywhere on earth save London, except during the time when no respectable person can be seen in town, and when modest blinds shade the scandalised face of Mayfair and Belgravia. She bores herself to death even at Seldon Castle, Ross-shire, and yawns all day long in Paris or Vienna. She is a confirmed Cockney. Yet, for some occult reason, my amiable sister-in-law fell in love with South Tyrol. She wanted to vegetate in that lush vegetation. The grapes were being picked; pumpkins hung over the walls; Virginia creeper draped the quaint gray schlosses with crimson cloaks; and everything was as beautiful as a dream of Burne-Jones's. (I know I am quite right in mentioning Burne-Jones, especially in connection with Romanesque architecture, because I heard him highly praised on that very ground by our friend and enemy, Dr. Edward Polperro.) So perhaps it was excusable that Amelia should fall in love with it all, under the circumstances; besides, she is largely influenced by what Césarine says, and Césarine declares there is no climate in Europe like Meran in winter. I do not agree with her. The sun sets behind the hills at three in the afternoon, and a nasty warm wind blows moist over the snow in January and February.

However, Amelia set Césarine to inquire of the people at the hotel about the market price of tumbledown ruins, and the number of such eligible family mausoleums just then for sale in the immediate neighbourhood. Césarine returned with a full, true, and particular list, adorned with flowers of rhetoric which would have delighted the soul of good old John Robins. They were all picturesque, all Romanesque, all richly ivy-clad, all commodious, all historical, and all the property of high well-born Grafs and very honourable Freiherrs. Most of them had been the scene of celebrated tournaments; several of them had witnessed the gorgeous marriages of Holy Roman Emperors; and every one of them was provided with some choice and selected first-class murders. Ghosts could be arranged for or not, as desired; and armorial bearings could be thrown in with the moat for a moderate extra remuneration.

The two we liked best of all these tempting piles were Schloss Planta and Schloss Lebenstein. We drove past both, and even I myself, I confess, was distinctly taken with them. (Besides, when a big purchase like this is on the stocks, a poor beggar of a secretary has always a chance of exerting his influence and earning for himself some modest commission.) Schloss Planta was the most striking externally, I should say, with its Rhine-like towers, and its great gnarled ivy-stems, that looked as if they antedated the House of Hapsburg; but Lebenstein was said to be better preserved within, and more fitted in every way for modern occupation. Its staircase has been photographed by 7000 amateurs.

We got tickets to view. The invaluable Césarine procured them for us. Armed with these, we drove off one fine afternoon, meaning to go to Planta, by Césarine's recommendation. Half-way there, however, we changed our minds, as it was such a lovely day, and went on up the long, slow hill to Lebenstein. I must say the drive through the grounds was simply charming. The castle stands perched (say rather poised, like St. Michael the archangel in Italian pictures) on a solitary stack or crag of rock, looking down on every side upon its own rich vineyards. Chestnuts line the glens; the valley of the Etsch spreads below like a picture.

The vineyards alone make a splendid estate, by the way; they produce a delicious red wine, which is exported to Bordeaux, and there bottled and sold as a vintage claret under the name of Chateau Monnivet. Charles revelled in the idea of growing his own wines.

"Here we could sit," he cried to Amelia, "in the most literal sense, under our own vine and fig-tree. Delicious retirement! For my part, I'm sick and tired of the hubbub of Threadneedle Street."

We knocked at the door—for there was really no bell, but a ponderous, old-fashioned, wrought-iron knocker. So deliciously mediæval! The late Graf von Lebenstein had recently died, we knew; and his son, the present Count, a young man of means, having inherited from his mother's family a still more ancient and splendid schloss in the Salzburg district, desired to sell this outlying estate in order to afford himself a yacht, after the manner that is now becoming increasingly fashionable with the noblemen and gentlemen in Germany and Austria.

The door was opened for us by a high well-born menial, attired in a very ancient and honourable livery. Nice antique hall; suits of ancestral armour, trophies of Tyrolese hunters, coats of arms of ancient counts—the very thing to take Amelia's aristocratic and romantic fancy. The whole to be sold exactly as it stood; ancestors to be included at a valuation.

We went through the reception-rooms. They were lofty, charming, and with glorious views, all the more glorious for being framed by those graceful Romanesque windows, with their slender pillars and quaint, round-topped arches. Sir Charles had made his mind up. "I must and will have it!" he cried. "This is the place for me. Seldon! Pah, Seldon is a modern abomination."

Could we see the high well-born Count? The liveried servant (somewhat haughtily) would inquire of his Serenity. Sir Charles sent up his card, and also Lady Vandrift's. These foreigners know title spells money in England.

He was right in his surmise. Two minutes later the Count entered with our cards in his hands. A good-looking young man, with the characteristic Tyrolese long black moustache, dressed in a gentlemanly variant on the costume of the country. His air was a jager's; the usual blackcock's plume stuck jauntily in the side of the conical hat (which he held in his hand), after the universal Austrian fashion.

He waved us to seats. We sat down. He spoke to us in French; his English, he remarked, with a pleasant smile, being a négligeable quantity. We might speak it, he went on; he could understand pretty well; but he preferred to answer, if we would allow him, in French or German.

"French," Charles replied, and the negotiation continued thenceforth in that language. It is the only one, save English and his ancestral Dutch, with which my brother-in-law possesses even a nodding acquaintance.

We praised the beautiful scene. The Count's face lighted up with patriotic pride. Yes; it was beautiful, beautiful, his own green Tyrol. He was proud of it and attached to it. But he could endure to sell this place, the home of his fathers, because he had a finer in the Salzkammergut, and a *pied-à-terre* near Innsbruck. For Tyrol lacked just one joy—the sea. He was a passionate yachtsman. For that he had resolved to sell this estate; after all, three country houses, a ship, and a mansion in Vienna, are more than one man can comfortably inhabit.

"Exactly," Charles answered. "If I can come to terms with you about this charming estate I shall sell my own castle in the Scotch Highlands." And he tried to look like a proud Scotch chief who harangues his clansmen.

Then they got to business. The Count was a delightful man to do business with. His manners were perfect. While we were talking to him, a surly person, a steward or bailiff, or something of the sort, came into the room unexpectedly and addressed him in German, which none of us understand. We were impressed by the singular urbanity and benignity of the nobleman's demeanour towards this sullen dependant. He evidently explained to the fellow what sort of people we were, and remonstrated with him in a very gentle way for interrupting us. The steward understood, and clearly regretted his insolent air; for after a few sentences he went out, and as he did so he bowed and made protestations of polite regard in his own language. The Count turned to us and smiled. "Our people," he said, "are like your own Scotch peasants—kind-hearted, picturesque, free, musical, poetic, but wanting, *hélas*, in polish to strangers." He was certainly an exception, if he described them aright; for he made us feel at home from the moment we entered.

He named his price in frank terms. His lawyers at Meran held the needful documents, and would arrange the negotiations in detail with us. It was a stiff sum, I must say—an extremely stiff sum; but no doubt he was charging us a fancy price for a fancy castle. "He will come down in time," Charles said. "The sum first named in all these transactions is invariably a feeler. They know I'm a millionaire; and people always imagine millionaires are positively made of money."

I may add that people always imagine it must be easier to squeeze money out of millionaires than out of other people—which is the reverse of the truth, or how could they ever have amassed their millions? Instead of oozing gold as a tree oozes gum, they mop it up like blotting-paper, and seldom give it out again.

We drove back from this first interview none the less very well satisfied. The price was too high; but preliminaries were arranged, and for the rest, the Count desired us to discuss all details with his lawyers in the chief street, Unter den Lauben. We inquired about these lawyers, and found they were most respectable and respected men; they had done the family business on either side for seven generations.

They showed us plans and title-deeds. Everything quite *en régle*. Till we came to the price there was no hitch of any sort.

As to price, however, the lawyers were obdurate. They stuck out for the Count's first sum to the uttermost florin. It was a very big estimate. We talked and shilly-shallied till Sir Charles grew angry. He lost his temper at last.

"They know I'm a millionaire, Sey," he said, "and they're playing the old game of trying to diddle me. But I won't be diddled. Except Colonel Clay, no man has ever yet succeeded in bleeding me. And shall I let myself be bled as if I were a chamois among these innocent mountains? Perish the thought!" Then he reflected a little in silence. "Sey," he mused on, at last, "the question is, *are* they innocent? Do you know, I begin to believe there is no such thing left as pristine innocence anywhere. This Tyrolese Count knows the value of a pound as distinctly as if he hung out in Capel Court or Kimberley."

Things dragged on in this way, inconclusively, for a week or two. *We* bid down; the lawyers stuck to it. Sir Charles grew half sick of the whole silly business. For my own part, I felt sure if the high well-born Count didn't quicken his pace, my respected relative would shortly have had enough of the Tyrol altogether, and be proof against the most lovely of crag-crowning castles. But the Count didn't see it. He came to call on us at our hotel—a rare honour for a stranger with these haughty and exclusive Tyrolese nobles—and even entered unannounced in the most friendly manner. But when it came to L. s. d., he was absolute adamant. Not one kreutzer would he abate from his original proposal.

"You misunderstand," he said, with pride. "We Tyrolese gentlemen are not shopkeepers or merchants. We do not higgle. If we say a thing we stick to it. Were you an Austrian, I should feel insulted by your ill-advised attempt to beat down my price. But as you belong to a great commercial nation—" he broke off with a snort and shrugged his shoulders compassionately.

We saw him several times driving in and out of the schloss, and every time he waved his hand at us gracefully. But when we tried to bargain, it was always the same thing: he retired behind the shelter of his Tyrolese nobility. We might take it or leave it. 'Twas still Schloss Lebenstein.

The lawyers were as bad. We tried all we knew, and got no forrarder.

At last Charles gave up the attempt in disgust. He was tiring, as I expected. "It's the prettiest place I ever saw in my life," he said; "but, hang it all, Sey, I *won't* be imposed upon."

So he made up his mind, it being now December, to return to London. We met the Count next day, and stopped his carriage, and told him so. Charles thought this would have the immediate effect of bringing the man to reason. But he only lifted his hat, with the blackcock's feather, and smiled a bland smile. "The Archduke Karl is inquiring about it," he answered, and drove on without parley.

Charles used some strong words, which I will not transcribe (I am a family man), and returned to England.

For the next two months we heard little from Amelia save her regret that the Count wouldn't sell us Schloss Lebenstein. Its pinnacles had fairly pierced her heart. Strange to say, she was absolutely infatuated about the castle. She rather wanted the place while she was there, and thought she could get it; now she thought she couldn't, her soul (if she has one) was wildly set upon it. Moreover, Césarine further inflamed her desire by gently hinting a fact which she had picked up at the courier's *table d'hôte* at the hotel—that the Count had been far from anxious to sell his ancestral and historical estate to a South African diamond king. He thought the honour of the family demanded, at least, that he should secure a wealthy buyer of good ancient lineage.

One morning in February, however, Amelia returned from the Row all smiles and tremors. (She had been ordered horse-exercise to correct the increasing excessiveness of her figure.)

"Who do you think I saw riding in the Park?" she inquired. "Why, the Count of Lebenstein."

"No!" Charles exclaimed, incredulous.

"Yes," Amelia answered.

"Must be mistaken," Charles cried.

But Amelia stuck to it. More than that, she sent out emissaries to inquire diligently from the London lawyers, whose name had been mentioned to us by the ancestral firm in Unter den Lauben as their English agents, as to the whereabouts of our friend; and her emissaries learned in effect that the Count was in town and stopping at Morley's.

"I see through it," Charles exclaimed. "He finds he's made a mistake; and now he's come over here to reopen negotiations."

I was all for waiting prudently till the Count made the first move. "Don't let him see your eagerness," I said. But Amelia's ardour could not now be restrained. She insisted that Charles should call on the Graf as a mere return of his politeness in the Tyrol.

He was as charming as ever. He talked to us with delight about the quaintness of London. He would be ravished to dine next evening with Sir Charles. He desired his respectful salutations meanwhile to Miladi Vandrift and Madame Ventvorth.

He dined with us, almost *en famille*. Amelia's cook did wonders. In the billiard-room, about midnight, Charles reopened the subject. The Count was really touched. It pleased him that still, amid the distractions of the City of Five Million Souls, we should remember with affection his beloved Lebenstein.

"Come to my lawyers," he said, "to-morrow, and I will talk it all over with you."

We went—a most respectable firm in Southampton Row; old family solicitors. They had done business for years for the late Count, who had inherited from his grandmother estates in Ireland; and they were glad to be honoured with the confidence of his successor. Glad, too, to make the acquaintance of a prince of finance like Sir Charles Vandrift. Anxious (rubbing their hands) to arrange matters satisfactorily all round for everybody. (Two capital families with which to be mixed up, you see.)

Sir Charles named a price, and referred them to his solicitors. The Count named a higher, but still a little come-down, and left the matter to be settled between the lawyers. He was a soldier and a gentleman, he said, with a Tyrolese toss of his high-born head; he would abandon details to men of business.

As I was really anxious to oblige Amelia, I met the Count accidentally next day on the steps of Morley's. (Accidentally, that is to say, so far as he was concerned, though I had been hanging about in Trafalgar Square for half an hour to see him.) I explained, in guarded terms, that I had a great deal of influence in my way with Sir Charles; and that a word from me— I broke off. He stared at me blankly.

"Commission?" he inquired, at last, with a queer little smile.

"Well, not exactly commission," I answered, wincing. "Still, a friendly word, you know. One good turn deserves another."

He looked at me from head to foot with a curious scrutiny. For one moment I feared the Tyrolese nobleman in him was going to raise its foot and take active measures. But the next, I saw that Sir Charles was right after all, and that pristine innocence has removed from this planet to other quarters.

He named his lowest price. "M. Ventvorth," he said, "I am a Tyrolese *seigneur*; I do not dabble, myself, in commissions and percentages. But if your influence with Sir Charles—we understand each other, do we not?—as between gentlemen—a little friendly present—no money, of course—but the equivalent of say 5 per cent in jewellery, on whatever sum above his bid to-day you induce him to offer—eh?—*c'est convenu*?"

"Ten per cent is more usual," I murmured.

He was the Austrian hussar again. "Five, monsieur—or nothing!"

I bowed and withdrew. "Well, five then," I answered, "just to oblige your Serenity."

A secretary, after all, can do a great deal. When it came to the scratch, I had but little difficulty in persuading Sir Charles, with Amelia's aid, backed up on either side by Isabel and Césarine, to accede to the Count's more reasonable proposal. The Southampton Row people had possession of certain facts as to the value of the wines in the Bordeaux market which clinched the matter. In a week or two all was settled; Charles and I met the Count by appointment in Southampton Row, and saw him sign, seal, and deliver the title-deeds of Schloss Lebenstein. My brother-in-law paid the purchase-money into the Count's own hands, by cheque, crossed on a first-class London firm where the Count kept an account to his high well-born order. Then he went away with the proud knowledge that he was owner of Schloss Lebenstein. And what to me was more important still, I received next morning by post a cheque for the five per cent, unfortunately drawn, by some misapprehension, to my order on the self-same bankers, and with the Count's signature. He explained in the accompanying note that the matter being now quite satisfactorily concluded, he saw no reason of delicacy why the amount he had promised should not be paid to me forthwith direct in money.

I cashed the cheque at once, and said nothing about the affair, not even to Isabel. My experience is that women are not to be trusted with intricate matters of commission and brokerage.

Though it was now late in March, and the House was sitting, Charles insisted that we must all run over at once to take possession of our magnificent Tyrolese castle. Amelia was almost equally burning with eagerness. She gave herself the airs of a Countess already. We took the Orient Express as far as Munich; then the Brenner to Meran, and put up for the night at the Erzherzog Johann. Though we had telegraphed our arrival, and expected some fuss, there was no demonstration. Next morning we drove out in state to the schloss, to enter into enjoyment of our vines and fig-trees.

We were met at the door by the surly steward. "I shall dismiss that man," Charles muttered, as Lord of Lebenstein. "He's too sour-looking for my taste. Never saw such a brute. Not a smile of welcome!"

He mounted the steps. The surly man stepped forward and murmured a few morose words in German. Charles brushed him aside and strode on. Then there followed a curious scene of mutual misunderstanding. The surly man called lustily for his servants to eject us. It was some time before we began to catch at the truth. The surly man was the *real* Graf von Lebenstein.

And the Count with the moustache? It dawned upon us now. Colonel Clay again! More audacious than ever!

Bit by bit it all came out. He had ridden behind us the first day we viewed the place, and, giving himself out to the servants as one of our party, had joined us in the reception-room. We asked the real Count why he had spoken to the intruder. The Count explained in French that the man with the moustache had introduced my brother-in-law as the great South African millionaire, while he described himself as our courier and interpreter. As such he had had frequent interviews with the real Graf and his lawyers in Meran, and had driven almost daily across to the castle. The owner of the estate had named one price from the first, and had stuck to it manfully. He stuck to it still; and if Sir Charles chose to buy Schloss Lebenstein over again he was welcome to have it. How the London lawyers had been duped the Count had not really the slightest idea. He regretted the incident, and (coldly) wished us a very good morning.

There was nothing for it but to return as best we might to the Erzherzog Johann, crestfallen, and telegraph particulars to the police in London.

Charles and I ran across post-haste to England to track down the villain. At Southampton Row we found the legal firm by no means penitent; on the contrary, they were indignant at the way we had deceived them. An impostor had written to them on Lebenstein paper from Meran to say that he was coming to London to negotiate the sale of the schloss and surrounding property with the famous millionaire, Sir Charles Vandrift; and Sir Charles had demonstratively recognised him at sight as the real Count von Lebenstein. The firm had never seen the present Graf at all, and had swallowed the impostor whole, so to speak, on the strength of Sir Charles's obvious recognition. He had brought over as documents some most excellent forgeries—facsimiles of the originals—which, as our courier and interpreter, he had every opportunity of examining and inspecting at the Meran lawyers'. It was a deeply-laid plot, and it had succeeded to a marvel. Yet, all of it depended upon the one small fact that we had accepted the man with the long moustache in the hall of the schloss as the Count von Lebenstein on his own representation.

He held our cards in his hands when he came in; and the servant had *not* given them to him, but to the genuine Count. That was the one unsolved mystery in the whole adventure.

By the evening's post two letters arrived for us at Sir Charles's house: one for myself, and one for my employer. Sir Charles's ran thus:—

"HIGH WELL-BORN INCOMPETENCE,—

"I only just pulled through! A very small slip nearly lost me everything. I believed you were going to Schloss Planta that day, not to Schloss Lebenstein. You changed your mind *en route.* That might have spoiled all. Happily I perceived it, rode up by the short cut, and arrived somewhat hurriedly and hotly at the gate before you. Then I introduced myself. I had one more bad moment when the rival claimant to my name and title intruded into the room. But fortune favours the brave: your utter ignorance of German saved me. The rest was pap. It went by itself almost.

"Allow me, now, as some small return for your various welcome cheques, to offer you a useful and valuable present—a German dictionary, grammar, and phrase-book!

"I kiss your hand.

"No longer

"VON LEBENSTEIN.

The other note was to me. It was as follows:—

"DEAR GOOD MR. VENTVORTH,—

"Ha, ha, ha; just a *W* misplaced sufficed to take you in, then! And I risked the *TH,* though anybody with a head on his shoulders would surely have known our TH is by far more difficult than our W for foreigners! However, all's well that ends well; and now I've got you. The Lord has delivered you into my hands, dear friend—on your own initiative. I hold my cheque, endorsed by you, and cashed at my banker's, as a hostage, so to speak, for your future good behaviour. If ever you recognise me, and betray me to that solemn old ass, your employer, remember, I expose it, and you with it to him. So now we understand each other. I had not thought of this little dodge; it was you who suggested it. However, I jumped at it. Was it not well worth my while paying you that slight commission in return for a guarantee of your future silence? Your mouth is now closed. And cheap too at the price.—Yours, dear Comrade, in the great confraternity of rogues,

"CUTHBERT CLAY, *Colonel.*"

Charles laid his note down, and grizzled. "What's yours, Sey?" he asked.

"From a lady," I answered.

He gazed at me suspiciously. "Oh, I thought it was the same hand," he said. His eye looked through me.

"No," I answered. "Mrs. Mortimer's." But I confess I trembled.

He paused a moment. "You made all inquiries at this fellow's bank?" he went on, after a deep sigh.

"Oh, yes," I put in quickly. (I had taken good care about that, you may be sure, lest he should spot the commission.) "They say the self-styled Count von Lebenstein was introduced to them by the Southampton Row folks, and drew, as usual, on the Lebenstein account: so they were quite unsuspicious. A rascal who goes about the world on that scale, you know, and arrives with such credentials as theirs and yours, naturally imposes on anybody. The bank didn't even require to have him formally identified. The firm was enough. He came to pay money in, not to draw it out. And he withdrew his balance just two days later, saying he was in a hurry to get back to Vienna."

Would he ask for items? I confess I felt it was an awkward moment. Charles, however, was too full of regrets to bother about the account. He leaned back in his easy chair, stuck his hands in his pockets, held his legs straight out on the fender before him, and looked the very picture of hopeless despondency.

"Sey," he began, after a minute or two, poking the fire, reflectively, "what a genius that man has! 'Pon my soul, I admire him. I sometimes wish—" He broke off and hesitated.

"Yes, Charles?" I answered.

"I sometimes wish...we had got him on the Board of the Cloetedorp Golcondas. Mag—nificent combinations he would make in the City!"

I rose from my seat and stared solemnly at my misguided brother-in-law.

"Charles," I said, "you are beside yourself. Too much Colonel Clay has told upon your clear and splendid intellect. There are certain remarks which, however true they may be, no self-respecting financier should permit himself to make, even in the privacy of his own room, to his most intimate friend and trusted adviser."

Charles fairly broke down. "You are right, Sey," he sobbed out. "Quite right. Forgive this outburst. At moments of emotion the truth will sometimes out, in spite of everything."

I respected his feebleness. I did not even make it a fitting occasion to ask for a trifling increase of salary.

Chapter V
The Episode of the Drawn Game

The twelfth of August saw us, as usual, at Seldon Castle, Ross-shire. It is part of Charles's restless, roving temperament that, on the morning of the eleventh, wet or fine, he must set out from London, whether the House is sitting or not, in defiance of the most urgent three-line whips; and at dawn on the twelfth he must be at work on his moors, shooting down the young birds with might and main, at the earliest possible legal moment.

He goes on like Saul, slaying his thousands, or, like David, his tens of thousands, with all the guns in the house to help him, till the keepers warn him he has killed as many grouse as they consider desirable; and then, having done his duty, as he thinks, in this respect, he retires precipitately with flying colours to Brighton, Nice, Monte Carlo, or elsewhere. He must be always "on the trek"; when he is buried, I believe he will not be able to rest quiet in his grave: his ghost will walk the world to terrify old ladies.

"At Seldon, at least," he said to me, with a sigh, as he stepped into his Pullman, "I shall be safe from that impostor!"

And indeed, as soon as he had begun to tire a little of counting up his hundreds of brace per diem, he found a trifling piece of financial work cut ready to his hand, which amply distracted his mind for the moment from Colonel Clay, his accomplices, and his villainies.

Sir Charles, I ought to say, had secured during that summer a very advantageous option in a part of Africa on the Transvaal frontier, rumoured to be auriferous. Now, whether it was auriferous or not before, the mere fact that Charles had secured some claim on it naturally made it so; for no man had ever the genuine Midas-touch to a greater degree than Charles Vandrift: whatever he handles turns at once to gold, if not to diamonds. Therefore, as soon as my brother-in-law had obtained this option from the native vendor (a most respected chief, by name Montsioa), and promoted a company of his own to develop it, his great rival in that region, Lord Craig-Ellachie (formerly Sir David Alexander Granton), immediately secured a similar option of an adjacent track, the larger part of which had pretty much the same geological conditions as that covered by Sir Charles's right of pre-emption.

We were not wholly disappointed, as it turned out, in the result. A month or two later, while we were still at Seldon, we received a long and encouraging letter from our prospectors on the spot, who had been hunting over the ground in search of gold-reefs. They reported that they had found a good auriferous vein in a corner of the tract, approachable by adit-levels; but, unfortunately, only a few yards of the lode lay within the limits of Sir Charles's area. The remainder ran on at once into what was locally known as Craig-Ellachie's section.

However, our prospectors had been canny, they said; though young Mr. Granton was prospecting at the same time, in the self-same ridge, not very far from them, his miners had failed to discover the auriferous quartz; so our men had held their tongues about it, wisely leaving it for Charles to govern himself accordingly.

"Can you dispute the boundary?" I asked.

"Impossible," Charles answered. "You see, the limit is a meridian of longitude. There's no getting over that. Can't pretend to deny it. No buying over the sun! No bribing the instruments! Besides, we drew the line ourselves. We've only one way out of it, Sey. Amalgamate! Amalgamate!"

Charles is a marvellous man! The very voice in which he murmured that blessed word "Amalgamate!" was in itself a poem.

"Capital!" I answered. "Say nothing about it, and join forces with Craig-Ellachie."

Charles closed one eye pensively.

That very same evening came a telegram in cipher from our chief engineer on the territory of the option: "Young Granton has somehow given us the slip and gone home. We suspect he knows all. But we have not divulged the secret to anybody."

"Seymour," my brother-in-law said impressively, "there is no time to be lost. I must write this evening to Sir David—I mean to My Lord. Do you happen to know where he is stopping at present?"

"The Morning Post announced two or three days ago that he was at Glen-Ellachie," I answered.

"Then I'll ask him to come over and thrash the matter out with me," my brother-in-law went on. "A very rich reef, they say. I must have my finger in it!"

We adjourned into the study, where Sir Charles drafted, I must admit, a most judicious letter to the rival capitalist. He pointed out that the mineral resources of the country were probably great, but as yet uncertain. That the expense of crushing and milling might be almost prohibitive. That access to fuel was costly, and its conveyance difficult. That water was scarce, and commanded by our section. That two rival companies, if they happened to hit upon ore, might cut one another's throats by erecting two sets of furnaces or pumping plants, and bringing two separate streams to the spot, where one would answer. In short—to employ the golden word—that amalgamation might prove better in the end than competition; and that he advised, at least, a conference on the subject.

I wrote it out fair for him, and Sir Charles, with the air of a Cromwell, signed it.

"This is important, Sey," he said. "It had better be registered, for fear of falling into improper hands. Don't give it to Dobson; let Césarine take it over to Fowlis in the dog-cart."

It is the drawback of Seldon that we are twelve miles from a railway station, though we look out on one of the loveliest firths in Scotland.

Césarine took it as directed—an invaluable servant, that girl! Meanwhile, we learned from the *Morning Post* next day that young Mr. Granton had stolen a march upon us. He had arrived from Africa by the same mail with our agent's letter, and had joined his father at once at Glen-Ellachie.

Two days later we received a most polite reply from the opposing interest. It ran after this fashion:—

"CRAIG-ELLACHIE LODGE,
"GLEN-ELLACHIE, INVERNESS-SHIRE.

"DEAR SIR CHARLES VANDRIFT—Thanks for yours of the 20th. In reply, I can only say I fully reciprocate your amiable desire that nothing adverse to either of our companies should happen in South Africa. With regard to your suggestion that we should meet in person, to discuss the basis of a possible amalgamation, I can only say my house is at present full of guests—as is doubtless your own—and I should therefore find it practically impossible to leave Glen-Ellachie. Fortunately, however, my son David is now at home on a brief holiday from Kimberley; and it will give him great pleasure to come over and hear what you have to say in favour of an arrangement which certainly, on some grounds, seems to me desirable in the interests of both our concessions alike. He will arrive to-morrow afternoon at Seldon, and he is authorised, in every respect, to negotiate with full powers on behalf of myself and the other directors. With kindest regards to your wife and sons, I remain, dear Sir Charles, yours faithfully,

"CRAIG-ELLACHIE."

"Cunning old fox!" Sir Charles exclaimed, with a sniff. "What's he up to now, I wonder? Seems almost as anxious to amalgamate as we ourselves are, Sey." A sudden thought struck him. "Do you know," he cried, looking up, "I really believe the same thing must have happened to *both* our exploring parties. *They* must have found a reef that goes under *our* ground, and the wicked old rascal wants to cheat us out of it!"

"As we want to cheat him," I ventured to interpose.

Charles looked at me fixedly. "Well, if so, we're both in luck," he murmured, after a pause; "though *we* can only get to know the whereabouts of *their* find by joining hands with them and showing them ours. Still, it's good business either way. But I shall be cautious—cautious."

"What a nuisance!" Amelia cried, when we told her of the incident. "I suppose I shall have to put the man up for the night—a nasty, raw-boned, half-baked Scotchman, you may be certain."

On Wednesday afternoon, about three, young Granton arrived. He was a pleasant-featured, red-haired, sandy-whiskered youth, not unlike his father; but, strange to say, he dropped in to call, instead of bringing his luggage.

"Why, you're not going back to Glen-Ellachie to-night, surely?"

Charles exclaimed, in amazement. "Lady Vandrift will be *so* disappointed! Besides, this business can't be arranged between two trains, do you think, Mr. Granton?"

Young Granton smiled. He had an agreeable smile—canny, yet open.

"Oh no," he said frankly. "I didn't mean to go back. I've put up at the inn. I have my wife with me, you know—and, I wasn't invited."

Amelia was of opinion, when we told her this episode, that David Granton wouldn't stop at Seldon because he was an Honourable. Isabel was of opinion he wouldn't stop because he had married an unpresentable young woman somewhere out in South Africa. Charles was of opinion that, as representative of the hostile interest, he put up at the inn, because it might tie his hands in some way to be the guest of the chairman of the rival company. And *I* was of opinion that he had heard of the castle, and knew it well by report as the dullest country-house to stay at in Scotland.

However that may be, young Granton insisted on remaining at the Cromarty Arms, though he told us his wife would be delighted to receive a call from Lady Vandrift and Mrs. Wentworth. So we all returned with him to bring the Honourable Mrs. Granton up to tea at the Castle.

She was a nice little thing, very shy and timid, but by no means unpresentable, and an evident lady. She giggled at the end of every sentence; and she was endowed with a slight squint, which somehow seemed to point all her feeble sallies. She knew little outside South Africa; but of that she talked prettily; and she won all our hearts, in spite of the cast in her eye, by her unaffected simplicity.

Next morning Charles and I had a regular debate with young Granton about the rival options. Our talk was of cyanide processes, reverberatories, pennyweights, water-jackets. But it dawned upon us soon that, in spite of his red hair and his innocent manners, our friend, the Honourable David

Granton, knew a thing or two. Gradually and gracefully he let us see that Lord Craig-Ellachie had sent him for the benefit of the company, but that *he* had come for the benefit of the Honourable David Granton.

"I'm a younger son, Sir Charles," he said; "and therefore I have to feather my nest for myself. I know the ground. My father will be guided implicitly by what I advise in the matter. We are men of the world. Now, let's be business-like. *You* want to amalgamate. You wouldn't do that, of course, if you didn't know of something to the advantage of my father's company—say, a lode on our land—which you hope to secure for yourself by amalgamation. Very well; *I* can make or mar your project. If you choose to render it worth my while, I'll induce my father and his directors to amalgamate. If you don't, I won't. That's the long and the short of it!"

Charles looked at him admiringly.

"Young man," he said, "you're deep, very deep—for your age. Is this candour—or deception? Do you mean what you say? Or do you know some reason why it suits your father's book to amalgamate as well as it suits mine? And are you trying to keep it from me?" He fingered his chin. "If I only knew that," he went on, "I should know how to deal with you."

Young Granton smiled again. "You're a financier, Sir Charles," he answered. "I wonder, at your time of life, you should pause to ask another financier whether he's trying to fill his own pocket—or his father's. Whatever is my father's goes to his eldest son—and *I* am his youngest."

"You are right as to general principles," Sir Charles replied, quite affectionately. "Most sound and sensible. But how do I know you haven't bargained already in the same way with your father? You may have settled with *him*, and be trying to diddle me."

The young man assumed a most candid air. "Look here," he said, leaning forward. "I offer you this chance. Take it or leave it. *Do* you wish to purchase my aid for this amalgamation by a moderate commission on the net value of my father's option to yourself—which I know approximately?"

"Say five per cent," I suggested, in a tentative voice, just to justify my presence.

He looked me through and through. "*Ten* is more usual," he answered, in a peculiar tone and with a peculiar glance.

Great heavens, how I winced! I knew what his words meant. They were the very words I had said myself to Colonel Clay, as the Count von Lebenstein, about the purchase-money of the schloss—and in the very same accent. I saw through it all now. That beastly cheque! This was Colonel Clay; and he was trying to buy up my silence and assistance by the threat of exposure!

My blood ran cold. I didn't know how to answer him. What happened at the rest of that interview I really couldn't tell you. My brain reeled round. I heard just faint echoes of "fuel" and "reduction works." What on earth was I to do? If I told Charles my suspicion—for it was only a suspicion—the fellow might turn upon me and disclose the cheque, which would suffice to ruin me. If I didn't, I ran a risk of being considered by Charles an accomplice and a confederate.

The interview was long. I hardly know how I struggled through it. At the end young Granton went off, well satisfied, if it was young Granton; and Amelia invited him and his wife up to dinner at the castle.

Whatever else they were, they were capital company. They stopped for three days more at the Cromarty Arms. And Charles debated and discussed incessantly. He couldn't quite make up his mind what to do in the affair; and *I* certainly couldn't help him. I never was placed in such a fix in my life. I did my best to preserve a strict neutrality.

Young Granton, it turned out, was a most agreeable person; and so, in her way, was that timid, unpretending South African wife of his. She was naively surprised Amelia had never met her mamma at Durban. They both talked delightfully, and had lots of good stories—mostly with points that told against the Craig-Ellachie people. Moreover, the Honourable David was a splendid swimmer. He went out in a boat with us, and dived like a seal. He was burning to teach Charles and myself to swim, when we told him we could neither of us take a single stroke; he said it was an accomplishment incumbent upon every true Englishman. But Charles hates the water; while, as for myself, I detest every known form of muscular exercise.

However, we consented that he should row us on the Firth, and made an appointment one day with himself and his wife for four the next evening.

That night Charles came to me with a very grave face in my own bedroom. "Sey," he said, under his breath, "have you observed? Have you watched? Have you any suspicions?"

I trembled violently. I felt all was up. "Suspicions of whom?" I asked. "Not surely of Simpson?" (he was Sir Charles's valet).

My respected brother-in-law looked at me contemptuously.

"Sey," he said, "are you trying to take me in? No, *not* of Simpson: of these two young folks. My own belief is—they're Colonel Clay and Madame Picardet."

"Impossible!" I cried.

He nodded. "I'm sure of it."

"How do you know?"

"Instinctively."

I seized his arm. "Charles," I said, imploring him, "do nothing rash.

Remember how you exposed yourself to the ridicule of fools over Dr. Polperro!"

"I've thought of that," he answered, "and I mean to ca' caller." (When in Scotland as laird of Seldon, Charles loves both to dress and to speak the part thoroughly.) "First thing to-morrow I shall telegraph over to inquire at Glen-Ellachie; I shall find out whether this is really young Granton or not; meanwhile, I shall keep my eye close upon the fellow."

Early next morning, accordingly, a groom was dispatched with a telegram to Lord Craig-Ellachie. He was to ride over to Fowlis, send it off at once, and wait for the answer. At the same time, as it was probable Lord Craig-Ellachie would have started for the moors before the telegram reached the Lodge, I did not myself expect to see the reply arrive much before seven or eight that evening. Meanwhile, as it was far from certain we had not the real David Granton to deal with, it was necessary to be polite to our friendly rivals. Our experience in the Polperro incident had shown us both that too much zeal may be more dangerous than too little. Nevertheless, taught by previous misfortunes, we kept watching our man pretty close, determined that on this occasion, at least, he should neither do us nor yet escape us.

About four o'clock the red-haired young man and his pretty little wife came up to call for us. She looked so charming and squinted so enchantingly, one could hardly believe she was not as simple and innocent as she seemed to be. She tripped down to the Seldon boat-house, with Charles by her side, giggling and squinting her best, and then helped her husband to get the skiff ready. As she did so, Charles sidled up to me. "Sey," he whispered, "I'm an old hand, and I'm not readily taken in. I've been talking to that girl, and upon my soul I think she's all right. She's a charming little lady. We may be mistaken after all, of course, about young

Granton. In any case, it's well for the present to be courteous. A most important option! If it's really he, we must do nothing to annoy him or let him see we suspect him."

I had noticed, indeed, that Mrs. Granton had made herself most agreeable to Charles from the very beginning. And as to one thing he was right. In her timid, shrinking way she was undeniably charming. That cast in her eye was all pure piquancy.

We rowed out on to the Firth, or, to be more strictly correct, the two Grantons rowed while Charles and I sat and leaned back in the stern on the luxurious cushions. They rowed fast and well. In a very few minutes they had rounded the point and got clear out of sight of the Cockneyfied towers and false battlements of Seldon.

Mrs. Granton pulled stroke. Even as she rowed she kept up a brisk undercurrent of timid chaff with Sir Charles, giggling all the while, half forward, half shy, like a school-girl who flirts with a man old enough to be her grandfather.

Sir Charles was flattered. He is susceptible to the pleasures of female attention, especially from the young, the simple, and the innocent. The wiles of women of the world he knows too well; but a pretty little *ingénue* can twist him round her finger. They rowed on and on, till they drew abreast of Seamew's island. It is a jagged stack or skerry, well out to sea, very wild and precipitous on the landward side, but shelving gently outward; perhaps an acre in extent, with steep gray cliffs, covered at that time with crimson masses of red valerian. Mrs. Granton rowed up close to it. "Oh, what lovely flowers!" she cried, throwing her head back and gazing at them. "I wish I could get some! Let's land here and pick them. Sir Charles, you shall gather me a nice bunch for my sitting-room."

Charles rose to it innocently, like a trout to a fly.

"By all means, my dear child, I—I have a passion for flowers;" which was a flower of speech itself, but it served its purpose.

They rowed us round to the far side, where is the easiest landing-place. It struck me as odd at the moment that they seemed to know it. Then young Granton jumped lightly ashore; Mrs. Granton skipped after him. I confess it made me feel rather ashamed to see how clumsily Charles and I followed them, treading gingerly on the thwarts for fear of upsetting the boat, while the artless young thing just flew over the gunwale. So like White Heather! However, we got ashore at last in safety, and began to climb the rocks as well as we were able in search of the valerian.

Judge of our astonishment when next moment those two young people bounded back into the boat, pushed off with a peal of merry laughter, and left us there staring at them!

They rowed away, about twenty yards, into deep water. Then the man turned, and waved his hand at us gracefully. "Good-bye!" he said, "good-bye! Hope you'll pick a nice bunch! We're off to London!"

"Off!" Charles exclaimed, turning pale. "Off! What do you mean? You don't surely mean to say you're going to leave us here?"

The young man raised his cap with perfect politeness, while Mrs. Granton smiled, nodded, and kissed her pretty hand to us. "Yes," he answered; "for the present. We retire from the game. The fact of it is, it's a trifle too thin: this is a *coup manqué*."

"A *what*?" Charles exclaimed, perspiring visibly.

"A *coup manqué*," the young man replied, with a compassionate smile. "A failure, don't you know; a bad shot; a fiasco. I learn from my scouts that you sent a telegram by special messenger to Lord Craig-Ellachie this morning. That shows you suspect me. Now, it is a principle of my system never to go on for one move with a game when I find myself suspected. The slightest symptom of distrust, and—I back out immediately. My plans can only be worked to satisfaction when there is perfect confidence on the part of my patient. It is a well-known rule of the medical profession. I *never* try to bleed a man who struggles. So now we're off. Ta-ta! Good luck to you!"

He was not much more than twenty yards away, and could talk to us quite easily. But the water was deep; the islet rose sheer from I'm sure I don't know how many fathoms of sea; and we could neither of us swim. Charles stretched out his arms imploringly. "For Heaven's sake," he cried, "don't tell me you really mean to leave us here."

He looked so comical in his distress and terror that Mrs. Granton—Madame Picardet—whatever I am to call her—laughed melodiously in her prettiest way at the sight of him. "Dear Sir Charles," she called out, "pray don't be afraid! It's only a short and temporary imprisonment. We will send men to take you off. Dear David and I only need just time enough to get well ashore and make—oh!—a few slight alterations in our personal appearance." And she indicated with her hand, laughing, dear David's red wig and false sandy whiskers, as we felt convinced they must be now. She looked at them and tittered. Her manner at this moment was anything but shy. In fact, I will venture to say, it was that of a bold and brazen-faced hoyden.

"Then you *are* Colonel Clay!" Sir Charles cried, mopping his brow with his handkerchief.

"If you choose to call me so," the young man answered politely. "I'm sure it's most kind of you to supply me with a commission in Her Majesty's service. However, time presses, and we want to push off. Don't alarm yourselves unnecessarily. I will send a boat to take you away from this rock at the earliest possible moment consistent with my personal safety and my dear companion's." He laid his hand on his heart and struck a sentimental attitude. "I have received too many unwilling kindnesses at your hands, Sir Charles," he continued, "not to feel how wrong it would be of me to inconvenience you for nothing. Rest assured that you shall be rescued by midnight at latest. Fortunately, the weather just at present is warm, and I see no chance of rain; so you will suffer, if at all, from nothing worse than the pangs of temporary hunger."

Mrs. Granton, no longer squinting—'twas a mere trick she had assumed—rose up in the boat and stretched out a rug to us. "Catch!" she cried, in a merry voice, and flung it at us, doubled. It fell at our feet; she was a capital thrower.

"Now, you dear Sir Charles," she went on, "take that to keep you warm! You know I am really quite fond of you. You're not half a bad old boy when one takes you the right way. You have a human side to you. Why, I often wear that sweetly pretty brooch you gave me at Nice, when I was Madame Picardet! And I'm sure your goodness to me at Lucerne, when I was the little curate's wife, is a thing to remember. We're so glad to have seen you in your lovely Scotch home you were always so proud of! *Don't* be frightened, please. We wouldn't hurt you for worlds. We *are* so sorry we have to take this inhospitable means of evading you. But dear David—I *must* call him dear David still—instinctively felt that you were beginning to suspect us; and he can't bear mistrust. He *is* so sensitive! The moment people mistrust him, he *must* break off with them at once. This was the only way to get you both off our hands while we make the needful little arrangements to depart; and we've been driven to avail ourselves of it. However, I will give you my word of honour, as a lady, you shall be fetched away to-night. If dear David doesn't do it, why, I'll do it myself." And she blew another kiss to us.

Charles was half beside himself, divided between alternate terror and anger. "Oh, we shall die here!" he exclaimed. "Nobody'd ever dream of coming to this rock to search for me."

"What a pity you didn't let me teach you to swim!" Colonel Clay interposed. "It is a noble exercise, and very useful indeed in such special emergencies! Well, ta-ta! I'm off! You nearly scored one this time; but, by putting you here for the moment, and keeping you till we're gone, I venture to say I've redressed the board, and I think we may count it a drawn game, mayn't we? The match stands at *three, love*—with some thousands in pocket?"

"You're a murderer, sir!" Charles shrieked out. "We shall starve or die here!"

Colonel Clay on his side was all sweet reasonableness. "Now, my dear sir," he expostulated, one hand held palm outward, "*do* you think it probable I would kill the goose that lays the golden eggs, with so little compunction? No, no, Sir Charles Vandrift; I know too well how much you are worth to me. I return you on my income-tax paper as five thousand a year, clear profit of my profession. Suppose you were to die! I might be compelled to find some new and far less lucrative source of plunder. Your heirs, executors, or assignees might not suit my purpose. The fact of it is, sir, your temperament and mine are exactly adapted one to the other. *I* understand *you*; and *you* do not understand *me*—which is often the basis of the firmest friendships. I can catch you just where you are trying to catch other people. Your very smartness assists me; for I admit you *are* smart. As a regular financier, I allow, I couldn't hold a candle to you. But in my humbler walk of life I know just how to utilise you. I lead you on, where you think you are going to gain some advantage over others; and by dexterously playing upon your love of a good bargain, your innate desire to best somebody else—I succeed in besting you. There, sir, you have the philosophy of our mutual relations."

He bowed and raised his cap. Charles looked at him and cowered. Yes, genius as he is, he positively cowered. "And do you mean to say," he burst out, "you intend to go on so bleeding me?"

The Colonel smiled a bland smile. "Sir Charles Vandrift," he answered, "I called you just now the goose that lays the golden eggs. You may have thought the metaphor a rude one. But you *are* a goose, you know, in certain relations. Smartest man on the Stock Exchange, I readily admit; easiest fool to bamboozle in the open country that ever I met with. You fail in one thing—the perspicacity of simplicity. For that reason, among others, I have chosen to fasten upon you. Regard me, my dear sir, as a microbe of millionaires, a parasite upon capitalists. You know the old rhyme:

> Great fleas have little fleas upon their backs to bite 'em,
> And these again have lesser fleas, and so ad *infinitum*!

Well, that's just how I view myself. *You* are a capitalist and a millionaire. In your large way you prey upon society. *You* deal in Corners, Options, Concessions, Syndicates. You drain the world dry of its blood and its money. You possess, like the mosquito, a beautiful instrument of suction—Founders' Shares—with which you absorb the surplus wealth of the community. In my smaller way, again, *I* relieve you in turn of a portion of the plunder. I am a Robin Hood of my age; and, looking upon *you* as an exceptionally bad form of millionaire—as well as an exceptionally easy form of pigeon for a man of my type and talents to pluck—I have, so to speak, taken up my abode upon you."

Charles looked at him and groaned.

The young man continued, in a tone of gentle badinage. "I love the plot-interest of the game," he said, "and so does dear Jessie here. We both of us adore it. As long as I find such good pickings upon you, I certainly am not going to turn away from so valuable a carcass, in order to batten myself, at considerable trouble, upon minor capitalists, out of whom it is difficult to extract a few hundreds. It may have puzzled you to guess why I fix upon you so persistently. Now you know, and understand. When a fluke finds a sheep that suits him, that fluke lives upon him. You are my host: I am your parasite. This *coup* has failed. But don't flatter yourself for a moment it will be the last one."

"Why do you insult me by telling me all this?" Sir Charles cried, writhing.

The Colonel waved his hand. It was small and white. "Because I *love* the game," he answered, with a relish; "and also, because the more prepared you are beforehand, the greater credit and amusement is there in besting you. Well, now, ta-ta once more! I am wasting valuable time. I might be cheating somebody. I must be off at once....Take care of yourself, Wentworth. But I know you *will*. You always do. Ten per cent *is* more usual!"

He rowed away and left us. As the boat began to disappear round the corner of the island, White Heather—so she looked—stood up in the stern and shouted aloud through her pretty hands to us. "By-bye, dear Sir Charles!" she cried. "Do wrap the rug around you! I'll send the men to fetch you as soon as ever I possibly can. And thank you so much for those lovely flowers!"

The boat rounded the crags. We were alone on the island. Charles flung himself on the bare rock in a wild access of despondency. He is accustomed to luxury, and cannot get on without his padded cushions. As for myself, I climbed with some difficulty to the top of the cliff, landward, and tried to make signals of distress with my handkerchief to some passer-by on the mainland. All in vain. Charles had dismissed the crofters on the estate; and, as the shooting-party that day was in an opposite direction, not a soul was near to whom we could call for succour.

I climbed down again to Charles. The evening came on slowly. Cries of sea-birds rang weird upon the water. Puffins and cormorants circled round our heads in the gray of twilight. Charles suggested that they might even swoop down upon us and bite us. They did not, however, but their flapping wings added none the less a painful touch of eeriness to our hunger and solitude. Charles was horribly depressed. For myself, I will confess I felt so much relieved at the fact that Colonel Clay had not openly betrayed me in the matter of the commission, as to be comparatively comfortable.

We crouched on the hard crag. About eleven o'clock we heard human voices. "Boat ahoy!" I shouted. An answering shout aroused us to action. We rushed down to the landing place and coocc'd for the men, to show them where we were. They came up at once in Sir Charles's own boat. They were fishermen from Niggarey, on the shore of the Firth opposite.

A lady and gentleman had sent them, they said, to return the boat and call for us on the island; their description corresponded to the two supposed Grantons. They rowed us home almost in silence to Seldon. It was half-past twelve by the gatehouse clock when we reached the castle. Men had been sent along the coast each way to seek us. Amelia had gone to bed, much alarmed for our safety. Isabel was sitting up. It was too late, of course, to do much that night in the way of apprehending the miscreants, though Charles insisted upon dispatching a groom, with a telegram for the police at Inverness, to Fowlis.

Nothing came of it all. A message awaited us from Lord Craig-Ellachie, to be sure, saying that his son had not left Glen-Ellachie Lodge; while research the next day and later showed that our correspondent had never even received our letter. An empty envelope alone had arrived at the house, and the postal authorities had been engaged meanwhile, with their usual lightning speed, in "investigating the matter." Césarine had posted the letter herself at Fowlis, and brought back the receipt; so the only conclusion we could draw was this—Colonel Clay must be in league with somebody at the post-office. As for Lord Craig-Ellachie's reply, that was a simple forgery; though, oddly enough, it was written on Glen-Ellachie paper.

However, by the time Charles had eaten a couple of grouse, and drunk a bottle of his excellent Rudesheimer, his spirits and valour revived exceedingly. Doubtless he inherits from his Boer ancestry a tendency towards courage of the Batavian description. He was in capital feather.

"After all, Sey," he said, leaning back in his chair, "this time we score one. He has *not* done us brown; we have at least detected him. To detect him in time is half-way to catching him. Only the remoteness of our position at Seldon Castle saved him from capture. Next set-to, I feel sure, we will not merely spot him, we will also nab him. I only wish he would try on such a rig in London."

But the oddest part of it all was this, that from the moment those two people landed at Niggarey, and told the fishermen there were some gentlemen stranded on the Seamew's island, all trace of them vanished. At no station along the line could we gain any news of them. Their maid had left the inn the same morning with their luggage, and we tracked her to Inverness; but there the trail stopped short, no spoor lay farther. It was a most singular and insoluble mystery.

Charles lived in hopes of catching his man in London.

But for my part, I felt there was a show of reason in one last taunt which the rascal flung back at us as the boat receded: "Sir Charles Vandrift, we are a pair of rogues. The law protects *you*. It persecutes *me*. That's all the difference."

Chapter VI
The Episode of the German Professor

That winter in town my respected brother-in-law had little time on his hands to bother himself about trifles like Colonel Clay. A thunderclap burst upon him. He saw his chief interest in South Africa threatened by a serious, an unexpected, and a crushing danger.

Charles does a little in gold, and a little in land; but his principal operations have always lain in the direction of diamonds. Only once in my life, indeed, have I seen him pay the slightest attention to poetry, and that was when I happened one day to recite the lines:—

> Full many a gem of purest ray serene
> The dark, unfathomed caves of ocean bear.

He rubbed his hands at once and murmured enthusiastically, "I never thought of that. We might get up an Atlantic Exploration Syndicate, Limited." So attached is he to diamonds. You may gather, therefore, what a shock it was to that gigantic brain to learn that science was rapidly reaching a point where his favourite gems might become all at once a mere drug in the market. Depreciation is the one bugbear that perpetually torments Sir Charles's soul; that winter he stood within measurable distance of so appalling a calamity.

It happened after this manner.

We were strolling along Piccadilly towards Charles's club one afternoon—he is a prominent member of the Crœsus, in Pall Mall—when, near Burlington House, whom should we happen to knock up against but Sir Adolphus Cordery, the famous mineralogist, and leading spirit of the Royal Society! He nodded to us pleasantly. "Halloa, Vandrift," he cried, in his peculiarly loud and piercing voice; "you're the very man I wanted to meet to-day. Good morning, Wentworth. Well, how about diamonds now, Sir Gorgius? You'll have to sing small. It's all up with you Midases. Heard about this marvellous new discovery of Schleiermacher's? It's calculated to make you diamond kings squirm like an eel in a frying-pan."

I could see Charles wriggle inside his clothes. He was most uncomfortable. That a man like Cordery should say such things, in so loud a voice, on no matter how little foundation, openly in Piccadilly, was enough in itself to make a sensitive barometer such as Cloetedorp Golcondas go down a point or two.

"Hush, hush!" Charles said solemnly, in that awed tone of voice which he always assumes when Money is blasphemed against. "*Please* don't talk quite so loud! All London can hear you."

Sir Adolphus ran his arm through Charles's most amicably. There's nothing Charles hates like having his arm taken.

"Come along with me to the Athenæum," he went on, in the same stentorian voice, "and I'll tell you all about it. Most interesting discovery. Makes diamonds cheap as dirt. Calculated to supersede South Africa altogether."

Charles allowed himself to be dragged along. There was nothing else possible. Sir Adolphus continued, in a somewhat lower key, induced upon him by Charles's mute look of protest. It was a disquieting story.

He told it with gleeful unction. It seems that Professor Schleiermacher, of Jena, "the greatest living authority on the chemistry of gems," he said, had lately invented, or claimed to have invented, a system for artificially producing diamonds, which had yielded most surprising and unexceptionable results.

Charles's lip curled slightly. "Oh, I know the sort of thing," he said. "I've heard of it before. Very inferior stones, quite small and worthless, produced at immense cost, and even then not worth looking at. I'm an old bird, you know, Cordery; not to be caught with chaff. Tell me a better one!"

Sir Adolphus produced a small cut gem from his pocket. "How's that for the first water?" he inquired, passing it across, with a broad smile, to the sceptic. "Made under my own eyes—and quite inexpensively!"

Charles examined it close, stopping short against the railings in St. James's Square to look at it with his pocket-lens. There was no denying the truth. It was a capital small gem of the finest quality.

"Made under your own eyes?" he exclaimed, still incredulous. "Where, my dear sir?—at Jena?"

The answer was a thunderbolt from a blue sky. "No, here in London; last night as ever was; before myself and Dr. Gray; and about to be exhibited by the President himself at a meeting of Fellows of the Royal Society."

Charles drew a long breath. "This nonsense must be stopped," he said firmly—"it must be nipped in the bud. It won't do, my dear friend; we can't have such tampering with important Interests."

"How do you mean?" Cordery asked, astonished.

Charles gazed at him steadily. I could see by the furtive gleam in my brother-in-law's eye he was distinctly frightened. "Where *is* the fellow?" he asked. "Did he come himself, or send over a deputy?"

"Here in London," Sir Adolphus replied. "He's staying at my house;

and he says he'll be glad to show his experiments to anybody scientifically interested in diamonds. We propose to have a demonstration of the process to-night at Lancaster Gate. Will you drop in and see it?"

Would he "drop in" and see it? "Drop in" at such a function! Could he possibly stop away? Charles clutched the enemy's arm with a nervous grip. "Look here, Cordery," he said, quivering; "this is a question affecting very important Interests. Don't do anything rash. Don't do anything foolish. Remember that Shares may rise or fall on this." He said "Shares" in a tone of profound respect that I can hardly even indicate. It was the crucial word in the creed of his religion.

"I should think it very probable," Sir Adolphus replied, with the callous indifference of the mere man of science to financial suffering.

Sir Charles was bland, but peremptory. "Now, observe," he said, "a grave responsibility rests on your shoulders. The Market depends upon you. You must not ask in any number of outsiders to witness these experiments. Have a few mineralogists and experts, if you like; but also take care to invite representatives of the menaced Interests. I will come myself—I'm engaged to dine out, but I can contract an indisposition; and I should advise you to ask Mosenheimer, and, say, young Phipson. They would stand for the mines, as you and the mineralogists would stand for science. Above all, don't blab; for Heaven's sake, let there be no premature gossip. Tell Schleiermacher not to go gassing and boasting of his success all over London."

"We are keeping the matter a profound secret, at Schleiermacher's own request," Cordery answered, more seriously.

"Which is why," Charles said, in his severest tone, "you bawled it out at the very top of your voice in Piccadilly!"

However, before nightfall, everything was arranged to Charles's satisfaction; and off we went to Lancaster Gate, with a profound expectation that the German professor would do nothing worth seeing.

He was a remarkable-looking man, once tall, I should say, from his long, thin build, but now bowed and bent with long devotion to study and leaning over a crucible. His hair, prematurely white, hung down upon his forehead, but his eye was keen and his mouth sagacious. He shook hands cordially with the men of science, whom he seemed to know of old, whilst he bowed somewhat distantly to the South African interest. Then he began to talk, in very German-English, helping out the sense now and again, where his vocabulary failed him, by waving his rather dirty and chemical-stained hands demonstratively about him. His nails were a sight, but his fingers, I must say, had the delicate shape of a man's accustomed to minute manipulation. He plunged at once into the thick of the matter, telling us briefly in his equally thick accent that he "now brobosed by his new brocess to make for us some goot and sadisfactory tiamonds."

He brought out his apparatus, and explained—or, as he said, "eggsblained"—his novel method. "Tiamonds," he said, "were nozzing but pure crystalline carbon." He knew how to crystallise it—"zat was all ze secret." The men of science examined the pots and pans carefully. Then he put in a certain number of raw materials, and went to work with ostentatious openness. There were three distinct processes, and he made two stones by each simultaneously. The remarkable part of his methods, he said, was their rapidity and their cheapness. In three-quarters of an hour (and he smiled sardonically) he could produce a diamond worth at current prices two hundred pounds sterling. "As you shall now see me berform," he remarked, "viz zis simple abbaradus."

The materials fizzed and fumed. The Professor stirred them. An unpleasant smell like burnt feathers pervaded the room. The scientific men craned their necks in their eagerness, and looked over one another; Vane-Vivian, in particular, was all attention. After three-quarters of an hour, the Professor, still smiling, began to empty the apparatus. He removed a large quantity of dust or powder, which he succinctly described as "by-products," and then took between finger and thumb from the midst of each pan a small white pebble, not water-worn apparently, but slightly rough and wart-like on the surface.

From one pair of the pannikins he produced two such stones, and held them up before us triumphantly. "Zese," he said, "are genuine tiamonds, manufactured at a gost of fourteen shillings and siggspence abiece!" Then he tried the second pair. "Zese," he said, still more gleefully, "are broduced at a gost of eleffen and ninebence!" Finally, he came to the third pair, which he positively brandished before our astonished eyes. "And zese," he cried, transported, "haff gost me no more zan tree and eightbence!"

They were handed round for inspection. Rough and uncut as they stood, it was, of course, impossible to judge of their value. But one thing was certain. The men of science had been watching close at the first, and were sure Herr Schleiermacher had not put the stones in; they were keen at the withdrawal, and were equally sure he had taken them honestly out of the pannikins.

"I vill now disdribute zem," the Professor remarked in a casual tone, as if diamonds were peas, looking round at the company. And he singled out my brother-in-law. "One to Sir Charles!" he said, handing it; "one to Mr. Mosenheimer; one to Mr. Phibson—as representing the tiamond interest. Zen, one each to Sir Atolphus, to Dr. Gray, to Mr. Fane-Fiffian, as representing science. You will haff zem cut and rebort upon zem in due gourse. We meet again at zis blace ze day afder do-morrow."

Charles gazed at him reproachfully. The profoundest chords of his moral nature were stirred. "Professor," he said, in a voice of solemn warning, "*are* you aware that, *if* you have succeeded, you have destroyed the value of thousands of pounds' worth of precious property?"

The Professor shrugged his shoulders. "Fot is dat to me?" he inquired, with a curious glance of contempt. "I am not a financier! I am a man of science. I seek to know; I do not seek to make a fortune."

"Shocking!" Charles exclaimed. "Shocking! I never before in my life beheld so strange an instance of complete insensibility to the claims of others!"

We separated early. The men of science were coarsely jubilant. The diamond interest exhibited a corresponding depression. If this news were true, they foresaw a slump. Every eye grew dim. It was a terrible business.

Charles walked homeward with the Professor. He sounded him gently as to the sum required, should need arise, to purchase his secrecy. Already Sir Adolphus had bound us all down to temporary silence—as if that were necessary; but Charles wished to know how much Schleiermacher would take to suppress his discovery. The German was immovable.

"No, no!" he replied, with positive petulance. "You do not unterstant. I do not buy and sell. Zis is a chemical fact. We must bublish it for the sake off its seoretical falue. I do not care for wealse. I haff no time to waste in making money."

"What an awful picture of a misspent life!" Charles observed to me afterwards.

And, indeed, the man seemed to care for nothing on earth but the abstract question—not whether he could make good diamonds or not, but whether he could or could not produce a crystalline form of pure carbon!

On the appointed night Charles went back to Lancaster Gate, as I could not fail to remark, with a strange air of complete and painful preoccupation. Never before in his life had I seen him so anxious.

The diamonds were produced, with one surface of each slightly scored by the cutters, so as to show the water. Then a curious result disclosed itself. Strange to say, each of the three diamonds given to the three diamond kings turned out to be a most inferior and valueless stone; while each of the three intrusted to the care of the scientific investigators turned out to be a fine gem of the purest quality.

I confess it was a sufficiently suspicious conjunction. The three representatives of the diamond interest gazed at each other with inquiring side-glances. Then their eyes fell suddenly: they avoided one another. Had each independently substituted a weak and inferior natural stone for Professor Schleiermacher's manufactured pebbles? It almost seemed so. For a moment, I admit, I was half inclined to suppose it. But next second I changed my mind. Could a man of Sir Charles Vandrift's integrity and high principle stoop for lucre's sake to so mean an expedient?—not to mention the fact that, even if he did, and if Mosenheimer did likewise, the stones submitted to the scientific men would have amply sufficed to establish the reality and success of the experiments!

Still, I must say, Charles looked guiltily across at Mosenheimer, and Mosenheimer at Phipson, while three more uncomfortable or unhappy-faced men could hardly have been found at that precise minute in the City of Westminster.

Then Sir Adolphus spoke—or, rather, he orated. He said, in his loud and grating voice, we had that evening, and on a previous evening, been present at the conception and birth of an Epoch in the History of Science. Professor Schleiermacher was one of those men of whom his native

Saxony might well be proud; while as a Briton he must say he regretted somewhat that this discovery, like so many others, should have been "Made in Germany." However, Professor Schleiermacher was a specimen of that noble type of scientific men to whom gold was merely the rare metal Au, and diamonds merely the element C in the scarcest of its manifold allotropic embodiments. The Professor did not seek to make money out of his discovery. He rose above the sordid greed of capitalists. Content with the glory of having traced the element C to its crystalline origin, he asked no more than the approval of science. However, out of deference to the wishes of those financial gentlemen who were oddly concerned in maintaining the present price of C in its crystalline form—in other words, the diamond interest—they had arranged that the secret should be strictly guarded and kept for the present; not one of the few persons admitted to the experiments would publicly divulge the truth about them. This secrecy would be maintained till he himself, and a small committee of the Royal Society, should have time to investigate and verify for themselves the Professor's beautiful and ingenious processes—an investigation and verification which the learned Professor himself both desired and suggested. (Schleiermacher nodded approval.) When that was done, if the process stood the test, further concealment would be absolutely futile. The price of diamonds must fall at once below that of paste, and any protest on the part of the financial world would, of course, be useless. The laws of Nature were superior to millionaires. Meanwhile, in deference to the opinion of Sir Charles Vandrift, whose acquaintance with that fascinating side of the subject nobody could deny, they had consented to send no notices to the Press, and to abstain from saying anything about this beautiful and simple process in public. He dwelt with horrid gusto on that epithet "beautiful." And now, in the name of British mineralogy, he must congratulate Professor Schleiermacher, our distinguished guest, on his truly brilliant and crystalline contribution to our knowledge of brilliants and of crystalline science.

Everybody applauded. It was an awkward moment. Sir Charles bit his lip. Mosenheimer looked glum. Young Phipson dropped an expression which I will not transcribe. (I understand this work may circulate among families.) And after a solemn promise of death-like secrecy, the meeting separated.

I noticed that my brother-in-law somewhat ostentatiously avoided Mosenheimer at the door; and that Phipson jumped quickly into his own carriage. "Home!" Charles cried gloomily to the coachman as we took our seats in the brougham. And all the way to Mayfair he leaned back in his seat, with close-set lips, never uttering a syllable.

Before he retired to rest, however, in the privacy of the billiard-room, I ventured to ask him: "Charles, will you unload Golcondas to-morrow?" Which, I need hardly explain, is the slang of the Stock Exchange for getting rid of undesirable securities. It struck me as probable that, in the event of the invention turning out a reality, Cloetedorp A's might become unsaleable within the next few weeks or so.

He eyed me sternly. "Wentworth," he said, "you're a fool!" (Except on occasions when he is very angry, my respected connection *never* calls me "Wentworth"; the familiar abbreviation, "Sey"—derived from Seymour—is his usual mode of address to me in private.) "*Is* it likely I would unload, and wreck the confidence of the public in the Cloetedorp Company at such a moment? As a director—as Chairman—would it be just or right of me? I ask you, sir, *could* I reconcile it to my conscience?"

"Charles," I answered, "you are right. Your conduct is noble. You will not save your own personal interests at the expense of those who have put their trust in you. Such probity is, alas! very rare in finance!" And I sighed involuntarily; for I had lost in Liberators.

At the same time I thought to myself, "*I* am not a director. No trust is reposed in *me*. *I* have to think first of dear Isabel and the baby. Before the crash comes *I* will sell out to-morrow the few shares I hold, through Charles's kindness, in the Cloetedorp Golcondas."

With his marvellous business instinct, Charles seemed to divine my thought, for he turned round to me sharply. "Look here, Sey," he remarked, in an acidulous tone, "recollect, you're my brother-in-law. You are also my secretary. The eyes of London will be upon us to-morrow. If *you* were to sell out, and operators got to know of it, they'd suspect there was something up, and the company would suffer for it. Of course, you can do what you like with your own property. I can't interfere with *that*. I do not dictate to you. But as Chairman of the Golcondas, I am bound to see that the interests of widows and orphans whose All is invested with me should not suffer at this crisis." His voice seemed to falter. "Therefore, though I don't like to threaten," he went on, "I am bound to give you warning: *if* you sell out those shares of yours, openly or secretly, you are no longer my secretary; you receive forthwith six months' salary in lieu of notice, and—you leave me instantly."

"Very well, Charles," I answered, in a submissive voice; though I debated with myself for a moment whether it would be best to stick to the ready money and quit the sinking ship, or to hold fast by my friend, and back Charles's luck against the Professor's science. After a short, sharp struggle within my own mind, I am proud to say, friendship and gratitude won. I felt sure that, whether diamonds went up or down, Charles Vandrift was the sort of man who would come to the top in the end in spite of everything. And I decided to stand by him!

I slept little that night, however. My mind was a whirlwind. At breakfast Charles also looked haggard and moody. He ordered the carriage early, and drove straight into the City.

There was a block in Cheapside. Charles, impatient and nervous, jumped out and walked. I walked beside him. Near Wood Street a man we knew casually stopped us.

"I think I ought to mention to you," he said, confidentially, "that I have it on the very best authority that Schleiermacher, of Jena—"

"Thank you," Charles said, crustily, "I know that tale, and—there's not a word of truth in it."

He brushed on in haste. A yard or two farther a broker paused in front of us.

"Halloa, Sir Charles!" he called out, in a bantering tone. "What's all this about diamonds? Where are Cloetedorps to-day? Is it Golconda, or Queer Street?"

Charles drew himself up very stiff. "I fail to understand you," he answered, with dignity.

"Why, you were there yourself," the man cried. "Last night at Sir Adolphus's! Oh yes, it's all over the place; Schleiermacher of Jena has succeeded in making the most perfect diamonds—for sixpence apiece—as good as real—and South Africa's ancient history. In less than six weeks Kimberley, they say, will be a howling desert. Every costermonger in Whitechapel will wear genuine Koh-i-noors for buttons on his coat; every girl in Bermondsey will sport a *rivière* like Lady Vandrift's to her favourite music-hall. There's a slump in Golcondas. Sly, sly, I can see; but *we* know all about it!"

Charles moved on, disgusted. The man's manners were atrocious. Near the Bank we ran up against a most respectable jobber.

"Ah, Sir Charles," he said; "you here? Well, this is strange news, isn't it? For my part, I advise you not to take it too seriously. Your stock will go down, of course, like lead this morning. But it'll rise to-morrow, mark my words, and fluctuate every hour till the discovery's proved or disproved for certain. There's a fine time coming for operators, I feel sure. Reports this way and that. Rumours, rumours, rumours. And nobody will know which way to believe till Sir Adolphus has tested it."

We moved on towards the House. Black care was seated on Sir Charles's shoulders. As we drew nearer and nearer, everybody was discussing the one fact of the moment. The seal of secrecy had proved more potent than publication on the housetops. Some people told us of the exciting news in confidential whispers; some proclaimed it aloud in vulgar exultation. The general opinion was that Cloetedorps were doomed, and that the sooner a man cleared out the less was he likely to lose by it.

Charles strode on like a general; but it was a Napoleon brazening out his retreat from Moscow. His mien was resolute. He disappeared at last into the precincts of an office, waving me back, not to follow. After a long consultation he came out and rejoined me.

All day long the City rang with Golcondas, Golcondas. Everybody murmured, "Slump, slump in Golcondas." The brokers had more business to do than they could manage; though, to be sure, almost every one was a seller and no one a buyer. But Charles stood firm as a rock, and so did his brokers. "I don't want to sell," he said, doggedly. "The whole thing is trumped up. It's a mere piece of jugglery. For my own part, I believe Professor Schleiermacher is deceived, or else is deceiving us. In another week the bubble will have burst, and prices will restore themselves." His brokers, Finglemores, had only one answer to all inquiries: "Sir Charles has every confidence in the stability of Golcondas, and doesn't wish to sell or to increase the panic."

All the world said he was splendid, splendid! There he stationed himself on 'Change like some granite stack against which the waves roll and break themselves in vain. He took no notice of the slump, but ostentatiously bought up a few shares here and there so as to restore public confidence.

"I would buy more," he said, freely, "and make my fortune; only, as I was one of those who happened to spend last night at Sir Adolphus's, people might think I had helped to spread the rumour and produce the slump, in order to buy in at panic rates for my own advantage. A chairman, like Cæsar's wife, should be above suspicion. So I shall only buy up just enough, now and again, to let people see I, at least, have no doubt as to the firm future of Cloetedorps."

He went home that night, more harassed and ill than I have ever seen him. Next day was as bad. The slump continued, with varying episodes. Now, a rumour would surge up that Sir Adolphus had declared the whole affair a sham, and prices would steady a little; now, another would break out that the diamonds were actually being put upon the market in Berlin by the cart-load, and timid old ladies would wire down to their brokers to realise off-hand at whatever hazard. It was an awful day. I shall never forget it.

The morning after, as if by miracle, things righted themselves of a sudden. While we were wondering what it meant, Charles received a telegram from Sir Adolphus Cordery:—

"The man is a fraud. Not Schleiermacher at all. Just had a wire from Jena saying the Professor knows nothing about him. Sorry unintentionally to have caused you trouble. Come round and see me."

"Sorry unintentionally to have caused you trouble." Charles was beside himself with anger. Sir Adolphus had upset the share-market for forty-eight mortal hours, half-ruined a round dozen of wealthy operators, convulsed the City, upheaved the House, and now—he apologised for it as one might apologise for being late ten minutes for dinner! Charles jumped into a hansom and rushed round to see him. How had he dared to introduce the impostor to solid men as Professor Schleiermacher? Sir Adolphus shrugged his shoulders. The fellow had come and introduced himself as the great Jena chemist; he had long white hair, and a stoop in the shoulders. What reason had *he* for doubting his word? (I reflected to myself that on much the same grounds Charles in turn had accepted the Honourable David Granton and Graf von Lebenstein.) Besides, what object could the creature have for this extraordinary deception? Charles knew only too well. It was clear it was done to disturb the diamond market, and we realised, too late, that the man who had done it was—Colonel Clay, in "another of his manifold allotropic embodiments!" Charles had had his wish, and had met his enemy once more in London!

We could see the whole plot. Colonel Clay was polymorphic, like the element carbon! Doubtless, with his extraordinary sleight of hand, he had substituted real diamonds for the shapeless mass that came out of the apparatus, in the interval between handing the pebbles round for inspection, and distributing them piecemeal to the men of science and representatives of the diamond interest. We all watched him closely, of course, when he opened the crucibles; but when once we had satisfied ourselves that *something* came out, our doubts were set at rest, and we forgot to watch whether he distributed those somethings or not to the recipients. Conjurers always depend upon such momentary distractions or lapses of attention. As usual, too, the Professor had disappeared into space the moment his trick was once well performed. He vanished like smoke, as the Count and Seer had vanished before, and was never again heard of.

Charles went home more angry than I have ever beheld him. I couldn't imagine why. He seemed as deeply hipped as if he had lost his thousands. I endeavoured to console him. "After all," I said, "though Golcondas have suffered a temporary loss, it's a comfort to think that you should have stood so firm, and not only stemmed the tide, but also prevented yourself from losing anything at all of your own through panic. I'm sorry, of course, for the widows and orphans; but if Colonel Clay has rigged the market, at least it isn't *you* who lose by it this time."

Charles withered me with a fierce scowl of undisguised contempt. "Wentworth," he said once more, "you are a fool!" Then he relapsed into silence.

"But you declined to sell out," I said.

He gazed at me fixedly. "Is it likely," he asked at last, "I would tell *you* if I meant to sell out? or that I'd sell out openly through Finglemore, my usual broker? Why, all the world would have known, and Golcondas would have been finished. As it is, I don't desire to tell an ass like you exactly how much I've lost. But I *did* sell out, and some unknown operator bought in at once, and closed for ready money, and has sold again this morning; and after all that has happened, it will be impossible to track him. He didn't wait for the account: he settled up instantly. And he sold in like manner. I know now what has been done, and how cleverly it has all been disguised and covered; but the most I'm going to tell you to-day is just this—it's by far the biggest haul Colonel Clay has made out of me. He could retire on it if he liked. My one hope is, it may satisfy him for life; but, then, no man has ever had enough of making money."

"*You* sold out!" I exclaimed. "*You*, the Chairman of the company!

You deserted the ship! And how about your trust? How about the widows and orphans confided to you?"

Charles rose and faced me. "Seymour Wentworth," he said, in his most solemn voice, "you have lived with me for years and had every advantage. You have seen high finance. Yet you ask me that question! It's my belief you will never, never understand business!"

Chapter VII
The Episode of the Arrest of the Colonel

How much precisely Charles dropped over the slump in Cloetedorps I never quite knew. But the incident left him dejected, limp, and dispirited.

"Hang it all, Sey," he said to me in the smoking-room, a few evenings later. "This Colonel Clay is enough to vex the patience of Job—and Job had large losses, too, if I recollect aright, from the Chaldeans and other big operators of the period."

"Three thousand camels," I murmured, recalling my dear mother's lessons; "all at one fell swoop; not to mention five hundred yoke of oxen, carried off by the Sabeans, then a leading firm of speculative cattle-dealers!"

"Ah, well," Charles meditated aloud, shaking the ash from his cheroot into a Japanese tray—fine antique bronze-work. "There were big transactions in live-stock even then! Still, Job or no Job, the man is too much for me."

"The difficulty is," I assented, "you never know where to have him."

"Yes," Charles mused; "if he were always the same, like Horniman's tea or a good brand of whisky, it would be easier, of course; you'd stand some chance of spotting him. But when a man turns up smiling every time in a different disguise, which fits him like a skin, and always apparently with the best credentials, why, hang it all, Sey, there's no wrestling with him anyhow."

"Who could have come to us, for example, better vouched," I acquiesced, "than the Honourable David?"

"Exactly so," Charles murmured. "I invited him myself, for my own advantage. And he arrived with all the prestige of the Glen-Ellachie connection."

"Or the Professor?" I went on. "Introduced to us by the leading mineralogist of England."

I had touched a sore point. Charles winced and remained silent.

"Then, women again," he resumed, after a painful pause. "I must meet in society many charming women. I can't everywhere and always be on my guard against every dear soul of them. Yet the moment I relax my attention for one day—or even when I don't relax it—I am bamboozled and led a dance by that arch Mme. Picardet, or that transparently simple little minx, Mrs. Granton. She's the cleverest girl I ever met in my life, that hussy, whatever we're to call her. She's a different person each time; and each time, hang it all, I lose my heart afresh to that different person."

I glanced round to make sure Amelia was well out of earshot.

"No, Sey," my respected connection went on, after another long pause, sipping his coffee pensively, "I feel I must be aided in this superhuman task by a professional unraveller of cunning disguises. I shall go to Marvillier's to-morrow—fortunate man, Marvillier—and ask him to supply me with a really good 'tec, who will stop in the house and keep an eye upon every living soul that comes near me. He shall scan each nose, each eye, each wig, each whisker. He shall be my watchful half, my unsleeping self; it shall be his business to suspect all living men, all breathing women. The Archbishop of Canterbury shall not escape for a moment his watchful regard; he will take care that royal princesses don't collar the spoons or walk off with the jewel-cases. He must see possible Colonel Clays in the guard of every train and the parson of every parish; he must detect the off-chance of a Mme. Picardet in every young girl that takes tea with Amelia, every fat old lady that comes to call upon Isabel. Yes, I have made my mind up. I shall go to-morrow and secure such a man at once at Marvillier's."

"If you please, Sir Charles," Césarine interposed, pushing her head through the portière, "her ladyship says, will you and Mr. Wentworth remember that she goes out with you both this evening to Lady Carisbrooke's?"

"Bless my soul," Charles cried, "so she does! And it's now past ten! The carriage will be at the door for us in another five minutes!"

Next morning, accordingly, Charles drove round to Marvillier's. The famous detective listened to his story with glistening eyes; then he rubbed his hands and purred. "Colonel Clay!" he said; "Colonel Clay! That's a very tough customer! The police of Europe are on the look-out for Colonel Clay. He is wanted in London, in Paris, in Berlin. It is *le Colonel Caoutchouc* here, *le Colonel Caoutchouc* there; till one begins to ask, at last, *is* there *any* Colonel Caoutchouc, or is it a convenient class name invented by the Force to cover a gang of undiscovered sharpers? However, Sir Charles, we will do our best. I will set on the track without delay the best and cleverest detective in England."

"The very man I want," Charles said. "What name, Marvillier?"

The principal smiled. "Whatever name you like," he said. "He isn't particular. Medhurst he's called at home. *We* call him Joe. I'll send him round to your house this afternoon for certain."

"Oh no," Charles said promptly, "you won't; or Colonel Clay himself will come instead of him. I've been sold too often. No casual strangers! I'll wait here and see him."

"But he isn't in," Marvillier objected.

Charles was firm as a rock. "Then send and fetch him."

In half an hour, sure enough, the detective arrived. He was an odd-looking small man, with hair cut short and standing straight up all over his head, like a Parisian waiter. He had quick, sharp eyes, very much like a ferret's; his nose was depressed, his lips thin and bloodless. A scar marked his left cheek—made by a sword-cut, he said, when engaged one day in arresting a desperate French smuggler, disguised as an officer of Chasseurs d'Afrique. His mien was resolute. Altogether, a quainter or 'cuter little man it has never yet been my lot to set eyes on. He walked in with a brisk step, eyed Charles up and down, and then, without much formality, asked for what he was wanted.

"This is Sir Charles Vandrift, the great diamond king," Marvillier said, introducing us.

"So I see," the man answered.

"Then you know me?" Charles asked.

"I wouldn't be worth much," the detective replied, "if I didn't know everybody. And *you're* easy enough to know; why, every boy in the street knows you."

"Plain spoken!" Charles remarked.

"As you like it, sir," the man answered in a respectful tone. "I endeavour to suit my dress and behaviour on every occasion to the taste of my employers."

"Your name?" Charles asked, smiling.

"Joseph Medhurst, at your service. What sort of work? Stolen diamonds? Illicit diamond-buying?"

"No," Charles answered, fixing him with his eye. "Quite another kind of job. You've heard of Colonel Clay?"

Medhurst nodded. "Why, certainly," he said; and, for the first time, I detected a lingering trace of American accent. "It's my business to know about him."

"Well, I want you to catch him," Charles went on.

Medhurst drew a long breath. "Isn't that rather a large order?" he murmured, surprised.

Charles explained to him exactly the sort of services he required. Medhurst promised to comply. "If the man comes near you, I'll spot him," he said, after a moment's pause. "I can promise you that much. I'll pierce any disguise. I should know in a minute whether he's got up or not. I'm death on wigs, false moustaches, artificial complexions. I'll engage to bring the rogue to book if I see him. You may set your mind at rest, that, while *I'm* about you, Colonel Clay can do nothing without my instantly spotting him."

"He'll do it," Marvillier put in. "He'll do it, if he says it. He's my very best hand. Never knew any man like him for unravelling and unmasking the cleverest disguises."

"Then he'll suit me," Charles answered, "for *I* never knew any man like Colonel Clay for assuming and maintaining them."

It was arranged accordingly that Medhurst should take up his residence in the house for the present, and should be described to the servants as assistant secretary. He came that very day, with a marvellously small portmanteau. But from the moment he arrived, we noticed that Césarine took a violent dislike to him.

Medhurst was a most efficient detective. Charles and I told him all we knew about the various shapes in which Colonel Clay had "materialised," and he gave us in turn many valuable criticisms and suggestions. Why, when we began to suspect the Honourable David Granton, had we not, as if by accident, tried to knock his red wig off? Why, when the Reverend Richard Peploe Brabazon first discussed the question of the paste diamonds, had we not looked to see if any of Amelia's unique gems were missing? Why, when Professor Schleiermacher made his bow to assembled science at Lancaster Gate, had we not strictly inquired how far he was personally known beforehand to Sir Adolphus Cordery and the other mineralogists? He supplied us also with several good hints about false hair and make-up; such as that Schleiermacher was probably much shorter than he looked, but by imitating a stoop with padding at his back he had produced the illusion of a tall bent man, though in reality no bigger than the little curate or the Graf von Lebenstein. High heels did the rest; while the scientific keenness we noted in his face was doubtless brought about by a trifle of wax at the end of the nose, giving a peculiar tilt that is extremely effective. In short, I must frankly admit, Medhurst made us feel ashamed of ourselves. Sharp as Charles is, we realised at once he was nowhere in observation beside the trained and experienced senses of this professional detective.

The worst of it all was, while Medhurst was with us, by some curious fatality, Colonel Clay stopped away from us. Now and again, to be sure, we ran up against somebody whom Medhurst suspected; but after a short investigation (conducted, I may say, with admirable cleverness), the spy always showed us the doubtful person was really some innocent and well-known character, whose antecedents and surroundings he elucidated most wonderfully. He was a perfect marvel, too, in his faculty of suspicion. He suspected everybody. If an old friend dropped in to talk business with Charles, we found out afterwards that Medhurst had lain concealed all the time behind the curtain, and had taken short-hand notes of the whole conversation, as well as snap-shot photographs of the supposed sharper, by means of a kodak. If a fat old lady came to call upon Amelia, Medhurst was sure to be lurking under the ottoman in the drawing-room, and carefully observing, with all his eyes, whether or not she was really Mme. Picardet, padded. When Lady Tresco brought her four plain daughters to an "At Home" one night, Medhurst, in evening dress, disguised as a waiter, followed them each round the room with obtrusive ices, to satisfy himself just how much of their complexion was real, and how much was patent rouge and Bloom of Ninon. He doubted whether Simpson, Sir Charles's valet, was not Colonel Clay in plain clothes; and he had half an idea that Césarine herself was our saucy White Heather in an alternative avatar. We pointed out to him in vain that Simpson had often been present in the very same room with David Granton, and that Césarine had dressed Mrs. Brabazon's hair at Lucerne: this partially satisfied him, but only partially. He remarked that Simpson might double both parts with somebody else unknown; and that as for Césarine, she might well have a twin sister who took her place when she was Mme. Picardet.

Still, in spite of all his care—or because of all his care—Colonel Clay stopped away for whole weeks together. An explanation occurred to us. Was it possible he knew we were guarded and watched? Was he afraid of measuring swords with this trained detective?

If so, how had he found it out? I had an inkling, myself—but, under all the circumstances, I did not mention it to Charles. It was clear that Césarine intensely disliked this new addition to the Vandrift household. She would not stop in the room where the detective was, or show him common politeness. She spoke of him always as "that odious man, Medhurst." Could she have guessed, what none of the other servants knew, that the man was a spy in search of the Colonel? I was inclined to believe it. And then it dawned upon me that Césarine had known all about the diamonds and their story; that it was Césarine who took us to see Schloss Lebenstein; that it was Césarine who posted the letter to Lord Craig-Ellachie! If Césarine was in league with Colonel Clay, as I was half inclined to surmise, what more natural than her obvious dislike to the detective who was there to catch her principal? What more simple for her than to warn her fellow-conspirator of the danger that awaited him if he approached this man Medhurst?

However, I was too much frightened by the episode of the cheque to say anything of my nascent suspicions to Charles. I waited rather to see how events would shape themselves.

After a while Medhurst's vigilance grew positively annoying. More than once he came to Charles with reports and shorthand notes distinctly distasteful to my excellent brother-in-law. "The fellow is getting to know too much about us," Charles said to me one day. "Why, Sey, he spies out everything. Would you believe it, when I had that confidential interview with Brookfield the other day, about the new issue of Golcondas, the man was under the easy-chair, though I searched the room beforehand to make sure he wasn't there; and he came to me afterwards with full notes of the conversation, to assure me he thought Brookfield—whom I've known for ten years—was too tall by half an inch to be one of Colonel Clay's impersonations."

"Oh, but, Sir Charles," Medhurst cried, emerging suddenly from the bookcase, "you must never look upon *any one* as above suspicion merely because you've known him for ten years or thereabouts. Colonel Clay may have approached you at various times under many disguises. He may have built up this thing gradually. Besides, as to my knowing too much, why, of course, a detective always learns many things about his employer's family which he is not supposed to know; but professional honour and professional etiquette, as with doctors and lawyers, compel him to lock them up as absolute secrets in his own bosom. You need never be afraid I will divulge one jot of them. If I did, my occupation would be gone, and my reputation shattered."

Charles looked at him, appalled. "Do you dare to say," he burst out, "you've been listening to my talk with my brother-in-law and secretary?"

"Why, of course," Medhurst answered. "It's my business to listen, and to suspect everybody. If you push me to say so, how do I know Colonel Clay is not—Mr. Wentworth?"

Charles withered him with a look. "In future, Medhurst," he said, "you must never conceal yourself in a room where I am without my leave and knowledge."

Medhurst bowed politely. "Oh, as you will, Sir Charles," he answered; "that's *quite* at your own wish. Though how can I act as an efficient detective, any way, if you insist upon tying my hands like that, beforehand?"

Again I detected a faint American flavour.

After that rebuff, however, Medhurst seemed put upon his mettle. He redoubled his vigilance in every direction. "It's not my fault," he said plaintively, one day, "if my reputation's so good that, while I'm near you, this rogue won't approach you. If I can't *catch* him, at least I keep him away from coming near you!"

A few days later, however, he brought Charles some photographs. These he produced with evident pride. The first he showed us was a vignette of a little parson. "Who's that, then?" he inquired, much pleased.

We gazed at it, open-eyed. One word rose to our lips simultaneously: "Brabazon!"

"And how's this for high?" he asked again, producing another—the photograph of a gay young dog in a Tyrolese costume.

We murmured, "Von Lebenstein!"

"*And* this?" he continued, showing us the portrait of a lady with a most fetching squint.

We answered with one voice, "Little Mrs. Granton!"

Medhurst was naturally proud of this excellent exploit. He replaced them in his pocket-book with an air of just triumph.

"How did you get them?" Charles asked.

Medhurst's look was mysterious. "Sir Charles," he answered, drawing himself up, "I must ask you to trust me awhile in this matter. Remember, there are people whom you decline to suspect. *I* have learned that it is always those very people who are most dangerous to capitalists. If I were to give you the names now, you would refuse to believe me. Therefore, I hold them over discreetly for the moment. One thing, however, I say. I *know* to a certainty where Colonel Clay is at this present speaking. But I will lay my plans deep, and I hope before long to secure him. You shall be present when I do so; and I shall make him confess his personality openly. More than that you cannot reasonably ask. I shall leave it to *you*, then, whether or not you wish to arrest him."

Charles was considerably puzzled, not to say piqued, by this curious reticence; he begged hard for names; but Medhurst was adamant. "No, no," he replied; "we detectives have our own just pride in our profession. If I told you now, you would probably spoil all by some premature action. You are too open and impulsive! I will mention this alone: Colonel Clay will be shortly in Paris, and before long will begin from that city a fresh attempt at defrauding you, which he is now hatching. Mark my words, and see whether or not I have been kept well informed of the fellow's movements!"

He was perfectly correct. Two days later, as it turned out, Charles received a "confidential" letter from Paris, purporting to come from the head of a second-rate financial house with which he had had dealings over the Craig-Ellachie Amalgamation—by this time, I ought to have said, an accomplished union. It was a letter of small importance in itself—a mere matter of detail; but it paved the way, so Medhurst thought, to some later development of more serious character. Here once more the man's singular foresight was justified. For, in another week, we received a second communication, containing other proposals of a delicate financial character, which would have involved the transference of some two thousand pounds to the head of the Parisian firm at an address given. Both these letters Medhurst cleverly compared with those written to Charles before, in the names of Colonel Clay and of Graf von Lebenstein. At first sight, it is true, the differences between the two seemed quite enormous: the Paris hand was broad and black, large and bold; while the earlier manuscript was small, neat, thin, and gentlemanly. Still, when Medhurst pointed out to us certain persistent twists in the formation of his capitals, and certain curious peculiarities in the relative length of his *t*'s, his *l*'s, his *b*'s, and his *h*'s, we could see for ourselves he was right; both were the work of one hand, writing in the one case with a sharp-pointed nib, very small, and in the other with a quill, very large and freely.

This discovery was *most* important. We stood now within measurable distance of catching Colonel Clay, and bringing forgery and fraud home to him without hope of evasion.

To make all sure, however, Medhurst communicated with the Paris police, and showed us their answers. Meanwhile, Charles continued to write to the head of the firm, who had given a private address in the

Rue Jean Jacques, alleging, I must say, a most clever reason why the negotiations at this stage should be confidentially conducted. But one never expected from Colonel Clay anything less than consummate cleverness. In the end, it was arranged that we three were to go over to Paris together, that Medhurst was to undertake, under the guise of being Sir Charles, to pay the two thousand pounds to the pretended financier, and that Charles and I, waiting with the police outside the door, should, at a given signal, rush in with our forces and secure the criminal.

We went over accordingly, and spent the night at the Grand, as is Charles's custom. The Bristol, which I prefer, he finds too quiet. Early next morning we took a *fiacre* and drove to the Rue Jean Jacques. Medhurst had arranged everything in advance with the Paris police, three of whom, in plain clothes, were waiting at the foot of the staircase to assist us. Charles had further provided himself with two thousand pounds, in notes of the Bank of France, in order that the payment might be duly made, and no doubt arise as to the crime having been perpetrated as well as meditated—in the former case, the penalty would be fifteen years; in the latter, three only. He was in very high spirits. The fact that we had tracked the rascal to earth at last, and were within an hour of apprehending him, was in itself enough to raise his courage greatly. We found, as we expected, that the number given in the Rue Jean Jacques was that of an hotel, not a private residence. Medhurst went in first, and inquired of the landlord whether our man was at home, at the same time informing him of the nature of our errand, and giving him to understand that if we effected the capture by his friendly aid, Sir Charles would see that the expenses incurred on the swindler's bill were met in full, as the price of his assistance. The landlord bowed; he expressed his deep regret, as M. le Colonel—so we heard him call him—was a most amiable person, much liked by the household; but justice, of course, must have its way; and, with a regretful sigh, he undertook to assist us.

The police remained below, but Charles and Medhurst were each provided with a pair of handcuffs. Remembering the Polperro case, however, we determined to use them with the greatest caution. We would only put them on in case of violent resistance. We crept up to the door where the miscreant was housed. Charles handed the notes in an open envelope to Medhurst, who seized them hastily and held them in his hands in readiness for action. We had a sign concerted. Whenever he sneezed—which he could do in the most natural manner—we were to open the door, rush in, and secure the criminal!

He was gone for some minutes. Charles and I waited outside in breathless expectation. Then Medhurst sneezed. We flung the door open at once, and burst in upon the creature.

Medhurst rose as we did so. He pointed with his finger. "*This* is Colonel Clay!" he said; "keep him well in charge while I go down to the door for the police to arrest him!"

A gentlemanly man, about middle height, with a grizzled beard and a well-assumed military aspect, rose at the same moment. The envelope in which Charles had placed the notes lay on the table before him. He clutched it nervously. "I am at a loss, gentlemen," he said, in an excited voice, "to account for this interruption." He spoke with a tremor, yet with all the politeness to which we were accustomed in the little curate and the Honourable David.

"No nonsense!" Charles exclaimed, in his authoritative way. "We know who you are. We have found you out this time. You are Colonel Clay. If you attempt to resist—take care—I will handcuff you!"

The military gentleman gave a start. "Yes, I *am* Colonel Clay," he answered. "On what charge do you arrest me?"

Charles was bursting with wrath. The fellow's coolness seemed never to desert him. "You *are* Colonel Clay!" he muttered. "You have the unspeakable effrontery to stand there and admit it?"

"Certainly," the Colonel answered, growing hot in turn. "I have done nothing to be ashamed of. What do you mean by this conduct? How dare you talk of arresting me?"

Charles laid his hand on the man's shoulder. "Come, come, my friend," he said. "That sort of bluff won't go down with us. You know very well on what charge I arrest you; and here are the police to give effect to it."

He called out "Entrez!" The police entered the room. Charles explained as well as he could in most doubtful Parisian what they were next to do. The Colonel drew himself up in an indignant attitude. He turned and addressed them in excellent French.

"I am an officer in the service of her Britannic Majesty," he said. "On what ground do you venture to interfere with me, messieurs?"

The chief policeman explained. The Colonel turned to Charles. "*Your* name, sir?" he inquired.

"You know it very well," Charles answered. "I am Sir Charles Vandrift; and, in spite of your clever disguise, I can instantly recognise you. I know your eyes and ears. I can see the same man who cheated me at Nice, and who insulted me on the island."

"*You* Sir Charles Vandrift!" the rogue cried. "No, no, sir, you are a madman!" He looked round at the police. "Take care what you do!" he cried. "This is a raving maniac. I had business just now with Sir Charles Vandrift, who quitted the room as these gentlemen entered. This person is mad, and you, monsieur, I doubt not," bowing to me, "you are, of course, his keeper."

"Do not let him deceive you," I cried to the police, beginning to fear that with his usual incredible cleverness the fellow would even now manage to slip through our fingers. "Arrest him, as you are told. We will take the responsibility." Though I trembled when I thought of that cheque he held of mine.

The chief of our three policemen came forward and laid his hand on the culprit's shoulder. "I advise you, M. le Colonel," he said, in an official voice, "to come with us quietly for the present. Before the *juge d'instruction* we can enter at length into all these questions."

The Colonel, very indignant still—and acting the part marvellously—yielded and went along with them.

"Where's Medhurst?" Charles inquired, glancing round as we reached the door. "I wish he had stopped with us."

"You are looking for monsieur your friend?" the landlord inquired, with a side bow to the Colonel. "He has gone away in a *fiacre*. He asked me to give this note to you."

He handed us a twisted note. Charles opened and read it. "Invaluable man!" he cried. "Just hear what he says, Sey: 'Having secured Colonel Clay, I am off now again on the track of Mme. Picardet. She was lodging in the same house. She has just driven away; I know to what place; and I am after her to arrest her. In blind haste, MEDHURST.' That's smartness, *if* you like. Though, poor little woman, I think he might have left her."

"Does a Mme. Picardet stop here?" I inquired of the landlord, thinking it possible she might have assumed again the same old alias.

He nodded assent. "*Oui*, *oui*, *oui*," he answered. "She has just driven off, and monsieur your friend has gone posting after her."

"Splendid man!" Charles cried. "Marvillier was quite right. He is the prince of detectives!"

We hailed a couple of fiacres, and drove off, in two detachments, to the *juge d'instruction*. There Colonel Clay continued to brazen it out, and asserted that he was an officer in the Indian Army, home on six months' leave, and spending some weeks in Paris. He even declared he was known at the Embassy, where he had a cousin an *attaché*; and he asked that this gentleman should be sent for at once from our Ambassador's to identify him. The *juge d'instruction* insisted that this must be done; and Charles waited in very bad humour for the foolish formality. It really seemed as if, after all, when we had actually caught and arrested our man, he was going by some cunning device to escape us.

After a delay of more than an hour, during which Colonel Clay fretted and fumed quite as much as we did, the *attaché* arrived. To our horror and astonishment, he proceeded to salute the prisoner most affectionately.

"Halloa, Algy!" he cried, grasping his hand; "what's up? What do these ruffians want with you?"

It began to dawn upon us, then, what Medhurst had meant by "suspecting everybody": the real Colonel Clay was no common adventurer, but a gentleman of birth and high connections!

The Colonel glared at us. "This fellow declares he's Sir Charles Vandrift," he said sulkily. "Though, in fact, there are two of them. And he accuses me of forgery, fraud, and theft, Bertie."

The *attaché* stared hard at us. "This *is* Sir Charles Vandrift," he replied, after a moment. "I remember hearing him make a speech once at a City dinner. And what charge have you to prefer, Sir Charles, against my cousin?"

"Your cousin?" Charles cried. "This is Colonel Clay, the notorious sharper!"

The *attaché* smiled a gentlemanly and superior smile. "This is Colonel Clay," he answered, "of the Bengal Staff Corps."

It began to strike us there was something wrong somewhere.

"But he has cheated me, all the same," Charles said— "at Nice two years ago, and many times since; and this very day he has tricked me out of two thousand pounds in French bank-notes, which he has now about him!"

The Colonel was speechless. But the *attaché* laughed. "What he has done to-day I don't know," he said; "but if it's as apocryphal as what you say he did two years ago, you've a thundering bad case, sir; for he was then in India, and I was out there, visiting him."

"Where are the two thousand pounds?" Charles cried. "Why, you've got them in your hand! You're holding the envelope!"

The Colonel produced it. "This envelope," he said, "was left with me by the man with short stiff hair, who came just before you, and who announced himself as Sir Charles Vandrift. He said he was interested in tea in Assam, and wanted me to join the board of directors of some bogus company. These are his papers, I believe," and he handed them to his cousin.

"Well, I'm glad the notes are safe, anyhow," Charles murmured, in a tone of relief, beginning to smell a rat. "Will you kindly return them to me?"

The *attaché* turned out the contents of the envelope. They proved to be prospectuses of bubble companies of the moment, of no importance.

"Medhurst must have put them there," I cried, "and decamped with the cash."

Charles gave a groan of horror. "And Medhurst is Colonel Clay!" he exclaimed, clapping his hand to his forehead.

"I beg your pardon, sir," the Colonel interposed. "I have but one personality, and no aliases."

It took quite half an hour to explain this imbroglio. But as soon as all was explained, in French and English, to the satisfaction of ourselves and the *juge d'instruction*, the real Colonel shook hands with us in a most forgiving way, and informed us that he had more than once wondered, when he gave his name at shops in Paris, why it was often received with such grave suspicion. We instructed the police that the true culprit was Medhurst, whom they had seen with their own eyes, and whom we urged them to pursue with all expedition. Meanwhile, Charles and I, accompanied by the Colonel and the *attaché*— "to see the fun out," as they said—called at the Bank of France for the purpose of stopping the notes immediately. It was too late, however. They had been presented at once, and cashed in gold, by a pleasant little lady in an American costume, who was afterwards identified by the hotel-keeper (from our description) as his lodger, Mme. Picardet. It was clear she had taken rooms in the same hotel, to be near the Indian Colonel; and it was *she* who had received and sent the letters. As for our foe, he had vanished into space, as always.

Two days later we received the usual insulting communication on a sheet of Charles's own dainty note. Last time he wrote it was on Craig-Ellachie paper: this time, like the wanton lapwing, he had got himself another crest.

> "MOST PERSPICACIOUS OF MILLIONAIRES!—Said I not well, as Medhurst, that you must distrust everybody? And the one man you never dreamt of distrusting was—Medhurst. Yet see how truthful I was! I told you I knew where Colonel Clay was living—and I *did*

know, exactly. I promised to take you to Colonel Clay's rooms, and to get him arrested for you—and I kept my promise. I even exceeded your expectations; for I gave you *two* Colonel Clays instead of one—and you took the wrong man—that is to say, the real one. This was a neat little trick; but it cost me some trouble.

"First, I found out there *was* a real Colonel Clay, in the Indian Army. I also found out he chanced to be coming home on leave this season. I might have made more out of him, no doubt; but I disliked annoying him, and preferred to give myself the fun of this peculiar mystification. I therefore waited for him to reach Paris, where the police arrangements suited me better than in London. While I was looking about, and delaying operations for his return, I happened to hear you wanted a detective. So I offered myself as out of work to my old employer, Marvillier, from whom I have had many good jobs in the past; and there you get, in short, the kernel of the Colonel.

"Naturally, after this, I can never go back as a detective to Marvillier's. But, on the large scale on which I have learned to work since I first had the pleasure of making your delightful acquaintance, this matters little. To say the truth, I begin to feel detective work a cut or two below me. I am now a gentleman of means and leisure. Besides, the extra knowledge of your movements which I have acquired in your house has helped still further to give me various holds upon you. So the fluke will be true to his own pet lamb. To vary the metaphor, you are not fully shorn yet.

"Remember me most kindly to your charming family, give Wentworth my love, and tell Mlle. Césarine I owe her a grudge which I shall never forget. She clearly suspected me. You are much too rich, dear Charles; I relieve your plethora. I bleed you financially. Therefore I consider myself—Your sincerest friend,

"CLAY-BRABAZON-MEDHURST,

"Fellow of the Royal College of Surgeons."

Charles was threatened with apoplexy. This blow was severe. "Whom can I trust," he asked, plaintively, "when the detectives themselves, whom I employ to guard me, turn out to be swindlers? Don't you remember that line in the Latin grammar—something about, 'Who shall watch the watchers?' I think it used to run, '*Quis custodes custodiet ipsos*?'"

But I felt this episode had at least disproved my suspicions of poor Césarine.

Chapter VIII
The Episode of the Seldon Gold-Mine

On our return to London, Charles and Marvillier had a difference of opinion on the subject of Medhurst.

Charles maintained that Marvillier ought to have known the man with the cropped hair was Colonel Clay, and ought never to have recommended him. Marvillier maintained that Charles had *seen* Colonel Clay half-a-dozen times, at least, to his own never; and that my respected brother-in-law had therefore nobody on earth but himself to blame if the rogue imposed upon him. The head detective had known Medhurst for ten years, he said, as a most respectable man, and even a ratepayer; he had always found him the cleverest of spies, as well he might be, indeed, on the familiar set-a-thief-to-catch-a-thief principle. However, the upshot of it all was, as usual—nothing. Marvillier was sorry to lose the services of so excellent a hand; but he had done the very best he could for Sir Charles, he declared; and if Sir Charles was not satisfied, why, he might catch his Colonel Clays for himself in future.

"So I will, Sey," Charles remarked to me, as we walked back from the office in the Strand by Piccadilly. "I won't trust any more to these private detectives. It's my belief they're a pack of thieves themselves, in league with the rascals they're set to catch, and with no more sense of honour than a Zulu diamond-hand."

"Better try the police," I suggested, by way of being helpful. One must assume an interest in one's employer's business.

But Charles shook his head. "No, no," he said; "I'm sick of all these fellows. I shall trust in future to my own sagacity. We learn by experience, Sey—and I've learned a thing or two. One of them is this: It's not enough to suspect everybody; you must have no preconceptions. Divest yourself entirely of every fixed idea if you wish to cope with a rascal of this calibre. Don't jump at conclusions. We should disbelieve everything, as well as distrust everybody. That's the road to success; and I mean to pursue it."

So, by way of pursuing it, Charles retired to Seldon.

"The longer the man goes on, the worse he grows," he said to me one morning. "He's just like a tiger that has tasted blood. Every successful haul seems only to make him more eager for another. I fully expect now before long we shall see him down here."

About three weeks later, sure enough, my respected connection received a communication from the abandoned swindler, with an Austrian stamp and a Vienna post-mark.

"MY DEAR VANDRIFT.—(After so long and so varied an acquaintance we may surely drop the absurd formalities of 'Sir Charles' and 'Colonel.') I write to ask you a delicate question. Can you kindly tell me exactly how much I have received from your various generous acts during the last three years? I have mislaid my account-book, and as this is the season for making the income tax return, I am anxious, as an honest and conscientious citizen, to set down my average profits out of you for the triennial period. For reasons which you will amply understand, I do not this time give my private address, in Paris or elsewhere; but if you will kindly advertise the total amount, above the signature 'Peter Simple,' in the Agony Column of the *Times*, you will confer a great favour upon the Revenue Commissioners, and also upon your constant friend and companion,

"CUTHBERT CLAY,

"Practical Socialist."

"Mark my word, Sey," Charles said, laying the letter down, "in a week or less the man himself will follow. This is his cunning way of trying to make me think he's well out of the country and far away from Seldon. That means he's meditating another descent. But he told us too much last time, when he was Medhurst the detective. He gave us some hints about disguises and their unmasking that I shall not forget. This turn I shall be even with him."

On Saturday of that week, in effect, we were walking along the road that leads into the village, when we met a gentlemanly-looking man, in a rough and rather happy-go-lucky brown tweed suit, who had the air of a tourist. He was middle-aged, and of middle height; he wore a small leather wallet suspended round his shoulder; and he was peering about at the rocks in a suspicious manner. Something in his gait attracted our attention.

"Good-morning," he said, looking up as we passed; and Charles muttered a somewhat surly inarticulate, "Good-morning."

We went on without saying more. "Well, *that's* not Colonel Clay, anyhow," I said, as we got out of earshot. "For he accosted us first; and you may remember it's one of the Colonel's most marked peculiarities that, like the model child, he never speaks till he's spoken to—never begins an acquaintance. He always waits till we make the first advance; he doesn't go out of his way to cheat us; he loiters about till we ask him to do it."

"Seymour," my brother-in-law responded, in a severe tone, "there you are, now, doing the very thing I warned you not to do! You're succumbing to a preconception. Avoid fixed ideas. The probability is this man *is* Colonel Clay. Strangers are generally scarce at Seldon. If he isn't Colonel Clay, what's he here for, I'd like to know? What money is there to be made here in any other way? I shall inquire about him."

We dropped in at the Cromarty Arms, and asked good Mrs. M'Lachlan if she could tell us anything about the gentlemanly stranger. Mrs. M'Lachlan replied that he was from London, she believed, a pleasant gentleman enough; and he had his wife with him.

"Ha! Young? Pretty?" Charles inquired, with a speaking glance at me.

"Weel, Sir Charles, she'll no be exactly what you'd be ca'ing a bonny lass," Mrs. M'Lachlan replied; "but she's a guid body for a' that, an' a fine braw woman."

"Just what I should expect," Charles murmured, "He varies the programme. The fellow has tried White Heather as the parson's wife, and as Madame Picardet, and as squinting little Mrs. Granton, and as Medhurst's accomplice; and now, he has almost exhausted the possibilities of a disguise for a really young and pretty woman; so he's playing her off at last as the riper product—a handsome matron. Clever, extremely clever; but—we begin to see through him." And he chuckled to himself quietly.

Next day, on the hillside, we came upon our stranger again, occupied as before in peering into the rocks, and sounding them with a hammer. Charles nudged me and whispered, "I have it this time. He's posing as a geologist."

I took a good look at the man. By now, of course, we had some experience of Colonel Clay in his various disguises; and I could observe that while the nose, the hair, and the beard were varied, the eyes and the build remained the same as ever. He was a trifle stouter, of course, being got up as a man of between forty and fifty; and his forehead was lined in a way which a less consummate artist than Colonel Clay could easily have imitated. But I felt we had at least some grounds for our identification; it would not do to dismiss the suggestion of Clayhood at once as a flight of fancy.

His wife was sitting near, upon a bare boss of rock, reading a volume of poems. Capital variant, that, a volume of poems! Exactly suited the selected type of a cultivated family. White Heather and Mrs. Granton never used to read poems. But that was characteristic of all Colonel Clay's impersonations, and Mrs. Clay's too—for I suppose I must call her so. They were not mere outer disguises; they were finished pieces of dramatic study. Those two people were an actor and actress, as well as a pair of rogues; and in both their *rôles* they were simply inimitable.

As a rule, Charles is by no means polite to casual trespassers on the Seldon estate; they get short shrift and a summary ejection. But on this occasion he had a reason for being courteous, and he approached the lady with a bow of recognition. "Lovely day," he said, "isn't it? Such belts on the sea, and the heather smells sweet. You are stopping at the inn, I fancy?"

"Yes," the lady answered, looking up at him with a charming smile. ("I know that smile," Charles whispered to me. "I have succumbed to it too often.") "We're stopping at the inn, and my husband is doing a little geology on the hill here. I hope Sir Charles Vandrift won't come and catch us. He's so down upon trespassers. They tell us at the inn he's a regular Tartar."

("Saucy minx as ever," Charles murmured to me. "She said it on purpose.") "No, my dear madam," he continued, aloud; "you have been quite misinformed. *I* am Sir Charles Vandrift; and I am *not* a Tartar. If your husband is a man of science I respect and admire him. It is geology that has made me what I am today." And he drew himself up proudly. "We owe to it the present development of South African mining."

The lady blushed as one seldom sees a mature woman blush—but exactly as I had seen Madame Picardet and White Heather. "Oh, I'm so sorry," she said, in a confused way that recalled Mrs. Granton. "Forgive my hasty speech. I—I didn't know you."

("She did," Charles whispered. "But let that pass.") "Oh, don't think of it again; so many people disturb the birds, don't you know, that we're obliged in self-defence to warn trespassers sometimes off our lovely mountains. But I do it with regret—with profound regret. I admire the—er—the beauties of Nature myself; and, therefore, I desire that all others should have the freest possible access to them—possible, that is to say, consistently with the superior claims of Property."

"I see," the lady replied, looking up at him quaintly. "I admire your wish, though not your reservation. I've just been reading those sweet lines of Wordsworth's—

> And O, ye fountains, meadows, hills, and groves,
> Forebode not any severing of our loves.

I suppose you know them?" And she beamed on him pleasantly.

"Know them?" Charles answered. "Know them! Oh, of course, I know them. They're old favourites of mine—in fact, I adore Wordsworth." (I doubt whether Charles has ever in his life read a line of poetry, except Doss Chiderdoss in the *Sporting Times*.) He took the book and glanced at them. “Ah, charming, charming!” he said, in his most ecstatic tone. But his eyes were on the lady, and not on the poet.

I saw in a moment how things stood. No matter under what disguise that woman appeared to him, and whether he recognised her or not, Charles couldn’t help falling a victim to Madame Picardet’s attractions. Here he actually suspected her; yet, like a moth round a candle, he was trying his hardest to get his wings singed! I almost despised him with his gigantic intellect! The greatest men are the greatest fools, I verily believe, when there’s a woman in question.

The husband strolled up by this time, and entered into conversation with us. According to his own account, his name was Forbes-Gaskell, and he was a Professor of Geology in one of those new-fangled northern colleges. He had come to Seldon rock-spying, he said, and found much to interest him. He was fond of fossils, but his special hobby was rocks and minerals. He knew a vast deal about cairngorms and agates and such-like pretty things, and showed Charles quartz and felspar and red cornelian, and I don’t know what else, in the crags on the hillside. Charles pretended to listen to him with the deepest interest and even respect, never for a moment letting him guess he knew for what purpose this show of knowledge had been recently acquired. If we were ever to catch the man, we must not allow him to see we suspected him. So Charles played a dark game. He swallowed the geologist whole without question.

Most of that morning we spent with them on the hillside. Charles took them everywhere and showed them everything. He pretended to be polite to the scientific man, and he was really polite, most polite, to the poetical lady. Before lunch time we had become quite friends.

The Clays were always easy people to get on with; and, bar their roguery, we could not deny they were delightful companions. Charles asked them in to lunch. They accepted willingly. He introduced them to Amelia with sundry raisings of his eyebrows and contortions of his mouth. "Professor and Mrs. Forbes-Gaskell," he said, half-dislocating his jaw with his violent efforts. "They're stopping at the inn, dear. I've been showing them over the place, and they're good enough to say they'll drop in and take a share in our cold roast mutton;" which was a frequent form of Charles's pleasantry.

Amelia sent them upstairs to wash their hands—which, in the Professor's case, was certainly desirable, for his fingers were grimed with earth and dust from the rocks he had been investigating. As soon as we were left alone Charles drew me into the library.

"Seymour," he said, "more than ever there is a need for us strictly to avoid preconceptions. We must not make up our minds that this man is Colonel Clay—nor, again, that he isn't. We must remember that we have been mistaken in *both* ways in the past, and must avoid our old errors. I shall hold myself in readiness for either event—and a policeman in readiness to arrest them, if necessary!"

"A capital plan," I murmured. "Still, if I may venture a suggestion, in what way are these two people endeavouring to entrap us? They have no scheme on hand—no schloss, no amalgamation."

"Seymour," my brother-in-law answered in his board-room style, "you are a great deal too previous, as Medhurst used to say—I mean, Colonel Clay in his character as Medhurst. In the first place, these are early days; our friends have not yet developed their intentions. We may find before long they have a property to sell, or a company to promote, or a concession to exploit in South Africa or elsewhere. Then again, in the second place, we don't always spot the exact nature of their plan until it has burst in our hands, so to speak, and revealed its true character.

What could have seemed more transparent than Medhurst, the detective, till he ran away with our notes in the very moment of triumph? What more innocent than White Heather and the little curate, till they landed us with a couple of Amelia's own gems as a splendid bargain? I will not take it for granted *any* man is not Colonel Clay, merely because I don't happen to spot the particular scheme he is trying to work against me. The rogue has so many schemes, and some of them so well concealed, that up to the moment of the actual explosion you fail to detect the presence of moral dynamite. Therefore, I shall proceed as if there were dynamite everywhere. But in the third place—and this is *very* important—you mark my words, I believe I detect already the lines he will work upon. He's a geologist, he says, with a taste for minerals. Very good. You see if he doesn't try to persuade me before long he has found a coal mine, whose locality he will disclose for a trifling consideration; or else he will salt the Long Mountain with emeralds, and claim a big share for helping to discover them; or else he will try something in the mineralogical line to *do* me somehow. I see it in the very transparency of the fellow's face; and I'm determined this time neither to pay him one farthing on any pretext, nor to let him escape me!"

We went in to lunch. The Professor and Mrs. Forbes-Gaskell, all smiles, accompanied us. I don't know whether it was Charles's warning to take nothing for granted that made me do so—but I kept a close eye upon the suspected man all the time we were at table. It struck me there was something very odd about his hair. It didn't seem quite the same colour all over. The locks that hung down behind, over the collar of his coat, were a trifle lighter and a trifle grayer than the black mass that covered the greater part of his head. I examined it carefully. The more I did so, the more the conviction grew upon me: he was wearing a wig. There was no denying it!

A trifle less artistic, perhaps, than most of Colonel Clay's get-ups; but then, I reflected (on Charles's principle of taking nothing for granted), we had never before suspected Colonel Clay himself, except in the one case of the Honourable David, whose red hair and whiskers even Madame Picardet had admitted to be absurdly false by her action of pointing at them and tittering irrepressibly. It was possible that in every case, if we had scrutinised our man closely, we should have found that the disguise betrayed itself at once (as Medhurst had suggested) to an acute observer.

The detective, in fact, had told us too much. I remembered what he said to us about knocking off David Granton's red wig the moment we doubted him; and I positively tried to help myself awkwardly to potato-chips, when the footman offered them, so as to hit the supposed wig with an apparently careless brush of my elbow. But it was of no avail. The fellow seemed to anticipate or suspect my intention, and dodged aside carefully, like one well accustomed to saving his disguise from all chance of such real or seeming accidents.

I was so full of my discovery that immediately after lunch I induced Isabel to take our new friends round the home garden and show them Charles's famous prize dahlias, while I proceeded myself to narrate to Charles and Amelia my observations and my frustrated experiment.

"It *is* a wig," Amelia assented. "*I* spotted it at once. A very good wig, too, and most artistically planted. Men don't notice these things, though women do. It is creditable to you, Seymour, to have succeeded in detecting it."

Charles was less complimentary. "You fool," he answered, with that unpleasant frankness which is much too common with him. "Supposing it *is*, why on earth should you try to knock it off and disclose him? What good would it have done? If it *is* a wig, and we spot it, that's all that we need. We are put on our guard; we know with whom we have now to deal. But you can't take a man up on a charge of wig-wearing. The law doesn't interfere with it. Most respectable men may sometimes wear wigs. Why, I knew a promoter who did, and also the director of fourteen companies! What we have to do next is, wait till he tries to cheat us, and then—pounce down upon him. Sooner or later, you may be sure, his plans will reveal themselves."

So we concocted an excellent scheme to keep them under constant observation, lest they should slip away again, as they did from the island. First of all, Amelia was to ask them to come and stop at the castle, on the ground that the rooms at the inn were uncomfortably small. We felt sure, however, that, as on a previous occasion, they would refuse the invitation, in order to be able to slink off unperceived, in case they should find themselves apparently suspected. Should they decline, it was arranged that Césarine should take a room at the Cromarty Arms as long as they stopped there, and report upon their movements; while, during the day, we would have the house watched by the head gillie's son, a most intelligent young man, who could be trusted, with true Scotch canniness, to say nothing to anybody.

To our immense surprise, Mrs. Forbes-Gaskell accepted the invitation with the utmost alacrity. She was profuse in her thanks, indeed; for she told us the Arms was an ill-kept house, and the cookery by no means agreed with her husband's liver. It was sweet of us to invite them; such kindness to perfect strangers was quite unexpected. She should always say that nowhere on earth had she met with so cordial or friendly a reception as at Seldon Castle. But—she accepted, unreservedly.

"It *can't* be Colonel Clay," I remarked to Charles. "He would never have come here. Even as David Granton, with far more reason for coming, he wouldn't put himself in our power: he preferred the security and freedom of the Cromarty Arms."

"Sey," my brother-in-law said sententiously, "you're incorrigible. You *will* persist in being the slave of prepossessions. He may have some good reason of his own for accepting. Wait till he shows his hand—and then, we shall understand everything."

So for the next three weeks the Forbes-Gaskells formed part of the house-party at Seldon. I must say, Charles paid them most assiduous attention. He positively neglected his other guests in order to keep close to the two new-comers. Mrs. Forbes-Gaskell noticed the fact, and commented on it. "You are really too good to us, Sir Charles," she said. "I'm afraid you allow us quite to monopolise you!"

But Charles, gallant as ever, replied with a smile, "We have you with us for so short a time, you know!" Which made Mrs. Forbes-Gaskell blush again that delicious blush of hers.

During all this time the Professor went on calmly and persistently mineralogising. "Wonderful character!" Charles said to me. "He works out his parts so well! Could anything exceed the picture he gives one of scientific ardour?" And, indeed, he was at it, morning, noon, and night. "Sooner or later," Charles observed, "something practical must come of it."

Twice, meanwhile, little episodes occurred which are well worth notice. One day I was out with the Professor on the Long Mountain, watching him hammer at the rocks, and a little bored by his performance, when, to pass the time, I asked him what a particular small water-worn stone was. He looked at it and smiled. "If there were a little more mica in it," he said, "it would be the characteristic gneiss of ice-borne boulders, hereabouts. But there isn't *quite* enough." And he gazed at it curiously.

"Indeed," I answered, "it doesn't come up to sample, doesn't it?"

He gave me a meaning look. "Ten per cent," he murmured in a slow, strange voice; "ten per cent is more usual."

I trembled violently. Was he bent, then, upon ruining me? "If you betray me—" I cried, and broke off.

"I beg your pardon," he said. He was all pure innocence.

I reflected on what Charles had said about taking nothing for granted, and held my tongue prudently.

The other incident was this. Charles picked a sprig of white heather on the hill one afternoon, after a picnic lunch, I regret to say, when he had taken perhaps a glass more champagne than was strictly good for him. He was not exactly the worse for it, but he was excited, good-humoured, reckless, and lively. He brought the sprig to Mrs. Forbes-Gaskell, and handed it to her, ogling a little. "Sweets to the sweet," he murmured, and looked at her meaningly. "White heather to White Heather." Then he saw what he had done, and checked himself instantly.

Mrs. Forbes-Gaskell coloured up in the usual manner. "I—I don't quite understand," she faltered.

Charles scrambled out of it somehow. "White heather for luck," he said, "and—the man who is privileged to give a piece of it to you is surely lucky."

She smiled, none too well pleased. I somehow felt she suspected us of suspecting her.

However, as it turned out, nothing came, after all, of the untoward incident.

Next day Charles burst upon me, triumphant. "Well, he has shown his hand!" he cried. "I knew he would. He has come to me to-day with—what do you think?—a fragment of gold, in quartz, from the Long Mountain."

"No!" I exclaimed.

"Yes," Charles answered. "He says there's a vein there with distinct specks of gold in it, which might be worth mining. When a man begins *that* way you know what he's driving at! And what's more, he's got up the subject beforehand; for he began saying to me there had long been gold in Sutherlandshire—why not therefore in Ross-shire? And then he went at full into the comparative geology of the two regions."

"This is serious," I said. "What will you do?"

"Wait and watch," Charles answered; "and the moment he develops a proposal for shares in the syndicate to work the mine, or a sum of money down as the price of his discovery—get in the police, and arrest him."

For the next few days the Professor was more active and ardent than ever. He went peering about the rocks on every side with his hammer. He kept on bringing in little pieces of stone, with gold specks stuck in them, and talking learnedly of the "probable cost of crushing and milling." Charles had heard all that before; in point of fact, he had assisted at the drafting of some dozens of prospectuses. So he took no notice, and waited for the man with the wig to develop his proposals. He knew they would come soon; and he watched and waited. But, of course, to draw him on he pretended to be interested.

While we were all in this attitude of mind, attending on Providence and Colonel Clay, we happened to walk down by the shore one day, in the opposite direction from the Seamew's island. Suddenly we came upon the Professor linked arm-in-arm with—Sir Adolphus Cordery! They were wrapped in deep talk, and appeared to be most amicable.

Now, naturally, relations had been a trifle strained between Sir Adolphus and the house of Vandrift since the incident of the Slump; but under the present circumstances, and with such a matter at stake as the capture of Colonel Clay, it was necessary to overlook all such minor differences. So Charles managed to disengage the Professor from his friend, sent Amelia on with Forbes-Gaskell towards the castle, and stopped behind, himself, with Sir Adolphus and me, to clear up the question.

"Do you know this man, Cordery?" he asked, with some little suspicion.

"Know him? Why, of course I do," Sir Adolphus answered. "He's Marmaduke Forbes-Gaskell, of the Yorkshire College, a very distinguished man of science. First-rate mineralogist—perhaps the best (*but one*) in England." Modesty forbade him to name the exception.

"But are you sure it's he?" Charles inquired, with growing doubt. "Have you known him before? This isn't a second case of Schleiermachering me, is it?"

"Sure it's he?" Sir Adolphus echoed. "Am I sure of myself? Why, I've known Marmy Gaskell ever since we were at Trinity together. Knew him before he married Miss Forbes of Glenluce, my wife's second cousin, and hyphened his name with hers, to keep the property in the family. Know them both most intimately. Came down here to the inn because I heard that Marmy was on the prowl among these hills, and I thought he had probably something good to prowl after—in the way of fossils."

"But the man wears a wig!" Charles expostulated.

"Of course," Cordery answered. "He's as bald as a bat—in front at least—and he wears a wig to cover his baldness."

"It's disgraceful," Charles exclaimed; "disgraceful—taking us in like that." And he grew red as a turkey-cock.

Sir Adolphus has no delicacy. He burst out laughing.

"Oh, I see," he cried out, simply bursting with amusement. "You thought Forbes-Gaskell was Colonel Clay in disguise! Oh, my stars, what a lovely one!"

"*You*, at least, have no right to laugh," Charles responded, drawing himself up and growing still redder. "You led me once into a similar scrape, and then backed out of it in a way unbecoming a gentleman. Besides," he went on, getting angrier at each word, "this fellow, whoever he is, has been trying to cheat me on his own account. Colonel Clay or no Colonel Clay, he's been salting my rocks with gold-bearing quartz, and trying to lead me on into an absurd speculation!"

Sir Adolphus exploded. "Oh, this is too good," he cried. "I must go and tell Marmy!" And he rushed off to where Forbes-Gaskell was seated on a corner of rock with Amelia.

As for Charles and myself, we returned to the house. Half an hour later Forbes-Gaskell came back, too, in a towering temper.

"What is the meaning of this, sir?" he shouted out, as soon as he caught sight of Charles. "I'm told you've invited my wife and myself here to your house in order to spy upon us, under the impression that I was Clay, the notorious swindler!"

"I thought you were," Charles answered, equally angry. "Perhaps you may be still! Anyhow, you're a rogue, and you tried to bamboozle me!"

Forbes-Gaskell, white with rage, turned to his trembling wife. "Gertrude," he said, "pack up your box and come away from these people instantly. Their pretended hospitality has been a studied insult. They've put you and me in a most ridiculous position. We were told before we came here—and no doubt with truth—that Sir Charles Vandrift was the most close-fisted and tyrannical old curmudgeon in Scotland. We've been writing to all our friends to say ecstatically that he was, on the contrary, a most hospitable, generous, and large-hearted gentleman. And now we find out he's a disgusting cad, who asks strangers to his house from the meanest motives, and then insults his guests with gratuitous vituperation. It is well such people should hear the plain truth now and again in their lives; and it therefore gives me the greatest pleasure to tell Sir Charles Vandrift that he's a vulgar bounder of the first water. Go and pack your box, Gertrude! I'll run down to the Cromarty Arms, and order a cab to carry us away at once from this inhospitable sham castle."

"You wear a wig, sir; you wear a wig," Charles exclaimed, half-choking with passion. For, indeed, as Forbes-Gaskell spoke, and tossed his head angrily, the nature of his hair-covering grew painfully apparent. It was quite one-sided.

"I do, sir, that I may be able to shake it in the face of a cad!" the Professor responded, tearing it off to readjust it; and, suiting the action to the word, he brandished it thrice in Charles's eyes; after which he darted from the room, speechless with indignation.

As soon as they were gone, and Charles had recovered breath sufficiently to listen to rational conversation, I ventured to observe, "This comes of being too sure! We made one mistake. We took it for granted that because a man wears a wig, he *must* be an impostor—which does not necessarily follow. We forgot that not Colonel Clays alone have false coverings to their heads, and that wigs may sometimes be worn from motives of pure personal vanity. In fact, we were again the slaves of preconceptions."

I looked at him pointedly. Charles rose before he replied. "Seymour Wentworth," he said at last, gazing down upon me with lofty scorn, "your moralising is ill-timed. It appears to me you entirely misunderstand the position and duties of a private secretary!"

The oddest part of it all, however, was this—that Charles, being convinced Forbes-Gaskell, though he wasn't Colonel Clay, had been fraudulently salting the rocks with gold, with intent to deceive, took no further notice of the alleged discoveries. The consequence was that Forbes-Gaskell and Sir Adolphus went elsewhere with the secret; and it was not till after Charles had sold the Seldon Castle estate (which he did shortly afterward, the place having somehow grown strangely distasteful to him) that the present "Seldon Eldorados, Limited," were put upon the market by Lord Craig-Ellachie, who purchased the place from him. Forbes-Gaskell, as it happened, had reported to Craig-Ellachie that he had found a lode of high-grade ore on an estate unnamed, which he would particularise on promise of certain contingent claims to founder's shares; and the old lord jumped at it. Charles sold at grouse-moor prices; and the consequence is that the capital of the Eldorados is yielding at present very fair returns, even after allowing for expenses of promotion—while Charles has been done out of a good thing in gold-mines!

But, remembering "the position and duties of a private secretary," I refrained from pointing out to him at the time that this loss was due to a fixed idea—though as a matter of fact it depended upon Charles's strange preconception that the man with the wig, whoever he might be, was trying to diddle him.

Chapter IX
The Episode of the Japanned Dispatch-Box

"Sey," my brother-in-law said next spring, "I'm sick and tired of London! Let's shoulder our wallets at once, and I will to some distant land, where no man doth me know."

"Mars or Mercury?" I inquired; "for, in our own particular planet, I'm afraid you'll find it just a trifle difficult for Sir Charles Vandrift to hide his light under a bushel."

"Oh, I'll manage it," Charles answered. "What's the good of being a millionaire, I should like to know, if you're always obliged to 'behave as sich'? I shall travel *incog*. I'm dog-tired of being dogged by these endless impostors."

And, indeed, we had passed through a most painful winter. Colonel Clay had stopped away for some months, it is true, and for my own part, I will confess, since it wasn't *my* place to pay the piper, I rather missed the wonted excitement than otherwise. But Charles had grown horribly and morbidly suspicious. He carried out his principle of "distrusting everybody and disbelieving everything," till life was a burden to him. He spotted impossible Colonel Clays under a thousand disguises; he was quite convinced he had frightened his enemy away at least a dozen times over, beneath the varying garb of a fat club waiter, a tall policeman, a washerwoman's boy, a solicitor's clerk, the Bank of England beadle, and the collector of water-rates. He saw him as constantly, and in as changeful forms, as mediæval saints used to see the devil. Amelia and I really began to fear for the stability of that splendid intellect; we foresaw that unless the Colonel Clay nuisance could be abated somehow, Charles might sink by degrees to the mental level of a common or ordinary Stock-Exchange plunger.

So, when my brother-in-law announced his intention of going away *incog*. to parts unknown, on the succeeding Saturday, Amelia and I felt a flush of relief from long-continued tension. Especially Amelia—who was *not* going with him.

"For rest and quiet," he said to us at breakfast, laying down the *Morning Post*, "give *me* the deck of an Atlantic liner! No letters; no telegrams. No stocks; no shares. No *Times*; no *Saturday*. I'm sick of these papers!"

"The *World* is too much with us," I assented cheerfully. I regret to say, nobody appreciated the point of my quotation.

Charles took infinite pains, I must admit, to ensure perfect secrecy. He made me write and secure the best state-rooms—main deck, amidships—under my own name, without mentioning his, in the *Etruria*, for New York, on her very next voyage. He spoke of his destination to nobody but Amelia; and Amelia warned Césarine, under pains and penalties, on no account to betray it to the other servants. Further to secure his *incog*., Charles assumed the style and title of Mr. Peter Porter, and booked as such in the *Etruria* at Liverpool.

The day before starting, however, he went down with me to the City for an interview with his brokers in Adam's Court, Old Broad Street. Finglemore, the senior partner, hastened, of course, to receive us. As we entered his private room a good-looking young man rose and lounged out. "Halloa, Finglemore," Charles said, "that's that scamp of a brother of yours! I thought you had shipped him off years and years ago to China?"

"So I did, Sir Charles," Finglemore answered, rubbing his hands somewhat nervously. "But he never went there. Being an idle young dog, with a taste for amusement, he got for the time no further than Paris. Since then, he's hung about a bit, here, there, and everywhere, and done no particular good for himself or his family. But about three or four years ago he somehow 'struck ile': he went to South Africa, poaching on your preserves; and now he's back again—rich, married, and respectable. His wife, a nice little woman, has reformed him. Well, what can I do for you this morning?"

Charles has large interests in America, in Santa Fé and Topekas, and other big concerns; and he insisted on taking out several documents and vouchers connected in various ways with his widespread ventures there. He meant to go, he said, for complete rest and change, on a general tour of private inquiry—New York, Chicago, Colorado, the mining districts. It was a millionaire's holiday. So he took all these valuables in a black japanned dispatch-box, which he guarded like a child with absurd precautions. He never allowed that box out of his sight one moment; and he gave me no peace as to its safety and integrity. It was a perfect fetish. "We must be cautious," he said, "Sey, cautious! Especially in travelling. Recollect how that little curate spirited the diamonds out of Amelia's jewel-case! I shall not let this box out of my sight. I shall stick to it myself, if we go to the bottom."

We did *not* go to the bottom. It is the proud boast of the Cunard Company that it has "never lost a passenger's life"; and the captain would not consent to send the *Etruria* to Davy Jones's locker, merely in order to give Charles a chance of sticking to his dispatch-box under trying circumstances. On the contrary, we had a delightful and uneventful passage; and we found our fellow-passengers most agreeable people. Charles, as Mr. Peter Porter, being freed for the moment from his terror of Colonel Clay, would have felt really happy, I believe—had it not been for the dispatch-box. He made friends from the first hour (quite after the fearless old fashion of the days before Colonel Clay had begun to embitter life for him) with a nice American doctor and his charming wife, on their way back to Kentucky. Dr. Elihu Quackenboss—that was his characteristically American name—had been studying medicine for a year in Vienna, and was now returning to his native State with a brain close crammed with all the latest bacteriological and antiseptic discoveries. His wife, a pretty and piquant little American, with a tip-tilted nose and the quaint sharpness of her countrywomen, amused Charles not a little. The funny way in which she would make room for him by her side on the bench on deck, and say, with a sweet smile, "You sit right here, Mr. Porter; the sun's just elegant," delighted and flattered him. He was proud to find out that female attention was not always due to his wealth and title; and that plain Mr. Porter could command on his merits the same amount of blandishments as Sir Charles Vandrift, the famous millionaire, on his South African celebrity.

During the whole of that voyage, it was Mrs. Quackenboss here, and Mrs. Quackenboss there, and Mrs. Quackenboss the other place, till, for Amelia's sake, I was glad she was not on board to witness it. Long before we sighted Sandy Hook, I will admit, I was fairly sick of Charles's two-stringed harp—Mrs. Quackenboss and the dispatch-box.

Mrs. Quackenboss, it turned out, was an amateur artist, and she painted Sir Charles, on calm days on deck, in all possible attitudes. She seemed to find him a most attractive model.

The doctor, too, was a precious clever fellow. He knew something of chemistry—and of most other subjects, including, as I gathered, the human character. For he talked to Charles about various ideas of his, with which he wished to "liven up folks in Kentucky a bit," on his return, till Charles conceived the highest possible regard for his intelligence and enterprise. "That's a go-ahead fellow, Sey!" he remarked to me one day. "Has the right sort of grit in him! Those Americans are the men. Wish I had a round hundred of them on my works in South Africa!"

That idea seemed to grow upon him. He was immensely taken with it. He had lately dismissed one of his chief superintendents at the Cloetedorp mine, and he seriously debated whether or not he should offer the post to the smart Kentuckian. For my own part, I am inclined to connect this fact with his expressed determination to visit his South African undertakings for three months yearly in future; and I am driven to suspect he felt life at Cloetedorp would be rendered much more tolerable by the agreeable society of a quaint and amusing American lady.

"If you offer it to him," I said, "remember, you must disclose your personality."

"Not at all," Charles answered. "I can keep it dark for the present, till all is arranged for. I need only say I have interests in South Africa."

So, one morning on deck, as we were approaching the Banks, he broached his scheme gently to the doctor and Mrs. Quackenboss. He remarked that he was connected with one of the biggest financial concerns in the Southern hemisphere; and that he would pay Elihu fifteen hundred a year to represent him at the diggings.

"What, dollars?" the lady said, smiling and accentuating the tip-tilted nose a little more. "Oh, Mr. Porter, it ain't good enough!"

"No, pounds, my dear madam," Charles responded. "Pounds sterling, you know. In United States currency, seven thousand five hundred."

"I guess Elihu would just jump at it," Mrs. Quackenboss replied, looking at him quizzically.

The doctor laughed. "You make a good bid, sir," he said, in his slow American way, emphasising all the most unimportant words: "*but* you overlook one element. I *am* a man of science, not a speculator. I *have* trained myself for medical work, *at* considerable cost, *in* the best schools of Europe, *and* I do not propose to fling away the results *of* much arduous labour *by* throwing myself out elastically *into* a new line of work *for* which my faculties *may* not perhaps equally adapt me."

("How thoroughly American!" I murmured, in the background.)

Charles insisted; all in vain. Mrs. Quackenboss was impressed; but the doctor smiled always a sphinx-like smile, and reiterated his belief in the unfitness of mid-stream as an ideal place for swopping horses. The more he declined, and the better he talked, the more eager Charles became each day to secure him. And, as if on purpose to draw him on, the doctor each day gave more and more surprising proofs of his practical abilities. "I *am* not a specialist," he said. "I just ketch the drift, appropriate the kernel, *and* let the rest slide."

He could do anything, it really seemed, from shoeing a mule to conducting a camp-meeting; he was a capital chemist, a very sound surgeon, a fair judge of horseflesh, a first class euchre player, and a pleasing baritone. When occasion demanded he could occupy a pulpit. He had invented a cork-screw which brought him in a small revenue; and he was now engaged in the translation of a Polish work on the "Application of Hydrocyanic Acid to the Cure of Leprosy."

Still, we reached New York without having got any nearer our goal, as regarded Dr. Quackenboss. He came to bid us good-bye at the quay, with that sphinx-like smile still playing upon his features. Charles clutched the dispatch-box with one hand, and Mrs. Quackenboss's little palm with the other.

"*Don't* tell us," he said, "this is good-bye—for ever!" And his voice quite faltered.

"I guess so, Mr. Porter," the pretty American replied, with a telling glance. "What hotel do you patronise?"

"The Murray Hill," Charles responded.

"Oh my, ain't that odd?" Mrs. Quackenboss echoed. "The Murray Hill! Why, that's just where we're going too, Elihu!"

The upshot of which was that Charles persuaded them, before returning to Kentucky, to diverge for a few days with us to Lake George and Lake Champlain, where he hoped to over-persuade the recalcitrant doctor.

To Lake George therefore we went, and stopped at the excellent hotel at the terminus of the railway. We spent a good deal of our time on the light little steamers that ply between that point and the road to Ticonderoga. Somehow, the mountains mirrored in the deep green water reminded me of Lucerne; and Lucerne reminded me of the little curate. For the first time since we left England a vague terror seized me. *Could* Elihu Quackenboss be Colonel Clay again, still dogging our steps through the opposite continent?

I could not help mentioning my suspicion to Charles—who, strange to say, pooh-poohed it. He had been paying great court to Mrs. Quackenboss that day, and was absurdly elated because the little American had rapped his knuckles with her fan and called him "a real silly."

Next day, however, an odd thing occurred. We strolled out together, all four of us, along the banks of the lake, among woods just carpeted with strange, triangular flowers—trilliums, Mrs. Quackenboss called them—and lined with delicate ferns in the first green of springtide.

I began to grow poetical. (I wrote verses in my youth before I went to South Africa.) We threw ourselves on the grass, near a small mountain stream that descended among moss-clad boulders from the steep woods above us. The Kentuckian flung himself at full length on the sward, just in front of Charles. He had a strange head of hair, very thick and shaggy. I don't know why, but, of a sudden, it reminded me of the Mexican Seer, whom we had learned to remember as Colonel Clay's first embodiment. At the same moment the same thought seemed to run through Charles's head; for, strange to say, with a quick impulse he leant forward and examined it. I saw Mrs. Quackenboss draw back in wonder. The hair looked too thick and close for nature. It ended abruptly, I now remembered, with a sharp line on the forehead. Could this, too, be a wig? It seemed very probable.

Even as I thought that thought, Charles appeared to form a sudden and resolute determination. With one lightning swoop he seized the doctor's hair in his powerful hand, and tried to lift it off bodily. He had made a bad guess. Next instant the doctor uttered a loud and terrified howl of pain, while several of his hairs, root and all, came out of his scalp in Charles's hand, leaving a few drops of blood on the skin of the head in the place they were torn from. There was no doubt at all it was not a wig, but the Kentuckian's natural hirsute covering.

The scene that ensued I am powerless to describe. My pen is unequal to it. The doctor arose, not so much angry as astonished, white and incredulous. "What did you do that for, any way?" he asked, glaring fiercely at my brother-in-law. Charles was all abject apology. He began by profusely expressing his regret, and offering to make any suitable reparation, monetary or otherwise. Then he revealed his whole hand.

He admitted that he was Sir Charles Vandrift, the famous millionaire, and that he had suffered egregiously from the endless machinations of a certain Colonel Clay, a machiavellian rogue, who had hounded him relentlessly round the capitals of Europe. He described in graphic detail how the impostor got himself up with wigs and wax, so as to deceive even those who knew him intimately; and then he threw himself on Dr. Quackenboss's mercy, as a man who had been cruelly taken in so often that he could not help suspecting the best of men falsely. Mrs. Quackenboss admitted it was natural to have suspicions—"Especially," she said, with candour, "as you're not the first to observe the notable way Elihu's hair seems to originate from his forehead," and she pulled it up to show us. But Elihu himself sulked on in the dumps: his dignity was offended. "*If* you wanted to know," he said, "you might as well have asked me. Assault *and* battery *is* not the right way to test whether *a* citizen's hair is primitive or acquired."

"It was an impulse," Charles pleaded; "an instinctive impulse!"

"Civilised man restrains his impulses," the doctor answered. "You *have* lived too long *in* South Africa, Mr. Porter—I mean, Sir Charles Vandrift, if that's the right way *to* address such a gentleman. You appear to *have* imbibed the habits *and* manners of the Kaffirs you lived among."

For the next two days, I will really admit, Charles seemed more wretched than I could have believed it possible for him to be on somebody else's account. He positively grovelled. The fact was, he saw he had hurt Dr. Quackenboss's feelings, and—much to my surprise—he seemed truly grieved at it. If the doctor would have accepted a thousand pounds down to shake hands at once and forget the incident—in my opinion Charles would have gladly paid it. Indeed, he said as much in other words to the pretty American—for he could not insult her by offering her money.

Mrs. Quackenboss did her best to make it up, for she was a kindly little creature, in spite of her roguishness; but Elihu stood aloof. Charles urged him still to go out to South Africa, increasing his bait to two thousand a year; yet the doctor was immovable. "No, no," he said; "I had half decided *to* accept your offer—*till* that unfortunate impulse; but that settled the question. *As* an American citizen, I decline *to* become the representative *of* a British nobleman who takes such means *of* investigating questions which affect the hair and happiness *of* his fellow-creatures."

I don't know whether Charles was most disappointed at missing the chance of so clever a superintendent for the mine at Cloetedorp, or elated at the novel description of himself as "a British nobleman;" which is not precisely our English idea of a colonial knighthood.

Three days later, accordingly, the Quackenbosses left the Lakeside Hotel. We were bound on an expedition up the lake ourselves, when the pretty little woman burst in with a dash to tell us they were leaving. She was charmingly got up in the neatest and completest of American travelling-dresses. Charles held her hand affectionately. "I'm sorry it's good-bye," he said. "I have done my best to secure your husband."

"You couldn't have tried harder than I did," the little woman answered, and the tip-tilted nose looked quite pathetic; "for I just hate to be buried right down there in Kentucky! However, Elihu is the sort of man a woman can neither drive nor lead; so we've got to put up with him." And she smiled upon us sweetly, and disappeared for ever.

Charles was disconsolate all that day. Next morning he rose, and announced his intention of setting out for the West on his tour of inspection. He would recreate by revelling in Colorado silver lodes.

We packed our own portmanteaus, for Charles had not brought even Simpson with him, and then we prepared to set out by the morning train for Saratoga.

Up till almost the last moment Charles nursed his dispatch-box. But as the "baggage-smashers" were taking down our luggage, and a chambermaid was lounging officiously about in search of a tip, he laid it down for a second or two on the centre table while he collected his other immediate impedimenta. He couldn't find his cigarette-case, and went back to the bedroom for it. I helped him hunt, but it had disappeared mysteriously. That moment lost him. When we had found the cigarette-case, and returned to the sitting-room—lo, and behold! the dispatch-box was missing! Charles questioned the servants, but none of them had noticed it. He searched round the room—not a trace of it anywhere.

"Why, I laid it down here just two minutes ago!" he cried. But it was not forthcoming.

"It'll turn up in time," I said. "Everything turns up in the end—including Mrs. Quackenboss's nose."

"Seymour," said my brother-in-law, "your hilarity is inopportune."

To say the truth, Charles was beside himself with anger. He took the elevator down to the "Bureau," as they call it, and complained to the manager. The manager, a sharp-faced New Yorker, smiled as he remarked in a nonchalant way that guests with valuables were required to leave them in charge of the management, in which case they were locked up in the safe and duly returned to the depositor on leaving. Charles declared somewhat excitedly that he had been robbed, and demanded that nobody should be allowed to leave the hotel till the dispatch-box was discovered. The manager, quite cool, and obtrusively picking his teeth, responded that such tactics might be possible in an hotel of the European size, putting up a couple of hundred guests or so; but that an American house, with over a thousand visitors—many of whom came and went daily—could not undertake such a quixotic quest on behalf of a single foreign complainant.

That epithet, "foreign," stung Charles to the quick. No Englishman can admit that he is anywhere a foreigner. "Do you know who I am, sir?" he asked, angrily. "I am Sir Charles Vandrift, of London—a member of the English Parliament."

"You may be the Prince of Wales," the man answered, "for all I care. You'll get the same treatment as anyone else, in America. But if you're Sir Charles Vandrift," he went on, examining his books, "how does it come you've registered as Mr. Peter Porter?"

Charles grew red with embarrassment. The difficulty deepened.

The dispatch-box, always covered with a leather case, bore on its inner lid the name "Sir Charles Vandrift, K.C.M.G.," distinctly painted in the orthodox white letters. This was a painful *contretemps*: he had lost his precious documents; he had given a false name; and he had rendered the manager supremely careless whether or not he recovered his stolen property. Indeed, seeing he had registered as Porter, and now "claimed" as Vandrift, the manager hinted in pretty plain language he very much doubted whether there had ever been a dispatch-box in the matter at all, or whether, if there were one, it had ever contained any valuable documents.

We spent a wretched morning. Charles went round the hotel, questioning everybody as to whether they had seen his dispatch-box. Most of the visitors resented the question as a personal imputation; one fiery Virginian, indeed, wanted to settle the point then and there with a six-shooter. Charles telegraphed to New York to prevent the shares and coupons from being negotiated; but his brokers telegraphed back that, though they had stopped the numbers as far as possible, they did so with reluctance, as they were not aware of Sir Charles Vandrift being now in the country. Charles declared he wouldn't leave the hotel till he recovered his property; and for myself, I was inclined to suppose we would have to remain there accordingly for the term of our natural lives—and longer.

That night again we spent at the Lakeside Hotel. In the small hours of the morning, as I lay awake and meditated, a thought broke across me. I was so excited by it that I rose and rushed into my brother-in-law's bedroom. "Charles, Charles!" I exclaimed, "we have taken too much for granted once more. Perhaps Elihu Quackenboss carried off your dispatch-box!"

"You fool," Charles answered, in his most unamiable manner (he applies that word to me with increasing frequency); "is *that* what you've waked me up for? Why, the Quackenbosses left Lake George on Tuesday morning, and I had the dispatch-box in my own hands on Wednesday."

"We have only their word for it," I cried. "Perhaps they stopped on—and walked off with it afterwards!"

"We will inquire to-morrow," Charles answered. "But I confess I don't think it was worth waking me up for. I could stake my life on that little woman's integrity."

We *did* inquire next morning—with this curious result: it turned out that, though the Quackenbosses had left the Lakeside Hotel on Tuesday, it was only for the neighbouring Washington House, which they quitted on Wednesday morning, taking the same train for Saratoga which Charles and I had intended to go by. Mrs. Quackenboss carried a small brown paper parcel in her hands—in which, under the circumstances, we had little difficulty in recognising Charles's dispatch-box, loosely enveloped.

Then I knew how it was done. The chambermaid, loitering about the room for a tip, was—Mrs. Quackenboss! It needed but an apron to transform her pretty travelling-dress into a chambermaid's costume; and in any of those huge American hotels one chambermaid more or less would pass in the crowd without fear of challenge.

"We will follow them on to Saratoga," Charles cried. "Pay the bill at once, Seymour."

"Certainly," I answered. "Will you give me some money?"

Charles clapped his hand to his pockets. "All, all in the dispatch-box," he murmured.

That tied us up another day, till we could get some ready cash from our agents in New York; for the manager, already most suspicious at the change of name and the accusation of theft, peremptorily refused to accept Charles's cheque, or anything else, as he phrased it, except "hard money." So we lingered on perforce at Lake George in ignoble inaction.

"Of course," I observed to my brother-in-law that evening, "Elihu Quackenboss was Colonel Clay."

"I suppose so," Charles murmured resignedly. "Everybody I meet seems to be Colonel Clay nowadays—except when I believe they *are*, in which case they turn out to be harmless nobodies. But who would have thought it was he after I pulled his hair out? Or after he persisted in his trick, even when I suspected him—which, he told us at Seldon, was against his first principles?"

A light dawned upon me again. But, warned by previous ebullitions, I expressed myself this time with becoming timidity. "Charles," I suggested, "may we not here again have been the slaves of a preconception? We thought Forbes-Gaskell was Colonel Clay—for no better reason than because he wore a wig. We thought Elihu Quackenboss wasn't Colonel Clay—for no better reason than because he didn't wear one. But how do we know he *ever* wears wigs? Isn't it possible, after all, that those hints he gave us about make-up, when he was Medhurst the detective, were framed on purpose, so as to mislead and deceive us? And isn't it possible what he said of his methods at the Seamew's island that day was similarly designed in order to hoodwink us?"

"That is so obvious, Sey," my brother-in-law observed, in a most aggrieved tone, "that I should have thought any secretary worth his salt would have arrived at it instantly."

I abstained from remarking that Charles himself had not arrived at it even now, until I told him. I thought that to say so would serve no good purpose. So I merely went on: "Well, it seems to me likely that when he came as Medhurst, with his hair cut short, he was really wearing his own natural crop, in its simplest form and of its native hue. By now it has had time to grow long and bushy. When he was David Granton, no doubt, he clipped it to an intermediate length, trimmed his beard and moustache, and dyed them all red, to a fine Scotch colour. As the Seer, again, he wore his hair much the same as Elihu's; only, to suit the character, more combed and fluffy. As the little curate, he darkened it and plastered it down. As Von Lebenstein, he shaved close, but cultivated his moustache to its utmost dimensions, and dyed it black after the Tyrolese fashion. He need never have had a wig; his own natural hair would throughout have been sufficient, allowing for intervals."

"You're right, Sey," my brother-in-law said, growing almost friendly. "I will do you the justice to admit that's the nearest thing we have yet struck out to an idea for tracking him."

On the Saturday morning a letter arrived which relieved us a little from our momentary tension. It was from our enemy himself—but most different in tone from his previous bantering communications:—

"Saratoga, Friday.

"SIR CHARLES VANDRIFT—Herewith I return your dispatch-box, intact, with the papers untouched. As you will readily observe, it has not even been opened.

"You will ask me the reason for this strange conduct. Let me be serious for once, and tell you truthfully.

"White Heather and I (for I will stick to Mr. Wentworth's judicious *sobriquet*) came over on the *Etruria* with you, intending, as usual, to make something out of you. We followed you to Lake George—for I had 'forced a card,' after my habitual plan, by inducing you to invite us, with the fixed intention of playing a particular trick upon you. It formed no part of our original game to steal your dispatch-box; that I consider a simple and elementary trick unworthy the skill of a practised operator. We persisted in the preparations for our *coup*, till you pulled my hair out. Then, to my great surprise, I saw you exhibited a degree of regret and genuine compunction with which, till that moment, I could never have credited you. You thought you had hurt my feelings; and you behaved more like a gentleman than I had previously known you to do. You not only apologised, but you also endeavoured voluntarily to make reparation. That produced an effect upon me. You may not believe it, but I desisted accordingly from the trick I had prepared for you.

"I might also have accepted your offer to go to South Africa, where I could soon have cleared out, having embezzled thousands. But, then, I should have been in a position of trust and responsibility—and I am not *quite* rogue enough to rob you under those conditions.

"Whatever else I am, however, I am not a hypocrite. I do not pretend to be anything more than a common swindler. If I return you your papers intact, it is only on the same principle as that of the

Australian bushranger, who made a lady a *present* of her own watch because she had sung to him and reminded him of England. In other words, he did not take it from her. In like manner, when I found you had behaved, for once, like a gentleman, contrary to my expectation, I declined to go on with the trick I then meditated. Which does not mean to say I may not hereafter play you some other. *That* will depend upon your future good behaviour.

"Why, then, did I get White Heather to purloin your dispatch-box, with intent to return it? Out of pure lightness of heart? Not so; but in order to let you see I really meant it. If I had gone off with no swag, and then written you this letter, you would not have believed me. You would have thought it was merely another of my failures. But when I have actually got all your papers into my hands, and give them up again of my own free will, you must see that I mean it.

"I will end, as I began, seriously. My trade has not quite crushed out of me all germs or relics of better feeling; and when I see a millionaire behave like a man, I feel ashamed to take advantage of that gleam of manliness.

"Yours, with a tinge of penitence, but still a rogue,

CUTHBERT CLAY."

The first thing Charles did on receiving this strange communication was to bolt downstairs and inquire for the dispatch-box. It had just arrived by Eagle Express Company. Charles rushed up to our rooms again, opened it feverishly, and counted his documents. When he found them all safe, he turned to me with a hard smile. "This letter," he said, with quivering lips, "I consider still more insulting than all his previous ones."

But, for myself, I really thought there was a ring of truth about it.

Colonel Clay was a rogue, no doubt—a most unblushing rogue; but even a rogue, I believe, has his better moments.

And the phrase about the "position of trust and responsibility" touched Charles to the quick, I suppose, *in re* the Slump in Cloetedorp Golcondas. Though, to be sure, it was a hit at me as well, over the ten per cent commission.

Chapter X
The Episode of the Game of Poker

"Seymour," my brother-in-law said, with a deep-drawn sigh, as we left Lake George next day by the Rennselaer and Saratoga Railroad, "no more Peter Porter for me, *if* you please! I'm sick of disguises. Now that we know Colonel Clay is here in America, they serve no good purpose; so I may as well receive the social consideration and proper respect to which my rank and position naturally entitle me."

"And which they secure for the most part (except from hotel clerks), even in this republican land," I answered briskly.

For in my humble opinion, for sound copper-bottomed snobbery, registered A1 at Lloyd's, give *me* the free-born American citizen.

We travelled through the States, accordingly, for the next four months, from Maine to California, and from Oregon to Florida, under our own true names, "Confirming the churches," as Charles facetiously put it—or in other words, looking into the management and control of railways, syndicates, mines, and cattle-ranches. We inquired about everything. And the result of our investigations appeared to be, as Charles further remarked, that the Sabeans who so troubled the sons of Job seemed to have migrated in a body to Kansas and Nebraska, and that several thousand head of cattle seemed mysteriously to vanish, *à la* Colonel Clay, into the pure air of the prairies just before each branding.

However, we were fortunate in avoiding the incursions of the Colonel himself, who must have migrated meanwhile on some enchanted carpet to other happy hunting-grounds.

It was chill October before we found ourselves safe back in New York, *en route* for England. So long a term of freedom from the Colonel's depredations (as Charles fondly imagined—but I will not anticipate) had done my brother-in-law's health and spirits a world of good; he was so lively and cheerful that he began to fancy his tormentor must have succumbed to yellow fever, then raging in New Orleans, or eaten himself ill, as we nearly did ourselves, on a generous mixture of clam-chowder, terrapin, soft-shelled crabs, Jersey peaches, canvas-backed ducks, Catawba wine, winter cherries, brandy cocktails, strawberry-shortcake, ice-creams, corn-dodger, and a judicious brew commonly known as a Colorado corpse-reviver. However that may be, Charles returned to New York in excellent trim; and, dreading in that great city the wiles of his antagonist, he cheerfully accepted the invitation of his brother millionaire, Senator Wrengold of Nevada, to spend a few days before sailing in the Senator's magnificent and newly-finished palace at the upper end of Fifth Avenue.

"There, at least, I shall be safe, Sey," he said to me plaintively, with a weary smile. "Wrengold, at any rate, won't try to take me in—except, of course, in the regular way of business."

Boss-Nugget Hall (as it is popularly christened) is perhaps the handsomest brown stone mansion in the Richardsonian style on all Fifth Avenue. We spent a delightful week there. The lines had fallen to us in pleasant places. On the night we arrived Wrengold gave a small bachelor party in our honour. He knew Sir Charles was travelling without Lady Vandrift, and rightly judged he would prefer on his first night an informal party, with cards and cigars, instead of being bothered with the charming, but still somewhat hampering addition of female society.

The guests that evening were no more than seven, all told, ourselves included—making up, Wrengold said, that perfect number, an octave. He was a *nouveau riche* himself—the newest of the new—commonly known in exclusive old-fashioned New York society as the Gilded Squatter; for he "struck his reef" no more than ten years ago; and he was therefore doubly anxious, after the American style, to be "just dizzy with culture." In his capacity of Mæcenas, he had invited amongst others the latest of English literary arrivals in New York—Mr. Algernon Coleyard, the famous poet, and leader of the Briar-rose school of West-country fiction.

"You know him in London, of course?" he observed to Charles, with a smile, as we waited dinner for our guests.

"No," Charles answered stolidly. "I have not had that honour. We move, you see, in different circles."

I observed by a curious shade which passed over Senator Wrengold's face that he quite misapprehended my brother-in-law's meaning. Charles wished to convey, of course, that Mr. Coleyard belonged to a mere literary and Bohemian set in London, while he himself moved on a more exalted plane of peers and politicians. But the Senator, better accustomed to the new-rich point of view, understood Charles to mean that *he* had not the entrée of that distinguished coterie in which Mr. Coleyard posed as a shining luminary. Which naturally made him rate even higher than before his literary acquisition.

At two minutes past the hour the poet entered. Even if we had not been already familiar with his portrait at all ages in *The Strand Magazine*, we should have recognised him at once for a genuine bard by his impassioned eyes, his delicate mouth, the artistic twirl of one gray lock upon his expansive brow, the grizzled moustache that gave point and force to the genial smile, and the two white rows of perfect teeth behind it. Most of our fellow-guests had met Coleyard before at a reception given by the Lotus Club that afternoon, for the bard had reached New York but the previous evening; so Charles and I were the only visitors who remained to be introduced to him. The lion of the hour was attired in ordinary evening dress, with no foppery of any kind, but he wore in his buttonhole a dainty blue flower whose name I do not know; and as he bowed distantly to Charles, whom he surveyed through his eyeglass, the gleam of a big diamond in the middle of his shirt-front betrayed the fact that the Briar-rose school, as it was called (from his famous epic), had at least succeeded in making money out of poetry. He explained to us a little later, in fact, that he was over in New York to look after his royalties. "The beggars," he said, "only gave me eight hundred pounds on my last volume. I couldn't stand *that*, you know; for a modern bard, moving with the age, can only sing when duly wound up; so I've run across to investigate. Put a penny in the slot, don't you see, and the poet will pipe for you."

"Exactly like myself," Charles said, finding a point in common. "*I'm* interested in mines; and I, too, have come over to look after my royalties."

The poet placed his eyeglass in his eye once more, and surveyed Charles deliberately from head to foot. "Oh," he murmured slowly. He said not a word more; but somehow, everybody felt that Charles was demolished. I saw that Wrengold, when we went in to dinner, hastily altered the cards that marked their places. He had evidently put Charles at first to sit next the poet; he varied that arrangement now, setting Algernon Coleyard between a railway king and a magazine editor. I have seldom seen my respected brother-in-law so completely silenced.

The poet's conduct during dinner was most peculiar. He kept quoting poetry at inopportune moments.

“Roast lamb or boiled turkey, sir?” said the footman.

“Mary had a little lamb,” said the poet. “I shall imitate Mary.”

Charles and the Senator thought the remark undignified.

After dinner, however, under the mellowing influence of some excellent Roederer, Charles began to expand again, and grew lively and anecdotal. The poet had made us all laugh not a little with various capital stories of London literary society—at least two of them, I think, new ones; and Charles was moved by generous emulation to contribute his own share to the amusement of the company. He was in excellent cue. He is not often brilliant; but when he chooses, he has a certain dry vein of caustic humour which is decidedly funny, though not perhaps strictly without being vulgar. On this particular night, then, warmed with the admirable Wrengold champagne—the best made in America—he launched out into a full and embroidered description of the various ways in which Colonel Clay had deceived him. I will not say that he narrated them in full with the same frankness and accuracy that I have shown in these pages; he suppressed not a few of the most amusing details—on no other ground, apparently, than because they happened to tell against himself; and he enlarged a good deal on the surprising cleverness with which several times he had nearly secured his man; but still, making all allowances for native vanity in concealment and addition, he was distinctly funny—he represented the matter for once in its ludicrous rather than in its disastrous aspect. He observed also, looking around the table, that after all he had lost less by Colonel Clay in four years of persecution than he often lost by one injudicious move in a single day on the London Stock Exchange; while he seemed to imply to the solid men of New York, that he would cheerfully sacrifice such a fleabite as that, in return for the amusement and excitement of the chase which the Colonel had afforded him.

The poet was pleased. "You are a man of spirit, Sir Charles," he said. "I love to see this fine old English admiration of pluck and adventure! The fellow must really have some good in him, after all. I should like to take notes of a few of those stories; they would supply nice material for basing a romance upon."

"I hardly know whether I'm exactly the man to make the hero of a novel," Charles murmured, with complacence. And he certainly didn't look it.

"*I* was thinking rather of Colonel Clay as the hero," the poet responded coldly.

"Ah, that's the way with you men of letters," Charles answered, growing warm. "You always have a sneaking sympathy with the rascals."

"That may be better," Coleyard retorted, in an icy voice, "than sympathy with the worst forms of Stock Exchange speculation."

The company smiled uneasily. The railway king wriggled. Wrengold tried to change the subject hastily. But Charles would not be put down.

"You must hear the end, though," he said. "That's not quite the worst. The meanest thing about the man is that he's also a hypocrite. He wrote me *such* a letter at the end of his last trick—here, positively here, in America." And he proceeded to give his own version of the Quackenboss incident, enlivened with sundry imaginative bursts of pure Vandrift fancy.

When Charles spoke of Mrs. Quackenboss the poet smiled. "The worst of married women," he said, "is—that you can't marry them; the worst of unmarried women is—that they want to marry you." But when it came to the letter, the poet's eye was upon my brother-in-law. Charles, I must fain admit, garbled the document sadly. Still, even so, some gleam of good feeling remained in its sentences. But Charles ended all by saying,

"So, to crown his misdemeanours, the rascal shows himself a whining cur and a disgusting Pharisee."

"Don't you think," the poet interposed, in his cultivated drawl, "he may have really meant it? Why should not some grain of compunction have stirred his soul still?—some remnant of conscience made him shrink from betraying a man who confided in him? I have an idea, myself, that even the worst of rogues have always some good in them. I notice they often succeed to the end in retaining the affection and fidelity of women."

"Oh, I said so!" Charles sneered. "I told you you literary men have always an underhand regard for a scoundrel."

"Perhaps so," the poet answered. "For we are all of us human. Let him that is without sin among us cast the first stone." And then he relapsed into moody silence.

We rose from table. Cigars went round. We adjourned to the smoking-room. It was a Moorish marvel, with Oriental hangings. There, Senator Wrengold and Charles exchanged reminiscences of bonanzas and ranches and other exciting post-prandial topics; while the magazine editor cut in now and again with a pertinent inquiry or a quaint and sarcastic parallel instance. It was clear he had an eye to future copy. Only Algernon Coleyard sat brooding and silent, with his chin on one hand, and his brow intent, musing and gazing at the embers in the fireplace. The hand, by the way, was remarkable for a curious, antique-looking ring, apparently of Egyptian or Etruscan workmanship, with a projecting gem of several large facets. Once only, in the midst of a game of whist, he broke out with a single comment.

"Hawkins was made an earl," said Charles, speaking of some London acquaintance.

"What for?" asked the Senator.

"Successful adulteration," said the poet tartly.

"Honours are easy," the magazine editor put in.

"And two by tricks to Sir Charles," the poet added.

Towards the close of the evening, however—the poet still remaining moody, not to say positively grumpy—Senator Wrengold proposed a friendly game of Swedish poker. It was the latest fashionable variant in Western society on the old gambling round, and few of us knew it, save the omniscient poet and the magazine editor. It turned out afterwards that Wrengold proposed that particular game because he had heard Coleyard observe at the Lotus Club the same afternoon that it was a favourite amusement of his. Now, however, for a while he objected to playing. He was a poor man, he said, and the rest were all rich; why should he throw away the value of a dozen golden sonnets just to add one more pinnacle to the gilded roofs of a millionaire's palace? Besides, he was half-way through with an ode he was inditing to Republican simplicity. The pristine austerity of a democratic senatorial cottage had naturally inspired him with memories of Dentatus, the Fabii, Camillus. But Wrengold, dimly aware he was being made fun of somehow, insisted that the poet must take a hand with the financiers. "You can pass, you know," he said, "as often as you like; and you can stake low, or go it blind, according as you're inclined to. It's a democratic game; every man decides for himself how high he will play, except the banker; and you needn't take bank unless you want it."

"Oh, if you insist upon it," Coleyard drawled out, with languid reluctance, "I'll play, of course. I won't spoil your evening. But remember, I'm a poet; I have strange inspirations."

The cards were "squeezers"—that is to say, had the suit and the number of pips in each printed small in the corner, as well as over the face, for ease of reference. We played low at first. The poet seldom staked;

and when he did—a few pounds—he lost, with singular persistence. He wanted to play for doubloons or sequins, and could with difficulty be induced to condescend to dollars. Charles looked across at him at last; the stakes by that time were fast rising higher, and we played for ready money. Notes lay thick on the green cloth. "Well," he murmured provokingly, "how about your inspiration? Has Apollo deserted you?"

It was an unwonted flight of classical allusion for Charles, and I confess it astonished me. (I discovered afterwards he had cribbed it from a review in that evening's *Critic*.) But the poet smiled.

"No," he answered calmly, "I am waiting for one now. When it comes, you may be sure you shall have the benefit of it."

Next round, Charles dealing and banking, the poet staked on his card, unseen as usual. He staked like a gentleman. To our immense astonishment he pulled out a roll of notes, and remarked, in a quiet tone, "I have an inspiration now. *Half-hearted* will do. I go five thousand." That was dollars, of course; but it amounted to a thousand pounds in English money—high play for an author.

Charles smiled and turned his card. The poet turned his—and won a thousand.

"Good shot!" Charles murmured, pretending not to mind, though he detests losing.

"Inspiration!" the poet mused, and looked once more abstracted.

Charles dealt again. The poet watched the deal with boiled-fishy eyes. His thoughts were far away. His lips moved audibly. "*Myrtle*, and *kirtle*, and *hurtle*," he muttered. "They'll do for three. Then there's *turtle*, meaning dove; and that finishes the possible. *Laurel* and *coral* make a very bad rhyme. Try *myrtle*; don't you think so?"

"Do you stake?" Charles asked, severely, interrupting his reverie.

The poet started. "No, pass," he replied, looking down at his card, and subsided into muttering. We caught a tremor of his lips again, and heard something like this: "Not less but more republican than thou, Half-hearted watcher by the Western sea, After long years I come to visit thee, And test thy fealty to that maiden vow, That bound thee in thy budding prime For Freedom's bride—"

"Stake?" Charles interrupted, inquiringly, again.

"Yes, five thousand," the poet answered dreamily, pushing forward his pile of notes, and never ceasing from his murmur: "For Freedom's bride to all succeeding time. *Succeeding*; *succeeding*; weak word, *succeeding*. Couldn't go five dollars on it."

Charles turned his card once more. The poet had won again. Charles passed over his notes. The poet raked them in with a far-away air, as one who looks at infinity, and asked if he could borrow a pencil and paper. He had a few priceless lines to set down which might otherwise escape him.

"This is play," Charles said pointedly. "*Will* you kindly attend to one thing or the other?"

The poet glanced at him with a compassionate smile. "I told you I had inspirations," he said. "They always come together. I can't win your money as fast as I would like, unless at the same time I am making verses. Whenever I hit upon a good epithet, I back my luck, don't you see? I won a thousand on *Half-hearted* and a thousand on *budding*; if I were to back *succeeding*, I should lose, to a certainty. You understand my system?"

"I call it pure rubbish," Charles answered. "However, continue. Systems were made for fools—and to suit wise men. Sooner or later you must lose at such a stupid fancy."

The poet continued. "For Freedom's bride to all *ensuing* time."

"Stake!" Charles cried sharply. We each of us staked.

"*Ensuing*," the poet murmured. "To all *ensuing* time. First-rate epithet that. I go ten thousand, Sir Charles, on *ensuing*."

We all turned up. Some of us lost, some won; but the poet had secured his two thousand sterling.

"I haven't that amount about me," Charles said, in that austerely nettled voice which he always assumes when he loses at cards; "but—I'll settle it with you to-morrow."

"Another round?" the host asked, beaming.

"No, thank you," Charles answered; "Mr. Coleyard's inspirations come too pat for my taste. His luck beats mine. I retire from the game, Senator."

Just at that moment a servant entered, bearing a salver, with a small note in an envelope. "For Mr. Coleyard," he observed; "and the messenger said, *urgent*."

Coleyard tore it open hurriedly. I could see he was agitated. His face grew white at once.

"I—I beg your pardon," he said. "I—I must go back instantly. My wife is dangerously ill—quite a sudden attack. Forgive me, Senator. Sir Charles, you shall have your revenge to-morrow."

It was clear that his voice faltered. We felt at least he was a man of feeling. He was obviously frightened. His coolness forsook him. He shook hands as in a dream, and rushed downstairs for his dust-coat. Almost as he closed the front door, a new guest entered, just missing him in the vestibule.

"Halloa, you men," he said, "we've been taken in, do you know? It's all over the Lotus. The man we made an honorary member of the club to-day is *not* Algernon Coleyard. He's a blatant impostor. There's a telegram come in on the tape to-night saying Algernon Coleyard is dangerously ill at his home in England."

Charles gasped a violent gasp. "Colonel Clay!" he shouted, aloud. "And once more he's done me. There's not a moment to lose. After him, gentlemen! after him!"

Never before in our lives had we had such a close shave of catching and fixing the redoubtable swindler. We burst down the stairs in a body, and rushed out into Fifth Avenue. The pretended poet had only a hundred yards' start of us, and he saw he was discovered. But he was an excellent runner. So was I, weight for age; and I dashed wildly after him. He turned round a corner; it proved to lead nowhere, and lost him time. He darted back again, madly. Delighted with the idea that I was capturing so famous a criminal, I redoubled my efforts—and came up with him, panting. He was wearing a light dust-coat. I seized it in my hands. "I've got you at last!" I cried; "Colonel Clay, I've got you!"

He turned and looked at me. "Ha, old Ten Per Cent!" he called out, struggling. "It's you, then, is it? Never, never to *you*, sir!" And as he spoke, he somehow flung his arms straight out behind him, and let the dust-coat slip off, which it easily did, the sleeves being new and smoothly silk-lined. The suddenness of the movement threw me completely off my guard, and off my legs as well. I was clinging to the coat and holding him. As the support gave way I rolled over backward, in the mud of the street, and hurt my back seriously. As for Colonel Clay, with a nervous laugh, he bolted off at full speed in his evening coat, and vanished round a corner.

It was some seconds before I had sufficiently recovered my breath to pick myself up again, and examine my bruises. By this time Charles and the other pursuers had come up, and I explained my condition to them. Instead of commending me for my zeal in his cause—which had cost me a barked arm and a good evening suit—my brother-in-law remarked, with an unfeeling sneer, that when I had so nearly caught my man I might as well have held him.

"I have his coat, at least," I said. "That may afford us a clue." And I limped back with it in my hands, feeling horribly bruised and a good deal shaken.

When we came to examine the coat, however, it bore no maker's name; the strap at the back, where the tailor proclaims with pride his handicraft, had been carefully ripped off, and its place was taken by a tag of plain black tape without inscription of any sort. We searched the breast-pocket. A handkerchief, similarly nameless, but of finest cambric. The side-pockets—ha, what was this? I drew a piece of paper out in triumph. It was a note—a real find—the one which the servant had handed to our friend just before at the Senator's.

We read it through breathlessly:—

"DARLING PAUL,—I *told* you it was too dangerous. You should have listened to me. You ought *never* to have imitated any real person. I happened to glance at the hotel tape just now, to see the quotations for Cloetedorps to-day, and what do you think I read as part of the latest telegram from England? 'Mr. Algernon Coleyard, the famous poet, is lying on his death-bed at his home in Devonshire.' By this time all New York knows. Don't stop one minute. Say I'm dangerously ill, and come away at once. Don't return to the hotel. I am removing our things. Meet me at Mary's. Your devoted,

MARGOT."

"This is *very* important," Charles said. "This *does* give us a clue. We know two things now: his real name is Paul—whatever else it may be, and

Madame Picardet's is Margot."

I searched the pocket again, and pulled out a ring. Evidently he had thrust these two things there when he saw me pursuing him, and had forgotten or neglected them in the heat of the mêlée.

I looked at it close. It was the very ring I had noticed on his finger while he was playing Swedish poker. It had a large compound gem in the centre, set with many facets, and rising like a pyramid to a point in the middle. There were eight faces in all, some of them composed of emerald, amethyst, or turquoise. But *one* face—the one that turned at a direct angle towards the wearer's eye—was *not* a gem at all, but an extremely tiny convex mirror. In a moment I spotted the trick. He held this hand carelessly on the table while my brother-in-law dealt; and when he saw that the suit and number of his own card mirrored in it by means of the squeezers were better than Charles's, he had "an inspiration," and backed his luck—or rather his knowledge—with perfect confidence. I did not doubt, either, that his odd-looking eyeglass was a powerful magnifier which helped him in the trick. Still, we tried another deal, by way of experiment—I wearing the ring; and even with the naked eye I was able to distinguish in every case the suit and pips of the card that was dealt me.

"Why, that was almost dishonest," the Senator said, drawing back. He wished to show us that even far-Western speculators drew a line somewhere.

"Yes," the magazine editor echoed. "To back your skill is legal; to back your luck is foolish; to back your knowledge is—"

"Immoral," I suggested.

"Very good business," said the magazine editor.

"It's a simple trick," Charles interposed. "I should have spotted it if it had been done by any other fellow. But his patter about inspiration put me clean off the track. That's the rascal's dodge. He plays the regular conjurer's game of distracting your attention from the real point at issue—so well that you never find out what he's really about till he's sold you irretrievably."

We set the New York police upon the trail of the Colonel; but of course he had vanished at once, as usual, into the thin smoke of Manhattan. Not a sign could we find of him. "Mary's," we found an insufficient address.

We waited on in New York for a whole fortnight. Nothing came of it. We never found "Mary's." The only token of Colonel Clay's presence vouchsafed us in the city was one of his customary insulting notes. It was conceived as follows:—

> "O ETERNAL GULLIBLE!—Since I saw you on Lake George, I have run back to London, and promptly come out again. I had business to transact there, indeed, which I have now completed; the excessive attentions of the English police sent me once more, like great Orion, "sloping slowly to the west." I returned to America in order to see whether or not you were still impenitent. On the day of my arrival I happened to meet Senator Wrengold, and accepted his kind invitation solely that I might see how far my last communication had had a proper effect upon you. As I found you quite obdurate, and as you furthermore persisted in misunderstanding my motives, I determined to read you one more small lesson. It nearly failed; and I confess the accident has affected my nerves a little. I am now about to retire from business altogether, and settle down for life at my place in Surrey. I mean to try just one more small *coup*; and, when that is finished, Colonel Clay will hang up his sword, like Cincinnatus, and take to farming. You need no longer fear

me. I have realised enough to secure me for life a modest competence; and as I am not possessed like yourself with an immoderate greed of gain, I recognise that good citizenship demands of me now an early retirement in favour of some younger and more deserving rascal. I shall always look back with pleasure upon our agreeable adventures together; and as you hold my dust-coat, together with a ring and letter to which I attach importance, I consider we are quits, and I shall withdraw with dignity. Your sincere well-wisher,

CUTHBERT CLAY, *Poet*."

"Just like him!" Charles said, "to hold this one last *coup* over my head *in terrorem*. Though even when he has played it, why should I trust his word? A scamp like that may say it, of course, on purpose to disarm me."

For my own part, I quite agreed with "Margot." When the Colonel was reduced to dressing the part of a known personage I felt he had reached almost his last card, and would be well advised to retire into Surrey.

But the magazine editor summed up all in a word. "Don't believe that nonsense about fortunes being made by industry and ability," he said. "In life, as at cards, two things go to produce success—the first is chance; the second is cheating."

Chapter XI
The Episode of the Bertillon Method

We had a terrible passage home from New York. The Captain told us he "knew every drop of water in the Atlantic personally"; and he had never seen them so uniformly obstreperous. The ship rolled in the trough; Charles rolled in his cabin, and would not be comforted. As we approached the Irish coast, I scrambled up on deck in a violent gale, and retired again somewhat precipitately to announce to my brother-in-law that we had just come in sight of the Fastnet Rock Lighthouse. Charles merely turned over in his berth and groaned. "I don't believe it," he answered. "I expect it is probably Colonel Clay in another of his manifold disguises!"

At Liverpool, however, the Adelphi consoled him. We dined luxuriously in the Louis Quinze restaurant, as only millionaires can dine, and proceeded next day by Pullman car to London.

We found Amelia dissolved in tears at a domestic cataclysm. It seemed that Césarine had given notice.

Charles was scarcely home again when he began to bethink him of the least among his investments. Like many other wealthy men, my respected connection is troubled more or less, in the background of his consciousness, by a pervading dread that he will die a beggar. To guard against this misfortune—which I am bound to admit nobody else fears for him—he invested, several years ago, a sum of two hundred thousand pounds in Consols, to serve as a nest-egg in case of the collapse of Golcondas and South Africa generally. It is part of the same amiable mania, too, that he will not allow the dividend-warrants on this sum to be sent to him by post, but insists, after the fashion of old ladies and country parsons, upon calling personally at the Bank of England four times a year to claim his interest. He is well known by sight to not a few of the clerks; and his appearance in Threadneedle Street is looked forward to with great regularity within a few weeks of each lawful quarter-day.

So, on the morning after our arrival in town, Charles observed to me, cheerfully, "Sey, I must run into the City to-day to claim my dividends. There are two quarters owing."

I accompanied him in to the Bank. Even that mighty official, the beadle at the door, unfastened the handle of the millionaire's carriage. The clerk who received us smiled and nodded. "How much?" he asked, after the stereotyped fashion.

"Two hundred thousand," Charles answered, looking affable.

The clerk turned up the books. "Paid!" he said, with decision. "What's your game, sir, if I may ask you?"

"Paid!" Charles echoed, drawing back.

The clerk gazed across at him. "Yes, Sir Charles," he answered, in a somewhat severe tone. "You must remember you drew a quarter's dividend from myself—last week—at this very counter."

Charles stared at him fixedly. "Show me the signature," he said at last, in a slow, dazed fashion. I suspected mischief.

The clerk pushed the book across to him. Charles examined the name close.

"Colonel Clay again!" he cried, turning to me with a despondent air.

"He must have dressed the part. I shall die in the workhouse, Sey! That man has stolen away even my nest-egg from me."

I saw it at a glance. "Mrs. Quackenboss!" I put in. "Those portraits on the *Etruria*! It was to help him in his make-up! You recollect, she sketched your face and figure at all possible angles."

"And last quarter's?" Charles inquired, staggering.

The clerk turned up the entry. "Drawn on the 10th of July," he answered, carelessly, as if it mattered nothing.

Then I knew why the Colonel had run across to England.

Charles positively reeled. "Take me home, Sey," he cried. "I am ruined, ruined! He will leave me with not half a million in the world. My poor, poor boys will beg their bread, unheeded, through the streets of London!"

(As Amelia has landed estate settled upon her worth a hundred and fifty thousand pounds, this last contingency affected me less to tears than Charles seemed to think necessary.)

We made all needful inquiries, and put the police upon the quest at once, as always. But no redress was forthcoming. The money, once paid, could not be recovered. It is a playful little privilege of Consols that the Government declines under any circumstances to pay twice over. Charles drove back to Mayfair a crushed and broken man. I think if Colonel Clay himself could have seen him just then, he would have pitied that vast intellect in its grief and bewilderment.

After lunch, however, my brother-in-law's natural buoyancy reasserted itself by degrees. He rallied a little. "Seymour," he said to me, "you've heard, of course, of the Bertillon system of measuring and registering criminals."

"I have," I answered. "And it's excellent as far as it goes. But, like

Mrs. Glasse's jugged hare, it all depends upon the initial step. 'First catch your criminal.' Now, we have never caught Colonel Clay—"

"Or, rather," Charles interposed unkindly, "when you *did* catch him, you didn't hold him."

I ignored the unkindly suggestion, and continued in the same voice, "We have never secured Colonel Clay; and until we secure him, we cannot register him by the Bertillon method. Besides, even if we had once caught him and duly noted the shape of his nose, his chin, his ears, his forehead, of what use would that be against a man who turns up with a fresh face each time, and can mould his features into what form he likes, to deceive and foil us?"

"Never mind, Sey," my brother-in-law said. "I was told in New York that Dr. Frank Beddersley, of London, was the best exponent of the Bertillon system now living in England; and to Beddersley I shall go. Or, rather, I'll invite him here to lunch to-morrow."

"Who told you of him?" I inquired. "*Not* Dr. Quackenboss, I hope; nor yet Mr. Algernon Coleyard?"

Charles paused and reflected. "No, neither of them," he answered, after a short internal deliberation. "It was that magazine editor chap we met at Wrengold's."

"*He's* all right," I said; "or, at least, I think so."

So we wrote a polite invitation to Dr. Beddersley, who pursued the method professionally, asking him to come and lunch with us at Mayfair at two next day.

Dr. Beddersley came—a dapper little man, with pent-house eyebrows, and keen, small eyes, whom I suspected at sight of being Colonel Clay himself in another of his clever polymorphic embodiments. He was clear and concise. His manner was scientific. He told us at once that though the Bertillon method was of little use till the expert had seen the criminal once, yet if we had consulted him earlier he might probably have saved us some serious disasters. "A man so ingenious as this," he said, "would no doubt have studied Bertillon's principles himself, and would take every possible means to prevent recognition by them. Therefore, you might almost disregard the nose, the chin, the moustache, the hair, all of which are capable of such easy alteration. But there remain some features which are more likely to persist—height, shape of head, neck, build, and fingers; the timbre of the voice, the colour of the iris. Even these, again, may be partially disguised or concealed; the way the hair is dressed, the amount of padding, a high collar round the throat, a dark line about the eyelashes, may do more to alter the appearance of a face than you could readily credit."

"So we know," I answered.

"The voice, again," Dr. Beddersley continued. "The voice itself may be most fallacious. The man is no doubt a clever mimic. He could, perhaps, compress or enlarge his larynx. And I judge from what you tell me that he took characters each time which compelled him largely to alter and modify his tone and accent."

"Yes," I said. "As the Mexican Seer, he had of course a Spanish intonation. As the little curate, he was a cultivated North-countryman. As David Granton, he spoke gentlemanly Scotch. As Von Lebenstein, naturally, he was a South-German, trying to express himself in French. As Professor Schleiermacher, he was a North-German speaking broken English. As Elihu Quackenboss, he had a fine and pronounced Kentucky flavour. And as the poet, he drawled after the fashion of the clubs, with lingering remnants of a Devonshire ancestry."

"Quite so," Dr. Beddersley answered. "That is just what I should expect. Now, the question is, do you know him to be one man, or is he really a gang? Is he a name for a syndicate? Have you any photographs of Colonel Clay himself in any of his disguises?"

"Not one," Charles answered. "He produced some himself, when he was Medhurst the detective. But he pocketed them at once; and we never recovered them."

"Could you get any?" the doctor asked. "Did you note the name and address of the photographer?"

"Unfortunately, no," Charles replied. "But the police at Nice showed us two. Perhaps we might borrow them."

"Until we get them," Dr. Beddersley said, "I don't know that we can do anything. But if you can once give me two distinct photographs of the real man, no matter how much disguised, I could tell you whether they were taken from one person; and, if so, I think I could point out certain details in common which might aid us to go upon."

All this was at lunch. Amelia's niece, Dolly Lingfield, was there, as it happened; and I chanced to note a most guilty look stealing over her face all the while we were talking. Suspicious as I had learned to become by this time, however, I did not suspect Dolly of being in league with Colonel Clay; but, I confess, I wondered what her blush could indicate. After lunch, to my surprise, Dolly called me away from the rest into the library. "Uncle Seymour," she said to me—the dear child calls me Uncle Seymour, though of course I am not in any way related to her— "*I* have some photographs of Colonel Clay, if you want them."

"*You*?" I cried, astonished. "Why, Dolly, how did you get them?"

For a minute or two she showed some little hesitation in telling me. At last she whispered, "You won't be angry if I confess?" (Dolly is just nineteen, and remarkably pretty.)

"My child," I said, "why *should* I be angry? You may confide in me implicitly." (With a blush like that, who on earth could be angry with her?)

"And you won't tell Aunt Amelia or Aunt Isabel?" she inquired somewhat anxiously.

"Not for worlds," I answered. (As a matter of fact, Amelia and Isabel are the last people in the world to whom I should dream of confiding anything that Dolly might tell me.)

"Well, I was stopping at Seldon, you know, when Mr. David Granton was there," Dolly went on; "—or, rather, when that scamp pretended he was David Granton; and—and—you won't be angry with me, will you?—one day I took a snap-shot with my kodak at him and Aunt Amelia!"

"Why, what harm was there in that?" I asked, bewildered. The wildest stretch of fancy could hardly conceive that the Honourable David had been *flirting* with Amelia.

Dolly coloured still more deeply. "Oh, you know Bertie Winslow?" she said. "Well, he's interested in photography—and—and also in *me*. And he's invented a process, which isn't of the slightest practical use, he says; but its peculiarity is, that it reveals textures. At least, that's what Bertie calls it. It makes things come out so. And he gave me some plates of his own for my kodak—half-a-dozen or more, and—I took Aunt Amelia with them."

"I still fail to see," I murmured, looking at her comically.

"Oh, Uncle Seymour," Dolly cried. "How blind you men are! If Aunt Amelia knew she would never forgive me. Why, you *must* understand. The—the rouge, you know, and the pearl powder!"

"Oh, it comes out, then, in the photograph?" I inquired.

"Comes out! I should *think* so! It's like little black spots all over auntie's face. *Such* a guy as she looks in it!"

"And Colonel Clay is in them too?"

"Yes; I took them when he and auntie were talking together, without either of them noticing. And Bertie developed them. I've three of David Granton. Three beauties; *most* successful."

"Any other character?" I asked, seeing business ahead.

Dolly hung back, still redder. "Well, the rest are with Aunt Isabel," she answered, after a struggle.

"My dear child," I replied, hiding my feelings as a husband, "I will be brave. I will bear up even against that last misfortune!"

Dolly looked up at me pleadingly. "It was here in London," she went on; "—when I was last with auntie. Medhurst was stopping in the house at the time; and I took him twice, *tête-à-tête* with Aunt Isabel!"

"Isabel does not paint," I murmured, stoutly.

Dolly hung back again. "No, but—her hair!" she suggested, in a faint voice.

"Its colour," I admitted, "is in places assisted by a—well, you know, a restorer."

Dolly broke into a mischievous sly smile. "Yes, it is," she continued. "And, oh, Uncle Sey, where the restorer has—er—restored it, you know, it comes out in the photograph with a sort of brilliant iridescent metallic sheen on it!"

"Bring them down, my dear," I said, gently patting her head with my hand. In the interests of justice, I thought it best not to frighten her.

Dolly brought them down. They seemed to me poor things, yet well worth trying. We found it possible, on further confabulation, by the simple aid of a pair of scissors, so to cut each in two that all trace of Amelia and Isabel was obliterated. Even so, however, I judged it best to call Charles and Dr. Beddersley to a private consultation in the library with Dolly, and not to submit the mutilated photographs to public inspection by their joint subjects. Here, in fact, we had five patchy portraits of the redoubtable Colonel, taken at various angles, and in characteristic unstudied attitudes. A child had outwitted the cleverest sharper in Europe!

The moment Beddersley's eye fell upon them, a curious look came over his face. "Why, these," he said, "are taken on Herbert Winslow's method, Miss Lingfield."

"Yes," Dolly admitted timidly. "They are. He's—a friend of mine, don't you know; and—he gave me some plates that just fitted my camera."

Beddersley gazed at them steadily. Then he turned to Charles. "And this young lady," he said, "has quite unintentionally and unconsciously succeeded in tracking Colonel Clay to earth at last. They are genuine photographs of the man—as he is—*without* the disguises!"

"They look to me most blotchy," Charles murmured. "Great black lines down the nose, and such spots on the cheek, too!"

"Exactly," Beddersley put in. "Those are *differences in texture*. They show just how much of the man's face is human flesh—"

"And how much wax," I ventured.

"Not wax," the expert answered, gazing close. "This is some harder mixture. I should guess, a composition of gutta-percha and india-rubber, which takes colour well, and hardens when applied, so as to lie quite evenly, and resist heat or melting. Look here; that's an artificial scar, filling up a real hollow; and *this* is an added bit to the tip of the nose; and *those* are shadows, due to inserted cheek-pieces, within the mouth, to make the man look fatter!"

"Why, of course," Charles cried. "India-rubber it must be. That's why in France they call him *le Colonel Caoutchouc*!"

"Can you reconstruct the real face from them?" I inquired anxiously.

Dr. Beddersley gazed hard at them. "Give me an hour or two," he said— "and a box of water-colours. I *think* by that time—putting two and two together—I can eliminate the false and build up for you a tolerably correct idea of what the actual man himself looks like."

We turned him into the library for a couple of hours, with the materials he needed; and by tea-time he had completed his first rough sketch of the elements common to the two faces. He brought it out to us in the drawing-room. I glanced at it first. It was a curious countenance, slightly wanting in definiteness, and not unlike those "composite photographs" which Mr. Galton produces by exposing two negatives on the same sensitised paper for ten seconds or so consecutively. Yet it struck me at once as containing something of Colonel Clay in every one of his many representations. The little curate, in real life, did not recall the Seer; nor did Elihu Quackenboss suggest Count von Lebenstein or Professor Schleiermacher. Yet in this compound face, produced only from photographs of David Granton and Medhurst, I could distinctly trace a certain underlying likeness to every one of the forms which the impostor had assumed for us. In other words, though he could make up so as to mask the likeness to his other characters, he could not make up so as to mask the likeness to his own personality. He could not wholly get rid of his native build and his genuine features.

Besides these striking suggestions of the Seer and the curate, however, I felt vaguely conscious of having seen and observed *the man himself* whom the water-colour represented, at some time, somewhere. It was not at Nice; it was not at Seldon; it was not at Meran; it was not in America. I believed I had been in a room with him somewhere in London.

Charles was looking over my shoulder. He gave a sudden little start. "Why, I know that fellow!" he cried. "You recollect him, Sey; he's Finglemore's brother—the chap that didn't go out to China!"

Then I remembered at once where it was that I had seen him—at the broker's in the city, before we sailed for America.

"What Christian name?" I asked.

Charles reflected a moment. "The same as the one in the note we got with the dust-coat," he answered, at last. "The man is Paul Finglemore!"

"You will arrest him?" I asked.

"Can I, on this evidence?"

"We might bring it home to him."

Charles mused for a moment. "We shall have nothing against him," he said slowly, "except in so far as we can swear to his identity. And that may be difficult."

Just at that moment the footman brought in tea. Charles wondered apparently whether the man, who had been with us at Seldon when Colonel Clay was David Granton, would recollect the face or recognise having seen it. "Look here, Dudley," he said, holding up the water-colour, "do you know that person?"

Dudley gazed at it a moment. "Certainly, sir," he answered briskly.

"Who is it?" Amelia asked. We expected him to answer, "Count von Lebenstein," or "Mr. Granton," or "Medhurst."

Instead of that, he replied, to our utter surprise, "That's Césarine's young man, my lady."

"Césarine's young man?" Amelia repeated, taken aback. "Oh, Dudley, surely, you *must* be mistaken!"

"No, my lady," Dudley replied, in a tone of conviction. "He comes to see her quite reg'lar; he have come to see her, off and on, from time to time, ever since I've been in Sir Charles's service."

"When will he be coming again?" Charles asked, breathless.

"He's downstairs now, sir," Dudley answered, unaware of the bombshell he was flinging into the midst of a respectable family.

Charles rose excitedly, and put his back against the door. "Secure that man," he said to me sharply, pointing with his finger.

"*What* man?" I asked, amazed. "Colonel Clay? The young man who's downstairs now with Césarine?"

"No," Charles answered, with decision; "Dudley!"

I laid my hand on the footman's shoulder, not understanding what Charles meant. Dudley, terrified, drew back, and would have rushed from the room; but Charles, with his back against the door, prevented him.

"I—I've done nothing to be arrested, Sir Charles," Dudley cried, in abject terror, looking appealingly at Amelia. "It—it wasn't me as cheated you." And he certainly didn't look it.

"I daresay not," Charles answered. "But you don't leave this room till Colonel Clay is in custody. No, Amelia, no; it's no use your speaking to me. What he says is true. I see it all now. This villain and Césarine have long been accomplices! The man's downstairs with her now. If we let Dudley quit the room he'll go down and tell them; and before we know where we are, that slippery eel will have wriggled through our fingers, as he always wriggles. He *is* Paul Finglemore; he *is* Césarine's young man; and unless we arrest him now, without one minute's delay, he'll be off to Madrid or St. Petersburg by this evening!"

"You are right," I answered. "It is now or never!"

"Dudley," Charles said, in his most authoritative voice, "stop here till we tell you you may leave the room. Amelia and Dolly, don't let that man stir from where he's standing. If he does, restrain him. Seymour and Dr. Beddersley, come down with me to the servants' hall. I suppose that's where I shall find this person, Dudley?"

"N—no, sir," Dudley stammered out, half beside himself with fright. "He's in the housekeeper's room, sir!"

We went down to the lower regions in a solid phalanx of three. On the way we met Simpson, Sir Charles's valet, and also the butler, whom we pressed into the service. At the door of the housekeeper's room we paused, strategically. Voices came to us from within; one was Césarine's, the other had a ring that reminded me at once of Medhurst and the Seer, of Elihu Quackenboss and Algernon Coleyard. They were talking together in French; and now and then we caught the sound of stifled laughter.

We opened the door. "*Est-il drôle, donc, ce vieux*?" the man's voice was saying.

"*C'est à mourir de rire*," Césarine's voice responded.

We burst in upon them, red-handed.

Césarine's young man rose, with his hat in his hand, in a respectful attitude. It reminded me at once of Medhurst, as he stood talking his first day at Marvillier's to Charles; and also of the little curate, in his humblest moments as the disinterested pastor.

With a sign to me to do likewise, Charles laid his hand firmly on the young man's shoulder. I looked in the fellow's face: there could be no denying it; Césarine's young man was Paul Finglemore, our broker's brother.

"Paul Finglemore," Charles said severely, "otherwise Cuthbert Clay, I arrest you on several charges of theft and conspiracy!"

The young man glanced around him. He was surprised and perturbed; but, even so, his inexhaustible coolness never once deserted him. "What, five to one?" he said, counting us over. "Has law and order come down to this? Five respectable rascals to arrest one poor beggar of a *chevalier d'industrie*! Why, it's worse than New York. *There*, it was only you and me, you know, old Ten per Cent!"

"Hold his hands, Simpson!" Charles cried, trembling lest his enemy should escape him.

Paul Finglemore drew back even while we held his shoulders. "No, not *you*, sir," he said to the man, haughtily. "Don't dare to lay your hands upon me! Send for a constable if you wish, Sir Charles Vandrift; but I decline to be taken into custody by a valet!"

"Go for a policeman," Dr. Beddersley said to Simpson, standing forward.

The prisoner eyed him up and down. "Oh, Dr. Beddersley!" he said, relieved. It was evident he knew him. "If *you*'ve tracked me strictly in accordance with Bertillon's methods, I don't mind so much. I will not yield to fools; I yield to science. I didn't think this diamond king had sense enough to apply to you. He's the most gullible old ass I ever met in my life. But if it's *you* who have tracked me down, I can only submit to it."

Charles held to him with a fierce grip. "Mind he doesn't break away, Sey," he cried. "He's playing his old game! Distrust the man's patter!"

"Take care," the prisoner put in. "Remember Dr. Polperro! On what charge do you arrest me?"

Charles was bubbling with indignation. "You cheated me at Nice," he said; "at Meran; at New York; at Paris!"

Paul Finglemore shook his head. "Won't do," he answered, calmly. "Be sure of your ground. Outside the jurisdiction! You can only do that on an extradition warrant."

"Well, then, at Seldon, in London, in this house, and elsewhere," Charles cried out excitedly. "Hold hard to him, Sey; by law or without it, blessed if he isn't going even now to wriggle away from us!"

At that moment Simpson returned with a convenient policeman, whom he had happened to find loitering about near the area steps, and whom I half suspected from his furtive smile of being a particular acquaintance of the household.

Charles gave the man in charge formally. Paul Finglemore insisted that he should specify the nature of the particular accusation. To my great chagrin, Charles selected from his rogueries, as best within the jurisdiction of the English courts, the matter of the payment for the Castle of Lebenstein—made in London, and through a London banker. "I have a warrant on that ground," he said. I trembled as he spoke. I felt at once that the episode of the commission, the exposure of which I dreaded so much, must now become public.

The policeman took the man in charge. Charles still held to him, grimly. As they were leaving the room the prisoner turned to Césarine, and muttered something rapidly under his breath, in German. "Of which tongue," he said, turning to us blandly, "in spite of my kind present of a dictionary and grammar, you still doubtless remain in your pristine ignorance!"

Césarine flung herself upon him with wild devotion. "Oh, Paul, darling," she cried, in English, "I will not, I will not! I will never save myself at *your* expense. If they send you to prison—Paul, Paul, I will go with you!"

I remembered as she spoke what Mr. Algernon Coleyard had said to us at the Senator's. "Even the worst of rogues have always some good in them. I notice they often succeed to the end in retaining the affection and fidelity of women."

But the man, his hands still free, unwound her clasping arms with gentle fingers. "My child," he answered, in a soft tone, "I am sorry to say the law of England will not permit you to go with me. If it did" (his voice was as the voice of the poet we had met), "'stone walls would not a prison make, nor iron bars a cage.'" And bending forward, he kissed her forehead tenderly.

We led him out to the door. The policeman, in obedience to Charles's orders, held him tight with his hand, but steadily refused, as the prisoner was not violent, to handcuff him. We hailed a passing hansom. "To Bow Street!" Charles cried, unceremoniously pushing in policeman and prisoner. The driver nodded. We called a four-wheeler ourselves, in which my brother-in-law, Dr. Beddersley and myself took our seats. "Follow the hansom!" Charles cried out. "Don't let him out of your sight. After him, close, to Bow Street!"

I looked back, and saw Césarine, half fainting, on the front door steps, while Dolly, bathed in tears, stood supporting the lady's-maid, and trying to comfort her. It was clear she had not anticipated this end to the adventure.

"Goodness gracious!" Charles screamed out, in a fresh fever of alarm, as we turned the first corner; "where's that hansom gone to? How do I know the fellow was a policeman at all? We should have taken the man in here. We ought never to have let him get out of our sight. For all we can tell to the contrary, the constable himself—may only be one of Colonel Clay's confederates!"

And we drove in trepidation all the way to Bow Street.

Chapter XII
The Episode of the Old Bailey

When we reached Bow Street, we were relieved to find that our prisoner, after all, had *not* evaded us. It was a false alarm. He was there with the policeman, and he kindly allowed us to make the first formal charge against him.

Of course, on Charles's sworn declaration and my own, the man was at once remanded, bail being refused, owing both to the serious nature of the charge and the slippery character of the prisoner's antecedents. We went back to Mayfair—Charles, well satisfied that the man he dreaded was under lock and key; myself, not too well pleased to think that the man I dreaded was no longer at large, and that the trifling little episode of the ten per cent commission stood so near discovery.

Next day the police came round in force, and had a long consultation with Charles and myself. They strongly urged that two other persons at least should be included in the charge—Césarine and the little woman whom we had variously known as Madame Picardet, White Heather, Mrs. David Granton, and Mrs. Elihu Quackenboss. If these accomplices were arrested, they said, we could include conspiracy as one count in the indictment, which gave us an extra chance of conviction. Now they had got Colonel Clay, in fact, they naturally desired to keep him, and also to indict with him as many as possible of his pals and confederates.

Here, however, a difficulty arose. Charles called me aside with a grave face into the library. "Seymour," he said, fixing me, "this is a serious business. I will not lightly swear away any woman's character. Colonel Clay himself—or, rather, Paul Finglemore—is an abandoned rogue, whom I do not desire to screen in any degree. But poor little Madame Picardet—she may be his lawful wife, and she may have acted implicitly under his orders. Besides, I don't know whether I could swear to her identity. Here's the photograph the police bring of the woman they believe to be Colonel Clay's chief female accomplice. Now, I ask you, does it in the least degree resemble that clever and amusing and charming little creature, who has so often deceived us?"

In spite of Charles's gibes, I flatter myself I do really understand the whole duty of a secretary. It was clear from his voice he did not *wish* me to recognise her; which, as it happened, I did not. "Certainly, it doesn't resemble her, Charles," I answered, with conviction in my voice. "I should never have known her." But I did not add that I should no more have known Colonel Clay himself in his character of Paul Finglemore, or of Césarine's young man, as *that* remark lay clearly outside my secretarial functions.

Still, it flitted across my mind at the time that the Seer had made some casual remarks at Nice about a letter in Charles's pocket, presumably from Madame Picardet; and I reflected further that Madame Picardet in turn might possibly hold certain answers of Charles's, couched in such terms as he might reasonably desire to conceal from Amelia. Indeed, I must allow that under whatever disguise White Heather appeared to us, Charles was always that disguise's devoted slave from the first moment he met it. It occurred to me, therefore, that the clever little woman—call her what you will—might be the holder of more than one indiscreet communication.

"Under these circumstances," Charles went on, in his austerest voice, "I cannot consent to be a party to the arrest of White Heather. I—I decline to identify her. In point of fact"—he grew more emphatic as he went on—"I don't think there is an atom of evidence of any sort against her. Not," he continued, after a pause, "that I wish in any degree to screen the guilty. Césarine, now—Césarine we have liked and trusted. She has betrayed our trust. She has sold us to this fellow. I have no doubt at all that she gave him the diamonds from Amelia's *rivière*; that she took us by arrangement to meet him at Schloss Lebenstein; that she opened and sent to him my letter to Lord Craig-Ellachie. Therefore, I say, we *ought* to arrest Césarine. But not White Heather—not Jessie; not that pretty Mrs. Quackenboss. Let the guilty suffer; why strike at the innocent—or, at worst, the misguided?"

"Charles," I exclaimed, with warmth, "your sentiments do you honour. You are a man of feeling. And White Heather, I allow, is pretty enough and clever enough to be forgiven anything. You may rely upon my discretion. I will swear through thick and thin that I do not recognise this woman as Madame Picardet."

Charles clasped my hand in silence. "Seymour," he said, after a pause, with marked emotion, "I felt sure I could rely upon your—er—honour and integrity. I have been rough upon you sometimes. But I ask your forgiveness. I see you understand the whole duties of your position."

We went out again, better friends than we had been for months. I hoped, indeed, this pleasant little incident might help to neutralise the possible ill-effects of the ten per cent disclosure, should Finglemore take it into his head to betray me to my employer. As we emerged into the drawing-room, Amelia beckoned me aside towards her boudoir for a moment.

"Seymour," she said to me, in a distinctly frightened tone, "I have treated you harshly at times, I know, and I am very sorry for it. But I want you to help me in a most painful difficulty. The police are quite right as to the charge of conspiracy; that designing little minx, White Heather, or Mrs. David Granton, or whatever else we're to call her, ought certainly to be prosecuted—and sent to prison, too—and have her absurd head of hair cut short and combed straight for her. But—and you will help me here, I'm sure, dear Seymour—I *cannot* allow them to arrest my Césarine. I don't pretend to say Césarine isn't guilty; the girl has behaved most ungratefully to me. She has robbed me right and left, and deceived me without compunction. Still—I put it to you as a married man—*can* any woman afford to go into the witness-box, to be cross-examined and teased by her own maid, or by a brute of a barrister on her maid's information? I assure you, Seymour, the thing's not to be dreamt of. There are details of a lady's life—known only to her maid—which *cannot* be made public. Explain as much of this as you think well to Charles, and *make* him understand that *if* he insists upon arresting Césarine, I shall go into the box—and swear my head off to prevent any one of the gang from being convicted. I have told Césarine as much; I have promised to help her: I have explained that I am her friend, and that if *she'll* stand by *me*, *I'll* stand by *her*, and by this hateful young man of hers."

I saw in a moment how things went. Neither Charles nor Amelia could face cross-examination on the subject of one of Colonel Clay's accomplices. No doubt, in Amelia's case, it was merely a question of rouge and hair-dye; but what woman would not sooner confess to a forgery or a murder than to those toilet secrets?

I returned to Charles, therefore, and spent half an hour in composing, as well as I might, these little domestic difficulties. In the end, it was arranged that if Charles did his best to protect Césarine from arrest, Amelia would consent to do her best in return on behalf of Madame Picardet.

We had next the police to tackle—a more difficult business. Still, even *they* were reasonable. They had caught Colonel Clay, they believed, but their chance of convicting him depended entirely upon Charles's identification, with mine to back it. The more they urged the necessity of arresting the female confederates, however, the more stoutly did Charles declare that for his part he could by no means make sure of Colonel Clay himself, while he utterly declined to give evidence of any sort against either of the women. It was a difficult case, he said, and he felt far from confident even about the man. If *his* decision faltered, and he failed to identify, the case was closed; no jury could convict with nothing to convict upon.

At last the police gave way. No other course was open to them. They had made an important capture; but they saw that everything depended upon securing their witnesses, and the witnesses, if interfered with, were likely to swear to absolutely nothing.

Indeed, as it turned out, before the preliminary investigation at Bow Street was completed (with the usual remands), Charles had been thrown into such a state of agitation that he wished he had never caught the Colonel at all.

"I wonder, Sey," he said to me, "why I didn't offer the rascal two thousand a year to go right off to Australia, and be rid of him for ever! It would have been cheaper for my reputation than keeping him about in courts of law in England. The worst of it is, when once the best of men gets into a witness-box, there's no saying with what shreds and tatters of a character he may at last come out of it!"

"In *your* case, Charles," I answered, dutifully, "there can be no such doubt; except, perhaps, as regards the Craig-Ellachie Consolidated."

Then came the endless bother of "getting up the case" with the police and the lawyers. Charles would have retired from it altogether by that time, but, most unfortunately, he was bound over to prosecute. "You couldn't take a lump sum to let me off?" he said, jokingly, to the inspector. But I knew in my heart it was one of the "true words spoken in jest" that the proverb tells of.

Of course we could see now the whole building-up of the great intrigue. It had been worked out as carefully as the Tichborne swindle. Young Finglemore, as the brother of Charles's broker, knew from the outset all about his affairs; and, after a gentle course of preliminary roguery, he laid his plans deep for a campaign against my brother-in-law. Everything had been deliberately designed beforehand. A place had been found for Césarine as Amelia's maid—needless to say, by means of forged testimonials. Through her aid the swindler had succeeded in learning still more of the family ways and habits, and had acquired a knowledge of certain facts which he proceeded forthwith to use against us. His first attack, as the Seer, had been cleverly designed so as to give us the idea that we were a mere casual prey; and it did not escape Charles's notice now that the detail of getting Madame Picardet to inquire at the Crédit Marseillais about his bank had been solemnly gone through on purpose to blind us to the obvious truth that Colonel Clay was already in full possession of all such facts about us. It was by Césarine's aid, again, that he became possessed of Amelia's diamonds, that he received the letter addressed to Lord Craig-Ellachie, and that he managed to dupe us over the Schloss Lebenstein business. Nevertheless, all these things Charles determined to conceal in court; he did not give the police a single fact that would turn against either Césarine or Madame Picardet.

As for Césarine, of course, she left the house immediately after the arrest of the Colonel, and we heard of her no more till the day of the trial.

When that great day came, I never saw a more striking sight than the Old Bailey presented. It was crammed to overflowing. Charles arrived early, accompanied by his solicitor. He was so white and troubled that he looked much more like prisoner than prosecutor. Outside the court a pretty little woman stood, pale and anxious. A respectful crowd stared at her silently. "Who is that?" Charles asked. Though we could both of us guess, rather than see, it was White Heather.

"That's the prisoner's wife," the inspector on duty replied. "She's waiting to see him enter. I'm sorry for her, poor thing. She's a perfect lady."

"So she seems," Charles answered, scarcely daring to face her.

At that moment she turned. Her eyes fell upon his. Charles paused for a second and looked faltering. There was in those eyes just the faintest gleam of pleading recognition, but not a trace of the old saucy, defiant vivacity. Charles framed his lips to words, but without uttering a sound. Unless I greatly mistake, the words he framed on his lips were these: "I will do my best for him."

We pushed our way in, assisted by the police. Inside the court we saw a lady seated, in a quiet black dress, with a becoming bonnet. A moment passed before I knew—it was Césarine. "Who is—that person?" Charles asked once more of the nearest inspector, desiring to see in what way he would describe her.

And once more the answer came, "That's the prisoner's wife, sir."

Charles started back, surprised. "But—I was told—a lady outside was Mrs. Paul Finglemore," he broke in, much puzzled.

“Very likely,” the inspector replied, unmoved. “We have plenty that way. *When* a gentleman has as many aliases as Colonel Clay, you can hardly expect him to be over particular about having only one wife between them, can you?”

“Ah, I see,” Charles muttered, in a shocked voice. “Bigamy!”

The inspector looked stony. “Well, not exactly that,” he replied, “occasional marriage.”

Mr. Justice Rhadamanth tried the case. “I’m sorry it’s him, Sey,” my brother-in-law whispered in my ear. (He said *him*, not *he*, because, whatever else Charles is, he is *not* a pedant; the English language as it is spoken by most educated men is quite good enough for his purpose.) “I only wish it had been Sir Edward Easy. Easy’s a man of the world, and a man of society; he would feel for a person in *my* position. He wouldn’t allow these beasts of lawyers to badger and pester me. He would back his order. But Rhadamanth is one of your modern sort of judges, who make a merit of being what they call ‘conscientious,’ and won’t hush up anything. I admit I’m afraid of him. I shall be glad when it’s over.”

“Oh, *you’ll* pull through all right,” I said in my capacity of secretary. But I didn’t think it.

The judge took his seat. The prisoner was brought in. Every eye seemed bent upon him. He was neatly and plainly dressed, and, rogue though he was, I must honestly confess he looked at least a gentleman. His manner was defiant, not abject like Charles’s. He knew he was at bay, and he turned like a man to face his accusers.

We had two or three counts on the charge, and, after some formal business, Sir Charles Vandrift was put into the box to bear witness against Finglemore.

Prisoner was unrepresented. Counsel had been offered him, but he refused their aid. The judge even advised him to accept their help; but Colonel Clay, as we all called him mentally still, declined to avail himself of the judge's suggestion.

"I am a barrister myself, my lord," he said— "called some nine years ago. I can conduct my own defence, I venture to think, better than any of these my learned brethren."

Charles went through his examination-in-chief quite swimmingly. He answered with promptitude. He identified the prisoner without the slightest hesitation as the man who had swindled him under the various disguises of the Reverend Richard Peploe Brabazon, the Honourable David Granton, Count von Lebenstein, Professor Schleiermacher, Dr. Quackenboss, and others. He had not the slightest doubt of the man's identity. He could swear to him anywhere. I thought, for my own part, he was a trifle too cocksure. A certain amount of hesitation would have been better policy. As to the various swindles, he detailed them in full, his evidence to be supplemented by that of bank officials and other subordinates. In short, he left Finglemore not a leg to stand upon.

When it came to the cross-examination, however, matters began to assume quite a different complexion. The prisoner set out by questioning Sir Charles's identifications. Was he sure of his man? He handed Charles a photograph. "Is that the person who represented himself as the Reverend Richard Peploe Brabazon?" he asked persuasively.

Charles admitted it without a moment's delay.

Just at that moment, a little parson, whom I had not noticed till then, rose up, unobtrusively, near the middle of the court, where he was seated beside Césarine.

"Look at that gentleman!" the prisoner said, waving one hand, and pouncing upon the prosecutor.

Charles turned and looked at the person indicated. His face grew still whiter. It was—to all outer appearance—the Reverend Richard Brabazon *in propriâ personâ.*

Of course I saw the trick. This was the real parson upon whose outer man Colonel Clay had modelled his little curate. But the jury was shaken. And so was Charles for a moment.

"Let the jurors see the photograph," the judge said, authoritatively. It was passed round the jury-box, and the judge also examined it. We could see at once, by their faces and attitudes, they all recognised it as the portrait of the clergyman before them—not of the prisoner in the dock, who stood there smiling blandly at Charles's discomfiture.

The clergyman sat down. At the same moment the prisoner produced a second photograph.

"Now, can you tell me who *that* is?" he asked Charles, in the regular brow-beating Old Bailey voice.

With somewhat more hesitation, Charles answered, after a pause: "That is yourself as you appeared in London when you came in the disguise of the Graf von Lebenstein."

This was a crucial point, for the Lebenstein fraud was the one count on which our lawyers relied to prove their case most fully, within the jurisdiction.

Even while Charles spoke, a gentleman whom I had noticed before, sitting beside White Heather, with a handkerchief to his face, rose as abruptly as the parson. Colonel Clay indicated him with a graceful movement of his hand. "And *this* gentleman?" he asked calmly.

Charles was fairly staggered. It was the obvious original of the false Von Lebenstein.

The photograph went round the box once more. The jury smiled incredulously. Charles had given himself away. His overweening confidence and certainty had ruined him.

Then Colonel Clay, leaning forward, and looking quite engaging, began a new line of cross-examination. “We have seen, Sir Charles,” he said, “that we cannot implicitly trust your identifications. Now let us see how far we can trust your other evidence. First, then, about those diamonds. You tried to buy them, did you not, from a person who represented himself as the Reverend Richard Brabazon, because you believed he thought they were paste; and if you could, you would have given him 10 pounds or so for them. *Do* you think that was honest?”

“I object to this line of cross-examination,” our leading counsel interposed. “It does not bear on the prosecutor’s evidence. It is purely recriminatory.”

Colonel Clay was all bland deference. “I wish, my lord,” he said, turning round, “to show that the prosecutor is a person unworthy of credence in any way. I desire to proceed upon the well-known legal maxim of *falsus in uno*, *falsus in omnibus*. I believe I am permitted to shake the witness’s credit?”

“The prisoner is entirely within his rights,” Rhadamanth answered, looking severely at Charles. “And I was wrong in suggesting that he needed the advice or assistance of counsel.”

Charles wriggled visibly. Colonel Clay perked up. Bit by bit, with dexterous questions, Charles was made to acknowledge that he wanted to buy diamonds at the price of paste, knowing them to be real; and, a millionaire himself, would gladly have diddled a poor curate out of a couple of thousand.

“I was entitled to take advantage of my special knowledge,” Charles murmured feebly.

"Oh, certainly," the prisoner answered. "But, while professing friendship and affection for a clergyman and his wife, in straitened circumstances, you were prepared, it seems, to take three thousand pounds' worth of goods off their hands for ten pounds, if you could have got them at that price. Is not that so?"

Charles was compelled to admit it.

The prisoner went onto the David Granton incident. "When you offered to amalgamate with Lord Craig-Ellachie," he asked, "had you or had you not heard that a gold-bearing reef ran straight from your concession into Lord Craig-Ellachie's, and that his portion of the reef was by far the larger and more important?"

Charles wriggled again, and our counsel interposed; but Rhadamanth was adamant. Charles had to allow it.

And so, too, with the incident of the Slump in Golcondas. Unwillingly, shamefacedly, by torturing steps, Charles was compelled to confess that he had sold out Golcondas—he, the Chairman of the company, after repeated declarations to shareholders and others that he would do no such thing—because he thought Professor Schleiermacher had made diamonds worthless. He had endeavoured to save himself by ruining his company. Charles tried to brazen it out with remarks to the effect that business was business. "And fraud is fraud," Rhadamanth added, in his pungent way.

"A man must protect himself," Charles burst out.

"At the expense of those who have put their trust in his honour and integrity," the judge commented coldly.

After four mortal hours of it, all to the same effect, my respected brother-in-law left the witness-box at last, wiping his brow and biting his lip, with the very air of a culprit. His character had received a most serious blow. While he stood in the witness-box all the world had felt it was *he* who was the accused and Colonel Clay who was the prosecutor. He was convicted on his own evidence of having tried to induce the supposed David Granton to sell his father's interests into an enemy's hands, and of every other shady trick into which his well-known business acuteness had unfortunately hurried him during the course of his adventures. I had but one consolation in my brother-in-law's misfortunes—and that was the thought that a due sense of his own shortcomings might possibly make him more lenient in the end to the trivial misdemeanours of a poor beggar of a secretary!

I was the next in the box. I do not desire to enlarge upon my own achievements. I will draw a decent veil, indeed, over the painful scene that ensued when I finished my evidence. I can only say I was more cautious than Charles in my recognition of the photographs; but I found myself particularly worried and harried over other parts of my cross-examination. Especially was I shaken about that misguided step I took in the matter of the cheque for the Lebenstein commission—a cheque which Colonel Clay handed to me with the utmost politeness, requesting to know whether or not it bore my signature. I caught Charles's eye at the end of the episode, and I venture to say the expression it wore was one of relief that I too had tripped over a trifling question of ten per cent on the purchase money of the castle.

Altogether, I must admit, if it had not been for the police evidence, we would have failed to make a case against our man at all. But the police, I confess, had got up their part of the prosecution admirably. Now that they knew Colonel Clay to be really Paul Finglemore, they showed with great cleverness how Paul Finglemore's disappearances and reappearances in London exactly tallied with Colonel Clay's appearances and disappearances elsewhere, under the guise of the little curate, the Seer, David Granton, and the rest of them. Furthermore, they showed experimentally how the prisoner at the bar might have got himself up in the various characters; and, by means of a wax bust, modelled by Dr. Beddersley from observations at Bow Street, and aided by additions in the gutta-percha composition after Dolly Lingfield's photographs, they succeeded in proving that the face as it stood could be readily transformed into the faces of Medhurst and David Granton. Altogether, their cleverness and trained acumen made up on the whole for Charles's over-certainty, and they succeeded in putting before the jury a strong case of their own against Paul Finglemore.

The trial occupied three days. After the first of the three, my respected brother-in-law preferred, as he said, not to prejudice the case against the prisoner by appearing in court again. He did not even allude to the little matter of the ten per cent commission further than to say at dinner that evening that all men were bound to protect their own interests—as secretaries or as principals. This I took for forgiveness; and I continued diligently to attend the trial, and watch the case in my employer's interest.

The defence was ingenious, even if somewhat halting. It consisted simply of an attempt to prove throughout that Charles and I had made our prisoner the victim of a mistaken identity. Finglemore put into the box the ingenuous original of the little curate—the Reverend Septimus Porkington, as it turned out, a friend of his family; and he showed that it was the Reverend Septimus himself who had sat to a photographer in Baker Street for the portrait which Charles too hastily identified as that of Colonel Clay in his personification of Mr. Richard Brabazon. He further elicited the fact that the portrait of the Count von Lebenstein was really taken from Dr. Julius Keppel, a Tyrolese music-master, residing at Balham, whom he put into the box, and who was well known, as it chanced, to the foreman of the jury. Gradually he made it clear to us that no portraits existed of Colonel Clay at all, except Dolly Lingfield's—so it dawned upon me by degrees that even Dr. Beddersley could only have been misled if we had succeeded in finding for him the alleged photographs of Colonel Clay as the count and the curate, which had been shown us by Medhurst. Altogether, the prisoner based his defence upon the fact that no more than two witnesses directly identified him; while one of those two had positively sworn that he recognised as the prisoner's two portraits which turned out, by independent evidence, to be taken from other people!

The judge summed up in a caustic way which was pleasant to neither party. He asked the jury to dismiss from their minds entirely the impression created by what he frankly described as "Sir Charles Vandrift's obvious dishonesty." They must not allow the fact that he was a millionaire—and a particularly shady one—to prejudice their feelings in favour of the prisoner. Even the richest—and vilest—of men must be protected. Besides, this was a public question. If a rogue cheated a rogue, he must still be punished. If a murderer stabbed or shot a murderer, he must still be hung for it. Society must see that the worst of thieves were not preyed upon by others. Therefore, the proved facts that Sir Charles Vandrift, with all his millions, had meanly tried to cheat the prisoner, or some other poor person, out of valuable diamonds—had basely tried to juggle Lord Craig-Ellachie's mines into his own hands—had vilely tried to bribe a son to betray his father—had directly tried, by underhand means, to save his own money, at the risk of destroying the wealth of others who trusted to his probity—these proved facts must not blind them to the truth that the prisoner at the bar (if he were really Colonel Clay) was an abandoned swindler. To that point alone they must confine their attention; and *if* they were convinced that the prisoner was shown to be the self-same man who appeared on various occasions as David Granton, as Von Lebenstein, as Medhurst, as Schleiermacher, they must find him guilty.

As to that point, also, the judge commented on the obvious strength of the police case, and the fact that the prisoner had not attempted in any one out of so many instances to prove an *alibi*. Surely, if he were *not* Colonel Clay, the jury should ask themselves, must it not have been simple and easy for him to do so? Finally, the judge summed up all the elements of doubt in the identification—and all the elements of probability; and left it to the jury to draw their own conclusions.

They retired at the end to consider their verdict. While they were absent every eye in court was fixed on the prisoner. But Paul Finglemore himself looked steadily towards the further end of the hall, where two pale-faced women sat together, with handkerchiefs in their hands, and eyes red with weeping.

Only then, as he stood there, awaiting the verdict, with a fixed white face, prepared for everything, did I begin to realise with what courage and pluck that one lone man had sustained so long an unequal contest against wealth, authority, and all the Governments of Europe, aided but by his own skill and two feeble women! Only then did I feel he had played his reckless game through all those years with *this* ever before him! I found it hard to picture.

The jury filed slowly back. There was dead silence in court as the clerk put the question, "Do you find the prisoner at the bar guilty or not guilty?"

"We find him guilty."

"On all the counts?"

"On all the counts of the indictment."

The women at the back burst into tears, unanimously.

Mr. Justice Rhadamanth addressed the prisoner. "Have you anything to urge," he asked in a very stern tone, "in mitigation of whatever sentence the Court may see fit to pass upon you?"

"Nothing," the prisoner answered, just faltering slightly. "I have brought it upon myself—but—I have protected the lives of those nearest and dearest to me. I have fought hard for my own hand. I admit my crime, and will face my punishment. I only regret that, since we were both of us rogues—myself and the prosecutor—the lesser rogue should have stood here in the dock, and the greater in the witness-box. Our country takes care to decorate each according to his deserts—to him, the Grand Cross of St. Michael and St. George; to me, the Broad Arrow!"

The judge gazed at him severely. "Paul Finglemore," he said, passing sentence in his sardonic way, "you have chosen to dedicate to the service of fraud abilities and attainments which, if turned from the outset into a legitimate channel, would no doubt have sufficed to secure you without excessive effort a subsistence one degree above starvation—possibly even, with good luck, a sordid and squalid competence. You have preferred to embark them on a lawless life of vice and crime—and I will not deny that you seem to have had a good run for your money. Society, however, whose mouthpiece I am, cannot allow you any longer to mock it with impunity. You have broken its laws openly, and you have been found out." He assumed the tone of bland condescension which always heralds his severest moments. "I sentence you to Fourteen Years' Imprisonment, with Hard Labour."

The prisoner bowed, without losing his apparent composure. But his eyes strayed away again to the far end of the hall, where the two weeping women, with a sudden sharp cry, fell at once in a faint on one another's shoulders, and were with difficulty removed from court by the ushers.

As we left the room, I heard but one comment all round, thus voiced by a school-boy: "I'd a jolly sight rather it had been old Vandrift. This Clay chap's too clever by half to waste on a prison!"

But he went there, none the less—in that "cool sequestered vale of life" to recover equilibrium; though I myself half regretted it.

I will add but one more little parting episode.

When all was over, Charles rushed off to Cannes, to get away from the impertinent stare of London. Amelia and Isabel and I went with him. We were driving one afternoon on the hills beyond the town, among the myrtle and lentisk scrub, when we noticed in front of us a nice victoria, containing two ladies in very deep mourning. We followed it, unintentionally, as far as Le Grand Pin—that big pine tree that looks across the bay towards Antibes. There, the ladies descended and sat down on a knoll, gazing out disconsolately towards the sea and the islands. It was evident they were suffering very deep grief. Their faces were pale and their eyes bloodshot. "Poor things!" Amelia said. Then her tone altered suddenly.

"Why, good gracious," she cried, "if it isn't Césarine!"

So it was—with White Heather!

Charles got down and drew near them. "I beg your pardon," he said, raising his hat, and addressing Madame Picardet: "I believe I have had the pleasure of meeting you. And since I have doubtless paid in the end for your victoria, *may* I venture to inquire for whom you are in mourning?"

White Heather drew back, sobbing; but Césarine turned to him, fiery red, with the mien of a lady. “For *him*!” she answered; “for Paul! for our king, whom *you* have imprisoned! As long as *he* remains there, we have both of us decided to wear mourning for ever!”

Charles raised his hat again, and drew back without one word. He waved his hand to Amelia and walked home with me to Cannes. He seemed deeply dejected.

“A penny for your thoughts!” I exclaimed, at last, in a jocular tone, trying feebly to rouse him.

He turned to me, and sighed. “I was wondering,” he answered, “if *I* had gone to prison, would Amelia and Isabel have done as much for me?”

For myself, I did *not* wonder. I knew pretty well. For Charles, you will admit, though the bigger rogue of the two, is scarcely the kind of rogue to inspire a woman with profound affection.